LA PISTE DE FLAMME

LES SEPT ÎLES

TOME DEUX

A.R. KNIGHT

CHAPITRE I

LES MERS VOLANTES

L'homme agile tenait la rapière pointée vers l'avant, la lame argentée destinée à frapper droit au cœur de Wax. Avec ses cheveux attachés en arrière et son visage aussi fin que son épée, le combattant de Kance avait tout l'air du Maître des Vents que son île prétendait qu'il était.

Wax dansait sur ses pieds, les faisant rouler au rythme du pont scintillant d'argent et de bois du navire. Le vaisseau de Kance fendait les vagues, tous ses bords aveuglants sous le soleil alors que la régularité tumultueuse d'un voyage en mer se trouvait déjouée par une construction ingénieuse.

Wax lui-même manquait de cette beauté, son tissage ne faisant pas grand-chose pour le tenir au chaud dans la brise marine tranchante, son pantalon ample claquant, ses chaussures d'escalade mordant la surface dans le seul accessoire efficace qu'il possédait.

Oh, et sa lame Foti. L'épée bleue captait le reflet de l'océan, portant la mer dans son acier ondulé. Plus épaisse que la rapière de l'homme de Kance, la lame Foti devrait utiliser sa force pour compenser sa longueur plus courte.

Des paris à cet effet dansaient sur le pont autour d'eux, les marins qui ne pilotaient pas activement le navire prenant leur pause de midi pour voir à quel point leur ami pouvait battre Wax de long en large du vaisseau.

Un appel en faveur de Wax vint de sa droite, où son frère aîné Quik, s'accrochant à l'une des nombreuses boucles de corde contre le bastingage du navire de Kance, lui criait un sage conseil : ne reste pas immobile.

À côté de lui, son bâton de bambou dépassant de son dos comme un arbre poussant de ses épaules, se tenait sa sœur. Bliss arborait un air nerveux, comme elle l'avait fait presque tout le voyage, et Wax essaya de lui offrir un sourire confiant.

L'homme ne le tuerait pas, après tout.

— Prêt ? demanda le Maître des Vents, sa voix fluette se mêlant au clapotis crépitant que faisait le navire en dansant à travers une autre vague.

— Toujours, répondit Wax en modifiant sa position, avançant son pied droit et saisissant la lame à deux mains.

La dernière fois, il avait perdu son arme, l'envoyant glisser sur le pont pour laisser une entaille dans le bois poli du côté. Ils l'avaient fait récurer la vaisselle chaque soir depuis, et Wax ne voulait pas voir quelle autre punition les Kance pourraient imaginer si sa maladresse de Vis causait plus de dégâts.

D'un autre côté, à quoi s'attendaient-ils ? Wax n'était pas né sur les mers. C'était un homme de la jungle, fait pour les lianes, pour se balancer de cime en cime et se faufiler dans les bosquets feuillus.

Le Maître des Vents n'en avait cure et s'avança d'un pas rapide en trois temps, réduisant la distance entre eux à un cheveu. Comme l'angle de l'homme le prédisait, la rapière vint pour une frappe à couper le souffle, que Wax dévia avec sa propre épée.

Une parade trop lourde. Alors qu'il avait déplacé sa lame épaisse d'un bout à l'autre de sa poitrine pour écarter la rapière, son adversaire n'avait besoin que d'un mouvement du poignet pour remettre l'estoc sur sa cible.

Pour une fois, le navire de Kance offrit une échappatoire à Wax : sur le revers de sa dernière tranche de vague, le navire plongea en avant dans la vallée entre les monstres roulants. Wax utilisa l'élan, coupant à gauche et en avant avec son épaule. La rapière coupa un fil lâche avec sa poussée, mais manqua le corps de Wax, donnant à Wax une charge solide droit sur la poitrine de son adversaire.

Cette rapidité de Kance n'aida pas ici, l'impact ralentissant à peine Wax et jetant le Maître des Vents dans un recul chancelant, qui aurait dû mettre fin au combat si ce n'était que son adversaire planta fermement sa jambe droite, puis se pencha en avant et plaça ses deux mains, la rapière plaquée dans la gauche, sur le pont.

— Ne le laisse pas récupérer ! La voix de Quik s'éleva au-dessus des railleries et des acclamations, les collecteurs et les parieurs sentant une opportunité imminente.

Wax poursuivit à travers la charge d'épaule, suivant le conseil de son frère et s'abattant sur le Maître des Vents. Il leva la lame Foti pour un coup à deux mains, une fin fatale. Sûrement l'homme allait-il céder, lever les bras et abandonner.

Au lieu de cela, le Maître des Vents glissa sa main gauche bas, tout au bout de la poignée de la rapière, et d'un mouvement du poignet, fit surgir la pointe de la lame, juste là où Wax aurait dû s'empaler.

Ou l'aurait fait, si le combattant n'avait pas écarté la pointe, balayant la lame vers la gauche et laissant Wax se rattraper, s'arrêter alors que le navire commençait à grimper dans la vague suivante.

— Ton frère te donne de mauvais conseils, dit le Maître des Vents en se relevant. Il tapota la lame de Wax avec la rapière. La position est tout, que ton épée soit agile ou lente.

— Je suis sûr que j'apprendrai ça un jour. Wax regarda la lame bleue. Il n'avait encore jamais gagné un combat avec ce foutu truc. Au moins, je t'ai eu avec l'épaule ?

Le Maître des Vents rit.

— Au moins ça.

Le trio prit son dernier dîner sur le pont du navire, les mers calmes à l'approche de Foti leur permettant un repas tranquille sous les voiles éthérées. Kance avait une façon particulière avec les bleus, et les couleurs céruléennes se fondaient en blanc et violet selon la façon dont la lumière du soleil frappait leurs fines toiles. Plus longues que larges, les voiles trouvaient le vent comme Wax aurait pu trouver une liane au cœur de la jungle : avec une précision plongeante.

Même maintenant, les marins, postés à trois gouvernails différents le long de la longueur du navire, s'interpellaient pour maintenir le vaisseau volant au-dessus de l'eau.

Comme le capitaine du navire le leur avait dit en quittant Vis : Rana pourrait couler sur les mers, mais Kance flotterait au-dessus d'elles.

La patrie de Wax ? Kitaye préférait que les navires viennent à elle. On pouvait trouver des marins sur la côte lointaine — cette pensée fit froncer les sourcils à Wax — mais leur embarcation, des bateaux sveltes construits à partir de feuilles cultivées et tombées, ne résisterait pas longtemps à l'étreinte tumultueuse de l'océan.

Cependant, après trois jours en mer, Wax regrettait déjà

la sensation de la terre entre ses orteils, des arbres au-dessus de lui et des épices de cuisine flottant dans l'air.

— Mieux que ça, en tout cas, marmonna Wax en avalant une autre cuillérée de soupe aux poireaux. Le liquide clair méritait à peine ce nom, bien que le capitaine de Kance ait clairement fait comprendre à Wax qu'il pouvait marchander pour quelque chose de plus savoureux.

Comme si Wax avait quoi que ce soit à marchander.

— Tu marmonnes encore tout seul ? demanda Quik.

— Peut-être, répondit Wax.

Il refusa d'admettre ce qu'il faisait réellement : parler à Pan, s'imaginant son ami avec eux, prêt à se joindre à Wax pour critiquer le forfait culinaire imposé à leurs corps.

— Tu aimes ça ?

— Je l'accepte, haussa les épaules Quik. Quand on part pour de longues chasses, on vit de ce qu'on peut glaner. Ce n'est pas très différent.

— Je pensais que les Renouvellements auraient droit à mieux.

« Va te plaindre à Noctia », signa Bliss. Sa sœur termina sa soupe, jetant sans cesse des coups d'œil vers la proue du navire, comme si elle pouvait apercevoir Foti en premier. Elle semblait moins verte maintenant que le navire avait atteint des eaux calmes. « Peut-être qu'ils te donneront un saumon si tu demandes gentiment. »

— Probablement seulement si je leur donne ça d'abord, dit Wax en portant la main à sa poitrine, où persistait une chaleur constante. Là, enchâssé dans un collier couleur cuivre, se trouvait un fragment de Vis. Une émeraude brillante pas plus grande que le pouce de Wax, le skar chatouillait ses nerfs chaque fois qu'il le touchait, comme s'il effleurait une feuille anesthésiante. Sa faible voix lui chuchotait maintenant des absurdités dans la tête pendant les moments de calme, un insecte qu'il ne pouvait faire taire mais qu'il avait appris à ignorer. Combien penses-tu que j'en obtiendrai ?

« Chacun d'entre eux », signa Bliss. « Je ne t'ai pas rejoint pour te voir échouer. »

— Ça fait deux d'entre nous, ajouta Quik. Finis ta soupe, Wax. La prochaine étape commence demain.

CHAPITRE 2
EN DESSOUS

La grotte avalait le bruit de leurs pas. Svarde et Kivi, le ferrite lézard des roches, marchaient en tête de la petite colonne. La torche de Svarde crépitait dans sa main droite, sa flamme vacillante trouvant et détruisant les ombres dans le tunnel accidenté. Selon les informations de Maena, cette grotte continuerait à s'enfoncer de plus en plus profondément, jusqu'à un point où aucun explorateur n'était jamais revenu.

Là-bas, quelque part, se trouvait la source du démon.

La grotte n'était pas faite de roche morte. Des mousses et des champignons sortaient des fissures. L'eau s'écoulait ici et là, ruisselant à travers la terre. Pendant la première heure, les marins Rana égayèrent aussi le voyage avec leurs chants.

Cela prit fin lorsqu'ils atteignirent l'Égide.

Telle une toile d'araignée tissée de lumière argentée, l'Égide courait sous les sept îles, les protégeant. Un don des dieux dans leurs derniers instants, ou du moins c'est ce que le Cercle et les Najahn affirmaient. Svarde ne l'avait jamais vue auparavant, et les lignes qui fendaient l'air devant son visage, captant la lumière de la torche sans se courber dans sa flamme, forcèrent l'arrêt de la marche.

Maena, la capitaine Rana, maintenant vêtue de son cuir bleu foncé et de sa cuirasse émeraude, avec un pantalon assorti bleu et vert, rejoignit Svarde à l'avant tandis que les marins grognaient derrière.

— Alors c'est ça, dit Maena en tendant la main pour toucher les filaments. Espacés d'une longueur de main, les lignes traversaient la roche, et Svarde supposa que s'il les suivait jusqu'au bout, elles le ramèneraient directement à Catya, là-bas dans cette prison.

— Au-delà, nous n'aurons plus aucune protection, dit Svarde, sa main droite remontant vers la hache sur son dos. Les démons ne seront pas dissuadés.

— Avez-vous peur, Gardien ?

— Je ne suis plus un Gardien. Mon nom est Svarde. Appelez-moi comme ça, ou ne m'appelez pas du tout.

— La marche vous rend-elle susceptible ?

— Je garde les choses simples. Vous devriez faire de même.

Maena fit un signe de tête vers la colonne, les yeux dépassant les torches pour regarder leurs chefs.

— Ils comprennent tous que nous allons probablement mourir ici-bas, Svarde. Ils ont tous leurs raisons d'être venus, des raisons qui viennent de la vie qu'ils ont menée. Ne leur demandez pas de jeter tout ça.

— Tout ce que je demande, ce sont leurs épées et leurs arbalètes quand les démons viendront.

Maena hocha la tête.

— Ça, je pense qu'ils peuvent le faire.

Elle recula de Svarde et fit face à ses marins.

— Après cela, les chants s'arrêtent. Nous avançons en silence. Guettez le danger, gardez vos pieds bien ancrés.

Faites confiance à vos amis, à votre intelligence, à vos capacités, et nous ne faillirons pas.

Kivi renifla. Svarde était d'accord. Les grands discours pâlissaient toujours face aux dures réalités. Celui de Maena ne s'en sortirait pas mieux ici-bas.

Passer l'Égide ne purifia pas l'air, ne fit pas sentir Svarde plus léger, plus lourd, plus malade ou plus heureux. Cela dressa cependant les poils de sa nuque, mettant ses yeux en alerte constante pour surveiller la grotte.

Pendant longtemps, la grotte ne leur avait rien offert. Seulement un chemin unique avec des virages sinueux, quelques sections raides et peu profondes. Après l'Égide, cependant, la composition changea.

La terre devint sauvage.

À peine cinq minutes après les filaments, le tunnel s'ouvrit sur une vaste caverne, brisée par des piliers imposants, des roches irrégulières s'écrasant les unes sur les autres dans un méli-mélo violet-pâle. Des lignes gravées par des moyens non naturels rayaient les murs alors que Svarde et l'équipage se déversaient dans le vaste espace, s'étalant avec les torches levées. Des dents rocheuses pendaient du plafond, certaines gouttant de l'eau sur des flèches tout aussi grandes s'élevant du sol, certaines aussi hautes que Svarde et deux fois plus larges.

— Un homme pourrait se perdre ici, marmonna Svarde, agitant sa torche, scrutant le sol humide à la recherche d'un signe.

Un signe de quoi, Svarde ne le savait pas. Mais il aurait pris la piste d'un démon. Les monstres devaient venir de quelque part ici-bas, et une trace de griffe pourrait les mener directement là où ils devaient aller.

Pourrait mener Svarde là où il voulait être depuis que

Catya avait ramassé ce dernier skar, depuis que devenir l'Égide était passé de rêve fantaisiste à certitude de fer.

Depuis qu'il avait abandonné celle qu'il aimait pour sept îles qui n'en avaient rien à faire d'elle.

Maena interrompit la rêverie de Svarde, appelant à une pause, une chance de boire un peu d'eau, de manger un peu de la viande salée qu'ils avaient apportée. Svarde et Kivi rejoignirent l'équipage, trouvant leurs quelques dizaines s'installant en cliques, les torches plantées où ils le pouvaient.

Les marins Rana avaient maintenant une allure différente. Leurs corps bronzés, aspergés d'embruns, se courbaient, leurs yeux errant comme des bêtes effrayées. Une main libre était une main sur la poignée d'un sabre. D'autres vérifiaient une fois, deux fois que leurs arbalètes étaient chargées.

— Ils ont peur, dit Svarde à Maena, tous deux, comme souvent, assis à l'écart des autres. Nous ne sommes même pas à un jour de route et certains semblent sur le point de craquer.

— Peu ont déjà été dans une grotte, Svarde. Encore moins dans une qui s'étend aussi loin.

Maena fronça les sourcils devant sa propre lanière de poisson blanc et fade.

— La réalité nous donne un goût différent de nos rêves.

— Nous sommes loin des rêves maintenant.

— Ils s'y feront. Donnez-leur du temps.

Kivi renifla, Svarde hocha la tête. Le temps, c'était bien beau, mais ils n'en avaient pas à donner. Déjà, de nouveaux sons s'infiltraient à travers les roches, pas l'eau qui goutte, le vent qui siffle, mais le grattement des griffes sur la pierre. Les cris lointains de bêtes trouvant bataille, ou but. Les clics, les claquements, les toux de choses inimaginables prenant conscience de leur prochain repas.

Svarde se leva, tira sa hache droite et la brandit. Elle captait la lumière des torches, attirant les regards de chaque marin Rana. Couvert de fourrures Whent, son équipement de Gardien forgé par Foti en dessous, Svarde était imposant. Le poids lui donnait de la force, renforçait son but, et il laissa les marins trouver un certain réconfort dans sa silhouette.

— Frères, sœurs, commença Svarde comme le faisaient souvent les Foti. Là où nous allons maintenant, des monstres nous attendent. Des démons, même. Des créatures pour lesquelles nous n'avons pas de mots. Je vous regarde et je vois ce qui pourrait passer pour de la peur chez des êtres inférieurs, mais cela doit maintenant se transformer en courage. Car rappelez-vous, vous voyagez avec des soldats, des combattants. Svarde fit un signe de tête vers sa hache. Nous verrons le pire avant que tout cela ne soit terminé, mais quand ce sera fini, ce seront les démons qui connaîtront la peur. Pas nous.

Quelques sourires encouragés accueillirent la conclusion de Svarde, d'autres levèrent leurs épées, leurs gourdes. Pendant un bref instant, le grand discours eut son emprise.

Jusqu'à ce qu'un hurlement, s'élevant des profondeurs et se rapprochant, emporte tout.

CHAPITRE 3

CE QUI S'ÉLÈVE DOIT RETOMBER

La Blessure descendait aux pieds d'Ami, son obscurité s'enfonçant bien au-delà de la vue de quiconque. Bâtons, pierres et même quelques torches allumées lancés dans les profondeurs disparaissaient sans bruit dans le noir absolu de la Blessure. Rien de ce qui y était jeté n'en revenait jamais.

Mais beaucoup de choses en remontaient.

— Tenez-vous prêts, chuchota Catya, l'Égide se reculant sur son siège de pierre, s'installant sur les coussins et paraissant plus fragile que jamais. Ses robes semblaient engloutir son corps, trop grandes de moitié, mais sans doute mesurées correctement il n'y a pas si longtemps. Ils arrivent.

L'avertissement de l'Égide était inutile, car les éclairs autour du collier faiblissant sur sa poitrine suffisaient à indiquer ce qui approchait. Les sept skars ressemblaient maintenant à des pierres ternes, leurs couleurs pâles étant le dernier rappel de ce qu'ils avaient été autrefois.

— Gardes, dit Ami en dégainant son épée et en la saisissant à deux mains.

Forgée par les Foti, gravée de topaze orange scintillante le long du centre, Brise-Flamme méritait bien son nom. La lame argentée et noire semblait absorber la lumière des torches, brillant de son reflet.

Les deux Gardes, sentinelles Najahn en armures de plaques noir et pourpre impeccables, chakrams accrochés dans le dos et voulges à l'avant, quittèrent leurs postes de surveillance à l'intérieur du dôme.

Ils se tenaient sur la roche, bien que propre, et la surface lisse et grise permit au trio de s'étaler pour couvrir la Blessure. Ami se plaça devant Catya, tandis que les deux Gardes prenaient des côtés opposés, formant un triangle autour du puits.

Les grattements se rapprochaient, raclant comme de grandes pattes et des griffes qui creusaient la pierre et la détachaient des parois. Des poumons haletants grognaient et soufflaient à chaque traction.

Ils étaient proches.

Ami inspira profondément, sentant la poignée enveloppée de Brise-Flamme sous ses mains. Son armure reposait lourdement, parfaitement ajustée sur ses épaules et ses jambes. Un ajout récent, celui-là : avec les démons venant plus fréquemment, Ami devait supposer que n'importe quel jour pouvait apporter une percée.

Au moins cette fois, elle était là, prête à remplir son rôle.

— Heureuse d'être encore une fois votre Gardienne, dit Ami sans se retourner vers Catya.

— Espérons que ce ne sera pas la dernière fois. Les paroles de Catya faillirent briser le cœur d'Ami, non pas à cause de ce qu'elle disait, mais de la fragilité avec laquelle elles sonnaient.

Avec un peu de chance, le Renouveau arriverait assez tôt

pour donner à Catya quelques jours, une semaine, un mois sans son fardeau.

Avec de la chance.

Le démon ne donna aucun avertissement. Les griffes grattèrent en dessous, puis sa forme jaillit hors de la Blessure, bondissant sur le Garde devant et à droite d'Ami.

Chaque démon était une horreur unique, et celui-ci portait ses griffes le long de huit bras filiformes, chacun émergeant d'un long torse laineux. Des dents grinçantes et des yeux bleu saphir perçants dominaient une extrémité, tandis que son arrière-train trouvait la place pour une queue claquante équipée d'un dard.

Ces saletés empiraient.

Le Garde recula face au bond du démon, utilisant sa voulge et sa pointe courbée pour bloquer les griffes qui fauchaient l'air. Là où le manche lourd de la lance ne pouvait aller, l'armure du Garde encaissait les coups, des entailles apparaissant dans le métal.

Le Garde à la gauche d'Ami planta sa voulge dans le sol, passant ses deux mains derrière lui pour tirer les chakrams. Faisant un pas de côté, l'homme tourna sur lui-même, prenant de l'élan et lançant les disques l'un après l'autre. Les cercles tranchants s'enfoncèrent dans le démon, chacun sectionnant une patte et laissant le monstre hurler.

Se dressant sur ses deux griffes arrière, la bête se jeta en avant, mettant tout son poids sur le Garde qui se défendait et le plaquant au sol. Le Garde appela à l'aide, et le troisième garde fit son apparition, accourant de l'extérieur avec sa voulge prête.

Celui qui avait lancé ses chakrams lança un regard noir à Ami, son visage demandant pourquoi, avec cette énorme épée, elle n'avait pas encore bougé.

La réponse vint de la Blessure, où les griffes faisaient encore leurs bruits désagréables.

Le deuxième démon bondit, ses pattes s'écartant largement tandis que ses dents claquaient en direction d'Ami, comme s'il prévoyait d'enfermer la Gardienne dans une terrible étreinte.

Mauvaise idée.

Ami leva Brise-Flamme à son épaule, puis balaya la lame dans une frappe diagonale à travers son corps alors que le démon se rapprochait. L'épée, fidèle à son nom, laissa des étincelles dans l'air sur son passage, ces braises chaudes longeant le corps du démon tandis que l'épée mordait profondément.

La créature poussa un cri aigu, les dégâts infligés à son abdomen, et ces dents grinçantes se retirèrent en un hurlement sauvage. Les pattes atterrirent autour d'Ami, la masse du démon la poussant d'un pas en arrière même si ses organes vitaux s'échappaient de la blessure.

Ami fit un pas de côté vers la gauche, plantant fermement son pied droit ce faisant, faisant tourbillonner Brise-Flamme de ses chevilles jusqu'à sa poitrine dans une coupe tournoyante. Le coup accrocha quelques pattes tendues, ralentissant à peine l'élan de son épée qui trancha net. Une fois de plus, le démon hurla.

Et une fois de plus, Ami se mit en position. Finissant sa rotation, Ami ramena Brise-Flamme à son épaule, pointe en avant. Le démon se débattait, ses yeux saphir se posant sur elle, ne montrant rien qui s'apparente à de la santé mentale.

Il était temps d'achever le monstre.

— Pour la forge, grogna Ami, s'élançant des deux pieds dans un court sprint vers le corps du démon.

Des pattes griffues tentèrent de la frapper, mais les serres rebondirent sur ses épaulières dures. Le démon ouvrit grand la gueule, ayant l'intention d'avaler la tête d'Ami tout entière.

La morsure n'atteignit jamais sa cible. Flamebreak frappa en premier, s'enfonçant et soulevant le torse du démon vers le ciel. Ami continua de pousser la bête agonisante et gesticulante vers la Blessure. Lorsqu'elle aperçut les ténèbres sous le monstre, Ami retira la lame, laissant Flamebreak se libérer en brûlant.

Le démon ne put que gargouiller alors qu'il tombait profondément dans l'obscurité.

Ami porta son regard sur l'autre monstre, éliminé de manière similaire, bien qu'avec beaucoup plus d'entailles. Les vouges tourbillonnaient, les chakrams jonchaient le sol, et la lente agonie du démon se jouait tandis que le monstre sombrait dans son sommeil éternel.

La Garde qui avait attiré la charge initiale du démon était agenouillée au sol, ses blessures déjà pansées par ses camarades. Le calme post-bataille, un silence sacré, descendit sur eux.

— Tu n'as rien perdu de ton talent, chuchota Catya, s'approchant d'Ami par derrière et s'appuyant sur son épaule. L'Aegis mince semblait légère comme une plume, faisant tressaillir Ami. Chaque contact confirmait que Catya était si loin de ce qu'elle avait été, si loin de...

Non. Ces rêves ne menaient qu'à des cauchemars.

— Tant que je te protégerai, dit Ami en rengainant Flamebreak, je ne cesserai jamais de devenir plus forte.

Ami fit face à Catya, se forçant à regarder son amie. Les souvenirs se heurtaient au moment présent, les yeux de Catya montrant une ancienne curiosité alors qu'ils se posaient sur l'épée rengainée d'Ami.

— Le skar de Foti brûle toujours ? demanda Catya.

— Toujours, acquiesça Ami.

— Les miens s'éteignent si vite, pourtant les tiens brillent avec tant de vie.

— Je ne protège pas toutes les îles avec les miens.

— On échange ?

Ami rit et secoua la tête. Elle s'empêcha de dire ce qu'elle ressentait.

Jamais, Catya. Jamais Ami ne paierait ce prix.

— Alors, puis-je te demander quelque chose ? dit Catya, s'arrêtant pour reprendre son souffle entre les mots. Elle aurait bientôt besoin d'une sieste. Ami jeta un coup d'œil aux Gardes, hocha la tête vers un endroit couvert de paille près du siège de pierre. Elles trouveraient des coussins, une couverture.

— Tout ce que tu veux, répondit Ami.

— J'ai besoin de savoir, ici à la fin, ai-je été trop faible ? Catya porta la main à son collier. Étais-je le mauvais choix ?

Comment répondre à une question pareille ?

La Catya qu'Ami connaissait, celle avec qui elle avait grandi, n'aurait jamais posé cette question. Elle aurait supposé qu'elle était la personne parfaite pour tout ce qu'elle choisissait de faire. C'était ainsi qu'on gagnait l'Aegis en premier lieu : une foi inébranlable en ses capacités.

Mais voilà où en était Catya. À peine une décennie depuis qu'elle avait mis le collier et s'était desséchée. Presque épuisée. Pas seulement physiquement, mais, claire-ment, son âme aussi.

Ami devait lui répondre. Donner à Catya quelque chose à quoi se raccrocher. Ami lança un filet du regard, jeta un coup d'œil à gauche et ne vit rien d'autre que le dôme de toile et la pierre gris ardoise. Elle regarda à droite, trouva une opportunité.

— Ils se battent pour toi, dit Ami, faisant un signe de tête vers les Gardes. Je me bats pour toi.

— Parce que le Cercle l'exige.

— Ces vantards de Najahn n'ont aucune emprise sur moi. Ami posa délicatement ses gantelets sur les épaules de Catya, l'attirant contre elle. Une fois de plus, la légèreté, le poids à peine perceptible la fit frissonner. Je suis ici parce que je t'aime. Je t'ai toujours aimée. Je t'aimerai toujours.

Le reniflement de Catya fut étouffé contre l'épaisse cotte de mailles. — Tu ne me détestes pas d'être si faible ? De mourir si vite ?

Ami recula, — Tu n'es pas morte.

Le reniflement, les yeux rougis de Catya se transformèrent en un rire mince et sinistre.

— Ami, je suis morte à l'instant où j'ai mis ce collier.

CHAPITRE 4
LE JOUEUR

Les tours d'obsidienne de Foti émergeaient du brouillard comme les dents ébréchées d'un géant. Bien qu'imposantes et sombres, elles apportaient un sentiment de calme à Wax après des jours en pleine mer. Un horizon dégagé était certes magnifique, mais avoir un point de repère était un changement bienvenu. Cela l'aidait à se sentir ancré et à évaluer la vitesse à laquelle ils glissaient sur l'eau.

Cette eau n'avait abrité que des vagues et peu d'autres choses, hormis quelques oiseaux ou nuages de passage. Maintenant, la mer devenait plus animée tandis que Wax, Bliss et Quik observaient depuis la proue du navire Kance.

Si Kitaye avait le monopole du commerce de Vis, Foti et la ville vers laquelle ils se dirigeaient, une cité de fumée et d'acier nommée Smythe, faisaient paraître le commerce de l'île de la jungle comme un jeu d'enfant.

D'énormes galions de Foti frôlaient le navire Kance, les surplombant de leurs immenses coques de bois sombre et de métal, leurs voiles massives obscurcissant le soleil à leur passage. Wax et Bliss reculaient à chaque fois que l'un d'eux s'approchait, bien que les marins Kance les aient assurés qu'aucune collision n'était possible, leur navire étant si agile.

Quik, pour sa part, affichait un sourire forcé et se tenait debout, les bras croisés, défiant ce nouveau monde de le bousculer.

Des navires plus petits abondaient également, jetant leurs filets de pêche ou s'armant de harpons pour une chasse plus imposante. Des bateaux d'autres îles, comme les sloops gris élancés de Noctia et les cotres fluides de Rana, filaient dans et hors du port tentaculaire de Smythe. À mesure qu'ils s'approchaient, l'air prenait un goût de fer, irritant les poumons de Wax.

Des quintes de toux se répandaient sur le navire alors que les marins s'habituaient à la nouvelle atmosphère.

L'amarrage manquait de grandeur : des cordes apparurent dans les mains, glissèrent sur les bornes d'un ponton parmi tant d'autres, les quais s'étendant en fourche dans l'océan. Quelqu'un jeta une ancre et le capitaine, un homme qui ne s'était jamais donné la peine de dire son nom à Wax, leur souhaita un au revoir dédaigneux.

Le trio prit ses besaces et descendit, sentant le bois dur frémir sous leurs pieds.

— Pour ma part, j'aimerais bien sentir la terre ferme sous mes pieds, dit Quik.

— On fait la course jusqu'au bout ? proposa Wax en indiquant l'extrémité du quai, une course encombrée d'équipages et de cargaisons.

« C'est parti », signa Bliss, arborant le premier sourire radieux que Wax avait vu depuis des jours.

Le mal de mer avait transformé Bliss en une sorte de boue bouillonnante. C'était bon de la voir retrouver sa bonne humeur.

— Pas cette fois, trancha Quik. On n'est pas chez nous. Nous sommes des visiteurs, et plus encore, des Renouvelle-ments. On ne peut pas se comporter comme des idiots.

— Pourquoi ? demanda Wax, commençant néanmoins à marcher vers le rivage.

Ce n'était pas aussi amusant qu'une course, mais la terre ferme restait la terre ferme, et il s'en était passé assez longtemps.

— Parce qu'à moins que tu ne saches comment obtenir le skar de Foti, nous devrons demander de l'aide à quel-qu'un ici.

— Il n'y a pas, je ne sais pas, un guide ? Un panneau ?

— En avions-nous un à Kitaye ?

Quik donnait à sa voix une certaine intonation quand il voulait faire comprendre quelque chose, une inflexion légè-rement moqueuse dans ses mots. Wax ne répondit pas tout de suite tandis qu'ils marchaient, évitant les caisses et les porteurs chargés de sacs et de besaces. La réponse aux énigmes de Quik était toujours évidente, pour peu qu'il y réfléchisse suffisamment.

— D'accord, donc nous connaissions Vis, dit Wax, s'ap-prochant de la réponse. Parce qu'on y vivait, on avait tous entendu les histoires, vu les Renouvellements avant. Mais on n'a pas fait ça ici, alors on aura besoin de quelqu'un qui l'a fait.

— Regarde ça, Bliss. Notre frère n'est pas complètement désespéré après tout.

« Je ne sais pas si j'irais jusque-là. »

Wax tendit la main, sortit le collier pour que le skar d'émeraude repose sur le dessus de son tissage vert-brun. — Hé, qui est le plus important ici ? Soyez gentils.

Quik renifla, Bliss leva les yeux au ciel, et Wax sentit de nouveaux regards se poser sur lui.

Des regards qui avaient été superficiels auparavant, confirmant peut-être que ces trois-là étaient bien de Vis, scrutaient maintenant plus intensément et ne s'attardaient plus sur le visage de Wax, ni sur son tissage. Le skar attirait l'attention, suscitait l'examen.

Wax remit le collier sous son tissage. Les regards disparurent, et Wax respira à nouveau. Il ne s'était pas rendu compte qu'il s'était arrêté, ni à quel point ses nerfs étaient tendus sous la pression de tous ces yeux errants.

— Bonne décision, dit Quik à voix basse. Wax remarqua que les mains de son frère s'étaient rapprochées des gantelets à sa taille, les maillets couvre-mains prêts à être enfilés en un instant. Je ne suis pas sûr qu'on devrait afficher qui tu es.

— Je commence à comprendre, mais pourquoi pas ?

— Parce que les skars peuvent être utilisés pour bien plus que les Renouvellements, mes nouveaux amis, annonça une voix, provenant d'un homme nonchalamment assis sur une caisse juste à la fin du quai. Une barbe de plusieurs jours traînait sur un visage buriné par le soleil, des pantalons et des bottes en cuir noir et violet brillant laissaient place à une tunique cendrée. À ses hanches, deux rapières — Wax pouvait maintenant reconnaître ces armes après tous ces duels Kance — reposaient, prêtes à l'emploi. Une pipe fumante était posée dans une de ses mains.

Et les yeux les plus intenses que Wax ait jamais vus, presque violets dans leur regard, se fixèrent sur lui. L'homme fit un geste avec sa pipe vers un endroit libre sur le rocher à côté de lui, où l'eau sale léchait la rive de pierre nue. Pas de plages ici.

Le trio s'arrêta, Quik allant un peu plus loin en se plaçant imperceptiblement entre Wax et ce nouvel homme. Si une menace se présentait, cependant, aucune des activités commerciales autour d'eux ne semblait la détecter : l'équipage et la cargaison poursuivaient leur progression inexorable.

— Qui êtes-vous ? demanda Quik, le chasseur prenant le dessus. Et pourquoi nous attendiez-vous ?

— Je m'appelle Cassignol, et je viens ici tous les jours à la recherche de voyageurs perdus. L'homme sourit. Il y a de bonnes affaires à faire en aidant les égarés à trouver leur chemin.

— Comment savez-vous... commença Quik, s'interrompant lorsque Wax le dépassa pour se placer directement face à Cassignol.

— Nous ne sommes pas perdus, dit Wax, se redressant face à l'homme. Cassignol, malgré ses vêtements élégants, n'avait pas beaucoup de stature. Pas de bagarres dans les ruelles pour celui-là. Mais nous pourrions avoir besoin d'une indication ou deux, si vous êtes disposé à nous en fournir.

— Je peux faire ça, je peux faire ça, dit Cassignol en hochant plusieurs fois la tête. Je vais vous donner celle-ci gratuitement : vous êtes à Smythe, le joyau de la côte sud de Foti, et la plus grande ville minière des Sept Îles. Tout ce que vous voulez qui nécessite de la chaleur et du minerai, vous pouvez le trouver ici. Cassignol se leva de sa caisse et fit un geste vers la ville derrière lui. Dans cette ville, les fortunes se font grâce à votre habileté avec le marteau et les pinces.

— Ou grâce à ta langue bien pendue ? Wax esquissa un sourire.

Cassignol lui fit un léger signe de tête. — Comme partout ailleurs. L'homme se redressa face aux trois. Maintenant, je peux vous procurer ce que vous cherchez, mais en échange, vous devez faire quelque chose pour moi.

— Quoi donc ?

— Un jeu, mes amis. Un simple jeu.

Cassignol pivota sur ses talons et commença à remonter l'avenue tentaculaire. Wax jeta un coup d'œil à ses deux Gardiens, qui haussèrent les épaules. Un jeu n'était peut-être pas ce qu'ils cherchaient, mais ils avaient peu d'autres options. Pas d'autres pistes.

— On dirait qu'on va jouer, dit Wax à son frère et sa sœur, et ils se mirent à suivre l'homme.

Les Sept Îles avaient leurs différences. Wax l'avait appris jeune, comme tout le monde, simplement en voyant les navires entrer dans le port de Kitaye. Bien que tout le monde parlât la même langue, l'argot différait, les tournures de phrases se modifiaient, les accents changeaient. Le brouhaha dans les rues de Smythe était rude et direct, chaque syllabe martelée comme un coup de marteau, un dialecte qui prenait tout son sens alors que le bruit des forges, des docks et du travail acharné remplissait chaque espace.

Pour la première fois de sa vie, Wax sentit sous ses pieds des briques moulées, des pavés posés — Cassignol leur donnait les détails au fur et à mesure qu'ils marchaient — qui se révélaient brûlants sous ses orteils malgré le temps nuageux. Des avenues s'ouvraient de chaque côté, toutes bordées de maisons, de commerces, de gens menant des vies méconnaissables.

Pas de feux de cuisine communautaires, pas d'épices parfumées, pas de cris et de danses. Non pas qu'il ne vît pas de bonheur sur les visages, non pas que les gens de Foti n'eussent pas le pas léger, mais ici, cela s'accompagnait de crasse et de poussière, de muscles puissants et de dos chargés.

Des lames, des haches, des couteaux et pire encore

pendaient à toutes les ceintures. Le cuir et l'acier recouvraient les poitrines et les jambes, alors que beaucoup de gens à Vis ne portaient presque rien d'autre que leurs tatouages gagnés.

— Arrête de regarder bouche bée, dit Cassignol alors qu'ils traversaient une grande place, dominée par une statue de marteau, son énorme tête dorée s'abattant sur une dalle de marbre. Tout le monde peut voir que vous êtes des étrangers, mais ils n'ont pas besoin de vous détester pour autant.

— Nous détester ? demanda Wax. Quik et Bliss semblaient se contenter de suivre, de laisser Wax mener la conversation. Pourquoi ? Nous n'avons jamais vu tout cela auparavant.

— Tu aimes être observé, mon garçon ?

Wax le foudroya du regard. — Je ne suis pas un garçon.

— Ici, ta peau est trop propre pour être autre chose. Gagne quelques cicatrices de braises, mets un peu plus de cendres dans tes cheveux, et peut-être qu'on te verra comme quelque chose de plus. Le sourire de Cassignol prit un air tranchant. Jusque-là, tu n'es qu'une proie facile.

— C'est ce que je suis pour toi ?

Cassignol haussa les épaules et tourna brusquement à droite vers un bâtiment bas et long. Un toit en bardeaux semblait avoir accumulé sa propre couche de cendres au fil des ans, les flocons tombant ici et là sur l'extérieur en pierre calcinée. Wax ne voyait aucun feu, aucune forge à proximité, alors comment le bâtiment avait gagné sa couleur restait un mystère.

Cassignol les guida à travers les portes principales, et à l'intérieur s'étalait quelque chose de nouveau : les baraques Najahn à Vis ressemblaient un peu à cela, de longues tables placées côte à côte, des chaises autour de chacune. Ici, cependant, ces tables étaient occupées, et pas par de la nourriture. Au lieu de cela, d'étranges instruments étaient disposés sur toutes les tables, avec des hommes et des femmes autour de chacune, criant des nombres, des couleurs. Certains jetaient de petits cubes dans des boîtes carrées, tandis que d'autres faisaient tourner des roues pendant que les autres occupants de la table regardaient, prenant des gorgées de chopes de bière avant de jurer ou de crier de joie.

Des jetons d'argile brillants passaient de main en main et de la table aux joueurs alors que les cubes atteignaient leurs nombres et que les roues arrêtaient de tourner.

— Bienvenue, dit Cassignol en se tournant vers le trio et en écartant les bras, dans la fierté et la joie de Smythe, Les Bras de l'Enclume. Continuant sa lente pirouette, Cassignol pointa du doigt les machines et les foules agglutinées. Ici, vous pouvez gagner une nouvelle vie, vous pouvez avoir le plus grand plaisir que vous ayez jamais connu. Les possibilités sont illimitées, et avec ces sacoches pleines, je vous invite à en profiter.

— C'est plutôt eux qui profitent de nous, marmonna Quik en s'approchant de Wax. Cet homme te manipule, mon frère. Nous devrions partir.

Cassignol pencha la tête et afficha une moue que même Wax pouvait dire fausse. — Ah, mais mes amis, vous m'avez promis une partie, n'est-ce pas ?

— Et tu nous as promis une réponse, rappela Quik à l'homme.

Un sourire étincelant se ralluma, Cassignol hocha la tête, — Jouez quelques tours et nous verrons pour vous mettre en route, peut-être avec une charge plus lourde qu'avant.

Les deux premiers jours en mer, Wax passa des heures à

regarder dans le vide. Pan, son meilleur ami, celui qui aurait dû être à sa place, ne cessait de lui murmurer que sa mort était la faute de Wax. Sawi, l'amour de Wax maintenant séparé par le devoir et la distance, vidait l'enthousiasme, le bonheur qui avait donné du ressort à chacun de ses pas.

Pendant ces deux premiers jours, Quik et Bliss essayèrent, sans succès, de faire une brèche dans ce chagrin. Vers la fin du deuxième jour, un marin Kance, ce duelliste à la rapière, suggéra que Wax pourrait briser son humeur en embrassant l'aventure. En transformant sa vie en quelque chose de nouveau.

Alors quand Cassignol suggéra de se plonger dans un jeu, Wax se rendit compte qu'il se fichait un peu de ce que c'était. Ils étaient sur Foti, une toute nouvelle île, s'embarquant dans une quête ridicule pour sauver le monde.

La prudence de Quik puait la vieille pensée, l'ennui et la lenteur.

CHAPITRE 5

CARREAUX ET LAMES

Les tunnels donnèrent à Svarde et Maena le temps d'organiser une défense. Les deux criaient des ordres, d'abord contradictoires puis s'harmonisant, disposant les marins en un cercle serré, utilisant les piliers pour créer des espaces étroits. Les torches empilées au centre, la lueur vive brillant vers l'extérieur pour aveugler l'approche des créatures tout en facilitant les tirs.

À l'extérieur du cercle, les marins les plus confiants en leurs sabres et leurs armures. À l'intérieur, les arbalètes prêtes. Maena, ignorant la suggestion de Svarde, se tenait à côté de lui en première ligne. Kivi renâclait aux pieds de Svarde, mâchonnant la base d'un pilier entre deux coups d'œil vers les bruits approchants.

Rugissements, sifflements, griffes sur la roche. La symphonie habituelle des démons.

Svarde avait ses deux haches prêtes, leurs tranchants fraîchement aiguisés luisant dans les vacillements orange-jaune. À sa droite, Maena tenait son sabre d'une main, l'autre passée dans la lanière d'un mince bouclier de duel-liste. Elle avait ses cheveux rentrés sous un casque Rana, un heaume si lisse qu'il déviait presque tous les coups portés sur sa surface grise et brillante.

Svarde ne le savait que trop bien, de souvenirs qu'il aurait préféré oublier. Des combats d'une vie depuis longtemps révolue.

— Prête ? grogna Svarde en direction de Maena.

— Si je ne l'étais pas, j'aurais dû rester à la surface, répondit Maena. C'est ce pour quoi nous avons travaillé, Svarde.

— C'est-à-dire ?

— Un combat sur le terrain des démons. Ils ont été les envahisseurs tout ce temps. La voix de Maena s'éleva. Allons leur botter les fesses jusqu'à chez eux.

Les marins poussèrent une acclamation. Les cris résonnèrent dans la caverne, un bref élan de confiance. Un qui fut enterré quelques instants plus tard.

Les démons ne s'embarrassaient pas de subtilités. Les créatures baveuses rampèrent hors de l'obscurité, deux bras massifs tirant un torse arrondi, des mandibules d'araignée le long du sol. Alors que Svarde examinait cette nouvelle horreur, il remarqua une traînée verte qui suintait derrière elles, de la fumée s'élevant là où elle touchait le sol.

Non seulement ces monstres étaient laids, mais ils avaient des surprises.

— Ne laissez pas leur sang vous toucher, hurla Svarde alors que les premiers carreaux d'arbalète passaient au-dessus de ses épaules.

Les carreaux, plus courts que les flèches qu'il avait vues sur Vis, filaient droit devant avec une force malveillante. Ils mordaient profondément dans les démons grimpants, faisant tournoyer les monstres, les clouant au sol, ou mettant fin à leur combat d'un coup bien placé dans leur visage sauvage. Les cliquetis se multipliaient derrière Svarde alors que ceux qui avaient tiré rechargeaient, ces précieuses secondes ouvrant une fenêtre où les démons suivants, leurs mains et leurs corps fumants, brûlés par la substance acide de leurs compagnons, avançaient.

Svarde alla à leur rencontre.

Sa première cible croisa le regard de Svarde à l'approche, le monstre annonçant la mort de Svarde par un hurlement déchirant, sa bave éclaboussant le visage de Svarde, suivi d'un puissant coup de griffe. Svarde para le bras avec sa hache gauche, une déviation vers le haut qui aurait dû trancher le membre au poignet. Au lieu de cela, la hache ne mordit qu'une fraction, le coup écrasant continuant sa course et projetant Svarde au sol.

Son genou droit heurta durement la pierre, l'impact sur son épaule amorti par l'armure de Svarde. Sa main droite, agrippant la hache, n'eut pas cette chance : le démon plaqua sa propre main gauche sur le membre étendu, le clouant au sol. Ses dents s'écartèrent largement, cherchant la victoire.

Et trouvèrent une bouchée de ferrite à la place.

Kivi sauta sur le dos de Svarde puis bondit, se recroquevillant en boule alors que la ferrite s'écrasait dans la gueule ouverte du démon, brisant ces incisives et forçant la mâchoire à s'ouvrir encore plus grand, un morceau trop gros et trop dangereux pour que le démon puisse l'avaler.

Kivi se mit à l'œuvre, ses griffes et ses grognements, ses events brûlants forçant le démon à battre en retraite de façon désordonnée. Svarde se redressa, confirma que Kivi semblait avoir le dessus dans ce combat, et sentit la vague suivante de carreaux passer près de lui dans l'obscurité.

D'autres démons hurlèrent, d'autres s'effondrèrent, et l'air se satura d'une odeur âcre. Le sang fumant inondait le sol, et Maena ordonna un repli, un resserrement autour des torches.

Les démons, eux aussi, semblaient hésiter, leurs cris de guerre se muant en gémissements, en toux, en reniflements venant des ténèbres au-delà.

Svarde compta huit monstres morts, et la moitié de ce nombre blessés et en train d'être achevés par des tirs précis.

Inutile.

— Économisez vos munitions, dit Svarde en reculant vers la ligne. Nous ne pourrons pas récupérer les carreaux de ces bêtes.

Kivi le rejoignit un instant plus tard, trempée d'entrailles grésillantes, la substance heureusement incapable de pénétrer sa carapace dure. La ferrite renâcla vers Svarde, son mépris évident dans son attitude acerbe.

— Je serai plus prudent, s'excusa Svarde. Tu as raison. Tu ne devrais pas avoir à me sauver à chaque fois.

La ferrite renâcla à nouveau, prenant sa place aux chevilles de Svarde. Il profita du cessez-le-feu pour vérifier l'équipage, ne trouvant que quelques blessures mineures, bien que trois sabres aient été perdus à cause du sang bouillonnant. Un problème imprévu : combien d'armes de rechange Maena avait-elle apportées ?

Si la capitaine semblait troublée par les événements, Maena n'en montrait rien. Elle continuait de donner des ordres, redressant le cercle, resserrant ses interstices pour compenser les piliers qu'ils avaient laissés derrière eux. Aucun mur naturel ne soutenait plus leur cercle maintenant, juste une volonté humaine dense.

Cela devrait suffire.

Le cercle plus petit invitait à une nouvelle stratégie, et les démons prouvèrent qu'ils avaient un peu de cervelle dans ces crânes charnus, les monstres faisant beaucoup de bruit en se répandant dans toute la caverne, ces bras griffus grattant vers le plafond et derrière eux sur les murs. Des ombres bougeaient à la limite de la lumière des torches, leurs mouvements saccadés et furieux offrant un spectacle contre nature.

Plus d'un marin marmonna des prières à Rana, plus d'un chuchota des doutes quant à leur décision de se joindre à une quête aussi insensée.

Svarde devrait leur montrer qu'ils n'étaient pas condamnés.

— Nous les brisons, annonça Svarde. Frappez avant qu'ils ne soient prêts. Visez leurs têtes, surveillez leurs bras. Ne doutez pas de vous-mêmes ni de vos compagnons d'armes. Nous sommes ensemble.

Il fit claquer ses haches, puis poussa un cri de guerre foti.

Solide comme l'acier. Brûlant comme une forge.

Si Maena doutait de sa stratégie, elle ne la contredit pas, et les marins de Rana se dispersèrent comme un feu explosif. Sabres et dagues dégainés, les marins se ruèrent sur les démons. Les plus grandes créatures se révélèrent moins agiles, leurs doubles bras larges et mortels, mais pas assez rapides pour s'adapter aux coups tranchants, aux attaques surprises venant d'angles imprévus et inattendus.

Svarde, avec Kivi sur ses talons, fonça droit dans l'obscurité, laissant la limite de la lumière des torches éclairer sa cible, un démon à mi-chemin de l'ascension d'un pilier de pierre, dans l'ombre.

Faisant un pas, plantant son pied droit, Svarde sauta haut, frappa avec sa hache, et attrapa l'extrémité fumante de la créature. Comme pour le poignet, comme Svarde l'avait espéré, sa hache mordit et tint bon, laissant le saut de Svarde l'emporter et entraîner le démon avec lui. La grande créature atterrit sur le côté, juste à temps pour que Kivi se précipite dans sa gueule grinçante.

Cette fois, Svarde atterrit en roulant, se relevant, se retournant et se précipitant pour frapper la bête vulnérable par derrière. Un double coup de ses haches, couplé à l'attaque de Kivi, mit le démon à terre. Des éclaboussures fumaient sur les fourrures et le cuir de Svarde, mais cela n'empêcha pas le Gardien de choisir sa prochaine victime et d'avancer, sa voix s'élevant dans un chant de guerre foti.

Cette première victoire appartiendrait aux humains.

La plupart des combats semblaient durer plus longtemps qu'ils ne le faisaient réellement, de simples secondes mettant fin à des vies qui avaient duré de nombreuses années. Les haches de Svarde, les dents et les griffes de Kivi trouvèrent de nombreux démons où s'enfoncer, mais la plupart des monstres portaient déjà des blessures, fuyant plus que combattant face aux vilaines dagues perçantes et aux épées tranchantes des Rana. Les grognements et les hurlements s'estompèrent à mesure que les dernières créatures furent acculées et mises au repos final.

Et pourtant, deux Rana gisaient morts, l'un à cause de dents claquantes, l'autre à cause d'une malheureuse projection de sang immonde.

Dans les soubresauts qui suivirent, les deux corps et plusieurs autres blessés furent placés près des torches. Les Rana restants qui n'avaient que des égratignures regardaient leurs amis pendant que Maena dirigeait une bénédiction de marin.

Svarde n'y prêta pas attention, regarda les corps et ne les vit pas.

Combien de fois maintenant des cadavres joncheraient-ils son chemin ?

Kivi dut sentir la direction sombre que prenaient les

pensées post-victoire de Svarde, car le furet tira sur les jambières en cuir de Svarde. Un regard en bas révéla que les yeux de Kivi envoyaient Svarde dans une autre direction. Une direction qui s'éloignait des funérailles des Rana, des plans pour ramener les corps à la surface pour les jeter correctement à la mer.

— Qu'as-tu trouvé, mon ami ? demanda Svarde, suivant Kivi plus profondément dans la caverne, dans la direction d'où étaient venus les démons.

Le corps d'un monstre gisait là, l'un des plusieurs. Un carreau, ou ce qui restait de sa tige flétrie et fondue, dépassait du crâne, témoignant de la fin précoce du démon. Ce qui avait attiré l'attention de Kivi, cependant, apparut bientôt : le sang que Svarde avait vu avant le combat, la réponse devenant claire. Une profonde blessure le long du dos du démon, une entaille trop droite et nette pour provenir d'une griffe ou d'un rocher étroit.

Svarde s'agenouilla, prenant soin de garder son genou loin du sang fumant, et étudia la ligne. La peau du démon, d'un jaune maladif, semblait déchirée nettement, mais noircie aussi, sur les bords et à l'intérieur. Un poison, donc. Une preuve supplémentaire contre une blessure accidentelle.

— Tu pars déjà en solo ? demanda Maena, la capitaine Rana arrivant derrière lui.

Svarde montra la blessure, la décrivit, ne trouva que du froid dans les yeux de Maena.

— Tu ne trouves pas ça curieux ? demanda Svarde.

— Ce que je trouve curieux, c'est qu'un membre de notre groupe puisse s'éloigner pendant que nous rendons hommage à nos morts.

Rapide comme l'éclair, Maena sortit sa dague incurvée et brillante et la plaça sous la gorge de Svarde.

— Nous sommes dans cette histoire ensemble, Svarde. Toi et nous tous. Quand l'un meurt, nous lui faisons nos adieux ensemble. Ou tu peux partir maintenant, et tenter ta chance seul dans ce sinistre donjon.

Svarde ne trouva ni plaisanterie, ni marge de manœuvre dans son expression. Il ne trouva qu'une réponse à donner.

— J'ai passé beaucoup de temps à éviter les gens, parce que j'en ai vu suffisamment mourir.

Svarde se leva, tendit la main et saisit doucement celle de Maena et la poignée de la dague.

— Je pensais pouvoir éviter de réveiller ces souvenirs. Peut-être avais-je tort.

— Tu avais tort.

Svarde inclina la tête, s'excusa, et la dague retrouva sa place aussi vite qu'elle était apparue. Derrière eux, les marins se divisèrent en deux groupes, quelques-uns accompagnant les blessés et les morts à la surface.

Quinze restèrent pour continuer le voyage, réapprovisionnés avec les fournitures qu'ils purent récupérer de leurs amis partants.

Quant à la longue blessure, lorsque Svarde la montra à Maena, la capitaine Rana n'eut pas de réponses. Seulement plus de questions.

— Les Profondeurs Obscures ne nous en diront pas beaucoup plus, j'imagine, dit Maena, la troupe rassemblée, les torches éclairant à nouveau le chemin. Du moins, pas avant que nous n'atteignions son cœur pourrissant.

— Et que nous le taillions en pièces, ajouta Svarde.

À cela, au moins, un grondement d'approbation parcourut leur groupe.

Avec une torche dans une main, une hache dans l'autre, Svarde reprit sa place à l'avant, marchant hors de l'autre côté de la caverne et descendant, toujours plus bas, dans l'obscurité.

CHAPITRE 6

EN MOTS, DES IDÉES

Chaque île racontait son histoire d'une manière différente. Sur Foti, les détails des grands événements étaient gravés dans la pierre, les tablettes empilées et exposées dans l'immense salle de la Grande Forge à l'extrémité nord de l'île, le cœur battant de Foti.

Ami ne cherchait pas les histoires de Foti, cependant. Heureusement, Noctia avait une façon plus simple d'enregistrer les moments. L'île semblait prendre ses ressources minimales comme un signe pour investir dans des choses plus développées, et les mêmes flèches servant de foyer aux Najahn et au Cercle abritaient aussi la plus grande université des Sept Îles.

Laissant Flamebreak et son armure derrière elle, cette dernière recevant quelques retouches de la part des forgerons inférieurs de Noctia, Ami sentit le froid à travers ses robes pourpre et noir de Najahn alors qu'elle errait dans l'intersection bondée. Passé les premières portes, où les gardes lui adressèrent des hochements de tête solennels, Noctia passa d'un port de mer animé et d'un miasme de civilisation florissante à quelque chose de plus calme, mais plus excitant.

Les biens ici prenaient la forme de conversations, et ils circulaient dans l'air tandis que hommes et femmes se lançaient des traités, des idées et des données. Les bancs et les tables éparpillés sur la place pavée étaient occupés malgré le froid, les tasses de café fumantes — des grains importés de Vis et Kance arrivaient quotidienne-ment — masquant les odeurs plus désagréables du port plus bas sur le flanc du cratère.

Les boutiques prenaient aussi un air différent ici, expo-sant des articles pour le papier, l'encre et les plumes, les livres, et du matériel destiné à un champ de bataille dont Ami avait peu d'expérience. Pourtant, elle entra dans la première boutique quand même, jetant un coup d'œil aux étagères.

Des lettres lui sautaient aux yeux, de longs titres sur des volumes reliés en cuir proclamant ceci et cela. Ami trouva que sa lèvre inférieure était une bonne cible à mordiller, la nervosité la touchant. La lecture en tant que compétence n'était pas particulièrement valorisée à Foti, elle n'était pas nécessaire pour mener un Renouveau autour des îles et gagner l'Égide.

— Puis-je vous aider à trouver quelque chose ?

Ami faillit sursauter à la voix fluette, l'unique vendeur de la boutique apparaissant derrière elle avec plus de discrétion qu'un assassin de Kance. Au lieu de lui asséner un revers et de s'écarter pour gagner du temps, Ami força un sourire. Le vendeur avait tout l'air d'un érudit, ses robes portant les glands dorés réservés aux diplômés de Noctia. Une seule lentille pendait à son cou, prête à l'aider pour tout examen rapproché.

— L'histoire, dit Ami.

— Ah, eh bien. L'érudit hocha la tête vers l'étagère qu'Ami inspectait. Vous avez trouvé le bon endroit. Des événements particuliers que vous souhaitez étudier ?

— Les Renouvellements.

— Vous vous joignez à l'amusement, hein ?

— L'amusement ?

L'érudit rit doucement, fit un geste vague vers la place.

— Chaque fois qu'un nouveau est annoncé, nos scribes se mettent à copier de nouvelles éditions de tous. L'érudit se plaça à côté d'elle, tendit la main et sortit un mince volume, un nom en lettres d'or, Demion, sur le dos. Mais je sens que vous n'êtes pas l'étudiant moyen à la recherche de réponses pour son prochain quiz.

Il tendit le livre vers elle. Ami le regarda, garda ses mains le long de son corps.

— Qui est-ce ? demanda Ami.

— Celui qui compte plus que tous les autres, dit l'érudit, sa voix prenant un certain ton révérencieux. Il passa ses doigts sur la couverture, sans ornement sauf pour le nom, à nouveau en or sur le cuir noir. Si vous voulez comprendre ce que c'est, alors vous devez commencer par le début.

Ami fronça les sourcils, prit le volume, puis regarda à nouveau vers l'étagère.

— J'espérais que vous auriez quelque chose de plus récent.

— Les derniers Renouvellements ont leurs éditions près de l'entrée. Vous auriez dû voir-

— Je veux les vraies histoires, pas ce que le Cercle a décidé de publier. Ami ouvrit le volume de Demion, s'attendant et trouvant en effet la marque du Cercle, leur approbation tamponnée et signée à l'intérieur. Tout le monde sait qu'ils contrôlent le message.

— Si c'est ce que vous croyez, alors pourquoi cherchez-vous des réponses dans une librairie Najahn, mon amie ?

— Parce que je ne sais pas où chercher ailleurs.

L'érudit hocha la tête.

— Les livres ne sont pas une entreprise simple. Ils prennent du temps à écrire, des ressources pour être réalisés. Noctia et le Cercle contrôlent ce que nous faisons parce que nous sommes les seuls à avoir les moyens de le faire. L'érudit se retourna, mais alors qu'il marchait vers le comptoir avant, il jeta un regard en arrière vers Ami qui disait suivez-moi, alors elle le fit, glissant le volume de Demion, avec sa marque du Cercle, sous son bras.

L'érudit sortit un petit bout de papier, taché par une goutte de café égarée. Trempant sa plume dans le petit encrier à son coude, tous deux reposant maintenant sur l'étroit comptoir de pierre, l'érudit écrivit des chiffres, un nom. Une adresse.

— Ce n'a pas toujours été ainsi, dit l'érudit, et il y a encore ceux qui font ce qu'ils peuvent pour préserver une histoire non édulcorée. Demandez Mattimo.

Ami prit le papier, vérifia deux fois qu'elle pouvait lire le griffonnage de l'érudit. À peine. Elle s'apprêtait à poser le volume sur le comptoir, mais l'érudit repoussa sa main.

— Édité, il l'est peut-être, mais celui-ci est loin d'être faux. Essayez-le, Gardienne.

Ami cligna des yeux, fixant le libraire d'un regard plus perçant.

— Vous savez qui je suis ?

— Je ne serais pas un très bon érudit si je ne reconnaissais pas la maîtresse d'épée de Foti qui rôde sur notre île depuis une décennie, n'est-ce pas ?

— Alors vous direz au Cercle ce que j'ai demandé.

L'érudit haussa les épaules.

— Vais-je risquer ma vie et mon bien-être pour vous, Gardienne ? Non, je ne le ferai pas. Mais je ne vois pas non plus la nécessité de courir vers le Cercle pour leur raconter ma journée. Ne leur donnez pas de raison de venir frapper à ma porte, et je ne frapperai pas à la leur.

Ami n'ouvrit pas le livre avant d'avoir déjeuné, avant de s'être assise seule sur son étroit balcon surplombant la pente descendante vers la ville principale de Noctia. La matinée lui offrait une journée sans vents violents, sans pluie, et sans les odeurs affreuses accompagnant les immenses navires Whent et leur fumier.

Le temps lui donnait une opportunité, les démons escaladant la Blessure lui donnaient la motivation.

Demion, la première Égide, ne bondissait pas des pages. Celui qui avait rédigé le volume avait puisé dans la légende et l'affirmait, créant une femme qui s'était embarquée non pas par une quelconque vision grandiose mais plutôt par désir de pouvoir, de protection. Les Îles étaient alors un endroit dangereux, où les humains se déplaçaient en meutes, créant les armes qu'ils pouvaient à partir de bâtons récupérés, de pierres, de démons abattus et de leurs griffes.

Demion cherchait quelque chose de plus grand, comme chaque Égide qui vint après elle.

Ami feuilleta en avant, survolant au passage. Les détails n'étaient pas importants. Du moins, elle l'espérait. L'érudit semblait lui avoir forcé le livre entre les mains, donc quelque chose devait être glané de ses pages, mais éplucher des mots pendant que Catya mourait semblait pire qu'inutile.

Demion trouva sa première skar sur Kance. Fascinée par son pouvoir, elle-

Ami cligna des yeux. Relut les mots. Pouvoir ? Son regard se porta sur Brise-Flamme, rengainé et appuyé contre le mur près de la porte de sa chambre. Que les skars possédaient une certaine force élémentaire était connu — bien que qui sait ce que ces brasseurs de bière et ces joueurs de Tamas trouvaient dans leurs jetons — mais à part l'Égide, les petites pierres n'étaient que des tours de passe-passe. Brise-Flamme laissait une traînée d'étincelles fantaisistes quand on le balançait. Guère de quoi changer le monde.

Demion, cependant, ne semblait pas le voir ainsi. Elle déchira sa tribu, les força à traverser mers et terres pour trouver plus de skars, au diable les démons.

Selon ce livre — Ami feuilleta jusqu'à la fin, la journée avançait et elle devait se rendre à l'adresse notée par l'érudit — Demion façonna elle-même le collier de l'Égide pour contenir les pierres, fut témoin de l'effet ascendant par accident, et installa promptement son peuple restant ici même sur Noctia.

Quelle belle fin. Un nouveau foyer, un collier brillant, et une malédiction qui enchaînerait les îles aux skars pour toujours.

Le livre, cependant, ne contenait aucun discours sur ce que la quête de pouvoir de Demion fit après qu'elle devint la première Égide.

— Tu t'es arrêtée ? demanda Ami en fermant le volume, regardant l'océan. Ou as-tu continué à chercher davantage ?

Si un ensemble de sept couvrait les îles d'un bouclier détruisant les démons, que pourraient accomplir deux ou trois ?

Un coup poli, trois doux craquements à sa porte, interrompit sa réflexion. Derrière le bois sombre attendait une femme presque aussi robuste qu'Ami elle-même, bien que celle-ci eût la peau sèche et l'humour mort typiques de

Noctia. On ne pouvait jamais avoir assez d'eau sur l'île, et cela se voyait.

— Gardienne, je présume ? demanda la femme.

Ami hésita avant de répondre, examinant la silhouette complète de la femme, notamment l'imposante armure enveloppant son corps. Une armure de plates forgée à Foti, bien que les emblèmes orange et les insignes argentés aient été remplacés par le pourpre et l'or de Noctia. La vouge et le chakram semblaient manquer, mais les gantelets striés sur les mains jointes de la femme indiquaient à Ami que de telles armes n'étaient pas nécessaires.

— Vous m'avez trouvée, répondit Ami.

La femme hocha la tête, sans surprise. — Je suis Terrevin, la nouvelle Gardienne du Bouclier de Catya.

Terrevin fit cette déclaration comme si Ami aurait dû en saisir le sens sans plus d'explications. Comme une lame dégainée.

— Vous voulez dire l'Égide. Ami fronça les sourcils. Seuls ses amis l'appellent Catya.

La bouche de Terrevin se réduisit à une ligne droite. — Catya est son nom. C'est comme ça que je l'appellerai. La diction formelle de Noctia disparut, Ami détectant plus que quelques années passées sur les quais dans le passé de Terrevin. — Le Cercle a décidé de renforcer la protection de Catya, et j'ai tiré la mission chanceuse.

— Bien. Des démons ont réussi à passer ce matin.

— J'ai entendu. Ça arrivera encore, mais la prochaine fois, nous aurons plus que quelques Gardiens verts pour accueillir ces vilaines choses. Terrevin laissa tomber ses mains, inclina la tête. — La raison pour laquelle je suis ici est de vous avertir que vous devrez désormais faire autoriser vos visites.

— Faire autoriser mes visites ? Je suis sa Gardienne.

— Certes, et nous en sommes tous reconnaissants, mais Catya est dans un état fragile. Vos visites, selon les Gardiens de service, l'agitent. On ne peut pas permettre cela, avec la civilisation en jeu. La meilleure chose pour elle est le repos, la paix.

— Il n'y a pas de paix à la Blessure.

— Il y en aura maintenant. Terrevin afficha le même sourire placide avec lequel elle avait accueilli Ami. — Si vous avez des questions, des inquiétudes, Gardienne, n'hésitez pas à les soumettre au Cercle. D'ici là, profitez de votre après-midi.

Ami bouillonna pendant exactement deux pas de Terrevin, lourds cliquetis résonnant dans le couloir.

— Tous les Gardiens du Bouclier sont-ils si impolis ? lança Ami à Terrevin, qui lui renvoya un sourire.

— Il n'y a qu'une seule Gardienne du Bouclier, et vous lui parlez. Terrevin haussa à nouveau les épaules. — Donc oui, je suppose que nous le sommes.

Le quartier Najahn descendait le flanc de la montagne jusqu'à l'eau, coupé de la ville principale par un mur en pente. Des portes périodiques permettaient un flux surveillé par des gardes soit concentrés, soit désinvoltes, selon leur humeur. Au bord de la mer, les Najahn et le Cercle gardaient pour eux quelques petits quais, quais pleins alors que la journée approchait de l'heure du dîner.

Ami observa les navires qui y reposaient. Une barque de Tamas et deux sloops de Whent, ces derniers étant les plus petits vaisseaux que les Whent, avec leur amour des monstres imposants, fabriquaient. Quiconque gardait un œil sur les bateaux entrant et sortant de ce port pouvait déduire quelles îles avaient la faveur du Cercle, ou lesquelles la suppliaient.

Au-delà des quais, les entrepôts au bord de l'eau des

Najahn étaient peu nombreux et petits, épaulés sur leurs côtés en pente par les plus anciennes maisons de l'île. Celles-ci avaient des angles plus aigus sur leurs toits, ressemblant plus à des flèches qu'aux courbes soignées plus haut sur le flanc de la colline.

Des chats, tous portant des colliers pourpre et or, erraient dans les rues ici, chassant les rats et autres vermines clandestines. Les miaulements, les feulements et les occasionnels sifflements jouaient en arrière-plan du clapotis des vagues. Rien d'aussi unique que Kivi, mais la ferrite avait une place bien à elle.

Ami releva sa capuche autour de son visage, cachant son sourire. Le lézard de roche et ses renâclements sceptiques lui manquaient. Le dévouement de Kivi à les maintenir tous en vie lui manquait aussi. Bien sûr, quand Svarde avait annoncé son départ, Kivi l'avait choisi lui et l'aventure plutôt que le quotidien monotone de Noctia, mais quand même...

Ce n'était pas non plus tout à fait l'aventure que Kivi préférait, mais le pouls d'Ami s'accéléra alors qu'elle se glissait dans la petite rue latérale indiquée sur le papier glissé par l'érudit. Elle avait laissé Flamebreak dans sa chambre, la lame étant un peu trop évidente pour être transportée lors d'une promenade comme celle-ci. Elle n'avait plus qu'un poignard Foti à la hanche, son bord bleu s'embrasant d'un feu saphir chaque fois que la lumière déclinante le trouvait.

Une porte étroite marquait l'adresse, une lampe à bougie vacillant à l'extérieur de son corps de chêne détrempé. De la mousse noire, une herbe humide, s'agrippait autour de l'entrée, les extrémités coupées montrant un léger respect pour les apparences. Les numéros correspondant au papier étaient gravés dans la pierre grise, des lignes irrégulières témoignant d'un travail hâtif et bâclé.

Ami frappa, ses mains nues heurtant fort deux fois. Elle attendit. Frappa une fois de plus.

— J'arrive, j'arrive, vint une réponse étouffée, les mots coupés comme les Kance avaient tendance à le faire, comme s'ils étaient toujours pressés de passer au suivant. Ami recula, sa main droite se déplaçant vers le manche du poignard.

Un loquet se déverrouilla, puis un second, avant que la porte ne s'ouvre en grand. Pas de peur-attente. Ami lutta pour ne pas laisser sa bouche s'ouvrir à cette vue : un homme trapu, torse nu, du vin dégoulinant d'une barbe grise et hirsute. Il tenait un livre d'une main, le gobelet pendant de sa bouche, placé là pour lui libérer une main pour la porte.

— Pourquoi frappez-vous ? demanda l'homme, la curiosité l'emportant sur le ton.

— J'ai besoin de réponses, dit Ami. On m'a dit que vous pourriez m'aider.

— Quel genre de réponses ?

— J'ai besoin de savoir pourquoi l'Aegis meurt si vite.

L'homme hocha la tête, renifla, puis tourna la tête vers l'intérieur de la maison.

— Amis, la dame est venue à nous avec des questions. Avons-nous des réponses ?

Au moins cinq voix, couvrant tous les types, s'élevèrent en une affirmation enthousiaste.

— Eh bien, dit l'homme, je pense que vous êtes venue au bon endroit. Bienvenue à la Société Historique de Najahn, Gardienne.

CHAPITRE 7
UNE MARQUE

Bliss observait Wax s'adonner avec enthousiasme aux jeux dans l'Anvil's Arms. Son frère absorbait les règles, ouvrait son sac et misait avec des fruits secs, de la viande salée et des noix, gracieuseté des cadeaux d'adieu de Kitaye. Les joueurs Foti, avec leurs barbes hétéroclites et leurs queues de cheval nouées aspirant la lumière avec leurs flocons de cendre, ripostaient avec des métaux, des minerais et des légumes-racines crus.

Des dés, d'étranges cubes blancs avec des courbes étroites taillées sur les côtés, rebondissaient partout. Des jetons durs avec des symboles gravés recto-verso se retournaient. Des bières dans des chopes en terre beige débordaient de toutes parts. Un battement régulier de tambour résonnait en arrière-plan, soulignant les acclamations et les huées constantes.

Tout cela sous un toit menaçant et taché de fumée. Malgré la voûte, sa présence sombre oppressait Bliss, l'écrasant avec les corps qui la bousculaient sur le côté et dans le dos. Quik ne semblait pas beaucoup mieux, bien que la carrure plus imposante de son frère et son froncement de sourcils bourru semblaient repousser les contacts accidentels. Peut-être que si elle sortait son bâton et distribuait quelques coups...

Wax leva les bras, poussa un cri digne d'un singe balançant dans les lianes, accompagné de gémissements et de sourires des sept autres personnes à sa longue table. Une nouvelle victoire, ce qui signifiait que Wax ne voudrait pas partir. Les égos aimaient les égos, et peu aimaient le leur plus que son frère.

— Tu veux partir ? demanda Quik, se penchant et transformant ce qui aurait dû être un murmure en un cri. Tu n'as pas l'air heureuse.

"Et toi ?" signa Bliss en retour, sa main gauche s'activant tandis que sa droite repoussait un ivrogne qui titubait.

— On est ses Gardiens, Bliss. J'imagine qu'on doit faire ce qu'il veut, maintenant.

"Si c'est ce que tu crois, alors tu es un imbécile."

Quik sourit. — Écoute, on a tous eu des moments difficiles. Pan, les démons, l'attaque de Kitaye. Wax a l'air de s'amuser, alors je vais le laisser faire. Il fit un signe de tête vers la sortie. Et si tu faisais un peu de reconnaissance, voir si tu peux trouver un bon chemin d'ici au skar de Foti ?

Cela, au moins, semblait une perspective attrayante. Non seulement le skar, mais aussi une chance de manger quelque chose. Bliss avait un sac plein, mais des jours de soupe, de fruits secs et de viande séchée appelaient à quelque chose de différent.

"Tu es sûr ?"

— Reviens juste voir dans un moment si on est toujours là. Quik se tapota le menton. On sera dehors au crépuscule au plus tard. Prévois de nous retrouver ici d'ici là.

La fin de matinée - Bliss cligna des yeux à cette pensée, étant donné l'ambiance à l'intérieur - insuffla de la vigueur à son esprit avec son ciel bleu azur. Les vues autour d'elle ne faisaient pas grand-chose, les briques et les pierres couvertes de suie ne laissant pas grand-chose à quoi se raccrocher pour la native de Vis. Comme si Foti considérait les choses vertes comme optionnelles, inutiles, un gaspillage.

Son propre tissage semblait aussi se dessécher dans l'air de Foti. Ils devraient bientôt trouver des vêtements locaux ou leurs tenues finiraient par ressembler à la cendre qui dérivait le long des rues. L'air les incitait à se couvrir, le froid plus vif à mesure qu'ils voyageaient vers le nord, bien que les forges constamment en activité adoucissaient la brise de leurs éclats ardents.

Le commerce bourdonnait autour de Bliss, de grandes barges de fret roulant sur des rails métalliques, avec des gens à chaque extrémité actionnant des leviers pour les faire avancer. Une voie filait vers le port, les chariots chargés de minerais raffinés, avec des caisses empilées et étiquetées. D'autres allaient dans le sens inverse sur une voie parallèle, transportant des boîtes autocollantes, des morceaux aléatoires à livrer quelque part, à quelqu'un.

L'offre commerciale semblait absurde, au-delà de tout ce que Bliss aurait pu souhaiter. Qui avait besoin de toutes ces choses, qui voulait les échanger, et pourquoi ? Foti était-elle si incapable de se satisfaire elle-même qu'elle avait besoin d'envoyer tant de choses aux autres îles ?

Ou y avait-il quelque chose que Kitaye faisait mal, avec ses étals de marché garnis de quelques délices trouvés et pas grand-chose de plus ?

Eh bien, Quik voulait des informations, et Bliss n'allait pas les trouver en restant devant la salle de jeu.

Elle s'élança dans la rue de pierre irrégulière, ses ramifications augmentant à chaque pas qui l'éloignait des quais.

Les bifurcations menaient à de petites allées et de plus larges boulevards, avec des places apparaissant ici et là, dominées par des statues de grands dirigeants que Bliss ne reconnaissait pas et ne se souciait pas de connaître.

Le caractère de la ville changeait aussi à mesure qu'elle s'éloignait des quais. Moins de marins, plus de citoyens, des gens gagnant vraiment leur vie sur l'île. De petits jardins apparaissaient là où les forges cédaient la place aux maisons, aux boutiques répondant aux nécessités de la vie. Ces rails métalliques l'accompagnaient tout du long, se séparant souvent ou rejoignant de petites stations où des gens postés triaient le contenu, ajoutant et retirant des caisses selon les besoins.

Cela, au moins, semblait plus efficace que la méthode de Kitaye, où chacun devait aller chercher ce qu'il voulait lui-même. Bliss observa une femme âgée attendant un chariot recevoir son colis, une mince boîte lui étant remise directement du chariot. Pas besoin pour elle de marcher jusqu'à un navire.

Où et comment le troc se déroulait pour tout cela, Bliss l'ignorait. Elle ne se souciait pas trop de le découvrir non plus.

Le skar restait primordial.

Bliss avait chassé toutes sortes de bestioles et de créatures, mais elle n'avait jamais traqué des informations auparavant. Où pourrait-on trouver un détail comme l'emplacement du skar de Foti ?

Son premier instinct la dirigea vers les Najahn, ces soldats violet et noir avec leurs cérémonies mystérieuses, leurs regards glacials et leurs attitudes distantes. Ils avaient tendance à affluer vers les skars comme des mouches sur une carcasse, pourtant Bliss n'en avait pas vu un seul depuis que le trio avait débarqué sur l'île.

Alors peut-être avaient-ils débarqué du mauvais côté ? Une longue marche en perspective ?

Bliss se rendit au centre du carré suivant et examina ses options. L'avenue principale continuait, s'achevant non loin devant un grand bloc de granit, un bâtiment fait d'angles vifs et d'ardoises solides. Les bifurcations menaient dans des directions plus sombres, longeant des maisons ou des boutiques plus petites. Des tavernes, que Bliss n'identifiait que parce que les marins de Kance en parlaient tant, affichaient leurs offres sur des enseignes de bois carbonisé qui se balançaient.

— Vous cherchez quelque chose ?

La question venait de sa gauche, et Bliss se retourna pour voir une femme aux bras croisés, tachée de cendres, qui lui offrait un sourire bienveillant.

— On ne voit pas souvent une Vis aussi profondément dans la ville, poursuivit la femme, sa voix aussi enfumée que son haleine. Vous restez confinés dans votre jungle, d'après ce que je sais. Qu'est-ce qui vous attire par ici ?

Bliss pointa sa bouche et secoua la tête. Les sourcils de la femme se haussèrent avant qu'elle n'affiche un sourire compréhensif.

— Qui parmi nous n'a pas un don spécial, dit la femme.

Bien que Bliss ne fût pas sûre de qualifier son mutisme de don, elle avait un moyen de le contourner. Fouillant dans sa sacoche de cuisse, Bliss sortit la plaque de pierre qu'elle utilisait pour graver des mots, ainsi que le caillou pointu pour faire les gravures.

— Maintenant, on avance, dit la femme.

Bliss hésita, observa plus attentivement la femme. Au-delà de sa tenue, elle portait une solide sacoche remplie de qui sait quoi. Un marteau pendait à sa ceinture. Des bottes robustes et un pantalon épais sous sa tunique suggéraient une journée de travail dans des conditions déplaisantes, une idée renforcée par les taches d'encre sur ses joues et son front. Ses cheveux, à l'exception de quelques boucles rebelles, étaient cachés sous une casquette plate vert foncé.

Définitivement pas Najahn alors, et pas non plus les atours fleuris et extravagants de Cassignol.

— Ne vous inquiétez pas, je ne vais pas vous mordre, dit la femme. Je m'appelle Carrilee. Je travaille dans une forge par là-bas, comme tout le monde ici.

Bliss prit la phrase pour graver rapidement un mot : « Pourquoi ? »

— Vous aider ? Après le hochement de tête de Bliss, Carrilee haussa les épaules. Par curiosité, je suppose. Comme je l'ai dit, on ne voit pas de Vis par ici, et vous sembliez un peu perdue.

Bliss sourit et haussa légèrement les épaules. Carrilee n'avait pas tort. Elle commença à graver « skar » sur la pierre, Carrilee devinant le mot avant que Bliss ne le finisse.

— Eh bien, je serai damnée, dit Carrilee. Je me disais bien que vous n'aviez pas l'air d'une commerçante, même si cette sacoche semble bien remplie. Pas d'avidité dans vos yeux, voyez-vous. On apprend vite à lire ça par ici, avec tous ces gens sur Foti à la recherche de leur prochaine proie.

« Proie ? »

— Quelqu'un à berner, à tromper, à dépouiller. Toutes ces charmantes choses. Carrilee secoua la tête, jetant un regard alentour comme pour dire que de tels voleurs pouvaient être n'importe où. Les démons empirent les choses, dressant tout le monde contre tout le monde alors qu'on devrait rester solidaires.

Carrilee apaisa son sombre constat d'un autre sourire. Elle étira ses bras, puis pointa vers le grand bâtiment de pierre.

— Si vous voulez trouver le skar, vous devez aller par là. Pas la maison du minerai, je veux dire, mais un long voyage au-delà. À travers les tubes de lave et à travers les Terres Désolées, alors vous y arriverez, d'après ce que je sais.

« Quelle distance ? »

— Ça dépend de comment vous voulez voyager. À pied, vous en avez pour quelques semaines. Vous êtes à une extrémité de l'île, mon amie, et vous avez besoin de l'autre. Carrilee fit un signe de tête vers le port. Si j'étais vous, je retournerais directement à l'eau, voir si vous ne pouvez pas avoir une place sur un navire. Ça vous ferait gagner du temps.

Un bon plan. Bliss fit un autre signe de tête à Carrilee, mit sa main sur son cœur puis la pointa vers Carrilee. Un signe que la plupart des gens comprenaient, même s'ils n'avaient jamais rencontré quelqu'un comme elle.

— Bien, dit Carrilee, c'est l'heure du déjeuner, et vous n'êtes pas susceptible d'attraper un bateau partant si tard de toute façon, alors que diriez-vous que je vous offre un repas et que vous me parliez un peu plus de votre petite île ?

Bliss n'avait rien mangé d'autre qu'une pomme de sa sacoche depuis le petit matin sur le bateau, alors l'idée d'un vrai déjeuner semblait vraiment excellente. Échanger des histoires contre un repas semblait aussi être une bonne affaire, bien que Bliss ne fût pas tout à fait sûre de la patience dont Carrilee ferait preuve avec la gravure : une ou deux questions d'un mot étaient une chose, un long récit en était une autre.

Néanmoins, ce n'était pas le problème de Bliss. Si Carrilee voulait des histoires, Bliss les lui raconterait, un mot à la fois.

Carrilee conduisit Bliss hors de la place par une rue latérale, passant devant plusieurs tavernes et leurs effluves de l'heure du déjeuner. Carrilee balaya ces odeurs d'un revers de main, disant que tout vrai local saurait reconnaître de la merde se faisant passer pour de la perfection.

— Les vrais bons plats sont un peu plus loin, dit Carrilee. En supposant que vous vouliez un vrai repas de Foti, bien sûr.

« D'accord ».

— Voilà l'enthousiasme que je cherchais. Carrilee rit, puis ses yeux se posèrent sur le bâton de Bliss. C'est bien ce que je pense ? Pour taper sur le nez des gens ?

Bliss sourit, « Oui ».

— On dirait qu'il serait sacrément bon pour ça.

Tandis qu'elles marchaient, les maisons diminuaient en taille. Des édifices en pierre à plusieurs étages, décorés à l'extérieur de symboles sculptés que Bliss ne pouvait déchiffrer en orange et rouge, se réduisaient lentement à des bicoques d'un seul étage, avec des toits fins et des murs de blocs empilés qui semblaient pouvoir être balayés par une brise rapide.

Les gens, cependant, restaient résolument les mêmes. La plupart portant des marteaux, beaucoup barbouillés de cendres et de poussière, tous avec des yeux vifs et des carrures solides. Certains rappelaient à Bliss Svarde, bien qu'en version plus sale. Plus grands et plus larges que les gens de Vis, mais souvent plus gros et sujets à des quintes de toux.

Au-dessus, le ciel restait bleu. Les volutes de fumée se dissipaient à mesure qu'elles s'éloignaient du centre de Smythe, laissant l'air plus pur. Chaque respiration ne donnait plus à Bliss l'impression d'avoir aspiré du sable brûlant.

— Nous y voilà. Carrilee se tourna vers un restaurant trapu. Son enseigne pendante représentait une hache et un marteau croisés au-dessus d'une assiette, bien que Bliss ne pût dire quelle nourriture cela signifiait. La Table de l'Ouvrier. Pas le nom le plus créatif, mais on n'a pas besoin d'un titre fancy quand on a la qualité comme cet endroit.

Un homme fumant une longue pipe était appuyé contre le mur près de la porte en bois branlante. Il fit un signe de tête familier à Carrilee lorsqu'elles passèrent, son regard s'attardant sur Bliss pendant une longue seconde, les lèvres minces de l'homme s'étirant en un étrange sourire.

À l'intérieur, la Table de l'Ouvrier offrait un espace cosy. Une demi-douzaine de petites tables hautes et un long bar à l'arrière du restaurant. Des fours en brique bouillonnaient, des viandes et des tubercules grésillants emplissant l'air d'une odeur qui faisait gargouiller l'estomac.

Bien que ce fût l'heure du déjeuner, le restaurant n'accueillait que trois autres clients en plus du cuisinier au fond. Ces trois-là occupaient leur propre table, des chopes de bière posées devant des assiettes à moitié vides. Tous se tournèrent lorsque Carrilee fit entrer Bliss.

— Devinez quoi, les amis, nous avons une nouvelle visiteuse aujourd'hui, dit Carrilee en s'écartant pour laisser entrer Bliss d'un geste de la main. Dites bonjour à mon amie Bliss, qui a fait tout le chemin depuis Vis jusqu'à notre belle ville.

Bliss fit un signe de la main sans enthousiasme. Elle reçut des hochements de tête en retour tandis que le trio retournait à ses assiettes et ses bières. C'était un soulagement, car Bliss n'avait aucune envie d'essayer de s'expliquer à tous ces gens.

— On ne peut pas s'attendre à plus de la part de cette équipe, dit Carrilee en guidant Bliss vers le bar du restaurant. Ils ont taillé de la pierre toute la nuit, et dès qu'ils auront fini ici, ce ne sera que quelques courtes heures de sommeil avant de retourner aux mines.

« Une vie dure. »

— Elles sont toutes dures ici, ma chérie.

Carrilee passa rapidement une commande au chef, promettant à Bliss qu'elle aimerait ce qu'elle avait choisi, et quand la nourriture fut servie, des saucisses rosées, des pommes de terre luisantes, des carottes rôties et une demi-pinte, Bliss ne put qu'acquiescer. Tout avait de nouvelles saveurs, un goût de brûlé enivrant, un arrière-goût fumé à chaque bouchée. Les grillades étaient rares sur Vis et avaient toujours une odeur de feu de camp. Ici, c'était différent, avec un goût métallique, une touche industrielle.

Meilleur que chez elle ? Bliss n'irait pas jusque-là, mais en tant que nouveauté, la cuisine de Foti faisait l'affaire.

La bière, elle aussi, avait sa propre personnalité. L'alcool de Vis était sucré, fait avec des fruits transformés en vins et en cocktails, en bières de saison et en boissons sucrées. Celui de Foti avait un goût d'automne, malté et doux, avec une finale légère qui s'attardait sur sa langue après chaque gorgée.

Elle en aurait demandé une deuxième, son assiette vidée, si Carrilee n'avait pas levé le doigt.

— Maintenant, tu ne peux pas nier que nous t'avons bien accueillie, dit Carrilee. L'hospitalité de Foti, juste ici.

Bliss plissa un œil, essayant de comprendre le changement soudain dans le ton de Carrilee.

— Tu es ici à la recherche de notre skar avec cette grosse sacoche, poursuivit Carrilee, et au fur et à mesure qu'elle parlait, Bliss réalisa que la table derrière elle était devenue silencieuse. Un coup d'œil dans cette direction confirma que l'homme à la pipe s'était déplacé à l'intérieur, juste devant la porte. Alors, Bliss, dis-moi maintenant. Es-tu le Renouveau de Vis ?

Bliss secoua la tête.

— Une Gardienne, alors ?

Bliss hésita. Le visage barbouillé de Carrilee ne ressemblait plus tant à celui d'une gentille travailleuse maintenant, une expression intense prenant le dessus sur ses traits. Mentir à quelqu'un comme elle serait-il dangereux ?

— Voilà une réponse si j'en ai jamais vu une, dit le cuisinier, les coudes plantés sur le bar en face de Bliss. Je pense que tu en as trouvé une bonne, Carrilee.

Bliss jeta des regards entre les deux. Une bonne pour quoi ?

— Ne t'inquiète pas, Bliss, dit Carrilee, son ton maternel ne lui allant plus. Tu es loin de chez toi, et les règles changent. On n'a pas besoin de grand-chose de toi, tu comprends. Considère ça comme un paiement pour ton repas.

« Quoi ? »

— Bliss, ma chérie, j'ai besoin que tu nous conduises à ton Renouveau. Là, nous ferons un simple échange : ta vie contre le skar qu'ils transportent. Ensuite, tu pourras suivre les directions que je t'ai données et continuer ton chemin. Carrilee afficha une moue compatissante. C'est un service. Qui voudrait être le prochain Aegis, de toute façon ? Coincé sur cette misérable île ?

Bliss se retourna vers son assiette vide, la fourchette à côté. Elle sentait, entendait son cœur battre. Son bâton était appuyé contre son dos. Elle hocha lentement la tête, ses mains glissant la tablette et la pierre à gratter dans sa sacoche.

— Bon choix, Bliss, commença Carrilee.

Bliss saisit l'assiette et d'un coup de poignet, l'envoya

voler droit sur Carrilee, la faisant tomber de son tabouret, l'assiette brisée s'éparpillant autour d'elle.

Le cuisinier réagit rapidement, tendant la main vers Bliss avec une soudaine colère dans les yeux, une colère éteinte par un cri de douleur lorsque Bliss attrapa le bras tendu avec sa fourchette. Le cuisinier le retira vivement, jurant.

Des chaises glissèrent derrière elle, des pieds martelant le sol de pierre. Trois venaient de derrière. Bliss posa ses paumes sur le comptoir, se souleva de son tabouret et le poussa du pied, envoyant le siège à barreaux s'éparpiller dans le groupe qui chargeait. Elle l'entendit heurter des tibias alors qu'elle se hissait sur le comptoir, sa main droite volant vers son bâton, le tirant de son étui dorsal dans un large mouvement, attrapant le cuisinier jurant en plein visage et l'envoyant basculer sur le grill encore chaud.

Même Bliss grimaça à cette vue.

Carrilee restait au sol, se tenant le visage et ne voulant pas prendre part au combat. Deux des durs de la table la regardaient, leurs mains agrippant maintenant des marteaux. Le troisième était assis par terre, se dégageant du tabouret qu'elle avait lancé.

Le fumeur de pipe restait où il était, couvrant la porte et regardant Bliss avec ce qui semblait être de l'amusement.

Lui, donc, était le plus dangereux.

Bliss ramena son bâton dans une double prise devant sa poitrine, parallèle au sol alors qu'elle se tenait sur le comptoir du bar. Les deux brutes regardèrent leurs couteaux abîmés puis la distance jusqu'au bar avant d'échanger des regards, décidant d'attaquer Bliss ensemble.

Parfait.

Calant ses pieds, Bliss s'élança dans un plongeon direct, poussant le bâton devant elle. Le bâton de bambou, aussi grand qu'elle, frappa les voyous en plein visage. Bliss balança ses jambes vers le haut à l'impact, rattrapant son élan stoppé sur le sol glissant du restaurant.

De sa main droite, Bliss laissa le bâton tourner sur sa paume pour frapper le voyou de ce côté, l'étendant raide à partir de sa position grognante et gémissante au sol. L'autre, jurant, agita maladroitement son couteau, sa lame heurtant la gauche du bâton et en arrachant un morceau du capuchon arrière.

Il allait payer pour ça.

Faisant glisser le bâton dans une double prise sur son extrémité gauche, Bliss le fit tourner à travers son corps. Le voyou tenta un blocage faible, vit son couteau être écarté d'un coup, puis ne vit plus grand-chose alors que Bliss le projetait dans une inconscience temporaire.

— D'accord, d'accord, dit l'homme à la pipe dans le silence gémissant. Il tira une autre bouffée tandis que Bliss reprenait sa position, confirmant d'un rapide coup d'œil que ses ennemis restaient à terre. Même le voyou qui avait été pris dans son tabouret semblait réticent à reprendre le combat, se traînant le dos contre le bar, les mains vides. On a compris. Tu n'es pas une cible facile.

Bliss pointa la porte derrière lui, lançant des éclairs avec ses yeux.

— Partir ? L'homme haussa les épaules. Pourquoi pas. Bien que tu pourrais le regretter.

Bliss plissa les yeux. Regretter quoi ? De ne pas avoir aussi fracassé le crâne de ce type ?

— Tu devines maintenant que Foti n'est pas un paradis, dit l'homme à la pipe sans bouger de la porte. Si tu ne sais pas forger, tu ferais mieux de savoir te battre. Nous préférons choisir nos combats avec des visiteurs naïfs plutôt qu'avec les bêtes qui rôdent sur l'île. On ne peut pas nous le reprocher.

L'homme plongea la main dans sa poche et en sortit un jeton argenté.

— Ceci, c'est un gage. Il indique qu'on me doit une petite pièce dans une forge un peu plus loin.

Il pointa le rectangle argenté vers Bliss et son bâton.

— Si tu sors cette chose d'ici, elle sera brisée en deux par le premier ferrite que tu croiseras.

Le monstre de pierre que Svarde avait gardé sur Vis ? Il y en avait qui couraient sur Foti ? Bliss n'aurait pas dû être surprise : les hanokos sur Vis n'étaient pas moins mortels.

— Alors je te propose un marché, Gardienne. Ce que tu as fait ici, je ne doute pas que tu puisses le refaire dehors, devant un public. Je m'occuperai de la promotion, tu feras le spectacle, et ce jeton sera à toi, plus bien d'autres encore.

Bliss pencha la tête. Elle fit un autre balayage du regard, s'assurant qu'aucune attaque ne viendrait par derrière.

— Ensuite, tout ce dont tu auras besoin, c'est de nous rapporter un skar, dit l'homme à la pipe en souriant. Tu en prends un pour ton Renouvellement, bien sûr, mais tu en attrapes un de plus pour nous. Ça ne te coûtera rien, et ça signifiera tout pour notre petit groupe.

Wax avait détaillé les exploits pour obtenir le skar sur Vis, l'ascension de la tige de sana, la compétition avec les autres candidats. Dangereux, mais aucun de ces dangers ne concernait l'obtention d'un skar supplémentaire.

Cependant, si les skars étaient si éloignés, comment Bliss pourrait-elle en rapporter un ici ? Elle écarta les mains, son bâton dans la gauche, et afficha une expression perplexe.

— Ne t'inquiète pas, sourit l'homme à la pipe. Nous avons des gens partout sur l'île. Une fois que tu l'auras, nous te trouverons. Remets-nous le skar, et nous te donnerons quelque chose en plus pour ta peine. Marché conclu ?

Le jeton scintillait à la lueur du feu. Bliss pouvait simplement s'avancer, frapper le gars avec son bâton et voler l'objet. Peut-être que le commentaire sur les amis partout n'était qu'un bluff, peut-être qu'elle n'aurait pas à s'inquiéter de se faire poignarder dans le dos une nuit.

Ou peut-être devrait-elle accepter l'offre de l'homme et s'entraîner davantage à malmener ces voyous de Foti.

Wax ne cessait de dire que tout cela était une question d'aventure, et avec tous ces corps sur le sol, n'était-elle pas en train d'en vivre une ?

CHAPITRE 8

LES LONGUES TÉNÈBRES

Les champignons se détachaient facilement des pierres, lisses et humides dans la main de Svarde. Il approcha la torche, examinant les champignons mousseux gris-violet, essayant de déterminer si en manger un le tuerait ou non. Derrière lui, la troupe de Maena s'éparpillait dans une autre petite caverne, prenant une pause de mi-journée — un moment choisi plus par instinct que par réelle connaissance — dans leur descente.

Ils avaient évité toute autre rencontre avec des démons depuis le combat là-haut, que ce soit grâce à leur réputation ou par chance. Des bruits étranges résonnaient encore dans leur tunnel, mais aucun ne s'approchait. La tension s'estompait à chaque pas, laissant l'esprit se tourner vers des problèmes plus terre à terre.

Comme la nourriture, et où en trouver.

Leurs sacoches contenaient de nombreuses provisions, mais qui savait si ce serait suffisant. Les Ténèbres d'en Bas n'avaient pas été cartographiées, elles pouvaient s'étendre sur des jours, des semaines. Le point de non-retour serait dans quelques jours, un délai qu'ils pourraient repousser grâce à un fourrage efficace. L'eau était abondante, facile à faire chauffer sur un petit feu pour la purifier puis la mettre dans une gourde pour la boire plus tard. La nourriture était une autre affaire.

Personne ne voulait manger les démons, alors ils avaient laissé ces carcasses derrière eux.

— Tu ne cesses jamais de froncer les sourcils ? demanda Maena en venant rejoindre Svarde à l'avant-garde de la troupe, près du chemin qui continuait dans la grotte.

— Ça me va bien, répondit Svarde.

— Comment le saurais-tu, si tu ne souris jamais ?

— Tu essaies d'être amicale à nouveau après avoir menacé ma vie ?

Maena, son visage autrefois propre maintenant maculé de terre et de sueur comme eux tous, ses cheveux ébouriffés et emmêlés, lui adressa un sourire narquois. — Je ne fais qu'être un leader efficace, rien d'autre. Tu ferais pareil.

Svarde secoua la tête, jeta un nouveau coup d'œil aux champignons, puis les fourra dans sa bouche. Épais, caoutchouteux, ils n'avaient pas vraiment de goût. C'était bon signe.

— Je n'ai jamais rien dirigé de ma vie, dit Svarde après avoir mastiqué les champignons jusqu'à l'anéantissement. Le truc avec le fait de diriger, c'est qu'on n'est pas dans le combat.

— As-tu vu la dernière bataille ? Je suis à peu près certaine que j'étais, comme tu le dis, dans le combat.

— Tout en réfléchissant à qui devait être où, à ce qui devait être fait. Moi, j'ai pu voir ma hache abattre un monstre.

— Est-ce vraiment ce qui te rend heureux, Svarde ? Massacrer des bêtes sans cervelle ?

Et alors, si c'était le cas ?

— Pas sans cervelle. Juste en colère. Svarde se leva. Ils devraient bientôt repartir. S'attarder quelque part invitait des visiteurs affamés. — Les démons semblent tous nous détester.

— Si tu tombais sur l'Aegis, ne le ferais-tu pas aussi ?

— Le truc, c'est que ceux-là, on les a combattus sous le bouclier. Ils n'étaient pas encore marqués.

— Pas par l'Aegis, peut-être, mais sûrement par autre chose. Maena remarqua la posture de Svarde, porta ses doigts à ses lèvres et souffla une longue note claire. L'équipe se mit en branle différemment, ramassant leur équipement dans les sacoches, éteignant les feux. — Ces démons étaient aussi blessés que tous ceux qu'on avait vus. J'aimerais savoir pourquoi.

— Peut-être qu'ils se sont battus entre eux.

— Et puis se sont soudainement transformés en une attaque concentrée et organisée contre notre groupe ? Peu probable.

— Alors ajoutons ça à la pile de mystères qu'on essaie de résoudre et mettons-nous en route.

Kivi et Svarde continuaient à mener la marche, descendant de la caverne vers des merveilles intermittentes. Le chemin qu'ils empruntaient portait les marques du passage des démons, des rayures et des empreintes profondes laissées par des pieds et des mains, des griffes et des sabots sur la pierre. Les démons, cependant, n'avaient que peu d'intérêt pour les merveilles naturelles éparpillées partout : l'expédition traversa des cavernes de cristal, des salles qui semblaient recouvertes de diamants brisés — certains que l'équipe de Maena fourra dans leurs sacoches pour les échanger plus tard. Ils voyagèrent à travers des chambres blanchies divisées en sections irrégulières, comme si quelque chose de grand y avait autrefois creusé un nid pour ensuite l'abandonner. De longues pentes abruptes longeant des cascades, des passages peu profonds recouverts de mousses collantes et de champignons en abondance.

Leurs torches brûlaient vivement et révélaient des choses jamais vues auparavant par les explorateurs des Sept Îles.

Du moins, par aucun qui soit revenu à la surface. Et Svarde croyait qu'ils y arriveraient, au moins certains d'entre eux, avec la source des démons écrasée sous ses lourdes haches.

Une fois cela accompli, peut-être que Catya retrouverait sa vie. Peut-être que des questions longtemps laissées sans réponse pourraient être élucidées. Ou peut-être que Svarde était fou d'espérer.

— Qu'en penses-tu, Kivi ? demanda Svarde au ferrite qui rôdait à côté de lui. Suis-je stupide d'espérer une autre chance ?

Le ferrite, comme elle le faisait souvent, lui répondit par un reniflement. Une note aigre, qui tempéra ses rêveries.

— D'accord, marmonna Svarde. Restons concentrés sur l'endroit où nous sommes, pas sur celui où, ou quand, nous voudrions être.

Kivi, au moins, s'amusait beaucoup. Les différentes roches, chacune offrant un nouveau repas, donnaient au ferrite une abondance de choses à grignoter. Le craquement de Kivi accompagnait le bruit de pas traînants de la troupe comme un battement de tambour naturel, un guide graveleux.

Sans la lumière du jour, le passage du temps se mesurait à l'épuisement. Quand les pieds ne pouvaient plus avancer, ou que l'esprit devenait si embrumé que les pas commençaient à chanceler, Maena sifflait à la prochaine caverne et le groupe s'installait, dormait avec une garde postée, puis repartait. Tout du long, Svarde observait les regards autour de lui, les expressions passant de déterminées et excitées à épuisées et tirées. De plus en plus de regards se tournaient vers le chemin qu'ils avaient parcouru, calculant la distance qu'ils devraient rebrousser pour atteindre la surface.

La quatrième nuit, ce calcul atteignit un chiffre critique.

Après un repas de mousse et de champignons, agrémenté d'une petite tranche de poisson salé offerte à chacun, les quinze compagnons s'assirent sous leurs torches tandis que Maena racontait une nouvelle histoire du bord de mer. À en juger par les expressions amusées, Svarde devina que tout le monde l'avait déjà entendue une fois ou deux. À la fin du récit, qui racontait comment de pauvres marins avaient perdu leur cargaison à cause d'une pirate escroc et de ses tours malicieux, un rire poli résonna dans la caverne avant de s'éteindre dans un silence ponctué de gouttes d'eau.

— Vous savez combien de chemin il nous reste, alors ? demanda un marin plus âgé, un guetteur épuisé nommé Fairstrike.

— Personne ne le sait, pas même vous, répondit Maena. Tous les regards passèrent de l'un à l'autre. Chacun reconnaissait une lutte de pouvoir quand il en voyait une. Peut-être serons-nous vraiment dans les Ténèbres d'en Bas dans un jour. Peut-être dans une semaine.

— On ne tiendra pas aussi longtemps. Fairstrike attrapa une poignée de mousse près du feu et la brandit. À moins que vous ne pensiez qu'on va vivre de ça pendant un mois, à écouter nos estomacs gargouiller.

— Toujours mieux que de t'écouter parler, ajouta Svarde.

Fairstrike lui lança un regard méprisant. — Je suis venu pour les mêmes raisons que vous, pour remettre les choses en ordre. Jusqu'ici, tout ce que j'ai vu, c'est beaucoup de rochers et quelques démons qui ont envoyé mon ami dans l'au-delà. Je veux bien admettre que c'est une expérience, mais il est clair qu'on fait fausse route. Je dis qu'on devrait faire demi-tour, se procurer plus d'équipement, plus de gens comme nous, et revenir mieux préparés.

— Vous voulez faire entrer une armée dans cette grotte ? demanda Maena.

— Mieux vaut une armée que nos carcasses affamées.

Quelques grognements d'approbation se firent entendre. L'estomac de Svarde donna son avis. La mousse et les champignons n'étaient pas nourrissants, et ils avaient trouvé trop peu de poissons cavernicoles pour compléter leurs repas. Bientôt, ils commenceraient à s'affaiblir, à fatiguer, devenant des proies faciles pour les démons.

— C'est ce que vous voulez, alors ? demanda Maena, lançant la question à la ronde. Abandonner déjà, retourner à la surface et admettre que vous n'êtes pas à la hauteur ?

— On n'abandonne pas, répliqua vivement Fairstrike. On joue la carte de la prudence. On revient mieux préparés, maintenant qu'on sait à quoi s'attendre. C'est la meilleure solution, capitaine.

— Je ne retourne pas, dit Svarde, les yeux fixés sur le feu. Faites ce que vous voulez, mais je suis venu ici avec un but, et je le verrai accompli.

Fairstrike ricana. — Alors continue. Ta vie t'appartient, gaspille-la comme tu veux, Foti.

— Levez la main, ordonna Maena. Ceux qui veulent rentrer, et ceux qui veulent continuer. Je ne tolérerai ni dissension ni plaintes, alors faites votre choix maintenant.

Le calcul était fait. Il n'y eut pas d'hésitation. Tous sauf deux exprimèrent leur désir de retourner à la surface, et

Maena leur donna leurs ordres de marche. Retourner à la surface, recruter plus de soldats, et revenir les chercher.

Les quatre restants, Svarde, Maena, et deux combattants aguerris nommés Rasslebeck et Pennifer, remplirent leurs sacoches avec les provisions du groupe partant. Ils regardèrent le plus grand groupe s'éloigner à la lueur des torches, entamant le long voyage de retour.

— Maintenant, c'est une vraie aventure, dit Svarde dans le vide profond et réel.

Kivi, toujours à l'affût, renifla.

CHAPITRE 9

PLAISIRS DÉVIANTS

Les cartes claquaient, les jetons tombaient, et Wax gagnait et perdait, gagnait et perdait, savourant chaque instant. Les acclamations, les railleries, les jurons et les tapes dans le dos tandis que les dés Foti roulaient sur la table. Chaque fois que Wax déplaçait les jetons d'argile, chacun décoré d'un numéro gravé et d'une spirale, Sawi et Pan s'effaçaient un peu plus de sa mémoire.

Du moins jusqu'à ce que Quik arrache Wax à la table, sous les grognements et les plaintes des joueurs Foti qui partageaient l'espace avec lui.

Wax se dégagea de l'emprise de Quik, avec l'intention de retourner à cet endroit, ce délicieux néant où il n'était plus le Renouveau, où il n'était plus rien du tout.

— Hé, grogna Quik en le retenant. Il fait nuit noire. Toi et moi n'avons rien mangé depuis des heures.

— Et alors ? répondit Wax en ignorant son estomac qui protestait effectivement. On n'est pas censés être quelque part.

— On est censés traverser cette île pour trouver un skar, Wax.

Au milieu de l'agitation du casino, des plateaux de bière qui se bousculaient, de la musique entraînante jouée par un trio de tambours et de flûtes, de la foule grandissante qui cherchait à effacer une soirée ordinaire de plus, l'idée de chasser des skars semblait si lointaine, si terriblement inintéressante.

— Ouais, on s'en occupera, dit Wax en repoussant la main de Quik de son poignet. Ce n'est pas comme si on partait ce soir.

— Il y a un problème ? demanda Cassignol, l'homme qui les avait conduits ici depuis les quais, en s'approchant. Il portait deux chopes débordant de bière, qu'il tendit à Wax et Quik. Rien qui ne puisse être résolu avec un peu de bière, j'espère ? C'est la maison qui offre.

— Pourquoi ? demanda Quik en examinant la bière. Wax prit la chope et but une gorgée. C'était sa quatrième de la journée, suffisamment espacée des paris pour que la légère chaleur ne se soit pas encore propagée à ses doigts. Qu'est-ce qu'on a fait pour mériter ça ?

Cassignol fit un geste de la main englobant toute la largeur du casino. Les tables bondées captèrent le geste, mais Wax réalisa que de nombreux regards étaient déjà dirigés vers lui et son frère.

— Le bruit s'est répandu, dit Cassignol. Deux Vis ici, et qui jouent ? Une merveille. Il se pencha. On gagnera plus avec vous deux ici attirant la foule qu'avec toute la bière que vous pourriez jamais boire, alors profitez-en.

Quik fronça les sourcils. Wax fit tinter sa chope contre la seconde que Cassignol tendait toujours.

— Tu vois, mon frère ? On est déjà célèbres. Wax baissa les yeux vers son estomac, puis les releva vers Cassignol. Y a-t-il une chance que l'hospitalité s'étende à de la vraie nourriture ?

— Vous n'avez qu'à demander, dit Cassignol en inclinant légèrement la tête. Je vais demander à la cuisine de vous préparer quelques spécialités Foti. Poussant la chope dans les mains hésitantes de Quik, Cassignol s'inclina à nouveau et se précipita vers les cuisines.

— Tu vois ? dit Wax. On mange gratuitement, on boit gratuitement, et... Il s'arrêta, remarquant que son frère était seul. Où est Bliss ?

— Elle est partie il y a des heures, grogna Quik. Comme moi, elle n'aime pas cet endroit. Elle voulait aller découvrir où se trouvait le skar de Foti. Parce qu'elle s'en soucie.

— D'accord, d'accord. Elle s'en soucie. Je suis juste en train de tout gâcher parce que je prends quelques heures pour m'amuser. Wax leva les yeux au ciel et avala une nouvelle gorgée de mousse. Tu n'as pas besoin d'être si sérieux tout le temps.

— Wax, être un Renouveau est la chose la plus sérieuse qui soit. Des gens meurent à cause des démons pendant qu'on est assis ici. Des gens que tu pourrais sauver.

Wax plissa les yeux vers Quik, essayant de comprendre l'accusation. Son frère insinuait-il vraiment que le fait que Wax essaie, juste pour quelques heures, de vivre une vie qui ne soit pas remplie de chagrin et de danger était en quelque sorte un péché contre la planète ?

Il plongea la main dans son tissage et en sortit le skar Vis. Comme toujours, il diffusait de la chaleur dans sa main, la pierre de saphir captant la lumière des torches et éblouissant. Il avait été sur le point de jeter la pierre à Quik, de lui dire de prendre le relais, si son frère se sentait si concerné, mais tenir le skar tordit cette logique.

La pierre avait eu le même aspect quand Pan la lui avait remise, là-bas à la base du sana alors que son ami agonisait.

Wax avait fait une promesse. Aucun jeton, aucun pari, aucune nourriture gratuite ne changerait cela.

— D'accord, dit Wax. Il essaya de chasser les effets persistants de la bière, échoua. Il décida plutôt de les embrasser. Tu veux que je prenne ça plus au sérieux, très bien. Je le ferai. Mais je ne suis pas toi. Je ne suis pas l'homme le plus sérieux du monde. Si tu veux être mon Gardien, tu vas devoir vivre un peu. Rire un peu.

Quik tendit la main et referma le poing de Wax sur le skar. — C'est le tien, mon frère. Tout comme je suis tien. Nous sommes tous avec toi, et nous dépendons tous de toi.

— Pas de pression, donc.

Quik essaya un demi-sourire. Ça ne marchait pas vraiment.

— Il y en a six autres, Wax. Mais aucun d'eux n'est aussi bon que toi.

— Tu sais ça, hein ?

— Absolument, dit Quik en faisant tinter sa chope contre celle de Wax. Parce que c'est moi qui t'ai tout appris. Wax secoua la tête, souriant. Maintenant, et si on mangeait les cochonneries qu'ils vont nous servir, puis qu'on allait chercher notre sœur ?

— Est-ce que ça me laisse assez de temps pour gagner encore quelques parties ?

Quik soupira, Wax lui fit un clin d'œil et retourna au chant de sirène de la table.

La nourriture, cependant, s'avéra être une interruption efficace. Ça, et le fait que pendant que Wax mangeait, Quik s'empara des jetons de son frère et les encaissa, échangeant les plaquettes d'argile contre de la viande salée, des fruits secs et d'autres provisions. Ni l'un ni l'autre ne savait où se trouvait le skar de Foti, mais ils auraient besoin de suffisamment de nourriture pour y arriver.

Les spécialités de Foti se sont avérées être des tourtes rôties, farcies de viandes et de légumes-racines, avec des croûtes dorées et moelleuses. Elles fumaient tandis que Wax, utilisant une fourchette en métal pour la première fois, les ouvrait. Une sauce ambrée les enrobait, légèrement sucrée avec un piquant qui faisait claquer la langue. Bien loin des fruits et du poisson qui avaient été l'essentiel de son alimentation.

Après avoir repoussé les supplications de Cassignol pour qu'ils restent, Wax et Quik quittèrent l'Anvil's Arms et titubèrent dans les rues éclairées aux lanternes de Smythe. La pierre luisait, des braises et des cendres flottaient encore ici et là, les forges toujours en activité crachant des jets de feu vers le ciel sombre. Des chariots grondaient, encore plus nombreux que le matin, profitant des rues plus calmes pour augmenter le trafic.

— Où penses-tu qu'elle soit allée ? demanda Wax tandis que Quik et lui scrutaient l'avenue principale. Retournée aux quais ?

— Elle voulait trouver le skar, répondit Quik en pointant vers le centre-ville lointain de Smythe. Je dirais plus loin à l'intérieur. Il y a peut-être un bureau de Najahn ou quelqu'un d'autre qui saurait.

Si leur escapade au casino leur avait montré que la société de Foti vivait du travail acharné, la promenade de fin de journée prouvait qu'ils célébraient tout autant. Les tavernes et les restaurants grouillaient de monde, la musique de percussions, les chants et les cris se déversant dans les rues. Des tonneaux de bière roulaient des chariots vers les bâtiments, la plupart accueillis par des acclamations sauvages de ceux à l'intérieur.

Derrière tout cela, le tintement du marteau sur le métal constituait le battement de cœur de Smythe.

— Je ne pense pas que je pourrais vivre ici, dit Wax en marchant, ses yeux suivant la fumée dans le ciel trop ouvert. Trop de bruit, trop peu d'arbres.

— On ne peut pas respirer sans tousser non plus.

— Peut-être qu'on s'y habitue.

Quik fronça le visage. — Je ne pense pas que j'en ai envie.

Ils arrivèrent à une grande place centrale, dominée par des rues latérales. Quik, notant que Bliss était censée les retrouver à l'Anvil's Arms, semblait de plus en plus frustré. Ses mains se crispaient, ses lèvres se transformaient en une grimace permanente.

Wax fit l'inverse.

— Elle n'est plus une petite fille, dit Wax alors qu'ils se tenaient au centre de la place. Elle ira bien, Quik. Peut-être qu'elle s'est perdue, ou qu'elle boit des seaux de cette bière de Foti.

— Ce n'est pas quelque chose que Bliss ferait.

Wax devait reconnaître que Quik avait raison. Bliss n'avait pas été du genre à se jeter dans les fêtes à Vis, pas de raison que ça change ici.

Le défi de trouver une autre façon de remonter le moral de Quik s'évanouit cependant lorsque Wax examina la place, cherchant des options. Il y avait certes des gens et des chariots qui circulaient, mais un flux constant semblait se diriger dans une direction, vers une rue latérale sur leur gauche. Des murmures s'élevant des passants bourdon- naient avec entrain.

— Il se passe quelque chose par là, dit Wax en pointant du doigt. Tu veux aller voir ?

Quik renifla. — Dernier endroit. Si elle n'y est pas, alors on retourne à l'Anvil's Arms. On verra si elle réapparaît.

— Marché conclu.

Se joindre à la foule grandissante signifiait surprendre des conversations. Les gens carbonisés, en sueur et fatigués ne cessaient de parler d'un nouveau bagarreur dans les rues, qui faisait quelque chose de différent du vieux style de cogneur de rue.

Ce nouveau bagarreur s'avéra être la jeune sœur de Wax, tenant sa cour au centre de la rue latérale — pas de traces de chariot par ici — entourée d'une foule et faisant face à un homme au moins deux fois sa taille.

— Est-ce que c'est ? demanda Quik alors qu'ils s'approchaient, trouvant des interstices entre les gens pour apercevoir l'arène improvisée sur les pavés.

— Elle s'attire des ennuis, ouais, répondit Wax.

Ni Bliss ni son adversaire n'avaient d'armes. Le bâton et la sacoche de Bliss avaient disparu, et elle portait les marques d'un après-midi chargé de combats : des bleus parcouraient ses bras, la sueur perlait sur son front sale, et une fine ligne rouge coulait d'une lèvre enflée, mais les yeux de Bliss semblaient vifs, son corps dans une posture de chasseur attentif.

L'homme en face d'elle avait étalé sa taille, les bras écartés, comme s'il avait l'intention de s'approcher et de donner à Bliss une étreinte dévastatrice. Le match devait durer depuis un moment, car il portait ses propres marques le long de ses jambes, de son torse nu, et une coupure au-dessus d'un œil. Tous deux respiraient comme s'ils avaient couru longtemps.

— Il faut que ça s'arrête, dit Quik, commençant à se frayer un chemin.

—Attends. Wax l'attrapa par l'épaule. Elle gère.

L'homme plus grand s'avança, crachant sur le sol entre lui et Bliss. La sœur de Wax resta immobile, laissant l'homme réduire la distance.

— Ce n'est pas bien, dit Quik, lançant un regard noir à Wax. Même si elle gagne, même si ça lui rapporte un prix stupide, le risque n'en vaut pas la peine.

— Quoi, parce que si elle se casse la jambe, elle ne peut pas être ma Gardienne ?

La foule appela l'homme à charger, et avec un rugissement sauvage, c'est exactement ce qu'il fit. Deux grandes enjambées et une prise balayante, que Bliss esquiva en se faufilant, délivrant un coup rapide à la gorge de l'homme. Les bras du colosse se refermèrent autour de Bliss, l'homme crachotant dans une toux haletante et suffocante. Au début, Wax pensa que l'homme pourrait quand même écraser Bliss, et la foule aussi, à en juger par leurs acclamations, jusqu'à ce qu'il devienne évident que l'homme s'appuyait sur Bliss, son visage devenant violet alors qu'il essayait de respirer.

Se dégageant des bras flasques de son adversaire, Bliss tendit les mains, laissant l'homme tomber au sol, où il retrouva enfin son souffle. La foule fit connaître son mécontentement par des huées, et les sacoches s'ouvrirent tout autour alors que les paris changeaient de mains.

— Et tout est bien qui finit bien, dit Wax à Quik, qui avait de nouveau pris un air renfrogné. Bliss sait ce qu'elle fait.

La foule commença à réclamer le prochain combat, mais le bruit s'éteignit lorsqu'une autre voix, d'un orateur que Wax ne pouvait pas voir, annonça que les duels étaient terminés. Le champion de la nuit avait été couronné.

Bliss, nouvellement consacrée, se précipita vers ses frères alors que la foule se dispersait. Ses étreintes étaient serrées, féroces, heureuses. Wax lança des félicitations, tandis que Quik grommela les siennes. Leur attention se porta ensuite de Bliss à celui qui arrivait derrière, un homme tenant une pipe d'une main, et le bâton et la sacoche de Bliss de l'autre.

Au début, Wax ne reconnut pas l'arme de Bliss. Le bambou semblait à peine là, couvert et entrelacé maintenant avec des extrémités en métal et une forte prise au milieu. Des lignes orange coupaient le bois tanné, offrant une force en patchwork.

Bliss prit les récompenses, se pencha pour attraper un murmure de l'homme à la pipe, puis se retourna vers ses frères.

"Pas ce à quoi vous vous attendiez, hein ?" signa Bliss.

— C'est peu dire, dit Quik.

— Plutôt génial, ajouta Wax.

Bliss rayonna. "Et devinez quoi ? Je sais où nous devons aller."

CHAPITRE 10
EXODE

Connaître le chemin et le parcourir s'avérèrent être deux choses bien différentes. Grâce aux gains de Bliss, le trio s'offrit une chambre et pension pour la soirée dans une auberge totalement étrangère appelée La Barbe du Souffleur. Des tables rondes et des soupes qui clapotaient occupèrent leur dîner, agrémenté par les récits signés de Bliss sur ses diverses victoires contre les Fotis bagarreurs de Smythe.

Selon elle, l'effort se résumait à se battre comme une Vis, et non comme un lutteur musclé. Quik tenta de s'offenser de cette caractérisation, ses propres biceps semblant se gonfler pour défendre ses compagnons cogneurs musclés, une réaction qui se dissipa lorsque Wax se mit à imiter la même chose avec sa silhouette longiligne.

Quik rit, tendit le bras et serra celui de Wax. — C'est pour ça qu'on est tes Gardiens, mon frère. La force et un bâton à tes côtés.

« Je suis plus qu'un simple bâton », signa Bliss, puis elle pointa sa sacoche bien remplie. « Qui vous a payé le dîner ? »

— Elle a raison, Quik, dit Wax en mettant ses bras derrière sa tête, se penchant en arrière sur la chaise en bois dur et prenant une profonde inspiration. Bliss est la meilleure jusqu'à présent.

— C'est une compétition ?

— Pourquoi pas. Le gagnant aura droit à une mention dans mon discours de victoire.

« Je passe », signa Bliss en se levant, finissant sa bière. « Et je suis épuisée. Ils ont dit qu'ils avaient un bain ici, et je n'en ai jamais essayé avant. On se retrouve dans la chambre, vous deux. »

Prenant sa sacoche, et privant ainsi la soirée de toute folle dépense, Bliss s'en alla.

— Elle est trop bien pour la mer maintenant ? demanda Quik une fois que Bliss fut hors de portée d'oreille.

— Tu vois des océans dans le coin où on pourrait nager ? rétorqua Wax. Après cette tournée, je pense que je vais suivre son exemple, commencer le voyage propre.

— Ça ne durera pas longtemps.

Wax sourit et porta sa chope à ses lèvres. — Je serais déçu si c'était le cas.

Le matin de Smythe s'éveilla dans un grincement, les chariots et les forges martelant et grinçant pour prendre vie. Une orchestration différente de celle des oiseaux de la jungle, mais Wax, qui avait passé la nuit à essayer de comprendre comment les gens dormaient sur des matelas de paille, pouvait voir les similitudes : la musique du foyer.

— Plus vite on partira, plus vite mes oreilles arrêteront de me hurler dessus, dit le Renouveau à ses deux Gardiens aux yeux ensommeillés. Les Foti sont amusants, mais je n'en peux plus.

Si l'amusement de la veille avait tenu l'air crasseux et les sons discordants en échec, quitter l'auberge complètement sobre permit à Wax, Quik et Bliss d'embrasser pleinement la vie de fer froid des Foti. Autour d'eux, les boutiques ouvraient pour accueillir les visiteurs en quête de petit-déjeuner, d'outils, de commerces. Des crieurs s'emparaient des perrons dans les places pour annoncer les nouvelles du matin qui, d'après ce que Wax entendait, semblaient principalement axées sur les cours des différents minerais et métaux. Les énormes chariots avançaient sans pitié, forçant les piétons à s'écarter précipitamment sur leur passage.

Pourtant, le trio avait une direction, le nord, et Bliss endossa son rôle de guide, son bâton de métal servant de totem pratique pour marquer son chemin. Les trois marchaient côte à côte, leurs tissages Vis déjà usés après des jours en mer sans un bon huilage. Leurs pieds aussi portaient de nouvelles éraflures dues aux pavés parfois rugueux. D'une manière ou d'une autre, les canyons de pierre des Foti apportaient des rafales de vent et, avec elles, un froid plus vif que ce que les Vis trouvaient même au cœur de l'Hiver.

Bliss sembla capter l'esprit du groupe quand elle se tourna, fixant du regard une boutique sur leur gauche. Des vitrines poussiéreuses — certaines parties semblaient avoir été nettoyées ce matin-là, mais bonne chance pour résister à l'assaut de poussière — laissaient entrevoir des vêtements épais et légers, de vrais tissus filés à partir de cotons et de matières plus nobles.

— Ça semble mal d'abandonner notre foyer si tôt, dit Quik, mais il suivit néanmoins Bliss et Wax dans le magasin.

Ce serait pire de mourir de froid, l'assura Wax alors qu'ils essayaient de nouvelles tenues. Avec Bliss servant à nouveau de mécène, le trio quitta la boutique peu après dans des tenues plus épaisses. Bliss et Quik optèrent pour des tuniques orange et argent, des pantalons épais s'évasant aux chevilles. Une tenue Foti classique pour les jours de voyage, selon le commerçant.

Wax resta plus tape-à-l'œil, enfilant une veste grise à col avec des coutures dorées, assortie à un pantalon plus lourd avec des poches profondes. Une tenue de contre-maître Foti, faite pour porter à la fois des outils et le respect.

— Ça me va bien, dit Wax face aux regards de ses compagnons. Je suis votre patron, vous vous souvenez ?

Quik jeta un coup d'œil à Bliss. — Je devrais lui remettre les idées en place ?

« Pas encore. Attendons qu'il ait les skars d'abord. Ensuite, on pourra s'en charger. »

— Vous pouvez toujours essayer. Wax pointa les pantalons bouffants. Vous allez trébucher sur ces trucs.

Pourtant, au grand agacement de Wax, aucun des deux ne trébucha. Bliss et Quik marchaient sans problème, les trois se déplaçant avec plus d'assurance et attirant moins de regards avec leurs tatouages couverts, leurs vêtements s'accordant à la mode Foti.

Smythe n'offrit pas grand-chose d'autre sur leur chemin de sortie, les bâtiments s'élevant vers l'énorme forge centrale et le bâtiment gouvernemental — le trio cligna des yeux à cette vue, les anciens de Kitaye préférant les discussions autour d'un feu de camp sur la plage pour diriger leur ville — puis redescendant alors que le groupe se dirigeait vers le nord, vers des terres qui semblaient devenir de plus en plus tourmentées.

Si Vis cachait ses ondulations et ses remous sous des verts luxuriants, Foti se mettait à nu. Une fois que les bâtiments de Smythe s'étaient amenuisés, un rétrécissement se terminant par une porte trapue et un mur de pierre coupant entre deux crêtes opposées — toutes deux, nota Wax avec une certaine satisfaction, plus basses que les sanas de chez eux — l'étendue devant eux semblait s'étirer à l'infini.

Une guetteuse à l'air morne buvait dans une tasse de café fumante alors que le trio s'approchait de la porte, un endroit solitaire sans un commerçant en vue. Pas de voyageurs non plus. Un mystère résolu par la guetteuse lorsqu'elle lut leurs regards interrogateurs.

— Tout le monde sait que la mer est un meilleur moyen, dit-elle sans prendre la peine de se lever de la chaise branlante et de la table en pierre. Si vous voulez traverser l'île à pied, c'est que vous cherchez quelque chose ou que vous fuyez quelqu'un.

— La première option, alors, répondit Wax. Nous allons vers le nord. Cette route nous y mènera-t-elle ?

La garde haussa les épaules. — Je suppose que oui. Je ne l'ai jamais empruntée moi-même. Elle plissa les yeux, son regard perçant sous un fin capuchon maculé de cendres. — Vous n'êtes pas d'ici, alors.

— Qu'est-ce que ça peut faire ? demanda Quik en croisant ses bras imposants.

— Je dis juste que vous feriez mieux de faire attention là-bas, renifla la garde. Il y a beaucoup de façons de disparaître sur les coulées, et ne pensez pas que quelqu'un viendra vous chercher. Du moins pas pour faire plus que piller vos os.

— N'êtes-vous pas un peu aigrie ? Il n'est même pas midi, demanda Wax.

— Surveillez cette porte solitaire toute la journée, tous les jours, et dites-moi si vous ne deviendriez pas un peu... aigrie. La femme leur fit signe d'avancer. — Vous feriez mieux de vous mettre en route. Il y a des endroits où séjourner si vous allez assez loin. Il y a des monstres qui vous trouveront si vous n'y arrivez pas.

Les plaines de broussailles au-delà de Smythe s'assombrirent avant qu'ils n'aient marché plus de quelques heures, le chemin n'étant plus fait de pierre mais de terre tassée. De petites créatures, des lézards et autres, filaient à leur approche. Des mouches piqueuses surgissaient, se heurtaient aux vêtements couvrants, et s'en allaient chercher des proies plus faciles. Libéré de tout obstacle, le vent devint capricieux, soufflant en rafales et faisant claquer les pantalons de Bliss et Quik comme de minuscules drapeaux.

Au moins, le temps restait frais, le soleil n'étant qu'une faible tache beige dans le ciel bleu givré. Wax pouvait supporter de longues balades dans l'ombre de la jungle par forte chaleur, mais une marche lente par une journée torride était une forme de torture qu'il n'était pas sûr de pouvoir endurer.

En l'occurrence, Wax demandait sans cesse à Bliss pourquoi ils ne pouvaient pas prendre un bateau. La réponse était toujours la même : le skar n'était pas en bord de mer. Il se trouvait au nord du centre de l'île.

— Mais n'aurions-nous pas pu trouver un itinéraire plus amusant ? demanda Wax en soupirant alors que les broussailles disparaissaient, remplacées par de la roche noire et dure. Ça devient de plus en plus ennuyeux de minute en minute.

Les Coulées, comme les appelaient les Foti, transformaient le tracé rectiligne de la route en un jeu sinueux de montées et de descentes. Plusieurs enjambées les menaient dans un ravin chaud, où de la vapeur et de la fumée s'échappaient des fissures, et où la sueur menaçait de faire son apparition, puis quelques secondes plus tard, ils étaient à nouveau frappés par le souffle de l'hiver. Les lézards et les insectes avaient disparu, et seules quelques herbes timides perçaient la roche volcanique.

— Nous avons de la chance, dit Quik alors qu'ils atteignaient le sommet de leur troisième crête tourmentée. Vis est bien pire que ça.

— D'accord. Ce que je ne donnerais pas pour une bonne liane et quelques fruits frais. Wax sortit sa gourde et but une gorgée. Quelles sont les chances que celle-ci se vide ici et que nous nous desséchions, perdus comme l'a dit cette garde ?

« Pas très élevées », signa Bliss. Elle avait pris quelques pas d'avance et se penchait pour examiner un rocher. « Ils ont gravé un panneau ici. Le chemin se sépare. »

La lecture n'était pas une compétence particulièrement prisée sur Vis, mais les lettres griffonnées sur la pierre semblaient être des noms de villes. Des flèches indiquaient la direction, l'une vers le nord, l'autre vers l'ouest.

— Tu es sûre qu'ils ont dit nord ? demanda Wax à sa sœur. Si tu te trompes, ça met définitivement Quik en tête.

Bliss leva les yeux au ciel, ses doigts s'agitant rapidement, « Je ne me trompe pas. »

Le chemin vers le nord, cependant, ne gardait pas cette allure ondulante. Il plongeait, serpentant profondément dans un creux entre deux immenses collines de roche volcanique, pourtant lisses. La destination devint assez claire avant qu'ils n'atteignent le fond : l'entrée d'une grotte, large et ondulée, comme si la lave avait jailli de son trou et refroidi maintes fois. Vue d'en haut, la grotte semblait plus petite que celle dans laquelle Wax et Bliss étaient entrés sur Vis, celle avec le monstre, où Pan-

— Quelle chance, annonça Wax alors qu'ils s'approchaient du trou, chassant ce souvenir. Ce doivent être les tubes de lave dont nous avons entendu parler. Ça veut dire que nous sommes sur la bonne voie. Bien joué, Bliss.

« Je te l'avais dit », répondit Bliss, dégainant son bâton et le plantant devant elle.

— C'est pour quoi faire ? demanda Quik, et Wax appuya la question.

« La dernière fois que nous sommes entrés dans une grotte, un monstre nous a attaqués. Je suis juste prête. »

Wax baissa les yeux sur lui-même, sur la lame bleue Foti à sa ceinture. Le couteau qui aurait dû revenir à Pan pendait de l'autre côté. Le skar de Vis reposait près de sa poitrine, sa chaleur proche de son propre cœur. Il avait fait un long chemin depuis le gars en tenue de tissu, sautant d'arbre en arbre, qui aurait regardé un monstre et se serait enfui.

— Qu'en penses-tu, Quik, sommes-nous prêts ? demanda Wax en tendant la main et en tirant la lame. Son métal saphir brillait dans la lumière du soleil.

Quik grogna en attachant ses gantelets. — Si un monstre nous trouve, il va réaliser qu'il a fait une grosse erreur.

— Alors, Gardiens, entrons dans le tube.

LA HAUTE SOCIÉTÉ

Dès le premier pas à l'intérieur, Ami comprit que ce n'était pas un endroit pour elle. Des coussins — des coussins ! — traînaient partout au rez-de-chaussée, empilés en amas rouges et violets à la place de chaises, de tables ou de quoi que ce soit d'autre. Un tapis miteux, maculé de taches de vin, s'effilochait dans les coins en toiles d'araignées à moitié tissées. Les murs de pierre brillaient derrière des bougies allumées, les briques gravées de poésie griffonnée. Des silhouettes bougeaient dans l'ombre, certaines levant leur verre pour trinquer à l'entrée d'Ami, d'autres gardant la tête plongée dans des livres ou blotties les unes contre les autres dans des positions qu'Ami ne voulait surtout pas examiner de plus près.

— C'est un peu trop, je comprends, dit son hôte en la rejoignant pour observer les pièces. Mais tu t'y habitueras. Après tout, notre devise est : liberté du corps, liberté de l'esprit.

Ami prit une profonde inspiration pour se calmer. Une erreur, car la vague d'encens qui accompagna son inhalation la fit tousser si fort que l'homme lui donna deux tapes dans le dos pour mettre fin à sa quinte.

— Un autre effet malheureux de la première fois, dit l'homme en se penchant vers elle avec un sourire inquiet. Ça passera dans quelques minutes, comme pour tous les autres ici. Quant à moi, tu peux m'appeler Mattimo. Les autres, tu apprendras leurs noms quand ils décideront de te les dire.

— Ami, haleta-t-elle, avala sa salive et se força à se tenir droite. Elle avait combattu des démons, affronté des désastres et des horreurs que ces gens ne pouvaient pas comprendre. Quelques bougies ne l'abattraient pas. J'ai besoin de trouver un livre. On m'a dit que vous l'auriez ici.

Pendant qu'elle parlait, un autre homme vêtu d'une robe bleu foncé négligée s'approcha en se dandinant, portant un gobelet débordant d'un rouge profond. Il le tendit à Ami en s'inclinant légèrement.

— Un cadeau de bienvenue pour la Gardienne.

Boire du vin dans des situations inhabituelles figurait dans la liste des mauvaises idées d'Ami, mais elle sentait des regards suivre chacun de ses mouvements. Refuser semblait être un manque de courtoisie. Elle prendrait donc le gobelet, mais laisserait la boisson intacte.

— Merci, dit Ami en acceptant le verre, le levant vers la salle, recevant en retour un autre chœur de bienvenues hachées.

— S'il vous plaît, lança Mattimo à la cantonade, remettez la musique. Je vous aime tous, mais je suis sûr que la Gardienne préférerait entendre quelque chose de plus agréable que nos passe-temps.

Finalement, Ami allait peut-être boire ce vin. Elle y goûta, un arôme de cerise et de muscade s'attardant sur sa langue. Pas mauvais, tout bien considéré.

Mattimo lui fit signe d'entrer, fermant et verrouillant la porte derrière elle. En temps normal, Ami aurait considéré cela comme un signe de piège, quelque chose dont il fallait se méfier, mais les gens qu'elle voyait autour d'elle étaient aussi éloignés de voleurs et de guerriers qu'elle pouvait l'imaginer.

— Bien, dit Mattimo en guidant la Gardienne à travers la pièce et dans un couloir étroit. Des peintures tapissaient les murs de pierre ici, et Ami s'attendait à voir des portraits narcissiques, mais elle découvrit à la place des représentations artistiques de chansons anciennes, des extraits de poèmes réalisés sur fond de forêts à l'aquarelle ou de montagnes brumeuses. Tu parlais d'un livre ?

Jusqu'à quel point pouvait-on faire confiance à un homme ? Ami gardait les gens sur une échelle personnelle et mobile. La plupart, au premier abord, commençaient au milieu. À accepter tels qu'ils étaient et à qui on ne donnait que peu de valeur. Bientôt, cependant, les actions dictaient une chute ou une ascension, un mouvement vers la confiance ou la méfiance. Pourtant, endurer tout cela pour repartir les mains vides n'était pas une option.

Ami allait boire davantage ce soir, seule sur son balcon, et elle le ferait avec le prix en main, bon sang !

— Que sais-tu de Demion ? demanda Ami à Mattimo alors que l'homme la conduisait de l'autre côté de la maison, dans une cuisine débordant de nourriture et de boissons, bien que tout semblait avoir été livré d'ailleurs. À ses mots, Mattimo fronça les sourcils, puis fit signe aux trois autres personnes présentes dans la cuisine de sortir.

La structure du pouvoir se mit en place lorsque le trio obéit sans poser de questions, se glissant devant Mattimo et Ami avec des yeux vitreux et des sourires figés.

— Un nom étrange pour commencer, Gardienne, dit Mattimo en se dirigeant vers une étroite étagère en bois débordant de bouteilles de vin, la plupart ouvertes et à moitié bues, comme si les gens ne pouvaient pas se donner la peine de finir ce qu'ils avaient commencé. Mattimo, au moins, versa d'une bouteille rouge ouverte, de la même couleur que celle d'Ami. La plupart ne connaissent Demion que par les histoires de leur enfance. Le premier Cercle, la première Égide.

— Je veux savoir ce qu'elle a trouvé d'autre. Ami plongea la main dans la sacoche à sa taille, en sortit le livre qu'elle avait feuilleté et le brandit. Celui-ci semble forcé.

Mattimo, un gobelet en cristal dans une main, prit le livre de l'autre et soupira en lisant la couverture.

— Certaines choses sont écrites pour plaire au lecteur. D'autres sont écrites pour plaire à ceux qui sont au pouvoir.

— Qu'est-ce qui manque ?

Mattimo lui rendit le livre. Son visage avait une expression différente de celle du joyeux hôte de fête qu'il était une minute plus tôt. Des calculs se lisaient dans ses rides, ses joues flasques et ses cheveux grisonnants.

— Que cherches-tu, Gardienne ?

— De l'espoir. Pour mon amie.

— L'Égide ?

— Mon amie, Mattimo. C'est ce qu'elle est pour moi.

L'homme hocha la tête. Ses yeux se dirigèrent vers la porte, puis vers son verre de vin. Ami eut l'impression de voir une souris nerveuse qui souhaitait pouvoir s'enfuir. Puis Mattimo se redressa, retrouvant sa colonne vertébrale.

— Nous organisons ces soirées ici-bas pour éviter les regards indiscrets, dit Mattimo. Contrairement à ce que tu pourrais penser, ce n'est pas que ça. Nous passons des journées entières à discuter, à écrire et à débattre de choses auxquelles aucun marin, aucun mineur, aucun soldat najahn n'a le temps de réfléchir. C'est ici que nous faisons progresser notre civilisation.

— Super. Quel rapport avec ma question ?

— Je veux dire que nous sommes libres ici de discuter de choses qui ne se disent pas ailleurs, non pas parce que le Cercle nous en donne la permission, mais parce qu'il n'y a pas d'yeux ni d'oreilles indiscrets. Mattimo inclina la coupe, vida le verre d'un trait et le remplit à nouveau. Les Najahn sont comme toute société. Nous gardons des secrets, certains plus importants que d'autres.

— Ce que je demande est donc un secret ?

— Un secret suffisamment important pour que le révéler mettrait en danger ma personne, ainsi que tous ceux qui sont ici et ce que nous faisons.

— En danger comment ? Que je puisse le dire à quelqu'un ?

Mattimo esquissa un petit sourire. — Que tu puisses détruire ce qui nous est si cher.

Ami tendit le bras devant Mattimo et posa sa coupe sur l'étagère. Elle se redressa, dominant l'homme de plus petite taille, et afficha le visage de soldat qu'elle arborait lorsqu'elle gardait les mines de Foti contre les bandits et pire encore. Ce regard avait tendance à faire plier les gens à sa volonté, mais Mattimo ne pâlit pas, ne bougea pas d'un pouce.

— Je vois ce que tu essaies de faire, Ami, dit Mattimo. Ne crois pas que je ne voudrais pas te le dire, mais cela signifierait ma mort si on le découvrait. La tienne aussi, et probablement celle de tous ceux qui sont ici.

— Le cacher signifie que l'Égide est morte.

— Elle allait toujours mourir, comme la prochaine et celle d'après.

— Dix ans, Mattimo. Seulement dix ans. Ami posa un doigt accusateur sur la poitrine de Mattimo. L'homme le regarda, avala d'un trait son deuxième verre de vin. Quand il se tourna pour le remplir à nouveau, Ami le poussa, le plaquant contre l'étagère. — La précédente Égide a duré douze ans. Combien de temps avant qu'on ne parle en semaines, en jours ? Une file interminable d'enfants qui s'alignent pour mourir afin de tenir les démons à distance ?

Le faible sourire de Mattimo persista. — Toi et moi serons morts depuis longtemps quand cela arrivera.

— Tu seras mort bien avant minuit si tu ne me prends pas au sérieux.

— Je te prends au sérieux, Ami, je t'assure. L'expression de Mattimo changea, ses yeux se levant et s'illuminant d'un nouvel espoir. — Qu'essaies-tu de faire, alors ? Sauver l'Égide d'une manière ou d'une autre ? Je peux te dire dès maintenant qu'aucun secret ne rendra ses années à Catya.

Ami retira sa main, essayant de se convaincre que ce n'était pas ce qu'elle espérait. Les skars détenaient du pouvoir, et oui, une partie d'elle croyait qu'ils pourraient peut-être remonter le temps pour Catya, lui donner une seconde chance pour ce qu'elle avait perdu. Sans cela... sans cela, il s'agissait de l'avenir.

— Alors je veux m'assurer qu'elle soit la dernière dans cette situation, dit Ami.

— Encore une fois, une promesse impossible. Ce que je sais ne sont que des suggestions, des murmures, et ils n'auront peut-être rien à t'offrir.

— Peut-être, c'est mieux que ce que j'ai.

— Et qu'est-ce que j'ai, Ami ? Le regard de Mattimo changea à nouveau, un homme aux multiples humeurs. Sa voix, cependant, se transforma avec lui, n'étant plus celle d'un mendiant ou d'un opposant, mais celle d'un négociateur. — Les risques ne peuvent pas être pris pour rien.

— Aider le monde ne te suffit pas ?

— Si c'était le cas, serais-je ici ? Mattimo ricana, et cette fois Ami ne l'empêcha pas de remplir à nouveau sa coupe. — J'ai essayé de te convaincre du contraire, mais si tu veux cette information, tu devras trouver quelque chose que je veux.

— Quelque chose que je peux donner, tu veux dire.

— Exactement, dit Mattimo. Ami eut soudain un flash de l'endroit où ils se trouvaient, des horreurs qui remplissaient ce lieu. Son regard noir fit tressaillir Mattimo. — Rien de vulgaire, je te prie. En fait, ce que je préférerais vraiment est quelque chose de beaucoup plus simple.

— Et c'est ?

Cette fois, les yeux de Mattimo brillèrent vraiment, et ses mots coulèrent moins comme du miel et plus comme des punaises acérées, piquant leur cible à chaque syllabe.

De retour dans sa chambre, Ami se servit effectivement un verre. Du blanc, frais dans la météo du soir. L'hiver approchait, chose lente sur Noctia, mais la brise océanique pouvait jouer avec la température comme bon lui semblait. Ami laissa le vent souffler ses mèches couleur de braise sur son visage, ses yeux regardant la falaise sans la voir.

Ce que Mattimo demandait n'allait pas être facile. N'allait pas être correct. Mais c'était peut-être quelque chose qu'Ami pouvait obtenir. Cela valait-il la peine de risquer sa position, sa capacité à aider Catya ? Les informations de Mattimo pourraient n'être rien, pourraient être aussi vagues et frustrantes que le livre.

Mais ne rien faire n'était pas non plus une option.

Ami tourna son regard vers Briseflame, appuyée contre

le mur. On lui avait offert cette épée pour qu'elle l'utilise à des fins glorieuses. Le temps était peut-être venu de la reprendre, mais au service du sauvetage du monde, et non pour condamner une autre pauvre âme à une mort lente.

D'accord, Mattimo. Elle obtiendrait sa petite lettre, peu importe qui elle devrait écarter pour y parvenir.

Le monde l'exigeait.

CHAPITRE 12

DANS LA CHALEUR

Les grottes n'avaient plus la même allure après l'aventure sur Vis, avec ce démon surgissant de l'eau et poursuivant, manquant de tuer Wax et Sawi. Le tube de lave ne ressemblait pas à l'obscurité de cette grotte, grâce aux lignes orange et jaunes qui couraient le long du sol, du plafond et des parois de la grande arche rocheuse. Ces veines fascinèrent le trio dès leurs premiers pas, attirant leurs regards par leurs couleurs fluides et hypnotisantes.

— Pas vraiment normal, n'est-ce pas ? dit Quik.

« Ça doit l'être ici », signa Bliss en retour. « Foti n'aurait pas un chemin traversant cet endroit s'il n'était pas sûr. Allons-y. »

— Pourquoi es-tu si pressée ? demanda Wax.

« Parce que je n'ai pas envie de passer la nuit dehors », signa Bliss. « Les gens à qui j'ai parlé... »

— Tu veux dire ceux que tu as tabassés ? interrompit Wax.

« Ouais, ceux-là. Ils ont dit que les voyageurs n'étaient pas les seuls sur les chemins de Foti, surtout la nuit. »

— Comme qui ? Quik gardait les yeux fixés sur ces veines fluides. Comme des étoiles orange étalées en une ligne.

« Des bandits. Des monstres. Je n'ai pas eu de détails. »

— Je pense qu'on est préparés, haussa les épaules Wax, mais il accéléra quand même le pas. Bliss avait raison sur un point : rester dehors dans les contrées sauvages de Foti n'était pas l'objectif. Wax ne serait pas contre dormir ailleurs que sur la pierre ce soir.

Sur Vis, on pouvait toujours trouver une canopée pour se blottir, une feuille accueillante ou une fleur de sana pour offrir un lit confortable. Wax grimaça en regardant le sol cassant : ici ne serait pas aussi confortable.

Le tube de lave, au moins, arrêtait le vent mordant qui les avait tourmentés sur les collines extérieures de Foti. Malheureusement, ce vent était remplacé par une chaleur étouffante qui s'intensifiait à mesure qu'ils s'éloignaient de l'entrée du tube. Bientôt, ils remirent leurs couches extérieures dans leurs sacoches, revenant à leurs tissages de Vis.

— Comment les Foti ne fondent pas ici, je ne comprends pas, marmonna Wax alors que la sueur perlait sur son front.

— On n'en voit pas beaucoup par ici, n'est-ce pas ? demanda Quik.

— Je suppose qu'on sait pourquoi maintenant.

Bliss prit la tête, avec Quik fermant la marche. Wax se demanda si cela allait devenir la nouvelle norme, sa courageuse sœur et son bâton de métal agissant comme son avant-garde. Lui et Pan étaient allés en duo, Gardien et Renouveau ensemble.

Ça n'avait pas marché. Autant essayer quelque chose de nouveau.

Alors que la journée s'étirait vers l'après-midi, le tube

de lave continuait sa descente fluide, s'enfonçant plus profondément dans les entrailles de Foti. Ce faisant, ces veines devenaient plus brillantes, s'infiltrant dans la roche gris-brun jusqu'à ce qu'il semble qu'ils marchaient plus sur une rivière rocheuse au-dessus de la lave que dans un tunnel.

La roche elle-même changeait de caractère aussi, faisant apparaître de nouvelles taches noires scintillantes, dont certaines portaient les marques d'une pioche, comme si une exploitation minière tentative avait été entreprise puis rapidement abandonnée.

— Quel est le prix à payer là ? médita Quik alors qu'ils passaient devant la première. Un peu de ce que c'est au risque de percer une de ces veines et de finir en homme fondu ?

— Ça dépend à quel point on est désespéré, dit Wax.

— Qui serait aussi désespéré ?

— Je ne sais pas si tu as fait attention à l'Anvil's Arms, mais il y avait plus que quelques personnes qui avaient l'air de pouvoir envisager de prendre une pioche pour ça.

— Personne sur Vis ne serait aussi perdu.

— On n'est pas sur Vis, mon frère, au cas où tu ne l'aurais pas remarqué.

Bliss gardait le silence. Peut-être avait-elle vu plus que quelques personnes similaires pendant ses bagarres de rue. Qui d'autre que les assoiffés de sang ou les désespérés se jetteraient dans de tels combats ?

Wax chassa cette pensée. La grande aventure semblait bien plus agréable sans se perdre dans les aspects plus sombres des endroits qu'ils visitaient. Son travail n'était pas de résoudre les problèmes de Foti, mais de sauver Les Sept Îles.

Ou, s'il ne parvenait pas à rejoindre l'Aegis, de passer un bon moment à voyager.

« Stop. » Bliss leva sa main droite, son bâton dans la gauche. « Quelque chose bouge là-haut. »

— Où ça, « là-haut » ? demanda Wax, se plaçant à côté de sa sœur.

Elle pointa son bâton vers une zone circulaire de pierre sur le plafond du tube à quelques pas de distance. Des veines de lave rouge rubis couraient autour du cercle, une courbe curieuse considérant que partout ailleurs la lave coupait simplement tout droit. Ajoutant à l'étrangeté, la lumière réfléchie par les veines avait tendance à rebondir sur la roche, scintillant et laissant par ailleurs un centre sombre. Une lune sinistre dans le ciel de charbon du tube.

— Qu'est-ce que tu penses que c'est ? demanda Quik.

« Aucune idée », signa Bliss, puis elle agita son bâton le long du mur droit. « Mais je ne pense pas que ça ait été là depuis longtemps. »

Le rôle éventuel de chasseuse de sa sœur gagnait en crédibilité alors que Wax suivait la direction indiquée par son bâton. D'étroites fissures dans la paroi rocheuse du tube de lave montaient d'une large veine sur son côté droit, les fissures elles-mêmes brillant d'un jaune pâle, des morceaux de lave coulant comme de la bière dégoulinant d'une chope trop pleine. Ces entailles grimpaient tout le long du mur jusqu'au plafond, où elles continuaient en une ligne régulière jusqu'à la zone circulaire, un endroit que Wax remarqua maintenant comme étant centré juste au-dessus du tube.

— J'ai l'impression que ça pourrait être un piège, dit Wax.

— Alors tu n'es pas un idiot, ajouta Quik.

« N'allons pas jusque-là », signa Bliss, continuant avant

que Wax ne puisse ajouter une réplique. « Je vais le déclencher. Quik, tiens-toi prêt. »

— Bien sûr.

Quik enfila ses gantelets, nouant le fil rouge autour de ses poignets.

— Wax, reste en arrière.

— Pourquoi empêcherais-je mes Gardiens de faire leur travail ?

— Parce que tu l'as déjà fait deux fois.

Une fois de plus, Wax aurait voulu répliquer à l'insulte — une répartie cinglante aurait dû, sans aucun doute, lui venir aux lèvres — mais Bliss mit fin à la conversation en se précipitant en avant, tête baissée, tenant le bâton à deux mains et fonçant droit devant.

Alors qu'elle s'approchait de la tache, les côtés miroitants se déployèrent, s'étalant en sombres amas contre le plafond. La chose, quelle qu'elle soit, semblait aussi large que le bâton de Bliss, et tandis qu'elle se déployait, de la lave gouttait de son centre, un centre s'ouvrant en un cercle bordé de dents jaunes et fumantes.

La créature tomba. Non, se propulsa, ses nombreuses pattes poussant contre le plafond et cherchant à intercepter Bliss dans une rapide et mortelle descente. Wax cria, Quik courut après sa sœur, et Bliss plongea.

Non, plus que ça. Wax resta bouche bée en voyant Bliss utiliser son bâton, enfonçant son extrémité avant dans la roche pour se propulser plus vite, passant sous la chose insectoïde qui tombait et se retrouvant de l'autre côté. La créature atterrit dans un fracas de lave éclaboussée, des braises volant tandis qu'elle se déplaçait — Wax estima ses pattes comme "nombreuses", et réparties sur tous les côtés autour d'une carapace centrale en pente. La bouche semblait située au milieu, ces dents broyant la roche sans dommage apparent.

Bliss pivota en atterrissant, ramenant son bâton en position de garde et étudiant le monstre qui tournait pour lui faire face, si tant est que cette chose ait vraiment un visage.

Quik saisit l'ouverture.

Baissant son épaule gauche, ignorant les éclats brûlants projetés sur sa peau lors de la chute, Quik souleva la créature avec sa main gauche, pliant les jambes, fléchissant ses bras puissants dans un mouvement de pelletage qui envoya la créature basculer. La main droite de Quik passa son gantelet devant son visage, interceptant les nouvelles braises projetées sur le bois huilé.

Bliss n'eut pas besoin d'indication pour savoir quoi faire, faisant virevolter son bâton dans une frappe puissante à travers son corps pour écraser l'insecte de lave soulevé. Le bambou, renforcé de métal, craqua contre les pattes agitées de la chose, l'envoyant voler contre la paroi droite du tunnel de lave. Le choc résonna, projetant des morceaux de roche et de carapace partout.

Mais ces pattes continuaient de s'agiter, ces dents, maintenant exposées, claquaient tandis que l'insecte cherchait à se libérer.

Un claquement qui semblait terriblement fort, maintenant que Wax y pensait.

Il cligna des yeux, s'arracha à l'action — Bliss se dirigeant vers l'insecte captif, son bâton prêt à lui donner une fin écrasante — et vérifia sur sa droite, où se trouvait cette large veine de lave.

Et gémit.

Un autre insecte, aux nombreuses pattes luisant d'ambre sous la chaleur de la lave, s'extirpait, un membre à la fois. Chaque extrémité pointue heurtait la roche dans un son de craquement horrible, la lave s'accumulant à chaque pas et faisant fondre la pierre.

Quand un second son de cliquetis et de claquement vint de derrière, Wax ferma brièvement les yeux, offrit une prière à Vis, et dégaina ses lames. L'épée et le couteau Foti prirent une brillante teinte bleue dans la lumière de la lave, ravivant un peu d'espoir tandis que Wax se tournait pour faire face à la chose qui arrivait par derrière.

— On a d'autres amis ! cria Wax, choisissant de s'éloigner de l'insecte latéral en chargeant l'assaillant à l'arrière.

Contrairement au monstre noir et brillant venu du plafond, celui-ci arborait des lignes vertes carbonisées et tachetées le long de sa carapace de scarabée. Wax prit d'abord ces marques pour du hasard, comme la fourrure d'un hanoko, mais en s'approchant à portée d'estoc, la vérité se révéla : c'étaient les mêmes cicatrices que Bliss avait décrites sur les démons de retour sur Vis.

Pas des créatures natives de Foti, donc, mais d'autres horreurs venues des Ténèbres d'En-Bas.

— Bien, dit Wax, faisant tournoyer son épée dans une coupe transversale vers la douzaine de pattes avant de l'insecte. Je ne me sentirai pas coupable de te tuer, alors.

L'insecte encaissa l'épée avec un grincement strident, ses pattes se détachant comme si Wax coupait des tiges de fleurs. Ces choses résistaient peut-être à la lave, mais à une tranche nette ? Elles n'avaient rien à y opposer.

Sauf la surprise brute.

L'insecte bondit en perdant ses pattes. Le coup de Wax avait laissé son bras en travers de son corps, le couteau Foti dans sa main au niveau de sa taille gauche, en aucune position pour se protéger du saut soudain de l'insecte. Avec des braises volantes, une gueule dentée fonçait vers le visage de

Wax, un coup mortel assuré. Du moins, ça l'aurait été pour quiconque n'était pas entraîné à esquiver les branches soudaines, les lianes, et toutes sortes de choses moches que la jungle pouvait vous lancer à grande vitesse.

Wax projeta sa jambe gauche, utilisant ce qui restait de l'élan de son coup pour tomber sur le côté, heurtant le sol du tunnel de lave avec son épaule gauche. L'insecte atterrit au-delà de lui, essayant de ralentir avec des pattes qui n'existaient plus. La créature roula, ses dents grinçantes exposées au plafond.

Plantant le couteau Foti et sa main gauche contre le sol, Wax s'élança à nouveau vers l'insecte, frappant de haut avec la plus grande épée, enfonçant sa pointe directement dans la bouche répugnante de l'insecte. L'épée mordit, dans une piqûre frémissante, et pendant un moment le monstre se débattit, forçant Wax à lâcher son couteau et à tenir à deux mains jusqu'à ce que la bestiole cesse de lutter.

Lâchant la poignée de l'épée, Wax s'assit en arrière, regarda Quik achever son insecte en jetant la créature déchirée et meurtrie contre le sol encore et encore jusqu'à ce qu'elle cesse de bouger.

"Ça va ?" signa Bliss en sprintant vers Wax, glissant sur la roche à côté de lui avec de l'inquiétude plaquée sur ses traits.

Il sourit. — Tu as de la chance que je sache me battre.

Bliss fronça les sourcils, le regarda de haut en bas. "Je suppose. Désolée, j'aurais dû m'attendre à plus."

Wax s'allongea sur la roche, un mouvement qui prouva que passer une nuit sur le sol dur serait terrible pour leurs os fatigués.

— On ne sait pas à quoi s'attendre, Bliss. Pas de tout ça. Je pense que c'est pour ça que tant de Renouvelés meurent pendant le voyage.

Il regarda le plafond, ces riches veines colorées ne semblant plus si belles.

— On a grandi en pensant que les îles n'étaient pas si dangereuses, mais je crois qu'on avait tort.

Wax sentit sa sœur lui prendre la main, fut surpris quand elle le tira, brisant sa rêverie momentanée.

"Alors on s'améliorera," signa Bliss une fois Wax debout. Faisant passer son bâton dans sa main droite, elle tendit la main et retira la lame Foti de l'insecte mort, ignora le jet de lave qui suivit l'extraction, et rendit l'arme fumante, mais toujours intacte, à son frère. "Ce n'est que le début."

Wax éclata de rire. — Où as-tu appris à parler comme ça, Bliss ?

— Ce n'est pas comme ça que les Gardiens sont censés parler ?

— Comme Svarde ?

— Il a bien amené Catya à l'Aegis, non ?

Cette pensée n'était pas aussi réconfortante que Wax l'aurait souhaité.

La Dent de Jarl. Le nom gravé sur un rocher qui ressemblait, eh bien, à une grande dent ébréchée. Il surgissait entre les veines luminescentes quelques heures après la bataille contre les scarabées, un spectacle bienvenu pour un trio trop fatigué maintenant pour envisager de continuer beaucoup plus loin. Wax avait passé les vingt dernières minutes à essayer d'imaginer comment étaler sa sacoche sur le sol accidenté.

Au moins, il ne ferait pas froid ici-bas.

La sueur les couvrait tous, se mêlant à l'odeur d'une journée de marche qui appelait désespérément un bain. Aucun océan ne viendrait les soulager ici, ce qui signifiait que la Dent de Jarl ferait mieux d'avoir quelque chose à offrir, ne serait-ce que des bouchons pour leur nez.

Le tube de lave qui les menait à la ville s'ouvrit, son cylindre gracieux cédant la place à un dôme rocheux en forme de bulle, percé de plusieurs autres grandes cavernes.

— Une rencontre de tubes, marmonna Wax alors qu'ils découvraient l'immense caverne souterraine.

Normalement, les grottes seraient plongées dans l'obscurité à cette profondeur, mais ils n'avaient pas besoin d'allumer une torche : ces veines brillantes s'étendaient partout sur le sol et le plafond, ondulant le long des roches suspendues et remontant. Certaines s'élargissaient suffisamment pour cracher des flammes en fusion, de minuscules geysers ne dépassant pas les mollets de Wax mais toujours beaux, d'une manière ardente et horrible.

— C'est l'opposé de chez nous, dit Quik, Bliss acquiesçant avec lui. Je déteste ça.

Wax prit une profonde inspiration, étirant ses bras vers le haut pour offrir un contrepoint, mais l'odeur âcre qui accompagna l'inhalation provoqua une quinte de toux. Ses deux frères et sœurs le regardant, le visage incliné et les sourcils froncés d'inquiétude, Wax fit un geste vers les bâtiments regroupés.

—Allons simplement à l'intérieur.

La Dent de Jarl offrait cinq maisons, chacune arborant une annexe comme un atelier, un enclos pour petits animaux, ou un jardin abrité regorgeant de plantes ressemblant à des champignons. Au-delà de cela, la seule chose proposée était l'auberge.

Une structure massive ressemblant à quelqu'un qui aurait aplati plusieurs grands disques d'obsidienne et les aurait empilés les uns sur les autres, l'auberge de la Dent de Jarl - portant aussi le nom de Dent de Jarl - se dressait au centre de la caverne. Tous les chemins menaient à cette chose, et pour la première fois de la journée, le trio vit d'autres personnes. De vrais humains vivants.

Et pourtant, voir les gens flâner à l'extérieur de la Dent de Jarl, c'était comme faire un triple regard. Les mineurs et les travailleurs de Smythe avaient des cendres partout, portaient la graisse et la sueur comme des badges d'honneur. Le groupe qui flânait à l'extérieur de la Dent de Jarl, tous avec des pipes à la bouche, des bouffées de fumée bleue et blanche s'élevant à chaque respiration, semblait avoir émergé, eh bien, des tubes de lave.

Quelle que soit la couleur de leur peau auparavant, elle était maintenant toute noircie, une épaisse couche badigeonnée et brûlée sur tout ce qui était exposé, et vu la chaleur, les hommes et les femmes là-bas ne portaient pas grand-chose. Des bandes serrées enveloppaient les mains, tandis que d'épaisses bottes chaussaient les pieds jusqu'aux genoux. Des chemises et des shorts, amples et sales, complétaient l'ensemble, la seule caractéristique remarquable que Wax vit étant de petits emblèmes cousus sur leurs poitrines.

Si le trio de Vis inspectait les gens de la Dent de Jarl, alors les gens de la Dent de Jarl les inspectaient certainement. Des regards lents se transformèrent en regards fixés alors que les trois marchaient dans la ville, leurs sacoches pleines et lourdes, leurs tissages délavés n'étant décidément pas la mode locale.

— L'auberge, alors ? médita Quik alors qu'ils passaient devant les premières maisons.

— Y a-t-il un autre endroit ? répondit Wax. Je vais répondre : non.

Personne ne se donna la peine de venir engager la conversation alors qu'ils approchaient, leurs bouches restant collées à leurs pipes, les yeux ne se détournant que lorsque Wax cherchait à contrer le regard par l'un des siens. Les regards ne semblaient pas hostiles : pas de froncements de sourcils, pas d'yeux plissés ou de mains se déplaçant vers les marteaux que tout le monde semblait avoir pendus à la taille. De la curiosité, donc. Même un léger amusement alors que les lèvres esquissaient de légers sourires.

— J'ai l'impression distincte que nous ne sommes pas censés être ici, marmonna Wax.

— Le seul endroit où nous sommes censés être, c'est Vis, dit Quik. C'est une partie de tout ça. Voir les îles, apprendre à leur sujet, devenir le citoyen du monde avant de prendre le manteau de l'Aegis.

— Tu continues de parler comme si j'allais être celui qui fera ça.

— Tu le seras.

— Tu condamnes ton frère à une vie vécue sur cette terrible île, hein ?

La réplique de Quik, s'il en avait une, fut annulée lorsque Bliss poussa la porte principale de l'auberge. La dalle de métal forgé aurait dû être lourde, son revêtement encroûté de charbon le suggérait, mais lorsque Bliss poussa, des engrenages tournèrent, faisant glisser la porte vers l'intérieur avec un agréable grincement industriel.

Wax n'était pas sûr de ce à quoi il s'attendait d'une auberge de Foti coincée dans les entrailles d'un tube de lave, mais ce qu'il vit semblait briser ces maigres idées.

Tout d'abord, la chaleur attendue ne se matérialisa pas. En fait, une vague fraîche passa devant Bliss, sur Wax et son frère. La sueur partout se refroidit, provoquant un frisson confus. La source de cet air devint rapidement apparente : un énorme bloc de glace, s'étirant du sol jusqu'au plafond lointain et enfermé dans une cage d'argent vitrée. L'eau gouttait du bloc, s'écoulant dans de minces tuyaux recouverts de grilles le long du sol de l'auberge. Pas de doutes, donc, sur l'endroit où le petit hameau trouvait son approvisionnement en eau.

Au-delà de la glace, une observation que Wax prit son temps de faire, car il n'avait jamais vu de neige et de glace sauf de loin sur les sommets absolus des montagnes de Vis en hiver, la Dent de Jarl offrait les tables standard en longues dalles de pierre qu'ils avaient vues à Smythe. Les pichets de bière dominaient, tout comme les viandes fumées et les monceaux de légumes-racines. Des fruits séchés étaient également proposés, complétant un ensemble savoureux, du moins à en juger par l'apparence.

Les gens qui participaient au dîner de la Dent de Jarl prenaient l'ambiance des travailleurs de Smythe et la maximisaient, s'encroûtant comme ceux de l'extérieur et se jetant sur leur nourriture avec l'enthousiasme de ceux qui avaient passé toute la journée à utiliser chaque muscle qu'ils possédaient. La conversation s'entrecoupait de crachats dans des crachoirs précisément placés, les nombreux serveurs se précipitant entre les tables avec une ferveur maniaque. L'un d'eux osa jeter un double regard au trio de Vis avant de hocher la tête vers un endroit circulaire plus petit et vide.

Les tabourets en pierre proposés manquaient de confort, mais après une journée sur ses pieds endoloris, Wax s'en souciait peu. Ils posèrent leur équipement à côté d'eux, l'appuyant contre le mur d'entrée de l'auberge. Quelques regards se tournèrent vers eux, s'attardant de longues secondes avant d'être ramenés à leur quotidien.

— Je ne pense pas qu'ils vont nous attaquer, signa Bliss alors que les trois se détournaient de la salle pour revenir à leur table. Je ne vois pas d'armes.

— Marrant que ce soit la première chose qui te vienne à l'esprit, Bliss. Wax se pencha en avant, posant ses coudes sur la table. Du granit gris-noir massif. Ne crois pas que tous les endroits des îles soient des pièges mortels.

— Jusqu'à présent, ça ne l'a pas été ?

Un serveur, un homme émacié qui semblait à un jour de tomber en poussière, s'approcha et leur fit une introduction épuisée. Oui, dit l'homme d'une voix de gravier sifflante, c'est bien la Dent du Jarl, et oui, je sais que vous n'êtes pas d'ici. Non, ce n'est pas rare que des visiteurs passent par ici car nous sommes à un carrefour, et oui, la glace est remarquable. Elle vient des banquises du nord de Rana, dure environ un mois, et nous en recevons un nouveau morceau.

— L'ale standard et le souper pour tous les trois ? conclut le serveur, ayant refusé de laisser l'un d'entre eux placer un mot.

— Quels sont les tarifs ? demanda Quik, et le serveur jeta un coup d'œil à leurs sacoches.

— Assez bon marché pour vous, j'imagine, répondit l'homme.

— Alors allons-y, dit Wax. Le serveur acquiesça, se tourna pour partir, et Wax suivit son intuition. Vous n'êtes pas d'ici non plus, n'est-ce pas ?

Le serveur se retourna vers Wax, l'évaluant cette fois avec un sourire un peu plus sincère.

— Un réfugié de Kance, j'en ai peur. J'ai abandonné le vent pour ce trou profond.

— Pourquoi ?

— Pourquoi quelqu'un quitte-t-il sa maison ? demanda le serveur. Parce qu'il le doit.

L'homme s'éloigna, laissant Wax se tourner vers son frère et sa sœur.

— C'était une vraie réponse ? demanda Wax.

— Ça m'a semblé superficiel, haussa les épaules Quik. C'est son choix, cependant. Au moins, on va avoir de la nourriture et de la vraie boisson.

— Pas trop. D'ale, je veux dire, lança Bliss avec un regard appuyé à Wax. Nous avons encore un long chemin à parcourir.

Wax sourit, — Bliss, tu me connais. Je sais me contrôler.

La lave ne faiblissait jamais, peu importe l'heure. Wax se tenait devant l'auberge de la Dent du Jarl, attendant pendant que Bliss et Quik prenaient leur tour aux latrines sculptées dans la roche — les utiliser nécessitait une âme bien trempée, car le trou menait directement à une rivière de lave en mouvement. Les fumeurs de pipe se faisaient rares à mesure que la soirée avançait, un indicateur de temps plus sûr que la vieille intuition de Wax, qui semblait inutile sous terre.

L'ale jouait un léger vacarme dans son crâne, frappant plus fort que la douce boisson de Vis. Le repas copieux compensait cependant, et, plus que les pommes de terre, le skar. Wax le tenait maintenant dans sa main droite, prenant soin de garder sa paume couvrant le saphir noueux.

La chaleur émanait de la gemme en douces vagues, caressant sa peau et offrant, comme le toucher collant d'une toile d'araignée, la possibilité de tirer. Quik et Bliss ne le savaient pas, mais Wax avait découvert qu'une petite traction ici et là donnait l'impression de faire une sieste rapide. Revigoré, rechargé, tous les effets de l'alcool disparus. Avec eux, partaient aussi les légères brûlures de la bataille contre les scarabées plus tôt.

Si le skar s'en souciait, Wax ne le voyait pas. La chaleur semblait aussi forte que jamais, la teinte bleu profond aussi pleine que le moment où il l'avait ramassé sur le géant sana sur Vis.

Que pouvait-il faire d'autre avec ?

Wax leva les yeux, suivant une tache sombre dans un flux au-dessus de sa tête alors qu'elle courait le long du plafond. Entraînée par des forces qu'elle ne pouvait contrôler, cette chose.

Pas lui, cependant. Quik et Bliss étaient ses gardiens, pas ses guides. L'Aegis, toute cette emphase, cette cérémonie... La demande de Pan se rejoua, ramenant Wax au saphir. Le skar.

Pour l'instant. Pour l'instant, il suivrait l'aventure, profiterait de chaque minute possible. Wax devait bien ça à Pan.

Mais s'ils lui demandaient de mettre les chaînes, de s'asseoir dans cette prison désolée sur Noctia ?

Wax glissa le skar à l'intérieur de sa tunique Foti ample. Il n'avait pas à répondre à cette question maintenant, et avec un peu de chance, il n'aurait jamais à le faire.

CHAPITRE 13

RENCONTRE FORTUITE

Quik attribuait son agitation au fait d'être le frère aîné. Celui qui serait responsable si les choses tournaient mal. C'était pourquoi il était assis, adossé au mur de pierre tiède dans leur chambre exiguë, à regarder Bliss et Wax dormir sur leurs lits rigides. Pas de paille ni de feuilles ici — trop susceptibles de prendre feu, selon l'aubergiste du dessous — alors ils dormaient sur des lits de camp durs, en pierre lisse avec un oreiller miteux. Pas besoin de couvertures vu la chaleur, mais Bliss et Wax s'étaient quand même recouverts de leurs tissages. Pour le confort, pour se sentir chez eux.

Quik lorgna à nouveau son propre lit, coincé dans un coin. Une étroite fenêtre au-dessus, à peine assez large pour s'échapper en se faufilant, laissait passer l'omniprésente lumière orange, projetant un carré jaunâtre sur le sol de pierre grise et poussiéreux. Des voix parvenaient aussi d'en bas, des murmures, bien que Quik estimât que l'heure était déjà bien avancée dans la matinée.

Cela dit, il était difficile de suivre le jour et la nuit quand on n'avait ni ciel, ni soleil.

Quik avait suivi le même parcours que tous les enfants Kitaye : les premières années à sauter d'arbre en arbre, faisant ce que ses aînés lui demandaient et trouvant ce qu'il aimait, laissant cela guider ses premiers tatouages, tout cela le mettant sur la voie pour rejoindre les chasseurs. Non pas parce qu'il aimait la violence, mais pour le frisson. Les moments à traquer un gibier, ou à repérer un poisson à harponner donnaient un sens à la vie, une clarté qu'il ne trouvait pas près des feux de cuisson ou en aidant sa mère à tenir le comptoir de troc.

Quik ne trouvait pas non plus beaucoup de sens ici. À part ces scarabées — un moment d'inattention, là, laissant Bliss être la première à repérer la menace — le voyage jusqu'à présent avait ressemblé à une corvée de baby-sitting poisseuse. La bière foti était bonne, mais son goût malté et caramélisé était meilleur pour célébrer, pas comme un mode de vie, et à ce rythme, Wax allait les y noyer avant la fin de la semaine.

Et entre les beuveries, que feraient-ils ? Errer dans ces tubes constamment éclairés ?

Quik se gratta la jambe. Ses yeux le brûlaient, quelque chose dans l'air les irritait. La chambre étouffait chacune de ses respirations, et sans y réfléchir, Quik se leva, ouvrit leur porte et sortit dans le couloir circulaire.

Leur chambre se trouvait au troisième étage, les sols arrondis encerclant l'imposante glace au centre. Immédiatement, le froid le submergea, emportant la sueur, lui redonnant vie. Quik pouvait supporter la chaleur aussi bien que n'importe qui sur Vis, mais quelque chose dans cette pression sèche et brûlante ici l'abattait, aspirait sa volonté, réclamait de l'eau.

Malgré l'heure tardive, quand Quik descendit l'escalier central longeant la glace, il trouva encore beaucoup de monde dans la salle à manger de l'auberge. Quelques-uns buvaient, leurs bières moussant par-dessus les chopes, mais la plupart étaient assis en groupes, engagés dans des conversations discrètes, comme si Quik était tombé sur une heure de socialisation.

Des regards furtifs se tournèrent vers Quik lorsqu'il atteignit le rez-de-chaussée, et à ce moment-là, il réalisa qu'il avait laissé sa sacoche dans la chambre. Sans marchandises à échanger, il ne pouvait pas demander grand-chose. Pas même un verre d'eau fraîche, rempli avec l'eau qui s'écoulait du grand cristal.

Son indécision prit fin quand une table, et une femme étonnamment vêtue de cuirs de travail, lui firent signe d'approcher. Deux autres personnes, également habillées pour le travail, leurs équipements marqués à la manière des ouvriers, étaient assises à la table, laissant une place de plus pour Quik.

— Qu'est-ce que tu veux boire ? demanda la femme alors que Quik s'approchait.

—Je n'ai rien à échanger.

— Ce n'est pas ce que je t'ai demandé, insulaire. La femme fit un signe de tête vers la chaise vide. Les visiteurs intéressants sont suffisamment rares par ici, ça vaut le coup de payer pour une histoire.

Quik examina les trois personnes, constatant que les partenaires de la femme étaient tout aussi intéressés, bien que leurs yeux portassent le voile de l'épuisement. La question de savoir combien de temps une histoire retiendrait leur attention semblait discutable. Les boissons, en revanche, restaient des boissons.

— Que voulez-vous savoir ? demanda Quik, après qu'un

barman tout aussi somnolent — plus de serveurs à cette heure tardive — eut pris sa commande d'eau.

Il s'attendait aux questions habituelles, comme celles auxquelles Wax et lui avaient répondu dans le casino de Smythe. Comment survivez-vous dans la jungle, comment c'est de se balancer d'arbre en arbre, et tout ce genre de choses.

— Lequel d'entre vous est le Renouveau ? commença la femme, esquissant un sourire. J'ai parié sur toi, elle mise sur la fille, et lui a misé son dernier éclat d'obsidienne sur le garçon.

La main de Quik se crispa sur la chope d'eau. Il chercha désespérément une réponse.

— Quel Renouveau ?

La femme éclata de rire, et après un moment, les deux autres se joignirent à elle, leurs doux gloussements formant un fond sonore lointain aux éclats de rire de leur leader.

— N'essaie plus jamais de mentir, mon ami, dit la femme alors que le rire s'éteignait. Ça ne te va pas, pas comme ces puissants poings.

Quik ne savait pas quoi dire, alors il but l'eau fraîche à la place. Laissa son regard retourner vers les escaliers. Un rapide au revoir, un retour à —

— Essayons d'une autre façon, dit la femme. Je m'appelle Sledge. Quand Quik cligna des yeux vers elle, elle hocha la tête dans sa direction. Maintenant, dis-moi le tien.

— Quik.

— Voilà. Ce n'était pas si difficile, n'est-ce pas ? Sledge se pencha sur la table, ne quittant jamais Quik de ses yeux cannelle. De près, il remarqua des taches de rousseur foncées, des cicatrices de brûlures éparpillées ici et là sur son visage. Une zone de ce qui aurait été des cheveux rouge foncé semblait avoir été brûlée au-dessus de son oreille droite. Je te le redemande, pour régler notre pari. Lequel est le Renouveau ?

Les minutes entre la première demande et la seconde avaient suffi à Quik pour se ressaisir. Comme s'il retrouvait son équilibre sur une fronde oscillante. Il n'était pas dans un combat, mais dans une auberge peuplée à un carrefour commercial. Quik pouvait tenir bon.

— Mon frère, Wax, dit Quik. C'est lui qui porte le skar.

L'homme frappa du poing sur la table.

— Je le savais. Le gamin en a l'air.

— Quel air ? demanda Quik tandis que les deux autres acquiesçaient.

— Le but. L'homme secoua la tête en parlant. C'est une vraie malédiction, de se sentir comme si le destin était drapé sur soi. L'homme fixa alors la table, perdu dans un souvenir lointain.

— Ne le laisse pas te démoraliser, dit Sledge tandis que l'autre femme posait sa main sur l'épaule de l'homme, serrant le cuir de son épaulette. Le vieux Loggren ici présent ne s'est jamais remis de sa propre tentative pour les skars, même si ça fait près de vingt-cinq ans.

— Difficile d'oublier quand on a eu la chance d'être l'Aegis, marmonna Loggren, avant de pousser un soupir.

— On a essayé, lui rappela Sledge. Il y a une raison pour laquelle personne de cette moitié de l'île n'a jamais été le Renouveau de Foti. Trop loin. Si on voulait tenter notre chance, on aurait dû déménager au nord. Sledge se retourna vers Quik. Ce que vous trois devriez faire.

— On marche dans cette direction, du mieux qu'on peut.

— Marcher, qu'il dit, rit de nouveau Sledge, les deux autres se joignant à elle. J'espère que tu aimes user tes semelles, Quik, parce que c'est une sacrée randonnée.

— On y arrivera.

— C'est ce que tu crois ?

Quik hésita. Quel genre de réponse était-ce ?

— Tout ce que Sledge veut dire, intervint l'autre femme, c'est qu'il y a des routes dangereuses entre ici et la Grande Forge, où se trouve le skar. Il y a une raison pour laquelle la plupart font le voyage en bateau. Moins de risques, surtout avec les démons qui rôdent.

— Et d'autres choses en plus, ajouta Loggren.

— Des choses qui pourraient repérer ton gars Wax et décider qu'il y a quelque chose de facile à prendre, poursuivit Sledge. Je ne sais pas si vous, les Vis, comprenez, mais un skar est une chose précieuse. Beaucoup ne verraient pas d'inconvénient à vous le prendre.

Quik se recula. Il mit de la distance entre sa chaise et la table. Il pourrait renverser les meubles, mettre Loggren et l'autre femme sur le dos et se retrouver en un contre un avec Sledge, un combat que Quik pensait pouvoir gagner.

— Détends-toi, dit Sledge. On ne va pas te voler.

— Pas encore, marmonna Loggren.

— Essayez, et vous le regretterez, dit Quik.

— C'est drôle que tu agisses comme si nous avions beaucoup à perdre, Sledge fit un geste englobant l'auberge autour d'eux. Passer nos journées à extraire du minerai pour l'envoyer à Smythe, nos nuits à boire dans la Dent du Jarl. Quelle vie à risquer de jeter pour une chance d'avoir quelque chose de mieux.

Son ton changea, la lueur dans ses yeux passant d'un regard embrumé par l'alcool à un éclat pétillant. Loggren et l'autre femme aussi se redressèrent, leurs regards sur Quik moins jovial et plus une évaluation acérée, un regard de chasseur.

— C'est comme ça que Foti traite ses visiteurs ?

demanda Quik. Si vous veniez à Vis, nous ne vous menace-
rions pas, nous ne vous ferions pas sentir comme si vous
pouviez être poignardés à tout moment.

— Parce que vous avez une île d'abondance, répliqua
l'autre femme. Nous sommes une île de labeur. De sueur, de
crasse et de poussière. Passe quelques années ici et vois si tu
ne te sens pas différent, si tu ne jettes pas un regard bienveillant et n'offres pas un verre gratuit à un vagabond.

— Tout ce qu'on dit, Quik, reprit Sledge, c'est que tu as
une route difficile devant toi. Une route qu'il vaut mieux
prendre bien reposé et l'œil aux aguets.

— Alors je vous remercie pour cela, et je vous souhaite
une bonne nuit. Quik vida l'eau, se leva de table. Sledge leva
son verre pour lui dire au revoir, les deux autres ne prirent
pas la peine de le regarder.

Quik vérifia en arrivant aux escaliers, vit le trio plongé
dans une conversation, sans un regard vers lui. Sledge rit
encore de quelque chose. Peut-être que les menaces voilées
n'étaient que des avertissements, peut-être que son cœur
pouvait ralentir, ses nerfs se détendre.

Le bâton faillit décapiter Quik lorsqu'il passa la porte.
Bliss ajusta le coup, le dirigeant vers le bas et réduisant sa
force pour qu'il ne laisse qu'une vilaine piqûre en frappant
la poitrine de Quik.

— Qu'est-ce que vous faites ? demanda Quik, frottant
l'endroit douloureux et voyant Wax, sur la gauche, avec sa
lame de Foti dégainée.

— Tu es parti et tu n'es pas revenu, dit Wax, rengainant
la lame à la lueur bleue. Pendant quelques minutes, on t'a
laissé faire. Puis, on s'est demandé si tu avais des ennuis.

—Je ne suis pas toi, rétorqua Quik. J'avais besoin d'eau,
et j'en ai trouvé.

"Longtemps pour de l'eau", signa Bliss, reposant le bâton contre le mur.

N'ayant pas vraiment le choix, Quik relata l'histoire. Wax et Bliss écoutèrent, avant de rejeter tous deux le trio du rez-de-chaussée comme n'étant rien de plus que des travailleurs surexcités.

"Les gens à Smythe m'ont dit la même chose", signa Bliss. "C'est comme si les Foti avaient l'habitude de prévenir les visiteurs qu'ils sont en danger."

— Peut-être que comme ça, quand ils nous voleront, ils pourront dire qu'on avait été prévenus. Wax sourit, s'affala sur son lit. Ça leur donne bonne conscience, tu vois ?

— Quelles que soient leurs paroles, je ne les ai pas aimés, dit Quik. Je me suis senti comme une proie. Pas une sensation agréable.

Bliss, qui avait pris place près de la porte, lui répondit par signes : "Nous sommes comme aucune proie qu'ils n'ont jamais chassée, mon frère. S'ils s'en prennent à nous, on leur montrera à quel point ils se trompent."

Sa sœur avait au moins raison sur ce point. Quik tendit la main vers sa sacoche, trouva les gantelets sculptés sur le sol à côté. Le bois verni, propre et assez tranchant pour mordre tout ce qui n'était pas pierre ou métal.

CHAPITRE 14

MARCHE DANS LA GROTTE

Au troisième tunnel fermé, les parois clairement découpées et effondrées pour sceller le passage vers la droite, le quatuor savait qu'il était guidé. Par quoi, vers où, c'étaient des questions auxquelles Svarde n'avait pas de réponses, pas plus que Maena, Pennifer ou Rasslebeck, et tous les quatre choisirent de garder le silence à ce sujet, laissant mijoter leur peur grandissante avec leur curiosité tandis que leurs pas les menaient de plus en plus profondément.

Seule Kivi, avec ses grognements et ses morsures hésitantes sur les barrières, osait remettre en question les événements. Devant ce dernier obstacle, un impressionnant collage brun et rose bloquant un passage, Kivi s'arrêta net lorsque Svarde et les autres s'apprêtèrent à emprunter le seul tunnel qui leur était ouvert. Au lieu de cela, elle gratta le mur, mordit la pierre, creusant des sillons dans les décombres accumulés.

— Il va t'en falloir beaucoup plus pour passer à travers, dit Svarde en s'agenouillant près de la ferrite tandis que les autres regardaient. Je dirais qu'il y a un peu trop de roche, même pour ton gosier.

Kivi renifla et continua. Svarde observa le lézard, essayant de comprendre l'idée, le but. Jusqu'à ce que les grattements de Kivi produisent une note différente, une note qui mit plus de temps à trouver sa place dans la mémoire de Svarde uniquement parce qu'il n'avait jamais vu la ferrite la montrer auparavant.

— Tu as peur, Kivi ? demanda Svarde, d'une voix basse et calme. Il fallait préserver la réputation de la ferrite au sein du groupe. Tu as peur de ce vers quoi nous nous dirigeons ?

Kivi arrêta de gratter, renifla deux fois, puis recula sur le chemin, ses yeux et sa langue scrutant la direction d'où ils venaient.

— On ne peut pas faire ça, dit Svarde. Même si on le voulait, ce serait difficile de trouver assez de provisions pour retourner à la surface maintenant. On est engagés, tout comme toi. Svarde tendit la main derrière son dos et tapota le manche de sa hache. Ne t'inquiète pas, tu n'es pas seule ici-bas. On te protégera.

Le regard perçant de Kivi indiquait que cette offre ne lui apportait pas beaucoup de réconfort.

— Ta ferrite arrive, Svarde ? demanda Maena, plus loin dans le tunnel, tenant la torche en l'air. On a encore quelques heures avant une pause et j'aimerais les utiliser.

— Elle arrive, dit Svarde en se levant. Allez, Kivi. Allons voir ce qui a fermé ces passages. Peut-être que c'est un ami.

Bien qu'aucune âme dans le groupe ne crût que cela puisse être vrai.

La pierre prenait vie si profondément, un monde changeant tout comme n'importe quelle forêt ou toundra là-haut. Les odeurs et les sons changeaient, la chaleur augmentant à mesure qu'ils descendaient, suffisamment pour que le quatuor abandonne leurs fourrures de Whent. Le tissu Rana fit son retour, les vêtements légers se déchirant lorsqu'ils s'accrochaient aux pierres et aux mauvais pas. Les formations rocheuses étranges devenaient plus fréquentes, comme si la terre ici-bas n'avait pas encore décidé d'un plan, avec des cavernes apparaissant et disparaissant rapidement, formant des formes en contradiction avec ce que Svarde aurait considéré comme naturel.

— Œuvre de démons, dit Pennifer, la porteuse d'arbalète, au regard mort et encline aux observations sombres.

Que les monstres creusent effectivement leurs propres tanières dans les profondeurs était une question à laquelle ils n'avaient pas encore répondu, mais faute d'autre option, l'étiquette resta avec le groupe tandis qu'ils continuaient. Des alcôves cristallines, des ruisseaux rapides, des mares bouillonnantes et nauséabondes et des corniches incrustées de lichen interrompaient leurs pas réguliers. Le voyage n'était pas ennuyeux, bien que Svarde se surprît à souhaiter un ciel ouvert.

Il n'avait jamais ressenti beaucoup d'amour pour les étoiles auparavant, mais ne pas les voir maintenant depuis tant de jours semblait jeter un voile sur son espoir, son bonheur, ne laissant que la détermination.

Ce qui était plus que suffisant.

— Attendez, chuchota Maena, guidant l'équipe à travers le tunnel vers une nouvelle ouverture.

À la limite de la lumière de la torche, les parois rocheuses s'évasaient à nouveau, offrant une autre caverne, puis arrachant ces attentes avec une surprise brutale.

Tout au long du voyage vers le bas, des entailles illuminaient les murs, des morceaux de démons brisés trouvés ici et là. Un autre ensemble n'aurait pas dû être choquant, sauf que cette fois, la destruction ne semblait pas aléatoire, ne semblait pas être le produit d'un nettoyage rituel, d'une élimination.

À gauche et à droite de Maena, les bases des murs festonnés de la caverne étaient décorées d'os. Pas des collections placées au hasard, mais disposées bout à bout, comme si elles bordaient le bas d'une tunique. Et s'étirant sur ces murs se trouvaient des marques, des lignes longues et courtes, certaines en angles. Elles se séparaient et se rejoignaient, les os eux-mêmes servant à diviser les marques en colonnes.

— Des vers, si je ne me trompe pas, dit Maena, le groupe maintenant dans la pièce et regardant les griffonnages. Ce n'est aucune langue que j'ai vue auparavant, mais c'est définitivement ça.

Contempler les vers gravés ne provoqua pas plus de compréhension, alors après quelques minutes à tracer les marques le long des murs, Maena siffla pour rassembler le quatuor. La capitaine Rana affichait maintenant une attitude différente, l'exploratrice déterminée atténuée par l'introspection, un regard que Svarde craignait de voir commencer à s'insinuer sur sa propre personne.

C'était une mission de vengeance, de destruction. Laisser ses objectifs clairs se teinter d'histoires annexes ne servirait à rien. Ne servirait pas Catya.

— Des idées ? demanda Maena dans la lueur douce et ruisselante de la torche. Les grottes continuent, mais si je ne me trompe pas, on dirait qu'on entre dans une demeure.

— Une demeure vers laquelle on a été conduits, dit Rasslebeck. Ce n'est pas comme si on avait l'intention d'interrompre les affaires de ce qui se trouve ici, mais ça ne nous a pas laissé beaucoup de choix.

— On pourrait faire demi-tour, proposa Maena. Deux pauses, je crois, c'était notre dernière estimation.

— Pourquoi ? demanda Pennifer, ses mains, comme toujours, sur les deux arbalètes à sa taille. On a peur ?

— C'est l'objectif, c'est tout, répondit Maena. On veut le cœur. L'endroit d'où viennent les démons. Il n'y a pas de démons ici. Du moins, aucun comme ceux qu'on chasse.

Des démons auraient pu faire ces marques, peut-être, mais Svarde garda cette pensée pour lui. Sans doute les autres y avaient-ils déjà songé, pour ensuite écarter ce raisonnement. Même les monstres les plus intelligents des profondeurs, comme cette chose goudronneuse qui avait tenté de recracher Svarde à la surface de Whent, semblaient limités dans leurs capacités culturelles. Aucun de ceux qu'il avait vus n'aurait l'idée d'écrire un poème ou une histoire sur les parois d'une grotte.

Mais peut-être que seul un certain type de démon parvenait à la surface. Peut-être que les plus indisciplinés étaient chassés par ceux-ci, les véritables terreurs qui faisaient leurs demeures diaboliques dans l'obscurité.

— Nous devons découvrir ce que c'est, dit Svarde. Que ce soit un démon, un monstre ou autre chose, nous devons savoir.

— Vraiment ? rétorqua Maena.

— Si ce n'est pas un démon, alors c'est peut-être un ami, dit Svarde en balayant sa torche vers les os alignés le long des murs. Ce sont des morceaux de démons, à moins que je me trompe complètement, ce qui signifie que ça a un appétit sain pour nos ennemis. Et si c'est un démon plus grand et plus méchant que tous les autres qui se taille un foyer sous nos pieds, alors il vaut mieux qu'on s'en débarrasse.

— Tu veux dire, nous quatre ? dit Maena.

— Cinq. Svarde fit un signe de tête vers Kivi, ce qui n'améliora en rien le froncement de sourcils de Maena.

— Je suis avec le Gardien, dit Rasslebeck. On savait qu'il y aurait des mystères ici-bas. Je suis pour les résoudre et les tuer tous.

— D'accord, ajouta Pennifer. Je n'aime pas l'idée de rebrousser chemin et de perdre du temps.

Maena hocha la tête une fois.

— C'est réglé, alors. Svarde, prends la tête. Reste vigilant, prêt. Il est probable que notre hôte sache déjà que nous sommes là.

L'hôte n'offrit pas vraiment un accueil chaleureux. Après la grotte d'entrée, trois options étroites donnaient à Svarde le choix entre la gauche, le milieu ou la droite. Le tunnel de gauche avait un os arqué enfoncé dans la roche au-dessus de son milieu, tandis que le tunnel central avait son sommet couronné d'une traînée de sang séché cramoisie. Celui de droite présentait ce qui semblait être une longue et profonde rainure sur le dessus.

— Kivi ? demanda Svarde. Tu sens quelque chose d'intéressant ?

Le ferrite renifla, fit exploser ses évents à vapeur, puis se précipita vers l'offre du milieu.

— Suivons le lézard, marmonna Svarde, la hache dans sa main droite et la torche brûlante dans sa gauche.

Le tunnel du milieu ne resta pas longtemps à niveau, mais s'incurva brusquement vers le haut. Le sol ne gardait pas la composition naturelle d'une grotte, prenant plutôt une texture de galets, comme s'il avait été creusé et laissé se remplir lentement par un plafond instable. Svarde jeta un coup d'œil vers le haut, voyant un amas de roches mutilées suspendues au-dessus de leurs têtes comme par pure volonté et rien d'autre.

Il accéléra le pas.

Les foulées sous ce plafond condamné ne durèrent pas longtemps. Le tunnel déboucha sur une pièce en forme de cœur, fendue vers le milieu par un quartz scintillant rose et blanc. L'énorme gemme dentelée fit d'abord s'arrêter Svarde, stupéfait alors que sa torche trouvait des reflets dans chaque coin, ces étoiles tant désirées apparaissant soudain bien qu'aucun ciel n'existât pour les accueillir.

— Regarde au-delà de la lumière, dit Maena en dépassant Svarde pour entrer dans la pièce.

La cible de son commentaire devint claire lorsque Svarde s'adapta à la luminosité : malgré toute sa beauté cristalline, le quartz présentait des imperfections, qui n'avaient pas été placées là par la géologie. Au lieu de cela, des vêtements, des armures, des chaussures et des armes pendaient à diverses extrémités, ces diamants et ces flèches se terminant par d'étranges trésors provenant de corps que Svarde ne pouvait pas voir.

— Qu'est-ce que c'est que tout ça ? dit Rasslebeck alors que le groupe s'avançait pour examiner les vestiges. Pas Rana, pas Whent. Foti, peut-être ?

Svarde se pencha sur ce qui ressemblait à une cuirasse en mailles, son trou supérieur suspendu à une fine aiguille de quartz rose chair. Les anneaux avaient connu des jours meilleurs, beaucoup étant coupés, déchirés et écrasés, mais même ainsi, leur fabrication ne correspondait pas à celle de la Grande Forge. L'entrelacement du métal semblait mal ajusté, les minerais n'étant pas idéaux pour cet usage.

— C'est du mauvais travail si ça vient de chez nous, dit

Svarde. Je l'attribuerais à Kance, ou peut-être à des Noctia qui jouent aux forgerons.

— Mais, si on te pousse, tu ne dirais que c'est ni l'un ni l'autre, suggéra Maena, jetant à nouveau un regard pensif autour d'elle. Ces chaussures ne sont guère plus que des lambeaux, mais la couture ne correspond à rien de ce que j'ai vu non plus.

— Ancien, alors ? proposa Rasslebeck. Des restes d'un groupe bien avant nous ?

— Pas si ancien, dit Pennifer, à gauche, en tenant une seconde tunique en mailles. Du fer comme celui-ci se ternirait et s'estomperait ici avant longtemps, comme il le fait sur nos navires après seulement quelques jours.

— Ce qui veut dire quoi ? demanda Rasslebeck. On a trouvé de nouveaux peuples ?

Comme pour répondre à sa question, un vent gémissant traversa la pièce, l'air faisant s'entrechoquer les vêtements et le quartz, un carillon sinistre.

— Non, dit Maena. Je pense que nous avons trouvé ses trophées. Elle porta la main à sa taille et dégaina son sabre. Et je pense que nous allons devenir ses nouvelles acquisitions.

Le vent se leva à nouveau, bruissant à travers la pièce de quartz et faisant remuer les vêtements, les anneaux s'entrechoquant. Des sifflements et des gémissements l'accompagnaient, l'air se glissant dans les fissures et les crevasses pour produire son bruit. Svarde suivit la bourrasque, torche et hache en main, attendant de voir quelle sortie — la pièce en comptait trois, une de chaque côté du cœur et le tunnel par lequel ils étaient arrivés à la pointe inférieure de la forme — la brise emprunterait.

Le vent, semblait-il, traversait le cœur, entrant par la droite et s'engouffrant par la gauche. Pennifer dégaina ses deux arbalètes, Rasslebeck et Maena avaient leurs sabres prêts, mais aucun monstre ne se matérialisa, et après de longues secondes, le vent mourut, laissant comme cadeau d'adieu un murmure à sa sortie.

Un murmure semblable à une conversation mourante, des mots marmonnés et des significations acérées cachées derrière des échos flous.

— Un tour du vent, dit Maena alors que tous les regards se tournaient vers ce tunnel. Rien de plus.

— Un piège, une ruse ou une erreur, répliqua Svarde en se dirigeant dans cette direction. Couvrez-moi.

Avec Kivi à ses pieds, le guerrier tendit la torche devant lui, suivant le vent vers sa sortie choisie. Derrière et à côté de lui, le quartz déployait ses extrémités roses, les parois opposées de la caverne d'un gris-bleu marbré. Pas de champignons ici, pas de terre ni de gravats laissés épars. Quelque chose prenait soin de la chambre, c'était évident.

Svarde ralentit en approchant du tunnel, poussa la torche plus loin devant lui et espéra que sa teinte dorée trouverait quelque chose à refléter. Rien ne se montra à part d'autres ombres, le tunnel tournant brusquement à droite au-delà de la pièce, empêchant toute vue plus lointaine.

Empêchant aussi ses compagnons de voir ce qui arriverait si Svarde s'aventurait plus loin. Un choix, donc. Se séparer ou rester ensemble. Les tunnels étroits gêneraient le combat en groupe, mais se séparer dans un endroit inconnu comme celui-ci, avec probablement des pièges et des terreurs aux alentours, semblait le comble de la folie.

— On y va ensemble ? demanda Svarde au groupe. Par ici ?

— Faute de meilleure option, je suis pour, dit Maena, et les deux autres acquiescèrent. Mettez-vous en formation de combat. Je prendrai l'arrière.

Pennifer et Rasslebeck occupèrent le centre, les arbalètes de la première prêtes à viser dans les deux directions si la menace se révélait.

Encore une fois, ils traquaient l'obscurité. Encore une fois, l'obscurité semblait les traquer.

Le tunnel effectuait sa courbe nette, un enroulement brusque qui déposa le groupe dans un trou étroit et imposant. À leurs pieds, hormis une petite rive caillouteuse, s'étendait un petit lac aux profondeurs sombres et insondables. Au-dessus, les ténèbres s'élevaient au-delà de la lumière de la torche, un espace montant qui s'étirait on ne sait jusqu'où. Le vent continuait de tourbillonner ici, ricochant sur les parois et effleurant l'eau.

Kivi jouait les cobayes, s'élançant en avant et plongeant une longue langue rouge dans le lac. La langue de Kivi grésilla au contact de l'eau, mais le furet enchaîna avec une lapée, puis une autre.

— C'est propre, dit Svarde, suivant le furet jusqu'au rivage et s'agenouillant. Il se pencha, posa sa hache et recueillit le liquide clair dans sa paume. Il l'examina à la lueur de la torche. Parfait.

— Pas les toilettes d'un monstre, alors, dit Rasslebeck, rengainant son sabre et s'en envoyant une poignée dans la bouche. La meilleure eau de ce côté de Rana, je pense.

Ils remplirent leurs outres, la terreur étrange de la salle de quartz s'estompant face à cette aubaine inattendue. Même le vent, toujours murmurant, prit un air enjoué, comme pour saluer le groupe qui était arrivé jusque-là.

— Une oasis reste une oasis, même si nous ne sommes pas dans le désert, dit Maena alors qu'ils sortaient un rapide casse-croûte. Bien que je maintienne que la bête qui possède cet endroit fera son apparition tôt ou tard.

— Alors nous la combattrons l'estomac plein plutôt que vide, dit Rasslebeck. Une meilleure affaire, tout compte fait.

— On ne veut pas mourir de faim, ajouta Pennifer.

Svarde tendit sa torche au-dessus de l'eau, essayant de voir s'il pouvait apercevoir le fond. Rien ne se révéla, ni une source pour le bassin. Ni ce qui aurait pu creuser l'ouverture au-dessus. Plus de mystères dans les profondeurs.

Trop de mystères.

Le tunnel continuait au-delà du bassin, tournant à droite et ramenant tout le groupe dans la salle de quartz. Une simple boucle, le rose brillant à nouveau devant eux.

— Deux autres tunnels en revenant sur nos pas, suggéra Svarde.

Ils s'apprêtaient à se diriger par là quand le vent revint, plus rapide cette fois, la cotte de mailles produisant une symphonie cliquetante contre le quartz alors que la rafale la traversait. Et de nouveau, après son passage, les tons murmurés d'une conversation âpre à travers le tunnel lointain, celui qui menait au lac.

— Un jeu de l'air, ou un sale tour, dit Svarde.

— Si c'est un tour, je dis qu'on piège la chose, dit Rasslebeck. Deux vont tout droit, les autres font le tour. On se retrouve au milieu.

Une distance assez courte pour que la séparation ne soit pas trop risquée, et pourtant Svarde hésita, croisa le froncement de sourcils de Maena et vit qu'elle évaluait les mêmes probabilités.

— On va vite, dit Svarde. Kivi et moi partons par ici, vous trois tout droit. Ne traînez pas, on se retrouve au lac.

— C'est un risque, dit Maena. Un que nous ne...

— On règle ça ici, dit Svarde. Soit c'est le vent, soit c'est quelque chose de pire. Je préfère être sûr que ce n'est pas la seconde option avant qu'on tourne à nouveau le dos à ce truc maudit.

Maena haussa les épaules, fit un salut à Svarde avec le sabre. — À dans quelques minutes, Gardien.

Le tunnel du retour faisait un virage serré à gauche en quittant la salle de quartz, comme il le devait. Avec Kivi marchant à ses pieds, Svarde faisait chaque pas avec précaution, la torche levée et la hache prête. Pierre violette et bleue. Gouttes d'eau au loin, le vent montant et retombant à nouveau.

La courbe vers la gauche prit fin, le tunnel se redressant avant qu'il ne le devrait. Svarde s'arrêta, cligna des yeux, renifla l'air et examina les parois lisses du tunnel. Ils avaient emprunté ce chemin quelques instants plus tôt. Aucun bruit n'indiquait que la terre avait bougé, et pourtant, aussi sûr qu'il l'avait jamais été de quoi que ce soit, Svarde savait que ce tunnel n'était pas le même que celui qu'il venait de parcourir un moment plus tôt.

— Maena ? appela Svarde, sa voix résonnant dans l'obscurité. Roulant devant et derrière sans réponse. Kivi renifla, nerveux. Quelque chose ne va pas ici.

Kivi renifla à nouveau, cette fois en signe d'accord. Un accord évident.

Face à un changement inattendu, mieux valait rebrousser chemin. Une charge aveugle en avant pouvait être satisfaisante, et un Svarde plus jeune aurait peut-être saisi sa hache et foncé avec un rugissement caustique, mais celui-ci avait vu à quel point cela pouvait mal tourner. Au lieu de cela, il fit demi-tour, rebroussant chemin à grands pas.

Et se retrouva de nouveau dans la chambre de quartz, le butin pendant aux gemmes comme si rien n'avait changé.

Les trois autres membres de son groupe avaient disparu. Aucun bruit de leur passage ne résonnait.

— Maena ? appela à nouveau Svarde.

Pas de réponse.

— Alors on suit, dit Svarde à Kivi, et tous deux passèrent devant le quartz, regardant vers le tunnel qui aurait dû se trouver au-delà.

Ils ne virent rien d'autre que de la roche.

Svarde fixa la pierre. Ériger un tel mur, si propre et sans jointures, nécessiterait un véritable savoir-faire, prendrait des jours et ferait plus de bruit qu'une grotte comme celle-ci ne pourrait dissimuler.

Kivi renifla à nouveau. Nerveux.

— Je crois que je suis d'accord avec toi sur ce coup-là, dit Svarde.

Le vent mourut. Plus de bruissement. La cotte de mailles se tut. Les gouttes et les éclaboussures, le crépitement de la poussière et de la roche en mouvement cessèrent, la grotte tombant dans le silence à l'exception du crépitement de la torche de Svarde.

Le guerrier se retourna lentement, regardant vers le centre de la chambre, vers le quartz. Debout là, où il n'y avait eu aucune forme un instant auparavant, se tenait un homme. Un homme à la barbe raide, aux cicatrices, avec une torche dans une main et une hache dans l'autre. À ses pieds attendait un furet, la langue grésillante goûtant l'air.

— Eh bien, merde, grogna Svarde. Ce n'était pas ce que je voulais aujourd'hui.

Il fit un pas vers son reflet, et la version ombragée de lui-même copia le mouvement. Svarde leva sa hache, l'homme miroir fit de même. Kivi renifla et sa copie aussi.

Svarde s'approcha jusqu'à pouvoir distinguer les taches dans les yeux de sa copie, compter les rides le long de ses joues. Il était temps de voir si cette chose était son imagination ou non.

— Désolé, moi-même, marmonna Svarde, les lèvres de sa copie bougeant avec les siennes même si aucun mot n'en sortait.

D'un geste léger, Svarde dirigea sa torche vers la copie. La torche miroir s'approcha de l'épaule de Svarde, mais il ne sentit aucune chaleur émaner de sa lueur. Il ne vit aucune flamme de sa propre torche, bien réelle, éclairer la copie.

Une illusion, donc. Un tour mental. Svarde soupira, hocha la tête. Ces jeux, il pouvait...

Le vent tourbillonna, dur et rapide, soufflant autour de sa torche. Le feu craqua une fois, luttant contre le tourbillon, puis s'éteignit. Une obscurité totale inonda la pièce, et alors que Svarde laissait tomber la torche, tendant la main vers sa seconde hache, il sentit le vent s'intensifier à nouveau, le sentit se précipiter dans ses oreilles, sa bouche, ses yeux, et lui voler son souffle.

— Du calme, l'ami, dit la voix mélodieuse, humide et saine et ennuyée tout à la fois. Ne te lève pas trop vite.

Svarde ouvrit les yeux. Les ferma. Les rouvrit. La vue ne changea pas une seule fois, montrant que l'obscurité totale n'avait pas disparu depuis que le vent l'avait emporté. Il remua les bras, les jambes. Prit une longue inspiration.

Il était vivant et semblait intact.

— Kivi ? demanda Svarde à voix haute en se redressant.

— Il n'y a que toi et moi ici, mon ami. Toi et moi. Un doux rire, comme celui d'un bouffon amusé par sa propre plaisanterie. Toujours agréable d'avoir de la compagnie à la fin.

Les doigts de Svarde touchèrent la roche dure. Il était donc toujours dans la grotte, bien qu'un rapide examen confirma que ses haches avaient disparu, ainsi que ses provisions. Ses vêtements étaient intacts, ses bottes toujours lacées. Kivi, apparemment, n'avait pas fait le voyage non plus.

Il était donc temps d'enquêter sur la voix.

— Qui es-tu ? demanda Svarde en se levant et en se cognant la tête contre le plafond bas. Il jura.

— C'est pour ça que je t'ai dit d'y aller doucement, répondit l'homme d'une voix cuirassée, lourde dans la gorge. Ce n'est pas un endroit agréable où se trouver.

— Réponds à ma question.

— Qui je suis ? L'homme semblait perplexe. Je pense qu'un jour, il y a longtemps, j'aurais eu une réponse pour toi.

Svarde tâtonna dans l'obscurité, essayant de trouver les murs. Il y parvint après avoir trébuché. La pièce était un cercle trapu, avec un plafond bas, un sol lisse, et ce qui semblait être une porte scellée par un rocher d'environ la moitié de la taille de Svarde. Quand Svarde le trouva, l'homme recula brusquement, mais le contact confirma qu'il s'agissait bien de peau et d'os, et qu'il n'avait pas l'air mal en point.

— Où sommes-nous ? demanda Svarde, tandis que l'homme continuait à marmonner sur qui il était, qui il aurait pu être.

— Oh, ça c'est facile à répondre, répliqua l'homme en riant à nouveau légèrement. Tu es chez toi, mon ami. Ta nouvelle maison, en tout cas, et bientôt ta seule et unique.

— De quoi parles-tu ?

— Au moins, on peut la partager, tu sais. Ça fait si longtemps, ce sera agréable d'avoir de la compagnie. Tu devrais raconter des histoires.

— Des histoires ? Svarde retourna vers le rocher,

essayant d'en palper les bords. À quoi bon raconter des histoires maintenant ?

— Parce que si tu ne les partages pas maintenant, tu n'en auras peut-être plus jamais l'occasion.

Svarde ricana. — Quelque chose va nous tuer alors ?

— Oh non. Pas nous tuer. Quelque chose de bien, bien pire. L'homme gloussa, puis éclata en un bref sanglot. J'étais quelqu'un autrefois, tu sais. Tu le seras aussi.

Svarde secoua la tête, passa ses mains autour du rocher et écouta le goutte-à-goutte de l'eau qui s'écoulait dans la pièce.

CHAPITRE 15

JEU D'ESPIONNAGE

Ami tira sa capuche plus près de son visage, le brouillard de l'aube de Noctia venant avec le tissu pour l'envelopper d'ombre. Un matin froid, un matin humide, ces tonneaux de pluie à travers l'île se remplissant lentement dans la bruine. Elle s'appuya contre le mur de pierre, une pipe Foti allumée à la bouche, la fumée mentholée disparaissant dans son homologue naturel à chaque bouffée.

Des charrettes cliquetaient sur les pavés, transportant repas et fournitures là où ils étaient nécessaires. Cours matinaux, réunions du Cercle, exercices et développements Najahn. La classe ouvrière faisait sa part pour que les érudits et les soldats puissent avoir leur journée.

Une journée qui, avec un peu de chance, commencerait bientôt.

Une fine porte se trouvait à la gauche d'Ami, fermée et verrouillée. Une sortie, en réalité, de la tour à laquelle appartenait la porte, et qui s'ouvrirait dès que le Tenet qui contrôlait cette tour ouvrirait les affaires du jour.

Ami répéta encore une fois les rangs Najahn, murmurant leurs noms, leurs liens. Elle avait fait de son mieux pour jouer une politique légère pendant son séjour ici, obtenant ce dont Catya avait besoin, s'assurant qu'Ami gardait son accès et était par ailleurs ignorée.

Les Tenets servaient de directeurs aux Najahn, chacun gérant une partie de la société de Noctia, une partie de l'étendue des Najahn. De la nourriture aux fantassins, des navires aux skars, les Tenets surveillaient tout, et d'après son expérience, Ami trouvait que chacun d'entre eux était le même genre de gratte-papier ambitieux. Serviles, intrigants, travaillant pour obtenir autant pour eux-mêmes que pour les gens pour lesquels ils étaient censés travailler.

C'est pourquoi, lorsque Mattimo lui avait demandé d'en cambrioler un, Ami n'en était pas vraiment triste.

Enfin, la porte grinça, le soleil ne forçant pas encore son chemin à travers le gris brumeux du matin. Le bois sombre s'ouvrit, un serviteur Najahn en robes violettes sortant avec des pots de chambre à vider dans les égouts côté mer.

Le jeune homme jeta un regard surpris à Ami, rencontra le regard renfrogné d'Ami en retour, et continua son chemin. Les égouts se trouvaient de l'autre côté de la rue, une promenade facile maintenant voilée par le brouillard. Dès que l'érudit entama le voyage, Ami se faufila à gauche, par la porte et dans la tour.

À l'intérieur, des lampes brûlaient dans de petites appliques, illuminant un couloir de pierre avec un tapis violet courant au milieu. Immédiatement à gauche d'Ami, un escalier commençait à s'enrouler vers le haut, tandis que droit devant s'offrait la bonne humeur grondante d'une journée encore intacte.

Tapant sa pipe contre le mur, les cendres tombant en tas dans le coin, Ami se dirigea vers l'escalier et commença à monter. Sa spirale lui donna une chance de se cacher du serviteur qui revenait, donna à Ami une chance de rabattre sa capuche, révélant l'insigne de Gardienne sur sa tunique violette.

Elle avait essayé d'entrer dans cette tour deux fois au cours des deux derniers jours, s'était trouvée repoussée les deux fois, on lui avait dit qu'une Gardienne n'avait rien à faire ici, mais si Ami savait une chose, c'était que les Najahn avaient des points faibles. Passez la première coquille, et personne dans cette tour n'oserait la confronter.

Elle l'espérait, en tout cas.

Le deuxième niveau n'offrait guère plus que le premier, ses bureaux et antichambres commençant à s'animer. Les quelques personnes dans le couloir se déplaçant entre les lieux ne jetèrent pas un regard à Ami. Si sûres de leurs places, de leurs buts, de leur pouvoir.

Un pouvoir que Catya leur donnait par son sacrifice.

Ami chassa le grognement, se retourna vers les escaliers et grimpa à nouveau. Les Tenets, comme tous les seigneurs avides en devenir, gardaient leurs bureaux au sommet des tours. Ami elle-même n'était allée qu'une seule fois chez l'un d'entre eux, le Tenet qui dirigeait les Quartiers et les Renouvellements, celui qui leur avait donné, à elle et à Svarde, les règles après que Catya ait glissé le collier et se soit piégée sur cette maudite île.

Ce Tenet — lui-même parti depuis longtemps, remplacé par quelqu'un qu'Ami ne connaissait ni ne se souciait de connaître — s'était glorifié dans le penthouse de pierre dont il avait la charge. Des murs couverts d'artefacts non mérités mais néanmoins vantés. Des cadeaux et des trésors des îles donnés aux Najahn, bien que l'on ne puisse dire, ou ne veuille dire, s'ils provenaient d'un désir honnête ou sous la contrainte.

Le Tenet de cette tour régnait sur quelque chose de

différent. Ressources, fournitures, commerce et science. Un fourre-tout de choses qui ne cadrait pas avec les armes, les monstres et la politique. La tour, à mesure qu'elle montait, semblait prendre les devoirs du Tenet, sa pierre grise brute disparaissant derrière des cartes suspendues des îles, beaucoup pointillées de routes commerciales, ou des papiers et des images encadrés montrant des trésors naturels.

Le thème, au moins, était cohérent.

Au troisième niveau, Ami s'attarda et regarda un diagramme accroché représentant des saphirs forgés par les Foti. Pas vraiment la pierre précieuse, mais un produit de métaux pliés et de cristaux broyés, la spécialité des Foti était à la fois rare et belle. Même Flamebreak ne portait pas cette forge dans sa lame. L'image accrochée tentait de décrire comment le métal était fabriqué, tentait et échouait à ramener Ami à la chaleur étouffante, aux chants entonnés au rythme du marteau. Les lumières changeantes de la lave, l'eau aussi chaude que l'air coulant dans sa gorge, la sueur s'accumulant dans des peaux usées à la taille pour plus tard. Une communauté liée par le feu.

Une communauté à laquelle elle ne retournerait jamais, autant qu'Ami pouvait lui attribuer sa force et sa résilience. Certaines choses étaient mieux appréciées à travers la mémoire, et non revécues.

— Gardienne ? demanda une voix tremblante, un petit homme apparaissant là dans le couloir à côté d'elle. Y a-t-il quelque chose dont vous avez besoin ?

Découverte. Elle avait prévu cela. Détourner une question inquisitrice était comme détourner une lame. Parer et frapper.

— Je n'ai jamais été dans cette tour, dit Ami, affichant son sourire le plus denté en regardant l'homme. J'ai parcouru toutes les tours, et j'ai enfin trouvé un jour pour voir celle-ci. C'est fascinant.

L'homme rayonna, sa vanité apaisée. — Peu de gens diraient cela. Il suivit son regard vers l'image du saphir de Foti. — La plupart n'ont pas la patience de s'intéresser aux rouages qui font tourner notre monde.

— J'ai regardé Catya mourir pendant la dernière décennie, dit Ami. La patience est tout ce qu'il me reste.

Le savant blêmit, déglutit en hochant la tête. — Le sacrifice de l'Aegis est le plus grand don qu'on puisse faire. Il déglutit à nouveau et recula d'un pas. — J'espère que vous apprécierez notre tour, Gardienne.

Le savant se retourna, s'éloigna rapidement et se faufila dans la première pièce qu'il rencontra sur sa droite. Ami renifla. Encore un lâche, incapable d'affronter le coût de tout ce luxe.

Mais après tout, c'était le plan. Mettre mal à l'aise n'importe lequel de ces idiots et ils s'enfuyaient, retournant à la sécurité de leurs livres et de leurs bavardages, où les conséquences pouvaient être réduites à néant.

Elle reprit l'escalier.

Le quatrième niveau offrait un changement. À nouveau le couloir, à nouveau les tableaux accrochés, mais au lieu des savants de Najahn qui s'affairaient, le calme régnait. Toutes les portes semblaient fermées, chacune en bois épais de Whent, enchâssée dans son arche de pierre. Des numéros en bronze brillaient sur chacune d'elles, supposant que le visiteur saurait ce que signifiaient quarante et un, quarante-trois et quarante-cinq. Les partenaires pairs se trouvaient de l'autre côté, offrant à Ami un choix discutable en abondance.

L'escalier ne montait pas plus haut, donc ces portes étaient tout ce dont elle disposait. Sauf, bien sûr, le bout du couloir et le large passage menant au centre de la tour. Si celle-ci ressemblait aux autres tours, il y aurait quatre branches, chacune avec son propre ensemble de pièces. Une vingtaine de portes parmi lesquelles choisir, et, en supposant que c'était le niveau le plus élevé, l'une d'elles serait le bureau du Tenant.

Combien Ami pourrait-elle en ouvrir avant que quelqu'un ne la trouve et devienne suspicieux ?

— Voyons voir, marmonna Ami, se tournant vers la première porte à sa gauche et appuyant sur la poignée.

Avec un léger clic et un mouvement fluide, la porte s'ouvrit vers l'intérieur, révélant une petite pièce avec une seule table, plusieurs chaises, des étagères de livres et une cheminée éteinte. Deux fenêtres étroites montraient que le brouillard dominait toujours à l'extérieur. Une salle de repos, peut-être, ou un lieu de réunion entre des espaces plus formels.

Ami se retourna, s'apprêtant à aller vers la porte suivante, mais se heurta à un homme corpulent qui occupait tout l'espace du couloir derrière elle.

Un coup d'œil révéla qu'il s'agissait de Tamas, malgré ses vêtements de Najahn. Peau flasque, yeux lointains, trop peu de callosités mais trop de rides pour son âge. Un corps perdu dans ses pensées, ou dans ses machinations. Il faisait le double de la carrure d'Ami, bien que la part due à sa robe flottante et celle due à son corps restât un mystère.

— Il est rare qu'une Gardienne vienne dans notre tour, dit l'homme, faisant à Ami une petite révérence du cou. Nous sommes honorés de votre présence.

— Ne le soyez pas, répondit Ami. Elle jeta un coup d'œil autour de l'homme, cherchant d'autres personnes et n'en trouvant aucune. Je cherche juste quelque chose.

— Et que pourrait-ce être ?

— Une sacrée colonne vertébrale, pour commencer. Ami fronça les sourcils. Avec un peu de chance, ce type serait aussi timide que l'autre et s'enfuirait dès qu'il rencontrerait de la résistance. Vous savez où je pourrais en trouver ?

L'homme sourit, un sourire qui lui fendait le visage et qui semblait soit trop heureux, soit trop effrayant. Ami ne pouvait décider lequel, l'aura de l'homme étant insondable. Ennemi, allié ou simple vagabond ?

— Trouver du courage chez un autre est souvent une question de circonstances, j'ai appris. L'homme recula d'un pas, faisant un geste vers le centre de la tour. Voulez-vous développer ? Peut-être dans ma chambre, où les oreilles indiscrètes pourraient être moins proches.

— Vos appartements ? Qui êtes-vous ?

— Le maître de cette tour particulière. L'homme fit à nouveau sa petite révérence. Sur Foti, quiconque surpris à s'incliner serait moqué dans son dos, possiblement frappé au visage. Un réflexe qu'Ami avait appris à supprimer après quelques rencontres gênantes au début de la route du Renouveau de Catya. Je m'appelle Gladdring, Tenant de Noctia, à votre service.

Ami réfléchit rapidement pendant le trajet jusqu'au bureau de Gladdring, essayant d'abord d'inventer un mensonge sur la raison de sa venue dans la tour, quelque chose à propos de voir les sites, regarder leurs images des matériaux de Foti, mais le regard brillant de Gladdring indiquait qu'il n'en croyait rien, alors une fois installés dans ses appartements, Ami renonça à la mascarade.

En grande partie.

— Je suis ici pour essayer d'aider Catya, dit Ami.

Gladdring fit signe à Ami de s'asseoir sur une chaise

rembourrée, sculptée dans un bois presque noir. Elle semblait n'être que courbes et boucles, des volutes s'enroulant les unes autour des autres. Elle ignora l'offre, restant debout derrière la chaise, les mains sur le dossier. Gladdring l'observa longuement, puis passa derrière son bureau. La propre chaise de Gladdring ressemblait beaucoup à celle d'Ami, si ce n'est qu'elle était presque deux fois plus grande, son dossier s'élevant au-dessus de sa tête. Encadrée par deux fenêtres ovales dont la lumière grise se mêlait à celle des lanternes murales pour éclairer l'espace encombré.

Encombré, Ami fut surprise de constater, non pas de livres mais d'objets. Des étagères s'alignaient contre les murs de pierre, chaque centimètre couvert de boîtes, de contenants en verre renfermant d'étranges roches, des fruits séchés ou des insectes. Un globe circulaire se dressait près du mur du fond, sa surface d'un bleu vif représentant une estimation du monde et de la petite place qu'y occupaient les Sept Îles. D'un instrument lointain, une mélodie solitaire de trompette flottait jusqu'à eux.

— Aider l'Aegis est la chose la plus noble que chacun d'entre nous puisse faire, dit Gladdring, entrelaçant ses doigts et se penchant sur le large bureau poli. Comment puis-je vous aider ?

Elle avait combattu des démons par dizaines, elle avait tenu tête au Précepte et à ses alliés du Cercle à maintes reprises, elle avait mis sa vie en danger, et pourtant jamais on ne lui avait demandé ainsi ce qu'elle voulait. Ami, Gardienne, n'avait pas de réponse.

Mais elle ne resterait pas non plus silencieuse. Elle fit les cent pas, faisant lentement le tour du bureau de Gladdring et laissant ses pas lui donner des idées.

—Je veux une chance de la sauver, dit Ami. Et je pense

qu'il en existe une ici. Sur Noctia. Dans vos archives. Ou vos entrepôts. Quelque part.

Gladdring inclina la tête. — Suggérez-vous, Gardienne, que Noctia possède un moyen d'aider l'Aegis et choisit de ne pas l'utiliser ?

— Est-ce le cas ? Le faites-vous ?

Encore ce sourire. Gladdring le transforma en haussement d'épaules. — Si c'est le cas, je n'en sais rien. Les Tenants n'ont pas accès à toutes les informations de Najahn. Gladdring se pencha à nouveau en avant. — Y a-t-il une raison pour laquelle vous êtes venue spécifiquement dans cette tour, Ami ?

Elle n'avait pas autorisé Gladdring à l'appeler par son prénom, une entorse au protocole qu'Ami choisit d'ignorer. Gladdring semblait maintenant vraiment intéressé, les yeux grands ouverts et fixés sur Ami, comme s'il la suppliait d'en dire plus. Soit l'homme voulait vraiment aider l'Aegis, soit ses journées étaient si ennuyeuses qu'une conversation comme celle-ci en était le meilleur moment.

Quoi qu'il en soit, elle ne pouvait pas trahir Mattimo. Pas encore.

—Je veux savoir pourquoi l'Aegis ne dure plus aussi longtemps, dit Ami. Quelque chose change. Catya vieillit plus vite que tous les autres.

—Et vous pensez que la réponse se trouve dans nos babioles ? Dans le commerce, le prix du grain ?

Eh bien, peut-être trahirait-elle Mattimo, ne serait-ce qu'un peu. Danser avec Gladdring n'était pas le combat à l'épée qu'elle préférait.

Ami plissa les yeux, s'approcha du bureau et y posa ses mains, regardant Gladdring de haut. — Je sais qu'il y a plus ici que du grain, Gladdring. Vous avez le genre de choses qui pourraient m'aider.

—Ah bon ? Quel genre de choses ?

—Pourquoi les Najahn contrôlent-ils tous les endroits des îles où l'on trouve des skars ?

Gladdring ricana. — Parce que nous recherchons le pouvoir, et les skars en ont.

—Et vous avez les skars.

Les sourcils de Gladdring se levèrent. — Quelle accusation. La fausse alarme s'estompa, Gladdring s'adossa à sa chaise, sa fascination diminuant. Apparemment, Ami avait dit la mauvaise chose. — Ceux qui ont besoin de savoir comprennent déjà que nous prenons les restes. En échange, nous gardons suffisamment de skars en sécurité pour le prochain Renouvellement. Ce n'est pas la controverse que vous pensez.

—Mais pourquoi ? Que voulez-vous faire des skars s'ils ne sont pas pour le Renouvellement ?

—Une question, Ami, que je ne poserais pas, dit Gladdring. Certains ici ne sont pas aussi favorables à la libre connaissance que moi, et considéreraient vos enquêtes sur de telles choses comme dangereuses. Les skars ne peuvent pas aider votre amie. Faites ce qu'il faut pour elle, offrez à Catya votre amitié, votre réconfort pour le temps qu'il lui reste.

—Alors vous ne pouvez pas m'aider, ou vous ne voulez pas ?

—Peu importe, dit Gladdring. Le résultat est le même. Catya survivra jusqu'à ce que le Renouvellement soit terminé, puis elle mourra, comme tous les autres Aegis. Le monde continuera comme avant. Mieux vaut en tirer le meilleur parti.

Gladdring fit un signe de tête vers la porte, se levant en même temps.

—Vous aviez l'air fasciné pendant un moment. Intéressé. Que vouliez-vous que je demande ?

Gladdring secoua la tête. — Rien, peu importe. Allez-y, Gardienne.

—Vous me raccompagnez ? demanda Ami, s'appuyant contre le mur du fond. C'est le moins que vous puissiez faire.

—Le moins que je puisse faire serait considérablement moins, grommela Gladdring, son charme maintenant complètement disparu. Néanmoins, il quitta sa chaise pour se diriger vers la porte. Ami suivit, balayant derrière le bureau de l'homme, ses yeux scrutant, ses doigts cherchant. Une voleuse, cependant, Ami ne l'était pas.

—Que faites-vous ? demanda Gladdring, se retournant, ses yeux brillant de quelque chose de moins que de l'amusement.

—J'espérais les trouver, les skars, dit Ami, faisant maintenant une démonstration ouverte de regarder autour du bureau. Ses mains ouvraient des tiroirs, les fermaient. — Vous dites qu'ils n'ont pas de valeur, mais je veux en être sûre.

—Les skars, si nous en avons, ne seraient pas ici, dit Gladdring. Arrêtez, Gardienne, ou ma politesse prendra fin.

—Oh non.

Ami esquissa un sourire froid, quitta le bureau et se faufila devant Gladdring.

Pas besoin de commencer une bagarre quand elle avait trouvé ce dont elle avait besoin. Ami ne sortit pas le petit papier, un badge en réalité, avant d'avoir atteint les rues de Noctia. Rien d'autre qu'un seul emblème, dessiné à l'encre noire coulante, avec sept cercles ornant un bouclier à frou-frous. Une clé, si Mattimo avait raison, vers des réponses.

Mais pourquoi attendre que Mattimo les trouve ?

Ami dévora son déjeuner non loin de là, mettant de côté une deuxième portion dans un petit café. Elle échangea, comme toujours, sur le compte que les Najahn lui fournissaient, paiement pour les heures et les jours qu'elle passait aux côtés de Catya à la protéger. Un mélange de fruits et de poisson savouré sur les pavés à l'extérieur, le soleil de fin de matinée ayant vaincu le brouillard et apporté une journée vive et magnifique. Les érudits et les soldats s'agitaient autour d'elle, la plupart ne se souciant pas de regarder la Gardienne. Pas une âme ne lui dit bonjour, n'offrit de remerciements pour son sacrifice.

Au début, la foule lui aurait témoigné plus de respect, aurait offert à Ami des cadeaux reconnaissants pour tout ce qu'elle avait fait pour ramener l'Aegis saine et sauve. À mesure que les démons disparaissaient, il en allait de même pour toute notion de dette, Ami sombrant dans l'insignifiance tandis que Noctia poursuivait sa vie.

Pendant un temps, le relatif anonymat semblait agréable, un répit dont Ami pouvait profiter avec Catya et, pendant une courte période avant son isolement auto-imposé, Svarde. Se prélasser dans le succès, s'installer dans la vie d'une nouvelle routine. La surveillance quotidienne, les exercices, les passe-temps. Le Croc du Rat. Mais elle était trop jeune pour que l'histoire de sa vie s'amenuise si tôt, un fait qui ne devint clair que lorsqu'Ami vieillit, alors que Catya devenait ancienne.

Il était temps, alors, de passer à l'ère suivante.

Elle retourna à la tour de Gladdring, remarquant que les érudits qui traînaient autour de la porte principale avaient changé depuis le départ sans cérémonie d'Ami. La Gardienne avait regardé à nouveau la note volée pendant le déjeuner, décidé que tous les secrets ouverts par une telle chose devraient être plus bas, dans la roche en pente de la falaise à la base de la tour. Le bâtiment se rétrécissait en s'élevant, et le trafic piétonnier sur ces niveaux supérieurs suggérait une sécurité trop laxiste. Personne, après tout, ne s'était soucié de questionner Ami sur ce qu'elle faisait jusqu'à ce que Gladdring lui-même la rencontre.

Cette fois, elle couvrit son badge de Gardienne, laissant la cape Najahn faire son travail. Ami n'était pas sûre que son visage de guerrière puisse jamais convaincre quiconque qu'elle avait passé une vie parmi les livres, mais un moment de doute était tout ce dont elle avait besoin, tout ce qu'elle gagna, en passant directement devant les érudits pour entrer dans la tour. Le trio enthousiaste avait la bouche ouverte, pris dans un débat sur le grain de Whent et le riz de Rana.

Le hall principal de la tour offrait une entrée plus impressionnante que la porte latérale qu'Ami avait empruntée plus tôt ce matin-là. Gladdring l'avait escortée par l'escalier principal, un grimpeur en zigzag qui conti- nuait vers le bas à partir de l'endroit où Ami se tenait main- tenant. Des couloirs partaient à sa droite et à sa gauche, tandis que des portraits, dont un de Gladdring, ornaient les murs. Une petite plaque sur sa droite déclarait en lettres dorées qu'il s'agissait de la Tour du Commerce.

La confiance serait toujours sa compagne lors de missions comme celle-ci, et elle propulsa Ami, faisant résonner ses pas sur le tapis jusqu'à l'escalier descendant. Les marches étroites défilaient sous ses pieds alors qu'elle descendait un, deux, trois étages. Tous semblaient ordi- naires : plus de couloirs, plus d'œuvres d'art suspendues, plus d'érudits désemparés. Le quatrième, désormais assez profond pour qu'aucune fenêtre ne perce les murs de pierre, offrait la conclusion de l'escalier sur un cercle éclairé par des lanternes. L'escalier se terminait au centre du cercle, les espaces à gauche et à droite occupés par des chaises et des tables plus adaptées aux relèves de garde qu'à la recherche. Vides pour l'instant.

Vides, peut-être, parce que leurs occupants se tenaient devant une grille fermée qui barrait tout le couloir. Pas une porte, mais une barrière en fer forgé arborant au moins deux serrures sur son côté droit. Les deux gardes qui lançaient des regards curieux à Ami se tenaient les bras croisés, leurs voulges réglementaires appuyées contre les murs de chaque côté. Ami avait du mal à deviner si ces deux-là avaient une colonne vertébrale : leurs visages semblaient burinés, leurs yeux pâles et perçants.

Apparemment, Gladdring n'embauchait pas des incapables pour garder ses secrets.

Ami s'arrêta en quittant l'escalier, observant la paire qui l'observait en retour. Une impasse gênante. Des bribes de conversation descendaient des étages supérieurs, pas un son ne venait de celui-ci. Les deux gardes semblaient retenir leur souffle, comme si le moindre tressaillement briserait un accord tacite avec Gladdring.

— Pas de salutations ? demanda Ami.

Le garde de gauche fronça les sourcils.

— Nous ne vous connaissons pas. Êtes-vous censée être ici ?

Ami sortit le papier et le brandit.

— J'ai reçu ça aujourd'hui. Nouveau projet.

Le garde de gauche tendit la main et prit le papier. Le garde de droite la fusilla du regard, un regard mauvais. Non, Ami ne voudrait pas se battre contre ces deux-là. Pas sans Flamebreak, du moins.

Le garde passa le papier à son collègue. Il laissa tomber ses bras croisés le long de son corps. Il les garda détendus, comme si Ami risquait de lui sauter dessus à tout moment.

— Bon ? demanda le garde de gauche après plusieurs longs battements de cœur.

— Ça a l'air légitime, répondit le garde de droite en rendant le papier à Ami. Qui vous l'a donné ?

— En quoi est-ce votre affaire ? demanda Ami.

— Tous ceux qui passent cette grille sont notre affaire.

— C'est Gladdring qui me l'a donné, dit Ami en hochant la tête vers la grille. Vous allez ouvrir ce truc ? Je ne suis pas venue jusqu'ici juste pour bavarder avec vous deux, aussi charmants soyez-vous.

Le garde de gauche renifla et farfouilla avec des clés attachées à un anneau à sa taille.

— Avoir une grande gueule n'est pas la meilleure chose ici, dit le garde de droite pendant que l'autre ouvrait les serrures. C'est un endroit sérieux.

— Je m'en souviendrai, dit Ami en passant devant les gardes alors que la grille s'ouvrait.

Elle sentit leurs regards dans son dos tandis qu'elle s'avançait dans le couloir, où des portes fermées offraient à nouveau des options à sa gauche et à sa droite. Devant, un mur aveugle signalait la fin. Si elle essayait la mauvaise, les gardes sauraient-ils qu'Ami avait bluffé pour entrer ? Ou peut-être...

— Vous voulez bien m'aider à trouver le bon endroit ? demanda Ami au duo.

— Quel endroit ?

Ami leva les yeux au ciel de façon exagérée.

— Vous savez lequel.

Les gardes échangèrent un regard. Celui de droite soupira et pointa vers la gauche d'Ami.

— Première porte. Elle est déverrouillée.

— Voyez-vous ça. Être serviable ne vous a pas tué finalement.

D'une poussée sur la poignée, la porte choisie glissa vers l'intérieur. Immédiatement, une odeur d'étincelles, comme quelque chose de récemment brûlé, envahit les narines d'Ami. L'air qui s'engouffrait, l'écho sonore signalaient que la pièce au-delà était bien plus grande que toutes celles qu'Ami avait vues dans la tour jusqu'à présent, une impression amplifiée par les lampes distantes sur les murs à sa droite et devant elle. Le seul côté proche se trouvait à sa gauche, une dalle de pierre scarifiée semblant pousser Ami vers encore plus de marches, un demi-escalier descendant vers ce qui ressemblait à une passerelle circulaire.

Ce qu'elle encerclait devint plus clair à mesure qu'Ami descendait, une barrière en treillis séparant la passerelle de pierre du centre en forme de fosse. Là-bas, encore un étage plus bas, se trouvaient sept grands coffres. Chacun reposait sur un piédestal gravé du nom d'une île. Trois de ces coffres étaient ouverts, leur contenu scintillant à l'intérieur. Une grande table dominait le centre de la fosse, étalée d'objets étranges qu'Ami ne pouvait identifier. Des pièces métalliques tourbillonnantes, étincelant à la lumière. Une femme se penchait dessus maintenant, marmonnant pour elle-même alors qu'Ami s'approchait du treillis et regardait en bas.

Qui était-ce, et que faisait-elle ?

Tandis qu'Ami observait, la femme leva une main, claqua des doigts et se précipita vers l'un des coffres ouverts. Celui avec l'emblème de l'île de Foti en dessous. Deux loquets se déclenchèrent, le couvercle s'ouvrit d'un coup, et la femme plongea la main à l'intérieur pour saisir un rubis étincelant, d'une forme ridée qu'Ami ne connaissait que trop bien.

La femme retourna à sa table avec le skar, l'inséra dans un dispositif de la longueur d'une bonne dague, où le skar de Foti se nicha à côté du gris venteux qu'Ami savait appartenir à Kance. La femme souleva l'appareil, puis fit glisser un petit interrupteur entre les deux skars, les reliant par une ligne argentée. Cette odeur d'étincelles emplit à nouveau l'air, et la femme pivota, visant avec l'appareil un panneau dressé contre le côté opposé de la pièce.

— Tentative numéro deux cent vingt-trois, dit la femme. Foti et Kance cette fois. Allons-y.

Les bras de la femme se crispèrent, comme si elle s'apprêtait à dégainer une lame, et l'appareil bourdonna, craqua comme une feuille sous une botte, et une ligne orange vif jaillit, frappant le panneau et l'embrasant momentanément.

Ami resta bouche bée. Elle écouta la femme acclamer son propre succès. Que les skars possédaient un certain pouvoir, c'était soupçonné. Qu'ils puissent—

Des mains s'abattirent sur les épaules d'Ami, la faisant pivoter. Les deux gardes se tenaient derrière elle, l'un avec sa voulge prête. Derrière eux, Gladdring fronçait les sourcils, son visage blond encore plus blême dans la faible lumière.

— Ne vous avais-je pas dit d'oublier cela, Gardienne ? demanda Gladdring. Maintenant, vous allez regretter de ne pas l'avoir fait.

CHAPITRE 16

PROTECTEURS

Rassasiés d'œufs et de pommes de terre, leurs gourdes remplies grâce au bloc de glace au centre de la Dent du Jarl, le trio partit vers le nord, s'aventurant de nouveau dans le tunnel scintillant et étouffant d'un autre tube de lave. Bliss ouvrait la marche, son bâton de métal claquant à chaque fois qu'elle posait ses extrémités durcies sur le sol rocheux.

Malgré toute cette marche, malgré toutes les bizarreries de Foti, être en mouvement insufflait une certaine vigueur à chacun de ses pas. C'était le but, voilà. Une motivation qui s'était affûtée à chaque instant depuis leur arrivée sur l'île. Cassignol et le casino avaient été déroutants, mais la bagarre au bar, les bagarres dans la rue, et maintenant la Dent du Jarl servaient de point central.

Elle avait passé ses premiers tests en tant que Gardienne, avait protégé son frère et maintenu le groupe en mouvement. Ce n'était pas quelque chose qu'elle ne pouvait pas faire, ce n'était pas une tâche destinée aux adultes pendant que Bliss aurait dû rester à Kitaye, attendant que son heure arrive.

Derrière elle, Wax et Quik murmuraient à propos du petit-déjeuner, de la rencontre tardive que Quik avait eue avec le groupe au bar. Ils n'avaient pas été là pour le petit-déjeuner, une affaire tranquille, que le serveur avait expliqué par le fait que tous les habitants étaient déjà partis pour leur journée à tailler la pierre, s'occuper des animaux, ou marcher à la recherche de commerce.

Difficile de savoir quand on avait fait la grasse matinée sans ciel, sans soleil.

Le déplacement vers le nord à travers le tube de lave se déroula sans incident pendant une heure, puis deux. Le chemin régulier n'offrait ni virages ni détours, juste une ligne droite. Le serveur avait dit que le voyage devait être long mais ennuyeux, avec peu d'interruptions sur le chemin de la Grande Forge, où l'on pouvait trouver les skars de Foti.

— Les arbres te manquent, Bliss ? demanda Wax, venant à côté d'elle et laissant Quik errer à l'arrière.

« J'aime bien la roche », signa Bliss de sa main gauche.

— Ne me dis pas que l'île déteint sur toi.

Wax afficha une expression d'horreur feinte.

« Au moins, je n'ai pas à t'entendre hurler toutes les minutes. »

— Tu n'aimais pas ça ?

Bliss leva les yeux au ciel. « La première fois, c'est amusant. La vingtième, ça devient un peu lassant, mon frère. »

— Je suis blessé.

« Alors, endurcis-toi. Il y aura pire à venir. »

Wax rit.

— Tu as l'air si sage, petite fleur.

Bliss s'arrêta, forçant Wax à froncer les sourcils. « Je suis ta Gardienne maintenant. Plus une petite fleur. »

— Whoa, d'accord. Désolé.

— Elle demande à être traitée comme une adulte, Wax, dit Quik en les rattrapant. C'est ce qu'elle mérite après ce qu'elle a fait.

— Je comprends. Wax fit un rapide signe de tête à Bliss. Gardienne, alors. Que du sérieux, pas d'amusement. Compris.

« Je n'en suis pas si sûre. » Bliss pointa devant, vers le tube de lave. « On dirait qu'on va bientôt revoir le ciel. Ça me semble amusant. »

La prédiction s'avéra juste, les roches orangées et accidentées du tube de lave cédant la place aux terres noires et ondulantes qu'ils avaient parcourues après avoir quitté Smythe. Au-dessus, une journée claire et fraîche prenait le dessus, le ciel bleu ne montrant rien d'autre que quelques oiseaux curieux tournoyant au-dessus. Foti s'étendait dans toutes les directions, entrecoupée ici et là par de basses collines, mais pas assez pour interrompre une vue dégagée jusqu'à l'horizon. Devant, le chemin serpentait à travers les détroits de charbon, bien que la ligne de couleur au loin semblât changer, comme s'ils approchaient d'une frontière entre deux mondes.

— Rien d'autre que les oiseaux, médita Quik alors qu'ils faisaient une pause pour boire à la sortie du tube. Sur Vis, une vue comme celle-ci vous donnerait plus de vie que vous ne pourriez en compter. Ici, il n'y a rien que de la roche.

— Ça te fait apprécier un peu plus la maison, répondit Wax.

« Peut-être que tu dois changer de perspective. Je trouve ça magnifique », signa Bliss.

Ce que Bliss ne dit pas, ce qu'elle appréciait dans le paysage de Foti, c'était qu'elle pouvait voir n'importe quel ennemi approcher de loin. Pas de furtivité à travers la jungle, pas de bonds depuis des coins cachés, pas de mort perdue et seule.

Ce qui signifiait que le trio avait tout le temps de considérer le convoi de chariots délabrés sur le chemin devant eux. Tout comme les chariots géants de Smythe, ces cuves en forme de dôme avançaient sur le chemin d'un pas lent mais implacable, leurs roues — aussi hautes que Bliss — broyant la roche poussiéreuse. Le roulement écrasant annonçait leur présence avant que Bliss ne les voie, apparaissant dans leur champ de vision alors que le groupe franchissait une petite élévation.

Quatre chariots massifs et un groupe d'accompagnement à l'avenant. De loin, Bliss compta au moins une douzaine de personnes, la plupart arborant les cuirs passés communs aux gens de Foti. Les voyageurs se déployaient autour de leur convoi, aboyant occasionnellement des ordres aux créatures tirant les chariots, des créatures que Bliss reconnut.

— Des ferrites, dit Wax avant que Bliss ne puisse le signer. D'énormes spécimens.

Les lézards de roche, deux par chariot, avançaient en grognant, tirant leurs charges avec de grandes chaînes reliées à des colliers autour de leurs cous. Même de loin, Bliss pouvait voir la fumée qui s'élevait alors que les lézards évacuaient leur chaleur. De temps en temps aussi, les créatures tournaient brusquement la tête à gauche ou à droite, avalant une pierre égarée.

— Sinistre, marmonna Quik alors qu'ils s'approchaient. Dieu merci, nous n'avons pas à traiter les animaux de cette façon sur Vis.

— Nous ne transportons pas du minerai d'un bout à l'autre, mon frère, répondit Wax. Ne pense pas que nous n'attacherions pas quelques hanokos à un travail comme celui-ci si nous devions le faire.

« Comme s'ils l'accepteraient », ajouta Bliss. « Les chats te tueraient avant que tu ne puisses mettre un collier sur l'un d'entre eux. »

Les chariots ne s'arrêtèrent pas lorsque Bliss, Wax et Quik s'approchèrent. Un des voyageurs se détacha, attendit que les trois s'approchent avant de hocher sa tête couverte de suie dans leur direction.

— On ne voit pas souvent des voyageurs sur la route, dit l'homme. Encore moins venant de si loin.

— Nous avons apparemment fait une erreur, répondit Wax après avoir donné leurs noms. Nous étions censés prendre un bateau, mais nous marchons déjà, alors...

L'homme sourit, ses dents d'un blanc éclatant contrastant avec sa peau couverte de crasse.

— Vous feriez mieux de continuer alors.

Bliss plissa les yeux, fit rapidement signe à Quik, qui traduisit avec le ton approprié :

— Qu'est-ce que ça veut dire ?

L'homme se contenta de secouer la tête, gardant son sourire, et leur fit signe de continuer. Quik essaya à nouveau, ne recevant que les mêmes mots.

— Je suppose que c'est ce qu'on va faire alors, dit Wax, son enthousiasme faiblissant face à cet échange maladroit.

Le reste des marchands n'était guère mieux, accordant à peine plus qu'un bref coup d'œil ou un regard impassible au groupe de Vis. Les chariots ne s'arrêtèrent jamais, les grands ferrites continuant leur route. Bliss, Wax et Quik durent se déplacer sur le côté du chemin, marchant en file indienne pour contourner les wagons plus lents, toussant sans cesse à cause de la poussière de charbon soulevée par les roues massives.

Ce n'est qu'après avoir mis quelques pas entre eux et le wagon de tête que Wax ouvrit à nouveau la bouche.

— Eh bien, c'était gênant, dit le Renouveau, lançant un dernier regard confus derrière eux.

Bliss gardait les yeux fixés devant elle, le sentier descendant maintenant entre deux grands monticules de lave noire. Les rouleaux s'entassaient, le gris-noir se mélangeant comme de l'huile versée. Ces oiseaux qui tournoyaient suivaient le rythme au-dessus d'eux, observant en silence. Bliss renifla, ne percevant rien d'autre que la piqûre de la poussière dans l'air. Peu de choses ici pour les avertir si quelque chose n'allait pas, hormis l'instinct.

Elle frappa le sol de son bâton, ne s'arrêtant pas, mais Wax et Quik cessèrent leur va-et-vient sur l'impolitesse des voyageurs.

— Qu'est-ce qu'il y a ? demanda Quik alors qu'ils entraient dans l'étroite vallée.

« Quelque chose ne va pas », signa Bliss, gardant ses yeux en mouvement. « Trop calme. »

— C'est toujours calme à moins qu'un de ces chariots ne soit dans les parages. Wax suivit son regard. Je ne vois rien. Et qui pourrait être ici de toute façon ?

La flèche frappa le sol juste devant les pieds de Bliss, là où son prochain pas allait atterrir. Elle vibrait dans la roche, son empennage grossier une insulte à tout chasseur de Vis, les plumes brisées étant ébouriffées et tordues. La hampe n'avait pas meilleure allure, mais la pointe de la flèche brillait.

— Qui est là, en effet ? annonça une femme, les regardant de haut. Un arc dans ses mains, un maigre carquois sur son dos.

— Sledge, marmonna Quik, ses gantelets restant à sa taille. Ils nous tiennent.

Comme si elle attendait l'évaluation de Quik, l'équipe de Sledge sortit de chaque côté, trois de chaque côté et tous semblant avoir rampé hors de la roche elle-même. Leurs mains tenaient des couteaux, une massue, une fourche qui semblait trop vieille pour le travail agricole. Si c'étaient des bandits, ils étaient plus misérables que tout ce que Bliss aurait pu imaginer.

Alors elle ramassa son bâton, fit deux grands pas en avant et le planta dans le sol.

— Je suis avec toi, dit Wax, la suivant. Il éleva la voix, Que veut votre bande minable de nous ?

Sledge tira une autre flèche, la posa contre la corde de son arc. — Simple. Nous voulons le skar. Et vous.

Une erreur. Sledge termina ses mots avec un sourire menaçant, mais ils éveillèrent un feu rusé en Bliss. Si les bandits les voulaient vivants, alors ils avaient une chance.

Bliss regarda ses frères, fit un signe rapide de ses doigts, « Elle ne tirera pas dans une bagarre. N'abandonnez pas. »

La bouche de Quik s'ouvrit comme s'il allait questionner Bliss, mais elle ne lui en donna pas l'occasion. Glissant son pied, Bliss se mit à courir rapidement vers la sortie de la vallée, ramassant son bâton au passage et le tenant comme une lance.

Wax et Quik allaient soit se battre et leur donner une chance, soit se rendre et ce voyage se terminerait avant même d'avoir vraiment commencé.

Deux hommes mal rasés et une femme encapuchonnée, cette dernière sur la gauche, sursautèrent à la course soudaine de Bliss. L'homme du milieu, des couteaux tenus trop serrés dans ses mains, s'avança comme s'il pensait pouvoir affronter Bliss et la portée bien supérieure de son bâton directement. Le regret le frappa rapidement, l'homme essayant de reculer sur son pied arrière, glissant sur la poussière. Son ami le sauva, se jetant en avant avec un coup de... Bliss retira son bâton alors que l'étrange appareil, un croissant de métal pointu fixé à un manche en bois, s'abattait dans l'espace entre elle et le trio.

Sledge déversait des mots dans l'air, appelant ceci et cela. Bliss les ignora tous, plantant son pied gauche et donnant un coup vers la droite, laissant sa main gauche guider le bâton dans une poussée directe vers le mineur et son arme étrange, apparemment trop lourde pour être relevée. Bliss frappa la poitrine de l'homme, le cuir pliant sous le coup, le visage de l'homme devenant violet alors que son souffle sortait de ses poumons.

Quelque chose de bleu brilla à la gauche de Bliss, et comme elle retirait le bâton, elle remarqua Wax, la lame Foti dégainée, parer une attaque rapide de la femme, qui avait sorti une courte lance de sa cape. La lame de Wax coupa le bout de la lance, envoyant le morceau rebondir au loin et la femme dans une retraite les yeux écarquillés.

L'homme aux couteaux retrouva sa confiance, revenant dans la mêlée avec une séquence de trois coups, repoussant Wax. Bliss abandonna son attaque sur le mineur de droite, balançant son bâton pour forcer l'homme aux couteaux à une parade à deux lames.

L'ouverture était là, et Wax tenta d'en profiter, se lançant de nouveau avec la lame Foti. Une frappe sauvage, que l'homme aux couteaux évita en reculant, laissant Wax se placer entre l'ennemi et Bliss.

Non.

Que faites-vous quand la chose que vous essayez de protéger se trouve entre vous et l'ennemi ?

Vous la dégagez. Bliss abaissa son bâton dans un balayage en crochet, qui frappa la cheville droite de Wax et le fit tournoyer en l'air, atterrissant sur le sol rocheux avec un bruit sourd. Son frère jura, demandant ce que Bliss faisait, des remarques qu'elle ignora alors que l'homme aux couteaux se préparait à se défendre. Du coin de l'œil droit, Bliss aperçut un mouvement alors que le mineur se relevait, secouant la tête. La fille, au moins, ne semblait pas avoir envie de revenir, se dirigeant vers la sortie de la vallée, les yeux fixés sur l'autre bout du combat.

Espérons que Quik tenait bon.

Bliss tenta une autre estocade, utilisant la portée du bâton pour viser un coup à la tête de l'homme aux couteaux. L'homme para à nouveau le coup avec ses deux lames, attrapant le bâton et le forçant vers le haut. Cette fois, il avança, marchant sur Wax dans un effort pour charger Bliss à l'épaule.

Elle essaya de reculer, de ramener le bâton, mais sentit un poids lourd heurter son épaule, faisant tomber le bâton de sa prise au sol alors que son corps suivait, récoltant des égratignures en heurtant la roche froide. Avant que Bliss ne puisse rouler, se relever, un couteau trouva son chemin vers sa gorge, la pointe appuyant sur sa peau.

— Ne bouge pas, grogna l'homme aux couteaux, sa voix un mélange rauque et enfumé. Ta foutue danse est terminée.

Bliss considéra ses options. Elle essaya d'évaluer si l'homme au couteau la poignarderait vraiment si elle tentait d'attraper son bâton. Wax, à la limite de sa vision, avait le mineur qui éloignait sa lame d'un coup de pied. La fille revenait maintenant, tirant de petites cordes d'une ceinture autour de sa taille et attachant les mains de Wax.

Déjà en infériorité numérique, battue, il ne semblait pas y avoir d'issue. Sur Vis, les Lira avaient un principe pour des moments comme celui-ci : Attendre les yeux grands ouverts.

Elle pouvait faire ça.

Quik n'avait pas opposé beaucoup de résistance à l'autre bout de la vallée. Ses gantelets avaient de la puissance, mais les combattants là-bas avaient de longues lames ternies et des lances. Un déficit de portée critique qui avait poussé Quik à lever les mains presque aussitôt que le combat avait commencé.

Sledge, malgré tous ses cris, ne semblait pas si contrariée par l'étincelle de Bliss, descendant personnellement vers la fille et vérifiant que ses nœuds étaient bien serrés, poussant Bliss à côté de ses frères dans une ligne rigide.

— L'esprit n'est jamais une mauvaise chose, dit Sledge en serrant les nœuds plus fort. Les poignets de Bliss picotaient sous la pression. Le sang circule toujours, ma fille ?

Bliss secoua la tête. Si ses mains s'engourdissaient, il n'y aurait aucune chance d'évasion.

Sledge desserra les nœuds, puis se pencha et chuchota : — Je t'aime bien, mais si tu tentes quoi que ce soit, c'est la gorge de ton frère que je trancherai en premier.

Wax ne semblait pas prêt à s'y opposer farouchement. Le courage de son frère paraissait épuisé, son éternel sourire s'était transformé en une moue décidée, les yeux baissés tandis que sa lame Foti et son couteau lui étaient arrachés et remis à la jeune fille qui avait brisé sa lance courte. Sledge s'approcha ensuite de lui, glissa la main dans la tunique de Wax et trouva le skar. Elle souleva le collier et le fit passer par-dessus la tête de Wax, le porteur de couteau gardant sa lame dégainée et pointée vers le dos de Wax.

— Pas besoin de faire ça, grogna Quik, qui se tenait à proximité, l'un des épéistes le couvrant. Wax n'est pas dangereux.

— C'est ce que j'ai vu, répondit Sledge. Néanmoins, une chose qu'on apprend ici, c'est de ne jamais prendre de risques inutiles. Elle fit danser le skar dans les airs. Premier prix du Renouveau. Elle leva le skar et la demi-douzaine de bandits poussa une acclamation désordonnée. Sledge reporta son regard sur Wax. Maintenant, ne vous énervez pas. Vous n'allez pas mourir. Nos partenaires n'apprécient pas ça. On va juste vous installer dans un endroit agréable pour vous reposer un moment, puis, quand le Renouveau sera terminé, vous pourrez rentrer chez vous. Aucun mal ne sera fait.

— Aucun mal ? rétorqua Wax, puisant dans ses dernières forces. Ne privez-vous pas toutes les îles d'une chance de paix en faisant cela ? Vous nuisez aux Renouveau, ce qui signifie...

— On ne nuit pas au Renouveau de Foti, n'est-ce pas ? Sledge sourit et fourra le skar dans sa tunique. Ça a marché la dernière fois, non ? Presque la fois d'avant aussi, si ce Gardien n'avait pas eu de la chance.

Bliss cligna des yeux. Elle se souvenait à peine du dernier Renouveau, n'était pas née pour celui d'avant. Sledge ne semblait pas assez âgée, bien qu'il soit difficile de le dire sous la crasse, pour avoir bandé son arc il y a vingt-cinq ans, mais que savait Bliss ? Peut-être que Foti envoyait ses enfants devenir des tueurs à dix ans.

— Maintenant, dit Sledge, regardant à nouveau les trois comme une mère sur le point de donner une sévère leçon. Nous allons marcher un moment, puis prendre un moyen de transport inhabituel jusqu'à ce que nous atteignions la côte ouest. Si vous vous comportez bien, nous vous y emmènerons confortablement. Tout ira bien. Pas du luxe, rit Sledge, parce que, eh bien, nous sommes loin d'en être, mais vous ne mourrez pas de faim. Ses yeux se durcirent, son sourire se transforma en grimace. Battez-vous, causez des problèmes, et les choses tourneront mal pour vous aussi. Comme je l'ai dit, personne n'a besoin de mourir, mais mon équipe passe en premier. Je n'hésiterai pas à donner l'un d'entre vous en pâture à un démon pour nous garder en sécurité.

Sledge siffla alors, et les bandits se mirent en action, poussant Bliss, Wax et Quik. Les trois durent porter leurs propres sacoches, tandis que les bandits prenaient leurs armes. Bliss se retrouva à l'arrière de la file, la fille à la lance courte marchant avec elle. Alors qu'ils quittaient la vallée par sa sortie nord, les énormes chariots les rattrapèrent, entrant par le côté sud de la vallée.

Sledge fit un signe de la main en direction du convoi de chariots, et ces étranges voyageurs, avec Wax, Quik et Bliss attachés bien en vue, leur rendirent leur salut.

Malgré tout ce que Wax et Quik avaient dit sur leur envie de voir les autres îles, Bliss commençait à en avoir vraiment assez de toute cette histoire.

— Je m'appelle Torny, dit la fille quelques minutes après le début de la marche. Et toi ?

Bliss avait les yeux rivés au sol, surveillant où elle mettait les pieds. Sledge les avait fait quitter la route principale à l'extérieur de la vallée, coupant à gauche dans des collines couvertes de broussailles. Comment elle trouvait le chemin, Bliss n'en savait rien, car tout lui semblait n'être que rochers et poussière. La file avançait presque en file indienne, Sledge en tête avec le porteur de couteau, tandis que deux autres bandits couvraient Wax et Quik, laissant Torny à l'arrière avec Bliss.

— Tu ne parles pas beaucoup ? demanda Torny.

Bliss leva les yeux au ciel, mit un doigt sur ses lèvres et secoua la tête.

— Tu ne peux pas ? Les yeux de Torny s'écarquillèrent. Wow. C'est terrible.

Bliss se mordit la lèvre pour s'empêcher de donner à Torny un coup de tête bien mérité. Certes, elle avait passé toute sa vie à vivre avec la réaction des gens quand ils découvraient que Bliss ne pouvait pas parler, mais sur Vis, les gens l'acceptaient. Presque tout le monde avait une particularité, et la courtoisie voulait qu'on prenne la découverte comme elle venait et qu'on passe à autre chose.

Apparemment, Foti n'avait pas une telle politesse.

— Je ne sais pas ce que je ferais si je ne pouvais pas parler, poursuivit Torny. Je serais probablement encore dans les mines. Comme tout le monde.

Bliss remua les mains, sentit ces nœuds. Sledge les avait peut-être desserrés, mais ils ne partiraient pas sans un sérieux grattage, un frottement contre un rocher ou un poteau égaré. Rien qu'elle ne puisse faire en mouvement.

— Je connaissais un garçon qui n'entendait pas bien, disait Torny, la lame Foti de Wax maintenant dans sa main tandis que la fille l'agitait en l'air, regardant le saphir capter la lumière. Tout le monde disait qu'il n'arriverait à rien, mais tu sais quoi ? Il pouvait sentir la pierre parfaitement. Il est à Smythe maintenant. Il a sa propre forge et tout. Torny arrêta d'agiter la lame, la glissa dans le fourreau maintenant accroché à sa ceinture là où se trouvaient auparavant les cordes. Tu es comme ça ? Tu sais, vraiment douée pour quelque chose ?

Bliss leva les yeux vers le ciel, mesura le lent déplacement du soleil vers le crépuscule. Encore des heures avant ça, des heures de plus à écouter ça.

— Écoute, dit Torny, et Bliss le fit, car la voix de la fille s'était durcie, passant de la curiosité oisive à quelque chose de plus sérieux, Sledge nous a mis ensemble pour la longue marche. Ça veut dire qu'on sera ensemble tout le temps. Tu peux continuer à faire ce que tu fais, m'ignorer et tout, mais ça va rendre les choses vraiment ennuyeuses. Alors que dirais-tu de décider de faire quelque chose de différent, d'accord ?

Bliss fronça les sourcils, lança un regard confus à Torny. La fille et ses amis venaient de ruiner la chance de Wax de devenir un Aegis, de brûler leur opportunité de continuer avec le Renouveau. Comment Torny pouvait-elle s'attendre à ce que Bliss soit, tu sais, amicale ?

— Hé, voilà, Torny afficha un sourire sale. Une vraie réponse. Quelle chose à voir.

Maintenant que Bliss regardait vraiment Torny, la fille bandit avait un peu plus qu'un simple cuir râpé et de l'indécision en elle. Des cheveux ébouriffés menaient à un visage maculé de saleté, un petit bonnet ornant la tête de Torny avec un motif en losange orange et jaune tissé partout. Plus personnalisé que les autres chapeaux que portaient les bandits. De petits détails ressortaient aussi parmi les autres vêtements de Torny, comme un bracelet d'apparence argentée au poignet gauche de Torny et plusieurs bagues ternes à ses doigts. Les chaussures de Torny semblaient usées, mais Bliss réalisa que la fille ne semblait pas faire de bruit en marchant, ses pieds se levant et retombant en soulevant peu de poussière. Les yeux de Torny, aussi, semblaient toujours actifs, scrutant partout tandis que ses doigts tressaillaient, comme s'ils voulaient s'emparer de quelque chose.

Peut-être que c'était pour ça que Torny avait agité la lame Foti. Dur pour elle de ne pas le faire.

Rien de tout cela ne résolvait comment Bliss et Torny pourraient communiquer. Wax, Quik et quelques autres sur Vis — Bliss grimaça alors que Pan traversait sa mémoire — avaient mis des années à développer les signes qu'elle employait si rapidement. La seule autre option serait la petite tablette et la pierre à gratter dans la sacoche le long de la cuisse de Bliss, un dispositif qui nécessiterait de libérer ses mains.

Voilà une idée.

— ... donc c'est comme ça pendant encore un jour ou deux, mais ensuite tu verras des trucs vraiment cool, disait Torny quand Bliss grogna, ramenant son attention.

Remuant ses mains liées, toutes deux attachées devant elle, Bliss tendit les bras vers la pochette sur sa cuisse droite. Torny s'arrêta, sa main retournant vers cette lame Foti gainée. Bliss secoua la tête, tendit à nouveau la main vers la pochette, parvint à glisser quelques doigts autour de la corde qui la fermait et tira. La pochette s'ouvrit, la pierre à gratter et la tablette tombant au sol.

— Qu'est-ce que c'est ? demanda Torny.

Bliss s'accroupit, tâtonna la pierre et la tablette. Si elle essayait, les nœuds semblaient assez lâches pour lui donner une chance d'écrire, mais ce n'était pas le but. Elle les rata plutôt, laissant tomber la pierre à gratter plusieurs fois. Pendant ce temps, le reste du groupe continuait d'avancer, s'éloignant de plus en plus tandis que Torny observait.

— Attends, laisse-moi ramasser ça. Torny se pencha et ramassa les outils. Elle les examina, remarquant les rayures effacées sur la tablette d'écriture. — Je comprends. Tu écris sur ce truc ?

Bliss hocha la tête.

— Je ne suis pas la meilleure lectrice, mais on peut essayer ? Torny tendit la tablette à Bliss, qui la laissa tomber, ses poignets et ses mains n'étant pas assez rapides pour la rattraper. Torny commença à tendre la main vers l'objet tombé, puis s'arrêta, fixant Bliss d'un œil plus perçant. — Tu sais, si j'étais un peu plus bête, je desserrerais davantage ces nœuds. Bliss leva les sourcils. Elle devait continuer à jouer le mensonge. — Mais, contrairement à ce que pense Sledge, je ne suis pas idiote. Tu as de la mobilité dans ces doigts. Assez pour faire des marques sur ce truc. Alors arrête de jouer la comédie.

Bliss pencha la tête.

Torny pinça les lèvres, glissa la pierre à gratter et la tablette dans la sacoche sur son dos. Elle sortit le couteau Foti, le couteau Foti de Wax, et en plaça la pointe sous le menton de Bliss.

— Tu sais pourquoi on est là ? dit Torny, la fille curieuse ayant complètement disparu maintenant. — Parce qu'on n'a rien à perdre. Nos vies n'ont été qu'une succession de jours horribles, et maintenant on a une chance de s'en sortir. Je ne veux pas te faire de mal, quel que soit ton nom, mais je te jure que je n'hésiterai pas. C'est notre dernière chance. N'oublie pas ça.

CHAPITRE 17

DÉMON DES CAVERNES

Sa main se tendit vers le bas, des étincelles jaillissant autour d'eux alors que la lave en contrebas bouillonnait. Les roches se fissuraient, les parois de la caverne se fendaient sous l'effet de la chaleur. La main de Svarde était moite de sueur lorsqu'il saisit l'aide offerte, ses bottes raclant la falaise de pierre croûtée à la recherche d'un appui.

Elle cria quelque chose, ses mots noyés dans le grondement assourdissant, puis se pencha en arrière et tira. La main droite de Svarde trouva une encoche, ses ongles se brisant alors qu'il agrippait la pierre dure. À eux deux, il grimpa le dernier mètre, s'effondrant sur le pont de pierre, le point de rupture entre la Grande Forge et la sécurité. Autour d'eux, des corps jonchaient le sol. Les ferrites et les chauves-souris de feu couraient, se battaient et mouraient. Pourtant, elle avait tendu la main à Svarde.

Une autre femme accourut, en colère, blessée et portant l'armure d'un garde Foti. Elle releva la sauveuse de Svarde, la remettant sur pied, et dans ce mouvement, Svarde aperçut le scintillement orange, la pierre enroulée autour du poignet de la femme.

Une rivale, non... Svarde tua cette pensée alors qu'il se relevait sur ses genoux. Plus une rivale maintenant. La seule qui restait. Le Renouveau. La deuxième femme repoussa la sauveuse de Svarde, jetant un regard réprobateur à Svarde, s'assurant sans doute qu'il n'avait pas l'intention de les poursuivre, l'épée dégainée dans cette maudite caverne infernale.

— Je les ai suivies, bien sûr, mais les mains vides, dit Svarde dans l'obscurité, par-dessus le goutte-à-goutte incessant. Je devais le faire, après ça. J'avais été un Gardien autrefois, j'avais échoué, et je devais voir s'ils m'accepteraient à nouveau.

— Pourquoi ? demanda l'homme étrange, qui avait récemment réduit son discours à de simples questions, comme si l'effort de former des phrases s'avérait trop important.

— Parce que je serai damné si je dois être un raté, répondit Svarde.

— Ça a marché, alors ?

— Si tu considères que damner la femme que tu aimes à une mort précoce est une réussite, alors oui, ça a marché aussi bien que possible.

L'homme ricana. Il demanda à Svarde de raconter l'histoire à nouveau.

— Une troisième fois ? demanda Svarde à l'obscurité. Et si on parlait d'autre chose ? J'aime bien parler de moi, mais il y a d'autres histoires à raconter.

— Tu n'en trouveras pas beaucoup.

Svarde fronça les sourcils. Il avait plein d'histoires, des aventures prêtes à être racontées. Des tavernes entières avaient été captivées lorsque Svarde racontait comment il avait massacré ce... non, détruit le... combattu un... Svarde trébucha, se releva, se cogna la tête contre le plafond bas et s'assit à nouveau, l'estomac noué, la bouche sèche.

Peu de choses attendaient son rappel. Svarde pouvait tendre la main, oh oui, il pouvait tendre la main, là où les souvenirs avaient toujours été. Mais maintenant, tout ce qui l'attendait était du brouillard. Un vide mystérieux. Svarde poussa contre, essaya d'aborder les histoires sous différents angles, par les préludes et les épilogues, par l'action et le décor, et ne trouva rien. Il ne pouvait pas dire s'il avait levé une hache contre un démon ou un ami, un bandit ou une bête.

Des noms, il en avait. Les moments vraiment spéciaux perçaient, des lueurs dans le voile.

— Tu vois maintenant ? demanda l'homme, interrompant avec un autre de ses tristes gloussements. Tu dois continuer à raconter la seule histoire que tu as, parce que c'est tout ce qu'il te reste. Quand elle sera partie, tu seras comme moi, personne et rien.

Svarde secoua la tête, essayant de déloger les blocages. Rien ne bougea. Rien ne changea. Juste le goutte-à-goutte de l'eau sur la pierre, ses ruisselets disparaissant dans le sol rocheux.

— Ce n'est pas naturel, dit Svarde. Il doit y avoir quelque chose qui provoque ça.

— Oh oui. Il y en a une. Elle se nourrit de nous.

— Elle ?

— La chose qui nous a amenés ici. Encore ce rire. Je suis ici depuis si longtemps, je pense qu'elle m'a presque épuisé.

— Que se passe-t-il ensuite ?

— Je ne sais pas. Peut-être que j'oublierai de respirer ? Est-ce qu'un cœur peut oublier de battre ?

Svarde chercha ses haches, se souvint qu'elles avaient

disparu. Pas de sortie rapide pour lui, alors. Se fracasser le crâne contre les rochers ne ferait pas l'affaire. Trop risqué, trop brutal, même pour lui.

— Alors nous devons sortir, annonça Svarde.

— Essaie. Je te souhaite de réussir.

Aucune conviction dans la voix de cet homme, mais Svarde tâtonna quand même autour de la caverne. L'espace exigu offrait peu d'options, à l'exception d'un rocher à l'extrémité la plus étroite. Un sceau imparfait, la pierre reposant contre les parois de la grotte. Svarde passa ses doigts le long de ses bords. Il avait essayé de le déplacer quelques fois auparavant, le trouvant trop lourd pour sa seule force, et l'homme là-dedans avec lui n'offrait aucune aide.

Ou peut-être que Svarde ne demandait pas de la bonne façon.

— Tu veux entendre l'histoire à nouveau ? demanda Svarde.

— Oui, répondit l'homme. Ça me remplit. C'est de la nourriture pour l'homme affamé.

— Alors viens ici. Aide-moi, et je te la raconterai autant de fois que tu voudras.

— Ça ne bougera pas, je te le dis.

Svarde jura dans sa barbe. La stupidité et son entêtement. — Je me fiche que ça bouge ou non. Tu veux l'histoire ou pas ?

La carotte, bien agitée, fonctionna. La forme mince de l'homme bougea sur les pierres, ses pieds nus cliquetant sur la roche où ses ongles trop longs grattaient. L'haleine rance de l'homme indiqua à Svarde qu'il s'était approché, alors Svarde lui donna des instructions, lui dit de placer ses mains sur le côté droit du rocher.

— À mon signal, pousse vers le haut, dit Svarde. On va le faire rouler.

— Et ensuite l'histoire ?

— Et ensuite l'histoire.

Svarde fit un décompte silencieux, de cinq à un, et au dernier chiffre, il poussa de son côté, essayant de faire bouger le rocher, de le déloger de sa position sur les pierres. L'homme rit, disant qu'il n'avait pas utilisé ses bras depuis des lustres.

— Alors rattrape le temps perdu, grogna Svarde en poussant à nouveau.

Le rocher, au moins, respecta leurs efforts. À la deuxième poussée de Svarde, quelque chose grinça sous la pierre et sa forme se tordit dans l'obscurité. Svarde sentit la pierre rugueuse sous ses mains bouger, une sensation électrique, apportant avec elle à la fois de l'espoir et, oui, de l'air plus frais.

— Continue, dit Svarde. Ne t'arrête pour rien au monde.

— L'histoire ! cria l'homme. L'histoire ou j'arrête !

Alors Svarde se relança dans son récit, tout en continuant à pousser le rocher. Il parla de ses amis, comment ils étaient partis à l'appel du Renouveau, se dirigeant vers la Grande Forge pour une chance d'obtenir le skar et l'honneur, et un sens au-delà du fait de piocher dans les murs étroits d'une mine. Svarde plongea dans ce terrible jour, s'accrochant au souvenir alors même que ses contours semblaient s'estomper, les visages de ses amis, celui que Svarde était censé protéger, se brouillant.

— Et la Grande Forge ? Que s'est-il passé là-bas ? demanda l'homme quand Svarde hésita devant ce souvenir brisé.

Cela, au moins, tenait bon. Plusieurs Renouveaux étaient arrivés presque en même temps, se précipitant devant les gardes najahns désemparés pour tenter leur chance avec le skar. Le timing avait été mauvais, le volcan géant devenant agité, et il prit leur approche comme une offense, explosant la terre et le ciel de cendres, de lave et pire encore.

Le rocher bougea à nouveau, roula sur la gauche de Svarde, pas plus d'une longueur de bras avant de heurter un autre mur et de s'arrêter. L'homme qui riait tomba devant Svarde, sa poussée suivant le rocher.

— Ne t'arrête pas, dit l'homme, allongé là. S'il te plaît, ne t'arrête pas. Ton histoire est tout ce que j'ai.

Svarde ne dit rien, enjambant plutôt l'homme pour entrer dans le tunnel plus large. Il ne voyait rien du tout, mais ses mains ne rencontraient aucune résistance, l'air bougeait dans ses cheveux. Le sol de pierre avait une inclinaison, un chemin montant et descendant. Quelle direction menait à Maena et aux autres ? La mauvaise direction pourrait envoyer Svarde dans un long voyage inutile vers nulle part, ce qui-

— S'il te plaît, dit l'homme, ses mains trouvant la jambe de Svarde et l'agrippant, bien que la prise des doigts fût faible, fragile. J'ai besoin de ton histoire.

— Tu as besoin de nourriture et d'eau, comme moi. Svarde le saisit et le remit sur ses pieds. Peux-tu dire dans quelle direction aller ?

L'homme renifla. — Je ne te dirai rien, parce que je ne suis rien. S'il te plaît.

Un allié faible devenait rapidement un fardeau agaçant. L'homme continuait à supplier, et Svarde essaya de repousser les mots, essaya de se concentrer sur l'air. La direction dans laquelle il se déplaçait.

Une autre traction sur la jambe. Svarde glissa sur le sol, retrouva son équilibre et repoussa le plus petit homme.

— Laisse tomber ! grogna Svarde, sa voix résonnant

dans le tunnel. Soit tu te ressaisis et tu tentes ta chance de vivre, soit tu restes ici à pourrir. Je m'en fiche.

Svarde essaya de foudroyer l'homme du regard, mais l'obscurité totale rendait impossible de savoir où il se trouvait, impossible aussi de voir la menace que Svarde mettait dans ses yeux, son froncement de sourcils. Mais l'effort ne fut pas totalement vain : un cri porta, faible et perçant, dans le tunnel vers lui.

Pennifer.

Laissant l'homme gémissant, Svarde remonta le tunnel, avançant rapidement mais ralentissant tous les quelques pas pour écouter. Pennifer continuait à crier et, derrière lui, l'homme faible semblait essayer de suivre, les grattements et les coups trahissant une progression à quatre pattes dans la grotte.

Qui savait s'il avait même la force de marcher.

L'enclos de Pennifer ressemblait à celui de Svarde, avec une pierre arrondie la scellant à l'intérieur. De l'extérieur, avec son épaule et en s'appuyant sur la pente naturelle du tunnel, Svarde délogea la pierre sans trop d'effort. Elle dévala, Svarde lançant un avertissement à son suiveur, qui couina. Quand l'homme reprit ses gémissements, Svarde supposa qu'il avait survécu.

— Tu as réussi à sortir ? dit Pennifer, utilisant ses mains pour trouver le bras de Svarde, frôler sa barbe et généralement l'agripper comme l'autre homme l'avait fait. Svarde la repoussa avec un grognement.

— On s'y est mis à deux, dit Svarde. Tu entends mon partenaire, pour ce que ça vaut.

— J'étais seule. Toute seule.

— Plus maintenant. Tu as entendu quelque chose qui pourrait être les autres ?

— Les autres ? Quels autres ? La voix de Pennifer baissa.

Je ne sais pas qui tu es. Comme si elle réalisait ce qu'elle venait de dire, Pennifer fit un pas en arrière dans la petite grotte qu'elle venait de quitter. Je... je ne sais pas qui je suis.

Elle commençait à éclater en sanglots quand Svarde saisit ses épaules, lui donna une bonne secousse. S'il avait pu voir, il aurait administré l'antidote traditionnel foti à tout : une claque derrière la tête. En l'état, la secousse sembla étourdir Pennifer, la ramener à la réalité.

— Tu es Pennifer, dit Svarde. Pirate rana, et une sacrément bonne. Je suis Svarde, ton allié, et il y en a deux autres qu'on doit retrouver. Trois, en comptant Kivi, mais Svarde pensait que le ferrite les retrouverait très bien tout seul. Suis-moi. Et fais attention à l'autre. Il est un peu collant.

—Je peux te faire confiance ?

La question vint avec une telle sincérité honnête que Svarde s'arrêta un moment, prit une longue respiration. — Pennifer, en ce moment, je suis le seul qui puisse t'aider. Soit tu me fais confiance, soit tu meurs ici.

Que Svarde puisse ou non les faire sortir restait une question ouverte, mais les mots suffirent à renforcer les nerfs de Pennifer. Elle suivit Svarde plus loin dans le tunnel, l'homme gémissant pas loin derrière. En avançant, Svarde gardait ses mains tendues de chaque côté, cherchant d'autres rochers.

Ils passèrent devant plusieurs autres cellules, ouvrant chacune en poussant les portes de rochers. À l'intérieur, ils ne trouvèrent rien, sauf dans la dernière, où un corps desséché n'offrit aucun réconfort. Pennifer trouva le cadavre, tâtonnant avec ses mains et étouffant un juron quand ses doigts touchèrent le vieux os, la peau fanée comme du cuir.

Rasslebeck attendait dans la quatrième, l'homme murmurant son propre nom et ceux de sa famille.

— Content de voir que tu es toujours sain d'esprit, dit Svarde après qu'ils se furent salués. Pennifer est sur le fil, et l'homme derrière nous est complètement parti.

— Je ne dirais pas que je suis sain d'esprit, répondit Rasslebeck. Assis seul dans cette obscurité, il n'y avait pas grand-chose d'autre à faire que de me raconter des histoires et d'espérer quelque chose de mieux. Au moins, je mourrais avec le nom de ma femme sur les lèvres.

— Tu as une femme et tu es ici ?

— Elle n'est plus là depuis longtemps dans ce sens-là, Svarde, mais je la garde là où ça compte.

Un endroit étrange pour avoir une conversation profonde, un endroit dangereux pour la poursuivre, alors Svarde y mit fin par un grognement et les fit continuer à monter. Avec un peu de chance, Maena les attendrait dans la prochaine cellule. Ensuite, ils pourraient élaborer un plan pour récupérer leur équipement.

De la nourriture et de l'eau aussi. Ce serait bien d'en avoir.

Et Svarde ne dirait pas non à avoir une discussion, ou plutôt un échange de coups, avec la créature qui les avait enfermés ici.

En montant plus loin dans la grotte, les poings toujours prêts, ils ne trouvèrent pas Maena. Les petites prisons bloquées par des rochers s'estompèrent, le tunnel montant s'élargissant. Pennifer et Rasslebeck imitèrent les gestes de Svarde, faisant courir leurs doigts le long des parois pour mesurer leur progression et garder pied dans l'obscurité éternelle.

Pendant la descente depuis la surface, il y avait eu toutes sortes de champignons et de mousses, des choses scintillantes émettant des lueurs ici et là, des auras naturelles et artificielles pour donner à l'équipe qui descendait une chance de voir. Ici, chaque mur, chaque recoin semblait avoir été nettoyé à fond.

— Même les rochers les plus pointus ont été poncés, marmonna Rasslebeck. Quelqu'un voulait s'assurer que personne ne puisse trouver la sortie.

— Et qu'ils ne se blessent pas dans le noir, ajouta Pennifer. Celui-là garde sa nourriture fraîche.

Svarde ne mentionna pas ce que l'homme gémissant avait dit, que leurs corps n'avaient peut-être pas tant d'importance que ça pour ce démon.

Leur ascension prit fin quand Svarde se cogna la tête contre une pierre arrondie, assez grande pour bloquer toute la grotte, plus de deux fois l'envergure de Svarde.

— Pas moyen qu'on déplace ce truc, dit Rasslebeck. On pourrait essayer de redescendre ?

L'homme gémissant les rattrapa, gémissant plus fort à la terrible idée de faire demi-tour.

— L'air passe autour du rocher, répondit Svarde. C'est par là qu'on veut aller. La créature nous a amenés ici, non ? Soit elle est incroyablement forte, soit il y a un moyen de déplacer ce truc qu'on ne voit pas.

— Hé, dit Pennifer, c'est peut-être ça. Voir. Tu as dit que tu avais vu un tunnel différent après qu'on s'est séparés, non ?

— Oui, c'est vrai.

— Alors peut-être que ce qu'on voit maintenant n'est pas correct non plus.

— Je ne vois que du noir, Pennifer, dit Rasslebeck. Toi aussi, à moins que tu ne nous aies caché un gros secret.

— Attends, répliqua Pennifer. Svarde, tu as toujours tes bottes Foti, non ?

— Comme toujours.

— En gros fer solide ?

— Elles ont toujours été comme ça.

— Alors donne un coup de pied quelque part, dit Pennifer. Lâche-toi.

— Je crois qu'elle a perdu la tête, Svarde, marmonna Rasslebeck.

Svarde renifla en signe d'accord, mais quand rien n'avait de sens, parfois il fallait essayer le ridicule. Dégageant de l'espace pour les trois autres, Svarde lança sa jambe vers le rocher bloquant, un coup de pied raide visant à frapper fort la pierre avec ses bottes.

Le fer rigide claqua et grinça, pendant un instant des étincelles volèrent dans l'obscurité. À leur lueur, des ombres surgirent, Svarde cligna des yeux, et rien ne devint clair si ce n'est que leur chemin semblait, en effet, bloqué par plus de pierre que le groupe ne pourrait jamais soulever.

— Refais-le, dit Pennifer. Je crois avoir vu quelque chose. Regarde à gauche.

— Si je me casse le pied en faisant ça, c'est toi qui me porteras, dit Svarde.

— Si tu te casses le pied, c'est de ta faute pour avoir été imprudent. Frappe le métal, allez.

Difficile de résister à une telle attitude. Svarde donna à nouveau un coup de pied, frappant le fer contre la pierre. Cette fois, il essaya de ne pas ciller, regarda à gauche dans l'éclair, et vit ce que Pennifer avait vu : un trou en haut à gauche, à peu près là où le bras de Svarde pouvait atteindre s'il s'étirait. Le trou semblait assez grand pour laisser passer un corps, et expliquait aussi le passage de l'air.

— Mais comment va-t-on monter là-haut ? dit Rasslebeck. À moins que l'un de vous ne soit beaucoup plus grand que dans mon souvenir.

— En faisant la courte échelle, dit Pennifer. C'est comme ça.

— Tu es la plus petite, alors, commença Svarde.

— C'est toi qui vas y aller, le coupa Pennifer. Rasslebeck et moi connaissons à peine nos propres noms. Je ne me souviens même plus à quoi ressemble Maena. Si tu nous fais passer par ce trou, on risque de partir en errant et de t'oublier aussi.

— Parle pour toi, dit Rasslebeck. J'ai très bien mémorisé mon nom.

— La ferme, dit Svarde. Pennifer a raison. Faites-moi la courte échelle, puis Rasslebeck, toi et notre ami ici, vous enverrez Pennifer juste après. On fera une recherche rapide, on reviendra vous sauver.

— Donc je me retrouve avec le fou ?

— Il n'est pas fou. Il aime juste les histoires. Tu en as quelques-unes à raconter ?

— J'ai juste ma liste de noms, c'est tout.

L'homme gémissant se ragaillardis à ces mots, scellant la décision.

Pennifer et Svarde passèrent par le trou, l'homme le plus corpulent en premier. La cadence de Rasslebeck accompagna leurs premiers pas au-delà, un nom après l'autre, suivi de titres, d'une description et d'anecdotes aléatoires.

— Une famille plus grande que toutes celles que j'ai connues, dit Svarde en aidant Pennifer à descendre.

— Alors tu n'as pas passé beaucoup de temps sur Rana, répondit Pennifer, puis elle s'arrêta. Je n'ai aucune idée de pourquoi je viens de dire ça. Je ne me souviens de rien à propos de cette Île.

Une fois de plus, Svarde envisagea de dire à Pennifer ce qui avait pu arriver à ses souvenirs, et une fois de plus il tua cette pensée. Si Pennifer devait être utile, il ne pouvait pas la laisser paniquer. Un bon combattant pourrait bien tenir tête à un démon, mais qui était Pennifer en ce moment, Svarde ne pouvait le dire.

Et de toute façon, leur nouvelle grotte offrait de meilleures options. Un unique tunnel sinueux partait vers la gauche, et maintenant les murs n'étaient plus nettoyés. Une mousse rose-violet poussait en touffes, nichée le long du côté gauche où coulait un filet d'eau. Probablement le même qui se déversait dans l'ancienne prison de Svarde.

— Je suppose que c'est par là, dit Svarde, ouvrant la marche d'un pas craquant.

Quelques pas plus loin, le tunnel se rétrécit avant de déboucher sur une salle familière, avec trois embranchements. À droite, un tunnel montant avait une lueur rose plus vive. Le quartz serait par là. Droit devant était un mystère, et à gauche se trouvaient les Ténèbres d'En-Dessous et la sortie.

— Par où ? demanda Pennifer.

— Tu ne te souviens pas ?

— Au-delà de ces dernières minutes, Svarde, je ne me souviens de rien. Je ne sais pas comment je sais quels mots utiliser, comment marcher, rien. Tout est vide, comme si j'essayais de traverser un de ces murs.

Svarde prit une profonde inspiration. — On va à droite. C'est probablement là que se trouve notre équipement, dont on aura besoin si on veut libérer Rasslebeck.

— Ou on pourrait s'enfuir.

Svarde se retourna et examina Pennifer. Comme lui, on lui avait retiré son armure, ne lui laissant que les fines robes de Rana. Sa peau portait des égratignures, ses yeux étaient crispés, et une légère rougeur lui montait aux joues à cette demande.

— Tu te souviens, n'est-ce pas ? demanda Pennifer. Tu hésites. Tu sais où nous sommes.

—Je me souviens de toi, Pennifer. Je me souviens que tu ne fuirais jamais, pour rien au monde.

— L'ancienne moi, peut-être. La nouvelle ? Celle qui se tient juste ici ? Je veux vivre, Svarde. Je ne veux pas découvrir ce qui nous a mis derrière ces rochers, ce qui a volé nos souvenirs. Je ne veux tout simplement plus être ici.

— Je comprends. Vraiment. Plus de fois que je ne peux compter, j'ai voulu fuir l'endroit où j'étais. Svarde posa une main sur l'épaule de Pennifer. — Mais fuir maintenant ne fera que nous tuer plus tard, par quelque chose d'aussi terrible. Tu es une combattante, Pennifer. Fais-moi confiance. Une fois que tu auras une épée en main, tu seras aussi redoutable que tout ce qu'il y a ici.

Les yeux de Pennifer se tournèrent vers les grottes, ses épaules se tendirent, et pendant un instant, Svarde se demanda si elle allait quand même tenter sa chance, fuir vers la liberté et prendre ses risques dans l'obscurité, seule et désarmée.

— S'il te plaît, dit Svarde. J'aurai besoin de ton aide pour sauver Maena et Rasslebeck.

Et Kivi. Faites que cette maudite Ferrite aille bien.

Pennifer frissonna et fit un signe de tête à Svarde. — D'accord. Je suis avec toi. Jusqu'au bout.

Ensemble, ils prirent à droite, remontant le tunnel vers le quartz, vers l'équipement. Svarde avait l'intention d'avancer lentement, avec prudence, l'oreille aux aguets. Ce plan mourut dès qu'ils entrèrent dans le tunnel de quartz, quand des jurons étouffés résonnèrent contre la roche, mêlés à ce qui ressemblait à des paroles confuses, une conversation bruyante trop indistincte pour être comprise.

Ces jurons, cependant, s'entendaient parfaitement bien.

Svarde, chuchotant à Pennifer d'accélérer, se mit à courir dans le tunnel, droit vers la salle de quartz. L'éclat de la gemme éblouit à nouveau sa vue, l'action s'estompant lentement, comme si Svarde venait de se réveiller.

Le quartz lui-même tintait, les nombreux vêtements et équipements sur ses lignes roses bougeant avec le vent qui tourbillonnait dans la caverne. La tornade se concentrait à la droite de Svarde, atterrissant sur un misérable amas d'ailes, de petits membres, et de ce qui semblait être des visages gris ardoise, leurs bouches alternant entre souffler de l'air et crier, marmonnant des absurdités. L'attention du démon semblait concentrée sur Maena, la pirate de Rana se tenant dos au mur de la caverne, son sabre fendant l'air devant elle, essayant de repousser la chose.

Se débattant derrière eux, écrasée dans le coin, Kivi tressautait. La queue trapue de la Ferrite rebondissait sur le sol, ses griffes grattaient avec un effort à moitié convaincu pour la remettre à l'endroit, un mouvement retardé, condamné par le vent constant.

— Qu'est-ce que c'est que cette chose ? demanda Pennifer, figée derrière Svarde.

— Peu importe ce que c'est, répondit Svarde, se précipitant vers le quartz, vers deux haches familières suspendues du côté gauche de la gemme. On doit la tuer.

Se déplacer contre le vent était comme pousser à travers un mur. Svarde baissa l'épaule, se surprit à grogner contre le gravier alors que l'air tourbillonnant ramassait de petits cailloux et de la poussière et les projetait contre son visage. Pennifer ne le rejoignit pas, apparemment paralysée là à l'entrée de la salle.

Penser que voler les souvenirs d'une personne pouvait lui enlever tout ce qu'elle était, la rendre inutile, une coquille et une ombre.

Svarde refusa de se demander ce qui pourrait arriver si ce démon venait à mourir et que l'ancienne Pennifer ne revenait pas, ce qu'une créature si effrayée pourrait faire ici dans l'obscurité.

Les cris de Maena étaient plus difficiles à ignorer. Elle n'avait pas encore appelé Svarde lui-même, pas encore demandé d'aide. Au lieu de cela, elle semblait, comme Rasslebeck, raconter sa vie. Amis, famille, endroits de Rana et des îles où elle avait navigué. Alors que Svarde atteignait sa première hache et la retirait de la gemme, il regarda à nouveau le démon, vit qu'il n'essayait pas de frapper Maena, n'essayait pas de l'attaquer. Au lieu de cela, la créature planait juste hors de portée de son épée, les vents maintenant Maena plaquée contre le rocher.

Ces visages, alors, hurlaient sur elle, soufflaient et aspiraient et sifflaient et parlaient. Mangeaient, réalisa Svarde, les morceaux mêmes qui faisaient de Maena un être humain.

Svarde saisit sa deuxième hache, faisant jaillir des étincelles du quartz alors que le tranchant de l'arme éraflait le rose. Il ignora l'armure de cuir et de fourrure, inutile qu'elle était contre ce monstre.

— Pennifer, tes arbalètes, rugit Svarde par-dessus le vent alors qu'il se dirigeait vers Maena et le démon. Maintenant !

L'appel sortit Pennifer de sa stupeur, la femme trébuchant contre le vent. Elle regarda Svarde, la gemme derrière lui. Ses arbalètes étaient là, à droite, pendantes. Elle évalua la distance. Svarde vit ces yeux s'écarquiller, les vit observer ses pas et leur direction, le combat à venir.

Pennifer se retourna et s'enfuit sans un mot.

CHAPITRE 18

UN NOUVEAU LOOK

Au moins, la vue était belle. L'après-midi commençait magnifiquement, des vagues dorées léchant les rochers en contrebas, entrecoupées par un trafic maritime intense. L'appel du Renouveau semblait avoir stimulé le commerce, chacun cherchant à tirer ses derniers profits avant que d'autres démons n'apparaissent et que les îles ne se terrent pour survivre.

Ce balcon ne serait pas un mauvais endroit pour se terrer. Pas très défendable, et les fines rambardes de fer gêneraient le maniement de Flamebreak contre les démons ailés qui s'approcheraient, mais la brise fraîche caressait la peau d'Ami, et le vin posé sur la table devant elle était d'un meilleur millésime que tout ce qu'elle avait bu depuis long-temps. Le seul inconvénient était l'homme assis en face d'elle, beaucoup trop suffisant.

Gladdring, répétant les événements de la matinée, comment il avait demandé à l'un de ces savants inutiles de la surveiller après qu'elle ait quitté sa chambre, se vantait de sa capture, la réprimandait d'un doigt boudiné pour sa piètre subterfuge, et lui demandait ce qu'elle pensait faire là-bas.

— Partir avec nos secrets ? Kidnapper l'un de nos chercheurs ? demanda Gladdring, son sourire nauséabond s'élargissant encore. Je suis si curieux, Gardienne. Quel était votre plan ?

Qu'Ami n'en ait pas eu était un fait qu'elle n'admettrait jamais à cet homme. Le regard moqueur qui s'emparerait de son visage, la façon dont ses mains tressailleraient de plaisir narquois... Ami devrait se lever et jeter Gladdring par-dessus le balcon. Le regarder s'écraser sur les rochers en contrebas serait tellement satisfaisant.

Sauf que des cordes serrées liaient les mains d'Ami devant elle, avec juste assez de jeu pour lui permettre de saisir le verre de vin et de le porter à ses lèvres. À côté de la porte du balcon, à un pas seulement, se tenait aussi un garde najahn, voulge prête. Pourtant, si elle pouvait libérer ses mains, Ami pariait qu'elle pourrait faire passer Gladdring par-dessus bord avant que la lance ne porte un coup fatal.

— Est-ce ainsi que vous comptez aider votre amie, l'Égide ? Par des incursions aléatoires dans des endroits où vous n'avez rien à faire ? continua Gladdring quand Ami ne répondit pas. En ce moment, vous pourriez être à ses côtés, la protégeant des démons. Prolongeant notre sécurité. Au lieu de cela, quoi ? Vous avez été curieuse ?

— C'est ce que j'ai dit dans votre bureau. Je veux aider.

Gladdring hocha la tête.

— Oui, oui. Faire l'impossible. Sauver l'Égide de sa malédiction. Je vous l'ai déjà dit, aucune échappatoire ne vous attend dans nos sombres recoins. Nous n'avons pas de miracles.

La voix de Gladdring s'éteignit, ses yeux prirent un éclat.

— Pas encore.

Ami soupira.

— Crachez le morceau, Tenet. Je n'aime pas les jeux.

— Pas un jeu. Une négociation.

Gladdring se pencha en avant, un geste qu'Ami commençait à penser être une habitude.

— Regardez ceci.

Gladdring plongea la main dans sa robe najahn pourpre et or, décorée sur les coutures des tourbillons inclinés que chaque Tenet avait gagnés. Sa main réapparut avec une pierre orange-jaune, assez petite pour être tenue entre deux doigts.

— Un skar de Tamas.

— Donc vous les gardez bien.

— Oh, je vous en prie. Ne jouez pas les idiotes maintenant, Ami.

Gladdring porta son regard sur la pierre.

— Ce qui importe n'est pas que nous ayons les pierres, mais ce que nous pouvons faire avec.

Ami attendit, le ton de Gladdring suggérait que l'homme était sur le point de se lancer dans un discours qu'il préparait depuis trop longtemps. Un secret enfin prêt à être dévoilé.

Gladdring, cependant, ne parla pas. Au lieu de cela, il sembla se concentrer davantage sur le skar, le faisant glisser de ses deux doigts pour le saisir pleinement dans sa paume. L'homme parut frissonner, ses yeux se fermant, puis s'ouvrant brusquement. Le sourire qui revint n'était plus le rictus moqueur d'avant, mais, si Ami croyait l'homme capable d'une telle émotion, presque tendre.

— Vous l'aimez, dit Gladdring, sans aucune note de reproche ou de dureté dans sa voix. Je suis désolé.

Ami plissa les yeux.

— Quoi ? Aimer qui ?

— Catya.

Gladdring fronça les sourcils.

— Étrange. Je n'ai jamais appelé une Égide par son vrai nom auparavant. Il y a aussi une tristesse. Comme si le skar ne faisait pas que me le dire, mais...

— Le skar ?

Ami choisit de passer outre l'accusation concernant ses sentiments pour Catya. S'il y avait une personne au monde avec qui elle voudrait les partager, ce n'était certainement pas Gladdring.

— Le skar a fait ça ?

— Ce sont les restes des dieux, Ami, dit Gladdring, glissant le skar de Tamas dans sa robe. Chacun porte en lui un morceau de son dieu, pendant un temps du moins. Certains d'entre nous ont appris à les utiliser, comme un enfant pourrait ramasser un bâton et l'agiter.

— Les utiliser comment ?

Gladdring gloussa.

— Comme des jouets, la plupart du temps. Prenez un skar de Kance et faites souffler le vent dans votre chambre par une chaude journée. Utilisez un skar de Vis pour faire guérir cette coupure de papier en quelques secondes.

— Une coupure de papier ? Mais, vous pourriez...

— Non, nous ne pourrions pas, la voix de Gladdring devint dure comme le fer. Ce ne sont pas des miracles. J'ai dit une coupure de papier, parce que c'est exactement ce que je voulais dire. Les skars ne sont pas des souhaits qui deviennent réalité. Ce sont des outils, et comme tout outil, l'utilisateur doit apprendre. Seulement, Ami, nous sommes tous des apprentis dans cet art. Il n'y a pas de maîtres.

Rien de tel que de voir ses espoirs s'envoler aussitôt après les avoir fait naître, mais après tout, Gladdring ne semblait pas être du genre à faire la charité. Pourquoi lui attacher les mains et la traîner ici juste pour lui montrer le skar ?

— Alors que voulez-vous de moi ? demanda Ami, portant à nouveau le vin à ses lèvres.

La possibilité infime que Gladdring s'amuse un peu avant de la jeter par-dessus bord rendait le vin plus doux.

Ce que cela disait d'Ami, de sa vision de la vie, mieux valait le garder enfoui sous le rouge profond de son verre.

— Eh bien, la science nécessite de la recherche, et la recherche nécessite des sujets, dit Gladdring.

Devant le froncement de sourcils d'Ami, il leva les mains, paumes apaisantes.

— Nous sommes alignés sur ce point, Ami. L'objectif de Noctia avec les skars est d'arrêter les démons, de nous garder tous en sécurité.

— Et enchaînée au Cercle.

— Oh non. Quel terrible joug. C'était au tour de Gladdring de lever les yeux au ciel. Qui se plaint quand Noctia envoie son aide à leur île ? Qui se plaint quand nous facilitons le commerce entre toutes les îles, quand nous arbitrons les conflits au bénéfice de tous ? Le Cercle n'est qu'un groupe de personnes, Ami. C'est tout. Ils pourraient venir de n'importe quelle île, tout comme l'Égide et ses Gardiens.

— Vous n'allez pas me convaincre que ce n'est pas un jeu de pouvoir.

— Alors je n'essaierai pas davantage. Gladdring se rassit. La partie intéressante de la conversation étant maintenant terminée, les choses se dirigeaient vers la négociation, la conclusion d'accords, la persuasion et, oui, les jeux de pouvoir. Il n'y a pas beaucoup de Najahn que je peux impliquer dans quelque chose comme ça. Encore moins avec vos compétences.

— Des compétences en quoi ?

— À détruire les démons, bien sûr. Gladdring hocha la tête vers ses mains liées. Ces mains et cette épée dans votre appartement ont détruit de nombreux monstres. Avec votre aide, en nous montrant ce que ces skars peuvent faire, nous pourrions concevoir de meilleures armes, de meilleures défenses. Nous pourrions même gagner la bataille contre les démons. Imaginez ce que les soldats pourraient faire avec des skars à portée de main ? Les blessures guériraient, la peur pourrait être supprimée, et, si nos suppositions sont correctes, nous pourrions voler, frapper avec une lance avec la force de la pierre elle-même.

Gladdring commença à postillonner en parlant, l'excitation prenant le pas sur ses bonnes manières. Malgré la laideur, Ami sentit l'attrait de la possibilité. Les espoirs de Gladdring, s'ils se réalisaient, signifieraient un changement massif dans la façon de combattre les démons. Cela pourrait même rendre une Égide inutile.

Cela pourrait transformer une expédition comme celle de Svarde en autre chose qu'une quête désespérée.

— Si je dis oui, qu'est-ce qui se passe ensuite ? demanda Ami.

— Alors la véritable aventure commence, Gardienne. Gladdring finit son vin d'un seul trait, essuyant les restes avec sa manche. Je n'ai pas besoin de mentionner que si vous refusez, nous ne pouvons pas vous laisser ramener ce que vous savez dans les rues.

Ami fixa le Tenet d'un regard mort. Il semblait être un homme habitué à la victoire. Ami se mordit la lèvre pendant un long moment, voulant retarder la satisfaction qu'il aurait bientôt. Quand une mouette cria au-dessus, cependant, Ami expira et hocha la tête.

— Quel choix ai-je ?

Au moins ils lui avaient libéré les mains pour la longue descente. Un garde avec une vouge à portée de main suivait les pas d'Ami tandis qu'elle suivait ceux de Gladdring. Ils descendirent à nouveau vers le couloir protégé, passant devant les deux Najahn postés là avec rien de plus qu'un coup d'œil. Au-delà, cependant, Gladdring l'emmena à gauche vers un couloir différent. Celui-ci contenait des pièces de chaque côté, une aile sinueuse avec chaque espace orienté vers... la vie ?

— J'ai des gens qui nettoient votre appartement en ce moment, dit Gladdring, s'arrêtant à la troisième porte sur la gauche. Ne vous inquiétez pas, ils manipuleront votre épée avec le plus grand soin.

— Pourquoi auraient-ils besoin de nettoyer mon appartement ? demanda Ami, bien que ce qui se trouvait devant elle rendait la réponse assez claire.

Un simple lit de camp, une petite table et une étagère arrière disposée près de la plus petite des fenêtres donnant sur l'océan. Une fine vitre couvrait l'ouverture arquée qui se rétrécissait, bien qu'au moins le coin inférieur droit semblait être ouvert. L'air stagnant rendait toute prison insupportable.

Car c'était une prison, Ami n'avait aucun doute là-dessus.

— Ce n'est pas un projet oisif, dit Gladdring. Tout repose sur vos efforts. Matin, après-midi, soir, vous serez chargée de cela. Faites-le assez bien, donnez-nous ce dont nous avons besoin, et vous pourriez voir Catya avec plus qu'un amour inutile à lui donner.

— Vous parlez encore une fois de cette façon de Catya, de moi, et vous pouvez maudire vos skars.

Gladdring renifla, — Oui, offensez-vous donc. Quand les historiens se pencheront sur la façon dont le monde est parti en ruine, je suis sûr que votre vanité vous présentera sous un merveilleux jour.

Ami fit ce pour quoi elle avait été formée, ce qu'elle avait appris en tant que Gardienne et affiné au cours de toutes ces terribles années à regarder Catya souffrir : elle prit sa colère, la modela en une petite boule, et la plaça dans la partie sombre de son esprit. Une partie bondée, ces jours-ci, et qui suppliait d'être libérée. Mais pas maintenant, pas encore.

— Une chose, dit Ami alors que Gladdring se tournait pour partir. Mattimo, l'historien ? Amenez-le ici avec moi.

— Cet imbécile aviné ? Pourquoi ?

— Parce qu'il en sait plus que vous ne le pensez, et que je vais avoir besoin d'aide.

Gladdring secoua la tête, — Commencez par nous donner un bon départ, ensuite vous aurez vos requêtes. Des récompenses pour bonne conduite, je crois qu'ils appellent ça dans les cachots.

Le froncement de sourcils d'Ami ne fit que faire rire Gladdring, l'homme partant avec un dernier mot :

— Votre premier test commence ce soir.

Trois heures. Ils verrouillèrent la porte derrière elle en partant, laissant Ami enfermée dans sa petite pièce avec à peine plus que la fenêtre à regarder, les murs à analyser. Pas même de vin à boire, de nourriture à manger. Juste ses propres pensées pour la misère.

Et misérables elles étaient. Ami ne s'adonnait jamais à beaucoup d'introspection : la vie d'une Gardienne n'en-courageait pas la réflexion lente, une remise en question de ses motivations et de ses choix. Non, l'action instantanée et un objectif clair faisaient une compagnie bien plus agréable. Ainsi, après vingt minutes terrifiantes où Ami eut l'impression qu'elle allait sombrer dans une terrible revue de sa vie et de toutes ses décisions, elle s'arrêta, se débarrassa de sa cape la plus lourde, et se lança plutôt dans un exercice après l'autre, les mouvements servant le double objectif de calmer son esprit tout en exorcisant son énergie.

Bien que, vu les coups rapides à la porte quand ces trois heures furent écoulées, Ami pourrait regretter de s'être dépensée.

Les coups continuèrent alors qu'Ami se redressait, s'assurant que ses dernières fentes n'avaient pas trop dérangé ses vêtements. Elle examina la porte, le bois solide tremblant à chaque coup. Attendaient-ils qu'Ami vienne ouvrir la porte ? Quelle prison donnait ce genre de courtoisie à ses prisonniers ?

La réponse, quand Ami tira le portail ouvert, vint sous la forme d'une femme plus petite, bien que couverte d'une tenue si étrange qu'Ami ne réalisa pas au début quelle personne pouvait être à l'intérieur.

— Salut, dit la femme, sa voix équilibrée entre un enthousiasme sans bornes et une retenue réticente sur le même ton. Gladdring a dit de venir vous chercher quand le prochain test serait prêt ?

Ami pencha la tête, — Qui êtes-vous ?

— Annalyse Everbrite, dit la femme. Je pourrais vous demander la même chose.

— Gladdring ne vous a pas dit qui je suis ? Et vous ne le savez pas ?

— Gladdring me traite comme il traite tous les chercheurs ici, Annalyse haussa les épaules, comme des outils, comme des insectes, peu lui importe tant qu'il obtient le crédit.

D'une certaine manière, Ami ne perçut aucune malice dans ces paroles. Une situation exposée telle quelle, des faits sur des faits.

— Donc non, poursuivit Annalyse, il ne m'a pas dit qui vous êtes.

Sous ses lunettes de cuivre, Annalyse adressa à Ami ce qui ressemblait à une moue compatissante.

— Cela dit, la plupart de nos sujets ne durent pas très longtemps, alors peut-être qu'il pensait que je ne m'en soucierais pas.

— Ils meurent ?

— Ils meurent, deviennent fous, perdent trop de membres pour continuer. C'est tout un éventail de maux, vraiment, mais nous nous améliorons.

Annalyse leva les yeux vers le plafond, sa voix s'éteignant.

— Une semaine. C'est le temps qui s'est écoulé depuis le dernier, euh, accident. Un nouveau record !

— Comment recrutez-vous ces... sujets d'essai ?

— Gladdring ne nous le dit pas, et nous ne posons pas de questions, répondit Annalyse.

Elle croisa les bras, chacun recouvert d'un bracelet d'argent différent, avec des fentes et des encoches attendant des outils.

— Je sais que ça semble horrible, je sais que ça a l'air que nous faisons les pires choses ici...

— Je ne sais pas ce que vous faites ?

— C'est vrai, je veux dire, j'essaie de dire que nous devons faire des sacrifices. Ce n'est pas facile pour nous non plus, n'est-ce pas ? Nous appuyons sur la gâchette, nous prenons aussi des risques. Je vis avec ces cauchemars.

Ami recula d'un pas dans sa chambre. Malgré la promesse de Gladdring, personne n'était venu avec Flamebreak ou ses affaires. L'épée aurait été un réconfort maintenant : au moins, savoir qu'elle pouvait essayer de se frayer un chemin à coups de hache aurait apporté le réconfort d'un guerrier. Au lieu de cela, Ami n'avait que ses mains et ses pieds, et bien qu'il semblait qu'Annalyse pouvait être renversée d'une simple poussée avec toutes ces choses instables sur elle, les gardes au-delà ne seraient pas si faciles.

— Je vous ai fait peur, n'est-ce pas ? dit Annalyse.

— Je ne vous comprends pas, c'est tout, répondit Ami. Que voulez-vous ?

— Simple. Venez avec moi.

Parmi les coûts et les avantages d'explorer Les Sept Îles pendant le Renouveau de Catya, il y avait l'élément plus neutre de s'habituer à l'inconnu. Après avoir été confrontée à des aliments étranges, des gens encore plus étranges et les endroits les plus étranges maintes et maintes fois, Ami avait appris à développer une réserve stoïque, une capacité à juger les choses au fur et à mesure plutôt que de les redouter ou de s'en réjouir à leur arrivée.

Alors elle suivit Annalyse hors de sa chambre d'un pas assuré. Elle écouta Annalyse babiller sur la recherche sur les skars, un sujet intéressant au début mais qui dégénéra bientôt en termes techniques trop obscurs et ésotériques pour qu'Ami s'en soucie. Puissance élémentaire ? Fréquences spécifiques de l'âme ? Clarté des skars ?

Ces choses importeraient sans doute à quelqu'un, et ce quelqu'un, si Foti le voulait bien, ne serait pas elle.

Plus intéressant et plus évident était l'endroit où Annalyse emmena Ami. Pas la cage bondée et le laboratoire dans lequel Ami s'était faufilée plus tôt, mais un escalier plus raide, dont les marches de pierre éclairées par des lanternes voyaient leur progression entravée tous les deux paliers par de solides grilles de fer. Les murs se resserraient, renonçant aux vues d'un espace plus large pour la meilleure défense offerte par un couloir étroit.

Annalyse ne se donna pas la peine d'expliquer ce choix de construction, et Ami ne posa pas de questions. Certaines choses étaient assez évidentes : cet escalier était destiné à garder quelque chose à l'intérieur, ou à garder tout le monde à l'extérieur. Malgré tout cela, pas un seul garde ne se montra, la marche était déserte.

Du moins jusqu'à ce que le duo atteigne le bas. L'escalier se terminait en un large cercle, les pierres laissant place à un sol de grotte lisse. L'air prit une teinte naturelle, un goût salé et humide. Elles étaient descendues assez bas pour s'approcher de la mer.

Le changement d'air s'accompagnait d'un changement d'environnement : alors qu'en haut le design industriel rendait les choses immaculées, ici en bas le creusement grossier laissait des terriers se ramifier à partir de leur point d'atterrissage, l'escalier et ses murs rapprochés formant une interruption sinueuse dans un endroit par ailleurs ouvert. Des torches, et non des lanternes, étaient allumées sur des poteaux métalliques plantés dans le sol. Les quatre terriers partant de la pièce centrale avaient chacun des planches suspendues à des piques clouées dans les murs. Deux avaient des côtés rouge cramoisi uni, tandis que la deuxième paire semblait éclaboussée de teinture vert gazon. Les murs de la pièce contenaient des râteliers d'armes, certains contenant effectivement des armes tandis que d'autres soutenaient des caisses ou des choses qu'Ami ne pouvait identifier, d'étranges mélanges de métal. Plusieurs tables et chaises étaient disposées dans l'espace, et une armoire latérale semblait contenir de l'eau fraîche et des fruits sur le dessus.

— Une vraie maison ici en bas, marmonna Ami.

— C'est une longue marche, répondit Annalyse. Les toilettes, si vous en avez besoin, sont par ce dernier trou là-bas.

Le seul tunnel non marqué. Ami ne l'avait même pas remarqué au début, mais un peu de concentration lui indiqua que cette ouverture apportait l'air marin. Une ouverture vers la plage, vers un quai ? Pour quoi ?

— Pour ce soir, pouvez-vous utiliser la lance ? Annalyse désigna l'une d'elles sur un râtelier. L'arme avait en effet une extrémité pointue comme une lance, mais la hampe ne ressemblait à aucune qu'Ami avait vue auparavant.

Ce qui aurait dû être un pôle droit en bois ou en métal brillait plutôt d'un argent piqueté, les creux festonnés chacun recouverts d'un dessus en cuivre. À l'intérieur de la plupart, il n'y avait rien, mais tout en haut, un rubis scintillant orange-rouge brillait. Une pierre qu'Ami reconnaissait bien.

— Un skar de Foti, dit Ami, s'approchant et ramassant l'arme. Plus lourde qu'une lance normale, mais bien équilibrée. À quoi sert-elle ?

— Vous ne ressentez rien ? demanda Annalyse, semblant à la fois non surprise et déçue.

—Je devrais ?

Annalyse, cependant, avait sorti un petit carnet et griffonnait avec un crayon de charbon. Quand Ami s'approcha et répéta sa question, Annalyse leva les yeux, sa grimace se transformant en un sourire calme.

— "Devrais" est une question non pertinente pour nous, dit Annalyse. Soit vous le faites, soit vous ne le faites pas. Si vous pouvez me suivre, j'ai besoin que vous essayiez ces gants.

Sur un autre râtelier, accrochée à un crochet enfoncé dans le cadre en bois du râtelier, se trouvait une paire de gants en métal noir. Des anneaux dorés lâches traversaient le noir, captant la lumière et clignotant lorsqu'Ami les enfila.

— Ils sont trop épais pour un vrai combat, si c'est ce que vous voulez, dit Ami en étirant ses mains dans les gants. Trop grands, trop bouffants. Elle ne pourrait pas sentir une lame ou une lance lui dire ce qui arrivait.

— C'est une expérience, comme tout le reste. Annalyse s'arrêta, pencha la tête. À quel point sont-ils mauvais pour le combat, selon vous ?

— Je pense que quiconque serait forcé de combattre un duelliste se ferait botter les fesses.

— Et contre un démon ?

Ami haussa un sourcil. — Ça dépend du démon.

Annalyse hocha la tête, retourna à son carnet et griffonna quelque chose de court.

— Vous notez tout ce que je dis ? demanda Ami.

— C'est de la recherche. Rien ne peut être écarté, Ami. N'importe quelle petite remarque pourrait être la clé.

Annalyse hocha la tête vers le terrier avec le panneau vert.

— D'accord, vous êtes prête pour l'événement principal ?

— Après, je pourrai manger ?

— Bien sûr !

— Alors je suis prête.

Le terrier n'allait pas loin, quelques secondes de marche les amenèrent à une porte renforcée. Comme les autres dans l'escalier, Annalyse l'ouvrit à nouveau avec une clé. La même clé unique, nota Ami, qui avait été utilisée pour toutes les portes jusqu'à présent.

Pas si effrayés par les voleurs, donc.

Au-delà de cette porte, Annalyse demanda à Ami d'attendre un moment pendant qu'elle se dirigeait vers le côté droit du mur, tirant sur un petit levier qu'Ami n'avait pas vu jusqu'à ce moment. Quelque chose sembla soupirer au-dessus de leurs têtes, la tension se relâchant dans toute la grotte.

— Qu'est-ce que c'était ? demanda Ami, serrant la lance plus fort.

— La sécurité, répondit Annalyse. Tu verras pourquoi dans un instant.

Ami garda les yeux ouverts et attentifs pendant le court trajet suivant. Rien ne semblait anormal sur les parois latérales éclairées par les torches, mais sur le plafond, des lignes sombres se dessinaient, rainurées et courant presque sur toute la longueur entre les deux portes.

Au-delà de la dernière barrière, cependant, Ami comprit pourquoi la sécurité semblait si minutieuse : un démon vert et bleu grondant et scintillant attendait à l'intérieur. Pas plus haut que le genou d'Ami, le monstre se propulsait autour de l'enclos avec des bras en forme de nouilles qui s'agrippaient, chacun se terminant par deux doigts émoussés, néanmoins assez forts pour creuser la roche et tirer la chose. Tandis qu'Ami observait, il s'accrocha et se jeta vers la porte, volant dans les airs et se tordant pour que son dos rigide puisse marteler le métal avec un bruit insouciant. La porte résonna, mais les poteaux métalliques tinrent bon. Le démon rebondit, atterrit sur le dos, où Ami put compter six bras imbriqués émergeant du ventre de la créature. Ces bras claquèrent jusqu'à ce que, trouvant une prise sur la porte, le démon se réoriente et reprenne son parcours cahoteux dans l'arène.

— Dois-je même poser la question ? dit Ami, voyant qu'Annalyse était restée silencieuse lors de leur approche finale. Est-ce l'horreur que vous gardez ici en bas ?

— Gladdring t'a dit pourquoi nous faisons cela, répondit Annalyse. Les démons doivent être arrêtés. L'Égide est en train de mourir, et la prochaine mourra plus vite. Cela signifie que nous devons trouver une autre solution.

— Alors vous gardez des monstres ici en bas pour quoi, des tests ?

— Tu n'as pas l'air en colère ?

Ami secoua la tête.

— J'étais prête à l'être. Je m'attendais à trouver quelque chose de pire, un secret sur la façon dont Noctia gardait un moyen de sauver l'Égide sous clé. Maintenant je vois que vous essayez d'améliorer la situation.

Annalyse hocha la tête.

— Certains d'entre nous, en tout cas.

Comme si elle se souvenait qu'elle avait son carnet à la main, Annalyse se redressa, ses yeux brillèrent.

— Maintenant, voici ce que nous essayons de faire. Avec ces gants, tu vas tenir la lance ici et ici.

Annalyse pointa du doigt quelques contours de prise sur la lance. Les deux, remarqua Ami, étaient entrelacés du même or que ses gants.

— Si ça marche bien, tu sentiras le skar dans la lance. Essaie maintenant.

Pendant ce temps, le démon se cogna à nouveau contre les barreaux. Annalyse tressaillit. Ami l'ignora : malgré ses tentacules, le démon semblait assez petit pour être facile-ment tué avec une lance en main.

Une lance qui, lorsqu'Ami déplaça l'arme dans ses

mains, mettant sa prise gantée directement dans ces rainures — un placement fait pour la posture plus large d'un homme — se révéla être bien plus qu'une simple lance.

Le skar de Brise-Flamme ajoutait de l'éclat, jetant des étincelles lorsque l'épée fendait l'air, ajoutant une touche brûlante si l'épée s'enfonçait dans sa cible. Des effets accidentels, réalisés sans la pensée d'Ami, sans son effort.

Le skar dans la lance lui parlait. Pas avec des mots, mais Ami ne pouvait pas mettre un autre cadre sur ce qui se passait, sur la sensation qui murmurait à ses oreilles, courant le long de sa colonne vertébrale, de ses bras, de ses mains jusqu'à la lance elle-même et le skar à l'intérieur. Un chant creux, attendant qu'Ami comble les vides, torde et plie le son avant de le chanter.

— Je le sens, dit Ami, en étirant les mots. Que se passe-t-il ?

— Bien. Un autre lien cohérent, répondit Annalyse. Tu ressens le skar. Nous ne savons pas exactement ce qui en émane, mais nous pensons que c'est ce qui alimente le collier de l'Égide et le bouclier. Ce que Demion a trouvé.

— Comment ?

Annalyse secoua la tête.

— Pas important pour le moment. Pour ce soir, j'ai besoin que tu entres là-dedans.

— Avec le démon ?

Ami aurait dû être plus agacée par la demande, mais elle avait du mal à se débarrasser des murmures du skar, ces vides dans sa conversation où elle pourrait, si elle essayait —

— Oui. J'ai besoin que tu prennes cette lance et que tu utilises le skar pour tuer le démon.

Cela, au moins, ramena Ami au présent.

— Le tuer ?

— Ami, c'est tout l'intérêt. Si tu peux manier le skar, tu peux montrer aux autres comment faire de même. Cela ouvre toutes les possibilités. Cela sauve le monde. Cela rend une Égide inutile.

Ami regarda la lance, le skar rouge à son extrémité, scintillant à la lueur des torches. Quelque chose de si petit pouvait-il faire tant ?

Oui, semblait murmurer le skar. Oui, il le pouvait.

CHAPITRE 19

SUR LA LAVE ROULANTE

La rivière se trahissait dans l'air. Devant Wax, le monde semblait miroiter, la chaleur se repliant sur elle-même pour déformer les montagnes ondulantes au loin. Derrière elles, selon Sledge, ils trouveraient l'océan occidental, un endroit trop vide pour les navires et parfait pour retenir les gênants Renewals jusqu'à la fin de leur temps.

Sledge gardait Wax près d'elle, à la tête de la petite colonne. Quik et les autres bandits traînaient quelques pas derrière, tandis que Bliss et la fille qui la surveillait semblaient s'égarer par intermittence dans des détours et des distractions.

— Ne vous inquiétez pas pour elles, dit Sledge une fois pendant la marche, une randonnée aride à travers les broussailles et la poussière. C'est la première fois pour Torny, et je pense que votre amie est assez intelligente pour savoir que s'enfuir seule ici est un moyen rapide de mourir.

— Ce n'est pas mon amie, marmonna Wax.

— Votre gardienne, alors.

Wax retint sa réplique. Moins ces idiots en savaient sur

lui et sa famille, mieux c'était. Non pas que Wax ait beaucoup d'expérience avec ce genre de personnes — les bandits sur Vis avaient l'habitude d'être traqués et éliminés violemment par les Lira — mais Sledge avait toujours un regard affamé, un regard étroit et de grands yeux avides d'absorber des informations.

Sledge ressemblait à un hanoko attendant son prochain repas.

Wax lui-même n'aurait pas été contre un déjeuner, mais Sledge interdisait toute pause jusqu'à ce qu'ils aient atteint l'autre côté de la rivière. Quand Quik avait demandé pourquoi, vu son estomac qui grondait, Sledge avait répondu qu'il valait mieux ne pas gaspiller de nourriture pour quelqu'un qui allait mourir.

L'ambiance macabre planait sur la troupe tandis que Sledge les conduisait dans leur descente vers une gorge étroite, un chemin taillé juste assez lisse pour suggérer une intervention humaine. La chaleur augmentait, suffocante au point que tout le monde se débarrassait de ses vêtements superflus, les fourrant dans des sacoches ou les attachant autour de la taille.

— Ça ne vous aidera pas de toute façon, dit Sledge. Si vous tombez des rochers, c'est fini.

— Rappelez-moi encore pourquoi on fait ça ? demanda Wax. Vous avez dit que vous nous vouliez vivants ?

— Parce que marcher tout ce chemin nous tuera aussi sûrement que la lave le fera. Ce n'est que du désert entre ici et la côte.

— Ce que je ne comprends pas, dit Wax tandis que lui et Sledge se frayaient un chemin sur les pierres, des monticules de roche volcanique noire s'élevant de chaque côté, c'est que toutes les rivières que j'ai vues ne coulent que dans un sens. Si la marche va nous tuer, comment allons-nous jamais revenir ?

— C'est un avenir lointain auquel penser, mon garçon, répondit Sledge. Concentre-toi sur ce qui est devant toi et peut-être que tu vivras assez longtemps pour le voir.

— Tout tourne autour de la mort avec vous ?

— Vis assez longtemps dans cette partie de Foti et tu commenceras à parler comme ça aussi.

— Non merci.

Sledge lui lança un reniflement, — Tu crois que les gens ici choisissent ça ? Les îles ont besoin d'un endroit pour mettre leurs déchets, et tu marches dessus en ce moment même.

En parlant de déchets, Wax devait admettre que Sledge avait raison : la coulée de lave était un assez bon endroit pour ça. Plus large que le tube de lave qu'ils avaient traversé, la coulée se déplaçait à un bon rythme depuis les collines plus hautes à l'est, à travers la vallée qui se rétrécissait vers la côte lointaine. Des ondulations orange et rouges, des morceaux plus sombres flottant sur des zones plus claires dans la lave, semblaient plus vivantes que n'importe quelle rivière que Wax avait jamais vue. Sur les bords, des braises s'éclaboussaient contre les monticules de roche noire, laissant des taches incandescentes partout où elles frappaient. Des bruits de crachotements et de sifflements éclipsaient la conversation, de la fumée s'élevant partout où quelque chose s'approchait suffisamment pour s'enflammer.

Sledge laissa tomber son sac à quelques longues enjambées du flux, là où leur chemin descendant s'étalait en une entrée peu profonde, le flux léchant son bord croûté comme l'aurait fait un ruisseau amical à Vis.

— Vous ne pouvez pas être sérieuse, dit Wax, restant

plus en arrière que la chef des bandits. On va tous mourir en chevauchant ça.

— Je l'ai fait trois fois, rétorqua Sledge. Tout le monde ici sauf vous trois et Torny l'a fait au moins une fois. Sledge tapota le nouveau fourreau à sa taille où reposait la lame Foti de Wax. De plus, ce n'est pas comme si vous aviez le choix.

— Mais comment ? Je ne sais pas si vous avez remarqué, mais nous ne portons rien pour ça. Nous allons brûler.

— Pas avec ça, répondit Sledge.

Wax était sur le point de demander ce qu'était "ça", quand Sledge se tourna vers sa droite et poussa contre un rocher incliné. La fine ardoise haute glissa facilement, révélant un trou creusé et, à l'intérieur, plus que suffisamment de bottes épaisses pour tout le monde.

Avec l'aide de quelques autres bandits, Sledge eut bientôt disposé suffisamment de paires, les waders de lave étant un exemple de praticité Foti. Du fer éclaboussé plaquait l'extérieur des bottes, laissant place à un matériau caoutchouteux grossièrement façonné à l'intérieur. Quand Wax demanda de quoi il s'agissait, Sledge se contenta de sourire et dit qu'il devrait faire confiance au talent Foti.

— Et si je ne le fais pas ? demanda Wax.

— Alors ne le fais pas, répliqua Sledge. Tu y vas de toute façon. Je te suggère de porter les bottes.

Non seulement les bottes montaient au-dessus des genoux de Wax, presque jusqu'à sa taille, mais il découvrit en les enfilant — une tâche difficile — que leurs semelles comportaient de petites crampons acérés comme des diamants.

— Ça te maintiendra sur les rochers ou n'importe où ailleurs où tu choisiras de marcher, tant que tu n'es pas stupide. Sledge finit d'enfiler ses bottes en premier, puis retourna à l'intérieur du creux, en sortant, un par un, une série de bâtons deux fois moins longs que le bâton de Bliss. Chacun se terminait par une autre pointe en métal forgé, et chacun avait une plaque de raclage sur un côté, qui dépassait comme un éventail carré.

— Quand de la lave atterrit sur vos bottes, vous la grattez avec ceci, expliqua Sledge en démontrant le geste en frappant l'extrémité contre son tibia botté. Ensuite, vous enfoncez rapidement cette extrémité dans la roche pour garder votre prise.

— Combien de temps allons-nous faire ça ? demanda Quik, le frère de Wax au sol essayant d'enfiler les plus grandes bottes que les Foti avaient.

— Jusqu'à ce qu'on atteigne la côte, répondit Sledge. Si le flux est rapide, seulement quelques jours. On s'arrêtera pour se reposer.

Wax se retourna vers ses frères et sœurs, lisant une peur intimidée dans leurs yeux. — C'est comme se balancer à la maison. Ce sera amusant.

Des paroles inspirantes. C'était exactement ce que le Renouveau était censé dire, n'est-ce pas ?

Leurs bateaux pour descendre étaient, comme Sledge ne cessait de le répéter, des rochers. Wax avait supposé jusqu'à présent qu'elle parlait de façon métaphorique, qu'il y avait effectivement de vrais bateaux ici qui les transporteraient confortablement à la surface de la lave jusqu'à la côte. Mais non, une fois les bottes enfilées et les perches en position, Sledge emmena Wax au bord de la lave avec elle.

— Regarde à droite, dit Sledge. On attend qu'un gros passe, puis on saute dessus.

— Pas de bateaux ? Sérieusement ?

— Je t'ai déjà dit que la marche jusqu'ici depuis la côte était désolée, répondit Sledge. Difficile de survivre avec rien d'autre que la nourriture et ces bottes sur le dos. Personne ne porte un bateau sur une si longue distance.

Argument avancé, Sledge pointa à nouveau le flux. Son visage ruisselant de sueur — des gorgées régulières de la gourde tiède empêchaient Wax de s'effondrer — il ne pouvait en être sûr, mais Wax crut voir des morceaux culbutants émerger au-dessus de la lave. Les rochers, certains larges et d'autres minuscules, dérivaient dans le courant.

— Foti n'est pas une île reposante, dit Sledge en agrippant sa perche à deux mains. Elle avait son arc et son carquois sur le dos, ainsi que sa sacoche, une combinaison bien remplie que la bandit portait sans inconfort. Les volcans brisent constamment la roche de lave. Attends, et on en trouvera un bon.

— Combien de temps ?

— On verra bien.

Derrière eux, les autres bandits sortaient de quoi manger pour une pause déjeuner, quelque chose que Wax n'aurait pas refusé de partager, mais que Sledge lui dit d'oublier. Les premiers à partir seraient les premiers à arriver, et Wax pouvait tenir le coup.

Leur monture ne tarda pas à se montrer, une pierre en forme de croissant tournant lentement avec une pointe saillante à l'avant. Alors qu'elle apparaissait au détour d'un méandre en amont, le rocher rebondit sur la rive opposée dans une vague d'étincelles et tourna vers leur côté.

— C'est celui-là, dit Sledge, puis elle siffla. Prochain duo, préparez-vous !

— Tu supposes qu'on va monter sur celui-ci ? demanda Wax, raffermissant sa prise.

— On montera dessus ou on mourra en essayant, Vis. Tâche de ne pas faire partie de la seconde catégorie. Sledge se déplaça à la droite de Wax, plus bas sur la rive. J'y vais en premier. Tu me suis. Elle lança un sourire mauvais à Wax. N'essaie rien de stupide maintenant, ou mes amis t'éventreront avant de me suivre.

Noté, mais Wax avait les yeux fixés sur le rocher tournant lentement. Calculant la distance, l'angle, la vitesse dont il aurait besoin avec ces grosses bottes. Pas comme les courses pieds nus sur Vis, mais si le rocher gardait sa trajectoire actuelle, il n'aurait pas besoin de-

Sledge bondit brusquement, plantant sa perche dans le sol et prenant un élan de course. Son pied gauche, posé le plus loin, reçut une léchouille de lave. Le pied droit de Sledge franchit l'espace, se posa sur le rocher. Ses bras traînants arrachèrent la perche alors qu'elle levait son pied gauche, une éclaboussure de braises accompagnant son arrivée sur la pierre.

— Maintenant, Wax ! cria Sledge, enfonçant sa perche dans le rocher pour se stabiliser.

Menant avec sa gauche, tout comme Sledge, Wax s'élança au-dessus de l'orange. Les bottes l'alourdissaient, son propre bond ne le portant pas très haut au-dessus de la mort orangée. Wax tendit sa perche en avant, la pointe frappant le radeau de pierre en croissant au même moment où son pied droit touchait la roche. Le choc fit vaciller Wax, son genou gauche s'inclinant vers la lave. La panique servit son but, poussant Wax à traîner son pied gauche alors même que son pied droit glissait, ces crampons en diamant raclant la roche noire. La perche, au moins, tenait bon, Wax se penchant en arrière au-dessus du flot de lave tandis que le rocher continuait sa route. Ses deux bottes s'agrippèrent au côté incliné du croissant, les talons de Wax devenant chauds alors que la lave les frôlait de près.

— Tiens bon, grogna Sledge, plantant sa perche et

faisant les deux pas jusqu'à Wax. Gardant une main sur sa perche, Sledge tendit l'autre, saisit l'avant-bras droit de Wax et le tira en avant. Garde ton équilibre, fais rouler tes genoux avec la pierre.

Wax se dit qu'il commencerait par quelque chose de plus simple, comme respirer. Il garda ses deux mains sur la perche, commença à s'agenouiller sur le rocher avant que Sledge ne l'arrête.

— La pierre est trop chaude pour la toucher. Garde tes mains sur la perche et rien d'autre. Sledge donna une tape vigoureuse sur l'épaule de Wax. Sois fier, Vis. Tu viens de faire quelque chose que peu dans les Îles pourraient jamais réussir.

— Pour de bonnes raisons, marmonna Wax, regardant en arrière vers la rive.

Quik et un autre bandit prenaient maintenant la place de Wax, se préparant déjà pour leur tour, un carré plat se dirigeant vers eux en flottant. Son frère croisa le regard de Wax, faisant un signe de tête au plus jeune. Peut-être pas ce à quoi ils s'attendaient, mais ils traverseraient cette épreuve.

Naviguer sur un flot de lave, après les premiers instants à penser que chaque seconde résulterait en une mort terrible, s'avéra être exactement aussi angoissant que ces premiers moments. Voler à travers les arbres sur Vis mettait certainement Wax en danger, avec un mauvais virage susceptible de vous faire atterrir directement sur les genoux d'un hanoko ou empalé sur une épine de sana. La lave, cependant, avait une certaine immédiateté, ses éclaboussures crépitantes atterrissant sur le rocher, éclaboussant les bottes de Wax et le forçant à détacher sa perche pour en balayer la bouillie.

— Fais-le vite ou ça refroidira et collera à toi, avertit

Sledge après la première éclaboussure. Chaque morceau t'alourdira, rendra tes mouvements plus difficiles. Et tu ne voudras pas être coincé là-dessus vers la fin.

— Pourquoi ça ?

Sledge toussa, l'air âpre les affectant tous les deux, et sourit, — Gâcher la surprise ? Pourquoi ferais-je ça ?

Ils étaient sur le flot depuis quelques heures maintenant, serpentant à travers des descentes rapides et des courbes paresseuses. Derrière eux, l'équipe de bandits avec le frère et la sœur de Wax était espacée sur leurs propres radeaux de pierre. Même sans les projections de lave, le voyage n'était pas facile : les rochers n'étaient pas des choses planes, et Wax devait souvent pousser contre les berges dures du flot de lave pour empêcher leur bateau en croissant de basculer.

Une tâche rendue plus ardue par la sueur couvrant sa peau, s'accumulant dans ses bottes. À quelques reprises, il avait glissé, la perche glissant dans ses mains, rattrapée seulement par une prise paniquée. Sledge avait clairement fait comprendre que la perdre signifiait perdre sa vie.

Pourtant, alors que le flux se déversait dans une autre vallée, la roche de lave s'étalant et s'élevant de chaque côté en une masse stratifiée, Sledge lança un avertissement d'un tout autre genre.

— Restez sur vos gardes, cria Sledge, son appel se répercutant vers les autres rochers. Territoire des ferrites.

Wax rit.

— Les ferrites ? On en a rencontré un petit apprivoisé. Les gentils lézards de roche ?

— Pas vraiment gentils, répondit Sledge, puis elle inclina la tête vers Wax. Vous voulez dire que vous avez rencontré quelqu'un avec un ferrite apprivoisé ? Pas pour transporter du minerai ?

— Ouais ?

— Chanceux, marmonna Sledge. Il faut obtenir un œuf, l'élever dès la naissance. L'empêcher de trop grandir, sinon ces lézards commencent à avoir d'autres idées.

Ce que pouvaient être ces idées devint plus clair au tournant suivant. La roche de lave perdit ses contours lisses, de profondes entailles et coupures lacérant ses flancs. La cause n'était pas difficile à trouver, car les ferrites se prélassaient à découvert, absorbant le soleil de midi. Wax ne put que rester bouche bée : ces lézards de roche faisaient plus du triple de la taille de Kivi, leurs carapaces de pierre étaient cabossées, griffées et recouvertes de lave séchée. Leurs yeux saphir brillaient parfaitement, cependant, tandis que la quinzaine d'entre eux tournaient la tête pour observer les nouveaux venus flotter à travers.

— Ils veulent des roches, n'est-ce pas ? demanda Wax, observant les ferrites expulser de la vapeur au-dessus d'eux, formant un fin nuage. Qu'est-ce qu'ils voudraient de nous ?

— Sur quoi sommes-nous debout, Wax ?

— Mais ils sont assis sur de la roche de lave en ce moment. Ça-

— Manger ta maison, ou aller nager et avoir quelque chose de frais ? lança Sledge. Tais-toi, Vis, et laisse-moi me concentrer.

Se concentrer, du moins pour Sledge, semblait signifier mettre une main sur la perche et utiliser l'autre pour dégainer la lame Foti de Wax. Le métal bleu faisait une différence étincelante dans la lumière, mais semblait peu intimider les ferrites. Les lézards, Wax et Sledge approchant du milieu de leur domaine avec les autres rochers bandits venant derrière, commencèrent à ramper plus bas. Leurs griffes s'enfonçaient lentement à chaque pas, les têtes et leurs langues glissantes oscillant entre les cibles.

— Je croyais que tu avais dit que c'était le chemin le plus sûr, demanda Wax, ajustant sa prise sur la perche.

Sledge ne dit rien, sifflant à nouveau à la place.

— Qu'est-ce que ça veut dire ? demanda Wax alors que Sledge arrachait sa perche du rocher, la stabilisant à deux mains tandis que le radeau en croissant sur lequel ils naviguaient dérivait vers la rive droite.

— Ça veut dire qu'on doit se rapprocher, répondit Sledge. Ces ferrites ne s'en prendront pas à trop de gens.

Se rapprocher sur un flux de lave signifiait, apparemment, utiliser leurs perches pour pousser contre le courant en les enfonçant dans les berges rocheuses et en poussant vers l'arrière. Un léger retard, et un que Wax n'aimait pas beaucoup, vu que cela le faisait osciller au-dessus de la matière orange, mais les bandits et ses frères et sœurs firent l'inverse, balayant avec leurs perches et les utilisant comme des rames de fortune pour rapprocher les diverses plate-formes. Les ferrites regardèrent les radeaux de roche se heurter les uns aux autres, formant une chaîne maladroite.

— Quik, Bliss, vous allez bien ? demanda Wax, ses frère et sœur à portée de voix pour la première fois depuis des heures.

Quik semblait aussi en sueur que Wax, sa peau brillante, son visage tendu et fatigué, la perche tenue fermement. Pas la journée préférée de son frère. Bliss semblait aller mieux, tenant l'arrière avec Torny et gardant les yeux fixés sur les lézards de lave. Un rapide signe de la main indiqua qu'elle allait bien, dit de rester vigilant.

C'était bien Bliss, toujours sur les choses importantes.

— Maintenant, on va voir s'ils sont lâches, dit Sledge, la lame Foti à nouveau dégainée et pointée vers les lézards.

Peut-être que les ferrites entendirent les mots de Sledge, peut-être qu'ils décidèrent qu'ils étaient trop affamés pour laisser passer un tel repas, mais les créatures attaquèrent d'un coup, toutes se ruant comme si une fusée de signal avait été tirée. Les bêtes dévalèrent les parois rocheuses, certaines sautant directement vers les radeaux. L'une manqua son coup devant Wax, éclaboussant dans la lave et ne semblant pas s'en porter plus mal.

— Utilisez les perches, cria Sledge. Gardez-les dans la lave assez longtemps et ils surchaufferont.

Wax écarta les jambes, prenant une position stable en levant sa perche, cherchant quelque chose à frapper. L'avant relevé du croissant se trouvait devant lui, une pointe de tête dans la large voie d'écoulement.

Et, passant sa tête par-dessus cette pointe, arriva le ferrite qui avait raté son embuscade plongeante.

— Reste en dehors de ça, dit Wax, frappant la chose avec sa perche.

Le coup n'était pas le meilleur travail de Wax, moins une poussée vigoureuse qu'une légère tape. Le ferrite encaissa le coup sur son front pierreux, la perche glissant avec une étincelle. Les yeux saphir se plissèrent vers Wax, et le ferrite leva ses deux griffes avant pour rejoindre son museau.

Wax le frappa à nouveau, plus fort cette fois. Enfonçant la pointe dans la griffe droite du ferrite. Ayant rencontré Kivi, Wax ne voulait pas exactement tuer le ferrite, ni même le blesser gravement, mais cette gentillesse s'estompa rapidement face à la perspective d'être jeté dans la rivière brûlante.

Pourtant, ce coup glissa aussi sur la carapace rocheuse du ferrite. La perche glissa vers la droite, Wax perdant l'équilibre, ses pieds glissant jusqu'à ce qu'il sente une traction dans son dos, le tirant vers une meilleure position.

— Battez-vous intelligemment et vous survivrez, dit Sledge, sa propre perche enfoncée dans la pierre et se tenant libre.

Wax la vit frapper avec sa lame Foti un second ferrite, coupant dans la griffe tendue du lézard. Contrairement à la perche, l'épée bleue trancha la peau de pierre, la faisant fondre. Le ferrite siffla et bondit en arrière, atteignant à peine la rive proche.

Le propre lézard de Wax n'avait pas fini. La moitié de son corps reposait maintenant sur le rocher en croissant, sa moitié inférieure rougeoyante de la chaleur de la lave. Ces griffes effilées faisaient des attaques contre Wax, qu'il déviait avec la perche. Chaque coup forçait Wax à danser sur ses pieds, à se stabiliser, n'offrant aucune chance de riposte.

Pas un combat qu'il gagnerait.

— À l'aide ? appela Wax.

Une autre traction et Sledge se tira près de Wax, levant l'épée. Le ferrite vit le bleu et ne prit pas le risque, se repoussant dans la lave et nageant au loin.

— Merci, dit Wax alors que Sledge échangeait à nouveau de place avec lui, d'où elle pouvait aider les bandits derrière elle à se couvrir.

Et ils avaient besoin d'aide. Sledge et Wax avaient affronté deux ferrites, mais les radeaux derrière eux étaient envahis. Quik, utilisant sa perche moins pour poignarder que pour balayer, lança un, puis un second lézard hors de son rocher en un seul long mouvement. Le mouvement lui fit perdre l'équilibre, mettant Quik sur un genou, évitant de justesse des braises de lave volantes.

Le radeau le plus proche de Wax, celui avec deux

bandits à bord, semblait être dans la situation la plus critique. Pris en étau des deux côtés par un trio de ferrites, un bandit gisait déjà sur le dos, couteaux sortis mais faisant peu de progrès contre ces dures carapaces. L'autre, une femme, avait ramassé la perche de son ami et utilisait les deux pour maintenir les ferrites à distance dans une lente retraite vers le croissant de Sledge et Wax. Il ne lui restait que quelques pas de roche à parcourir, des pas qui disparurent lorsqu'un ferrite surgit de la lave et arracha la roche derrière la bandite.

Sledge, chargeant du mieux qu'elle pouvait vers l'homme aux couteaux, ne le remarqua pas. Wax eut un moment de doute : les bandits étaient leurs ennemis, un de moins signifierait une fuite plus facile.

Mais Wax se souvint de cette navigatrice sur le grand sana, à quel point il avait été écœuré à l'idée de l'avoir tuée. Il avait une chance, ici, de faire quelque chose de différent, quelque chose de mieux.

— Arrêtez ! cria Wax en s'élançant de la pierre vers la bandite qui reculait.

Soit elle ne l'entendit pas, soit elle ne réalisa pas que ces mots lui étaient destinés. Balançant à nouveau les deux perches, la bandite vit ses armes repoussées par un énorme ferrite qui la poursuivait. La créature suivit la déviation d'une ruée, la bandite faisant un pas de trop en arrière pour s'échapper.

Mais Wax, penché au bout de son rocher, rattrapa sa chute en arrière. Wax tomba aussi, les bottes de la bandite effleurant la lave alors qu'ils heurtaient tous deux durement le radeau de pierre.

À travers le tissage de Wax, la roche brûlait. Lui et la bandite se relevèrent précipitamment, cette dernière marmonnant un rapide merci, puis s'agrippant à Wax alors qu'ils essayaient tous deux de retrouver leur équilibre.

Sledge, faisant virevolter sa lame Foti, effraya les ferrites qui s'éloignèrent de l'homme aux couteaux, les lézards plongeant dans la lave et s'enfuyant. Les créatures semblaient maintenant battre en retraite, le flot passant au-delà de leurs trous creusés et de leurs nids.

— On y est arrivés, dit Wax en saisissant sa perche et en la plantant dans la pierre de façon à ce que lui et la bandite puissent s'y agripper. On les a épuisés.

— Non, dit la bandite. Ils ont pris leur prix.

Quik, sur son radeau, était seul. Son escorte de bandits avait disparu. Le frère de Wax ne semblait pas l'avoir remarqué, car il criait en direction du dernier radeau en aval. Un radeau qui flottait maintenant sur le côté, vide.

Bliss avait disparu.

Ami avec Brise-Flamme, tranchant l'air d'un éclat brûlant tandis que Catya lançait ses couteaux, les bretelles passant sur ses deux épaules. Leurs diversions permettaient à Svarde de se positionner pour tuer, plongeant sur le démon, le bandit, la créature avec une gloire meurtrière. Une équipe, voilà ce qu'ils avaient été.

Une équipe dont Svarde manquait cruellement maintenant, piégé seul dans une tempête. Enfin, pas seul, mais Kivi gisait toujours sur le côté, visiblement étourdie ou blessée. Maena, coincée contre le mur, recroquevillée maintenant que le démon dévorait sa volonté, ne serait d'aucune aide non plus.

Et Svarde, avec rien de plus que ses haches et une chemise en loques, un caleçon sale, devait une fois de plus partir à la rescousse.

Le vent mit cette idée à l'épreuve, pressant contre Svarde alors qu'il essayait d'avancer vers le démon. Lever le pied mettait à rude épreuve les cuisses de Svarde, tandis que garder ses haches pointées vers l'ennemi lui crispait les mains. Les yeux de Svarde s'embuaient alors que le sable y pénétrait. Devant, ces visages hurlants, ces mains affreuses chantaient.

Un pas, deux, et Svarde restait bien hors de portée de frappe. Maena s'effondrait davantage, le démon s'étendant maintenant sur elle, menaçant. Les visages tourbillonnaient plus vite, le vent se renforçait, l'ouragan atteignant son apogée.

Le plan ne fonctionnerait pas. Svarde ne pouvait pas se frayer un chemin. Il avait besoin d'un autre plan, et ce plan commençait et se terminait avec son lézard de roche préféré.

Kivi, le dos contre le quartz et les griffes grattant, perdant face à la bourrasque, restait sur le côté. Lâchant ses haches, Svarde coupa sec à gauche, la tempête le projetant contre la pierre précieuse. Son épaule encaissa le choc, ses jambes gagnèrent de petites coupures sur les lances de cristal, mais Svarde pouvait bouger, pouvait marcher quand il n'avait pas à charger contre le vent.

S'approchant de Kivi, Svarde s'écarta juste assez du quartz pour se placer entre le vent et la ferrite, bloquant la rafale. Kivi, ses yeux de saphir s'illuminant à la vue de Svarde, profita du répit et se jeta sur son ventre, ses quatre griffes s'enfonçant dans la pierre.

— Va la chercher, cria Svarde par-dessus le bruit.

Kivi obtempéra.

La ferrite resta basse, pressant son ventre contre le sol de pierre, ses griffes mordant à chaque pas. Svarde se retourna, le vent plaquant son dos contre le même mur rose sur lequel Kivi avait été coincée. Il regarda la ferrite, faisant de son mieux pour réduire sa silhouette, s'approcher furtivement du démon siphonnant.

Il regarda Kivi se frayer un chemin sous le monstre, relever brusquement la tête et mordre.

Le vent claqua, mourut alors que le démon s'envolait loin des mâchoires rocheuses de Kivi, s'aplatissant contre le plafond. Ces visages blafards et informes se pressaient contre la pierre, se fondant suffisamment pour faire se demander à Svarde si le monstre les avait observés tout ce temps.

Une question à méditer après l'avoir mis en pièces avec ses haches.

Svarde se précipita vers ses armes tandis que Kivi sautait sur le mur, se ruant vers le démon. Les plaques de la ferrite se séparèrent, crachant de la vapeur. Kivi était en colère, alors, et prête à exercer une vengeance brutale sur la créature.

Bien.

Svarde ramassa ses haches, vit un éclair alors que le démon glissait loin de Kivi, ces visages hurlant assez fort pour pousser le corps aérien du démon hors du mur et le faire planer à travers la pièce jusqu'à l'autre côté.

Pas trop loin, cependant, pour un lancer. Svarde leva la hache, visa —

— Aide-moi, gémit Maena, la voix brisée arrêtant le geste de Svarde.

Elle était sortie de sa coquille, adossée au mur de la pièce. Le visage de Maena semblait exsangue, ses yeux presque entièrement blancs. Elle tremblait, si violemment que Svarde crut d'abord à une sorte d'attaque. Sa respiration était rapide et superficielle.

— Kivi, occupe cette chose, ordonna Svarde et la ferrite obéit, utilisant le plafond comme sol pour poursuivre le monstre.

Svarde s'installa devant Maena, l'examinant. À part quelques égratignures gagnées en se cognant contre les murs, Maena n'avait pas l'air plus mal en point. Svarde lui-même avait probablement plus de bleus après la course aveugle dans le tunnel de la salle arrière de la bête.

— Tu vas bien, dit Svarde. On l'a mis en fuite maintenant.

— Svarde ? demanda Maena. Tu es là ?

— Non sans effort. Svarde regarda à droite, vit Kivi s'approcher à nouveau du démon, vit le monstre encore une fois glisser au loin, flottant jusqu'à un perchoir sur le point le plus élevé du quartz. Ces visages se tournèrent, des trous sans yeux fixant les deux humains. Peux-tu te lever ?

— Svarde, répéta Maena, répétant son nom. C'est le seul nom que je connaisse. Le tien.

Svarde repoussa le frisson que ses mots menaçaient de provoquer. Il se redressa, lâcha une hache pour aider Maena à se mettre debout.

— On s'inquiétera des noms plus tard, dit Svarde. Ce qui compte maintenant, c'est l'habileté et l'instinct. Le démon ne semble pas les prendre. Peux-tu manier une arme ?

Maena cligna des yeux.

—Je ne sais pas. Es-tu un ami ?

— Le meilleur ami que tu trouveras ici-bas, dit Svarde. Kivi renifla et le Gardien fit volte-face, levant sa seule hache dans un mouvement de balayage devant sa poitrine. Le démon, s'approchant, hurla et se souffla vers la droite, s'aplatissant contre le plafond. Il faut qu'on coince cette chose, et je sais comment on va s'y prendre. Kivi, garde-le là.

— Qui est Kivi ? demanda Maena.

— Une question pour une autre fois. Svarde l'entraîna vers le côté gauche du quartz, où l'équipement de Pennifer pendait aux pointes de la pierre précieuse. Prends l'une de celles-ci. Une arbalète.

Le premier test survint lorsque Svarde tendit l'arme à Maena, et elle le réussit, saisissant le manche comme l'aurait fait un archer, redressant immédiatement l'arme et vérifiant si un carreau était chargé.

— Tu sais t'en servir ? demanda Svarde, osant espérer.

— Je crois, oui ?

— Alors tire sur ce démon, dit Svarde. Après avoir tiré, prends l'autre arbalète là et fais de même. On va réussir à abattre cette chose.

Faire confiance à quelqu'un qui venait de perdre la mémoire semblait un peu téméraire, mais Svarde estima qu'il n'avait pas grand-chose à perdre. Le fait qu'il ait encore toute sa tête semblait être un coup de chance, et si le démon parvenait à gagner ici, ce serait une descente rapide dans le néant aveugle du vide.

— Kivi, maintiens-la stable, cria Svarde, reculant pour ramasser sa hache tombée.

Le monstre et ses visages semblaient se contenter de rester là, observant leur prochain mouvement. Ces mains difformes s'agitaient sous sa cape sombre, comme si elles voulaient attraper quelque chose mais étaient rappelées au dernier moment par de meilleurs instincts.

— Quelle horreur t'a engendré ? marmonna Svarde, puis il jeta un coup d'œil à Maena, qui avait l'arbalète levée et visait. Tire !

Maena leva l'arme, visa et tira. Le carreau fusa, traversant la caverne pour frapper le démon immobile. Aucun son ne retentit lorsque le carreau le toucha, ni impact sourd dans la chair ni tintement métallique. Du moins au début.

Tous les visages s'élargirent, leurs bouches s'étirant jusqu'aux bords, le gris pâle s'amincissant. Les hurlements vinrent alors, se chevauchant, forts et effrayés, aigus et perçants. Svarde grimaça, cria à Kivi de charger la créature, et se lança lui-même à l'attaque.

Le démon commença à se tortiller, se repliant sur lui-même au point où le carreau de Maena l'avait frappé, comme si le trait l'avait épinglé contre la paroi rocheuse. Les visages tournoyaient et nageaient, leurs orbites sans yeux regardant partout et nulle part. Les mains s'agitaient frénétiquement. Svarde leva ses haches, Kivi fonçant au plafond, et Maena envoya un autre carreau qui transperça le flanc gauche du démon.

Les hurlements montèrent encore plus haut, le bruit perçant les oreilles de Svarde et embrasant son esprit, comme s'il avait plongé la tête dans le feu. Ses yeux s'embuèrent, ses dents se serrèrent, mais Svarde fit ce qu'il avait fait tant de fois auparavant : il se concentra sur sa prise, sur les manches solides de ses haches, et continua d'avancer.

À deux enjambées de distance, le démon invoqua ses vents, les hurlements soufflant au-dessus de la tête de Svarde, secouant ses cheveux et repoussant Kivi, délogeant le ferrite du plafond et envoyant sa charge trop sauvage sur le sol rocheux en contrebas. Un troisième carreau vit sa trajectoire déviée, rebondissant au loin.

Mais le vent tourbillonna derrière Svarde, le poussant vers le démon avec plus de vitesse que le Gardien ne s'y attendait. Il trébucha, le double coup haut qu'il avait prévu s'abattant plus tôt pour que Svarde puisse planter ses mains au sol, s'empêchant de s'étaler.

Le démon saisit sa chance.

Le lent goutte-à-goutte de l'eau dans la grotte en dessous semblait une maladie, un lent siphonnage des souvenirs, des sensations, de la santé mentale de Svarde. Quand le démon frappa, cette maladie devint un désastre, un dépouillement complet. Svarde sentit ses liens avec son ancienne vie s'effacer, des visages et des noms passant en un éclair comme pour dire adieu avant de disparaître, balayés par ces visages hurlants.

Sa vie grandissant sur Foti, suant dans les mines aux côtés de son père et de son oncle. Ses frères et sœurs tous regroupés pour manger ce qu'ils pouvaient économiser des misérables jardins dans les terres désolées, les brillantes journées chanceuses quand un marchand passait par là et voulait un peu de leur minerai contre un nouveau jouet, une nouvelle chance. Le Renouveau, l'appel désespéré pour des jeunes recrues en bonne santé. La première fois que Svarde avait manié une hache avec colère.

Et Catya. Là dans la Grande Forge, acceptant Svarde dans son état le plus désespéré et lui offrant une seconde vie.

Elle s'estompa, ses traits se brouillant là dans cette grotte. Catya avait recruté Svarde pour sa hache, et il ne la décevrait pas, pas encore.

Avait-il hurlé lui-même ? Avait-il rugi ? Svarde ne savait pas, ne pouvait rien dire sauf sa main sur le manche et les visages gris devant lui.

Svarde lança la hache, l'arme captant la propre bourrasque du démon et tournoyant pour s'écraser dans le visage le plus proche, son tranchant brisant le masque et fracassant la large bouche, ces yeux sans yeux. Le visage se fendit en deux, ses moitiés tombant au sol et se brisant comme de la simple poterie. Derrière, il n'y avait que de l'obscurité et la plus infime lueur d'étincelles, comme des étoiles dans la nuit la plus profonde.

Les hurlements cessèrent, l'aspiration s'interrompit, les souvenirs déferlant sur Svarde comme un sablier renversé. Sa hache lancée tomba au sol et le démon s'enfuit, s'arrachant du mur et disparaissant dans un tunnel latéral.

Laissés derrière, pendus aux carreaux près de la pierre, se trouvaient des lambeaux sombres, une cape faite non pas de tissu mais d'une matière plus diabolique. Alors que Svarde se remettait sur pied, les restes se ratatinèrent et s'évanouirent en une fine fumée grise.

Kivi se cogna d'abord contre sa jambe, reniflant rapidement.

— Ça va, répondit Svarde à la question du ferrite. Je crois, je crois qu'il ne m'avait pas encore avalé.

Le mot fit vaciller Svarde. Il avait été si proche, si proche de tout perdre. Un lancer chanceux, ou il aurait été pire que mort.

— Svarde ? appela Maena de l'autre côté de la pièce. Doit-on le poursuivre ?

— Non, se retourna Svarde, faisant un signe de tête vers le quartz. Prenez ce que vous pouvez, vite. Ensuite, on part avant qu'il ne revienne.

Svarde suivit son propre ordre, attrapant son armure des branches du cristal et l'enfilant. Sa sacoche, et celle de Rasslebeck aussi. Maena ramassa et reposa plusieurs objets, les regardant d'un air absent, jusqu'à ce que Kivi l'aide, le ferrite guidant la femme perdue vers sa sacoche, son sabre.

— Allez, dit Svarde une fois qu'ils furent prêts. Allons chercher Rasslebeck et partons. On a blessé ce salaud, mais il n'est pas mort, et je ne tenterai pas ma chance avec lui à nouveau.

La chance de Svarde tint assez longtemps pour que le trio se faufile dans le tunnel loin du quartz, puis tourne à gauche pour retourner au gros rocher enfermant Rasslebeck et l'homme brisé. La récitation de Rasslebeck avait continué tout le temps où Svarde était parti, une répétition constante de noms et de vies pour satisfaire le désir d'histoires de l'autre homme.

— Je t'en prie, Svarde, dit Rasslebeck après que ce dernier eut annoncé leur retour, il faut que tu me sortes de là. Je vais bientôt tuer celui-ci.

Le râle de Rasslebeck s'avéra suffisamment motivant, mais les trois n'avaient pas la force de déplacer le rocher. Le petit homme de l'autre côté aurait pu hisser Rasslebeck et le faire passer, mais cela l'aurait laissé piégé, condamné d'une manière à laquelle Svarde ne voulait pas penser.

Et pourtant.

Le démon vivait toujours. Les minutes qu'ils perdaient ici devant ce foutu rocher à essayer de trouver une issue — Kivi avait même mordu la grosse pierre à plusieurs reprises, mais le petit lézard ne pouvait pas dévorer une sortie entière dans la roche — ne faisaient que laisser le démon récupérer, trouver une nouvelle façon de leur nuire.

— Tu peux le soulever pour le faire sortir ? demanda Svarde.

— Moi, le soulever ? répondit Rasslebeck.

— Pas toi. Je ne connais pas ton nom, mon ami, et j'en suis désolé, mais j'ai besoin de savoir. Peux-tu soulever Rasslebeck pour le libérer ?

L'homme gémissant ne dit rien pendant un long moment, puis Svarde entendit un bruit de frottement de l'autre côté de la pierre. Des mains bougeaient, des bottes se soulevaient.

— Il essaie, dit Rasslebeck. Je pense qu'on va y arriver de justesse.

Svarde jeta un coup d'œil à Maena, essayant de voir si elle avait un avis. L'ancienne Maena, celle qui avait le pillage dans le sang, aurait probablement pris la décision difficile. Sauver le membre d'équipage, oublier l'homme brisé.

Si seulement Svarde n'avait pas eu à condamner quelqu'un.

— Je peux atteindre le trou, dit Rasslebeck. Je passe ?

— S'il part, dit l'homme gémissant, je serai seul, n'est-ce pas ?

— Il doit y avoir un moyen, dit Maena. Une corde quelque part ? Peut-être nos chemises, on pourrait les attacher ensemble ?

— Même si les haillons que nous portons maintenant pouvaient supporter son poids, nous n'avons pas le temps, dit Svarde. Le démon va revenir.

— Attendez, dit Rasslebeck. J'ai une idée.

Svarde observait, la faible lumière argentée ne montrant guère plus que des ombres dans le tunnel. Au-dessus, juste au-dessus des cheveux touffus de Svarde, un pied apparut, puis un autre. Les pieds nus de Rasslebeck, égratignés et sales.

— On a tes affaires ici, dit Svarde.

— Tant mieux, parce que si je dois marcher une minute de plus sur ces rochers sans mes chaussures, je m'allongerais et j'abandonnerais, répliqua Rasslebeck. Maintenant, monsieur, je ne connais pas votre nom, mais je vais tendre la main. Vous devrez la prendre.

— Je peux faire ça.

— D'accord, j'ai ses bras, annonça Rasslebeck, dont seule la moitié inférieure était visible dans le tunnel. Vous devrez m'aider à passer. Je le soulèverai en même temps.

Revigoré à l'idée de ne pas avoir à abandonner le pauvre homme à un sort terrible, Svarde fit la courte échelle à Maena, laissant la femme saisir les jambes de Rasslebeck. Ensemble, tout l'équipage travailla de concert pour tirer Rasslebeck, entraînant l'homme maigre avec eux.

Alors que Rasslebeck se posait au sol, attrapant les

quelques bouts de tissu que Svarde avait apportés, il regarda le trio qui était revenu pour lui.

— Où est Pennifer ?

Elle était partie dans la mauvaise direction. Svarde conduisit le groupe hors du domaine du démon, retraversant les grottes vers les Ténèbres du Dessous. Ils étaient remontés tout le chemin, passant près des entrées scellées que le démon avait créées pour guider les créatures sans méfiance, les explorateurs, la nourriture vers son antre. La prochaine bifurcation offrait un choix, vers le haut et à droite, le long voyage de retour vers la surface de Whent.

À gauche, une autre descente, abrupte et accidentée, mais mieux éclairée et accompagnée du bruit de l'eau qui coule. Quand l'équipage était arrivé pour la première fois à ce choix, Svarde et les autres avaient opté pour le tunnel plus progressif plutôt que celui nécessitant une rude escalade, mais Pennifer n'avait apparemment pas eu de telles réserves maintenant.

Ses empreintes, humides du sang gagné en passant sur les rochers, donnaient un marqueur clair de son chemin.

— Elle était l'une des nôtres ? demanda Maena alors qu'ils fixaient le choix.

— Elle est l'une des nôtres, répliqua Rasslebeck. Ce n'est pas parce qu'elle ne le sait pas en ce moment que nous l'abandonnons.

Pendant toute la marche jusqu'ici, Rasslebeck, la voix rafraîchie par les sacoches récupérées et leurs gourdes, avait détaillé le voyage de retour à Maena et à l'autre homme. Au début, Svarde avait été réticent à utiliser l'eau, étant donné qu'elle provenait du bassin néfaste du démon, mais les effets sur la mémoire semblaient s'estomper au-delà des frontières du démon, ou peut-être que le stockage dans les gourdes privait lentement l'eau de son pouvoir.

Quoi qu'il en soit, après que Rasslebeck eut pris plusieurs gorgées sans effets néfastes, tout le groupe se trouva à en consommer.

— La question est de savoir si nous pouvons la suivre, grommela Svarde. Maena sait à peine qui elle est. Nous avons un autre qui est totalement perdu. Toi et moi sommes épuisés, notre équipement abîmé ou détruit. Ce qui se trouve en bas est sûrement aussi terrible que ce que nous avons laissé derrière nous.

— Tu es le capitaine, rétorqua Rasslebeck. Que tu le veuilles ou non, avec Maena hors-jeu, c'est à toi de jouer. Tu peux nous ordonner de remonter à la surface et je suivrai, parce que je ne veux pas mourir, mais je sais ceci : je regretterai de l'avoir abandonnée pour le reste de ma vie.

Une fois de plus, Svarde se tourna vers Maena, tout comme il l'avait fait vers Ami et Catya pendant tous ces jours de marche autour des îles. Il était une arme, pas un capitaine. Un briseur d'hommes, pas un meneur.

— On va la chercher, dit Svarde. Une demi-journée seulement, jusqu'à ce qu'on doive se reposer. Si on la trouve, si on est proche, alors on aura notre récompense. Si on ne la trouve pas, si elle est toujours absente, alors on fait demi-tour.

— Un marché équitable, acquiesça Rasslebeck.

— Est-ce que j'ai mon mot à dire ? demanda Maena.

— Ou moi ? ajouta l'autre homme. J'aimerais aller à la surface. S'il vous plaît. Je pensais que j'allais mourir là-dedans, et maintenant ce n'est plus le cas ? J'ai une chance ?

— Nous allons chercher Pennifer, gronda Svarde. Vous aurez une chance en restant avec nous. Vous n'aurez aucune chance seul. Faites votre choix.

Après cela, il n'y eut plus de dissension.

CHAPITRE 21
RADEAU

Au bout de trois heures, Bliss et Torny avaient échangé leurs noms. Lorsqu'elles atteignirent la coulée de lave et virent Wax et Sledge monter sur leur radeau en forme de croissant, les deux femmes avaient conclu un accord tacite : Bliss ne tenterait pas de s'enfuir, et Torny cesserait de poser des questions indiscrètes. Depuis, elles avançaient dans un silence respectueux, ce qui avait donné à Bliss tout le temps et la concentration nécessaires pour garder un œil sur son frère et comprendre comment fonctionnaient les bandits.

Tout d'abord, l'équipe semblait en piteux état. Leur équipement manquait d'entretien, couvert de suie, endommagé par la chaleur et les rochers. Seules leurs armes paraissaient en bon état, les lames de métal luisant. Ils se concentraient sur les priorités, supposait Bliss.

Ils parlaient également peu. Rien à voir avec les chants et les plaisanteries qui bourdonnaient autour des compagnies de chasse sur Vis. Bliss ne parvenait pas à en comprendre la raison, hormis le désespoir. Ces gens n'étaient pas en mission honorable pour sauver leurs amis ou poursuivre un noble objectif. Ils avaient besoin du skar de Wax et de tous les profits qu'ils pourraient en tirer pour survivre.

De misérables créatures, en somme.

À l'exception, curieusement, de Torny. La jeune femme avait le regard le plus vif du groupe, même si elle ne parlait pas beaucoup avec les autres bandits. Sa tenue semblait la moins ternie, son visage moins sinistre. L'aventure semblait encore avoir un certain attrait pour elle.

Cet enthousiasme fut mis à l'épreuve sur l'ovale étroit que Bliss et Torny choisirent comme radeau de lave. Ou plutôt, que Torny choisit, poussant Bliss vers la rivière brûlante et lui indiquant qu'elles ne pouvaient pas trop se laisser distancer. Quand Bliss secoua la tête, Torny fronça les sourcils, réitéra sa demande et porta sa main au couteau à sa ceinture.

Avec sa perche en main, Bliss se dit qu'elle pourrait la brandir et frapper Torny pour la faire tomber dans la lave avant que la bandit ne puisse faire quoi que ce soit pour l'en empêcher. Mais qu'en serait-il alors de Wax et Quik ?

Alors, quand le rocher flotta à proximité, Bliss fit un seul bond, atterrit fermement sur la roche grâce à ses bottes — laides et inconfortables, mais utiles — et planta sa perche. Torny la suivit, mais son saut fut trop long pour la petite taille de l'ovale. Elle perdit l'équilibre, son pied glissant sur une pierre instable. Torny enfonça sa perche, l'agrippant à deux mains tandis que ses pieds glissaient sous elle. Ses bottes effleurèrent la lave, la pierre noire vacilla, et Bliss s'accroupit, tendit le bras et saisit la tunique de Torny pour la tirer vers le haut.

— Merci, dit Torny en retrouvant son équilibre et en brossant avec sa perche un peu de lave séchée sur ses bottes. Ce n'était pas mon plus beau moment.

Bliss leva un sourcil en direction de Torny, puis se remit à surveiller Quik et Wax. Les deux semblaient suffisamment stables sur leurs rochers, et ils étaient trop loin pour que Bliss puisse les aider si quelque chose tournait mal. Pour les prochaines heures au moins, Bliss la Gardienne ne serait responsable que d'elle-même.

— Sledge avait dit que ça ne serait pas difficile, marmonna Torny, tenant sa perche à deux mains, le bâton solidement planté à présent. Que ce serait une descente facile jusqu'à la côte, qu'elle disait.

Bliss ne regarda pas sa partenaire de radeau, mais leva les yeux au ciel malgré tout. Sledge semblait être le genre de chef à traîner son équipe à travers n'importe quoi pour obtenir ce qu'elle voulait. Pas le genre à qui faire confiance.

— Tu as l'air plutôt à l'aise, dit Torny, tandis que le flot de lave les emportait dans une succession de courbes paresseuses. Tu as déjà fait ça avant ?

Bliss secoua la tête.

— Bien sûr que non. Pourquoi l'aurais-tu fait, venant de Vis ? Torny eut un petit rire. C'est moi, désolée. J'ai tendance à beaucoup parler quand je suis nerveuse.

Bliss hocha la tête.

— C'est si évident ?

Bliss acquiesça de nouveau.

— C'est plutôt agréable que tu ne puisses pas parler, tu sais ?

Cette fois, Bliss lança un regard noir à la bandit. Torny essaya de donner à sa bouche et à ses yeux brillants une expression d'excuse. Cela aurait pu fonctionner si elle ne s'agrippait pas à sa perche tandis que la lave crépitait et éclatait autour d'elles.

— Écoute, je ne veux pas t'offenser, d'accord ? C'est juste que la plupart des gens ont tendance à m'ignorer, poursuivit Torny. Je veux dire, tu es libre de le faire, et je ne suis pas sûre si c'est ce que tu fais, mais au moins tu ne me coupes pas la parole, pas vrai ?

Bliss plissa un œil. Était-ce de l'apitoiement sur soi-même ou simplement du bavardage, une personne nerveuse essayant de se distraire de la situation ?

— C'est étrange comme on se retrouve dans des endroits comme celui-ci, continua Torny. Ce n'est pas comme si je l'avais prévu, tu sais, mais les choses se sont accumulées. Presque sans que je puisse les contrôler. Sauf, je veux dire, les choix évidents, mais quand même. On ne se réveille pas un matin en prévoyant de chevaucher un rocher sur une rivière de lave.

Bliss haussa les épaules. En réalité, ce n'était pas si différent de certaines aventures qu'elle avait vécues sur Vis. Les Sept Îles regorgeaient de choses étranges et merveilleuses, et Bliss devait s'estimer chanceuse d'en avoir vu autant dans ses jeunes années. Bien que le flot de lave soit peut-être un peu du côté dangereux.

Surtout maintenant que des ferrites se profilaient sur les rochers au-dessus d'elles, leurs yeux saphir brillants. Sledge cria quelque chose à propos d'être sur ses gardes, de rester prudent.

—Je n'aime pas ça, dit Torny, réussissant pour une fois à lâcher sa perche d'une main pour la porter à son couteau. La lance courte de la bandit aurait peut-être été plus utile, mais elle s'était brisée lors du combat précédent. Et le bâton de Bliss sur le dos de Torny ? Encore mieux, mais Torny ne semblait pas savoir s'en servir. Si ces lézards décident de nous sauter dessus, reste près de moi, d'accord ?

Comme si Bliss pouvait aller ailleurs. Leur radeau ovale semblait emprunter la route la plus lente, et il y avait une bonne distance entre leur rocher et celui de Quik. Son frère aîné semblait partager ses regards entre Bliss et Wax, bien qu'aucune peur ne se lise sur son visage.

Confiant qu'il s'en sortirait. Bliss pouvait être pareille, serait pareille.

La confiance, cependant, ne dissuada pas les lézards. Le juron de Torny donna du piquant à ce que Bliss vit, la pause rapide alors que tous les ferrites sautaient, couraient et plongeaient dans la lave pour se jeter sur les quatre radeaux. Il n'y avait eu aucun ordre, aucun sifflement comme pour les oiseaux chez elles, juste quelques-uns qui avaient fait cracher leurs évents à vapeur et toute la bande leur tombait dessus.

Le premier ferrite frappa leur radeau depuis les airs, s'écrasant sur le petit ovale et tournoyant vers Bliss, la queue du lézard heurtant Torny et la projetant au sol, ses genoux heurtant violemment la roche tandis que ses deux mains gardaient une prise mortelle sur sa perche.

Bliss arracha la sienne du rocher, la levant pour parer les mâchoires courtes et claquantes du ferrite. Le lézard gardait ses griffes fermement ancrées dans la roche, faisant de ces dents sa seule arme. Pas que, vu le nombre de pointes granuleuses qui persistaient dans cette gueule, le ferrite ait besoin d'autre chose.

Le ferrite, cependant, était gris. Tout comme un hanoko dont les pensées étaient tournées vers le futur dîner plutôt que vers la capture de la proie qui le constituerait. Après quelques claquements infructueux, Bliss feignant de chaque côté sans bouger les pieds — exactement comme lorsqu'elle jouait avec Wax sur les branches d'arbres chez elle — le ferrite se jeta droit sur elle.

Bliss fit tournoyer sa perche vers le haut, se cambrant en même temps. La lame balayante de la perche attrapa le corps du ferrite alors qu'il arrivait, les bras de Bliss pliant sous le poids. Le ferrite la renversa sur le rocher, mais continua sa course, son propre élan amplifié par le mouvement de Bliss. Avec un grognement surpris, le lézard roula hors de l'avant du radeau et dans la lave, laissant Bliss égratignée et brûlée sur la pierre.

— Tu vas bien ? demanda Torny par-dessus les cris venant de l'avant. Sledge disait quelque chose que Bliss ne pouvait entendre. Cette chose est sortie de nulle part.

Ils sortent tous de nulle part, voulut dire Bliss, mais à la place elle se releva, plantant sa perche dans l'ovale pour s'aider à se tenir debout. Torny s'était aussi relevée et s'était déplacée de son extrémité de l'ovale vers Bliss. Un mouvement étrange, étant donné comment—

— Notre bateau est en train d'être mangé, remarqua Torny en se déplaçant. Regarde.

Bliss n'eut pas besoin de regarder attentivement, car l'ovale avait perdu son arrière, le rocher arrondi étant maintenant un bord dentelé alors qu'un ferrite mordait, sa tête émergeant de la lave pour prendre une bouchée avant de replonger sous l'orange brûlant.

—Vraiment pas une tactique loyale, dit Torny, reculant près de Bliss. Derrière elles, les cris et les luttes continuaient, suffisamment pour suggérer que de l'aide, même si c'était possible, ne viendrait pas. Des idées ?

Les mordillements du ferrite et le tourbillon de la bataille avaient poussé leur radeau qui se brisait plus près de la rive nord, une pente intimidante qui semblait néanmoins avoir plus de prises que la tige de sana moyenne. Et tenter l'escalade battait encore la chute dans la lave sur presque tous les plans.

Bliss tapota l'épaule de Torny et pointa du doigt.

— Quoi, sauter ? Torny eut un rire sinistre. On perdrait le reste de l'équipage.

Encore une fois, mieux que la mort. Bliss n'avait pas le temps d'écrire la réplique sur sa petite tablette, un geste qu'elle n'aurait de toute façon pas risqué sur le radeau de roche incliné. Le ferrite emporta un autre morceau, se brisant vers le centre. Le poids du lézard poussa le radeau plus profondément dans la lave, l'orange gluant scintillant vers leurs bottes.

— Il doit y avoir un autre moyen, dit Torny, donnant des coups au ferrite avec la perche.

Et elle pouvait prendre le temps d'en trouver un. Bliss n'allait pas attendre. Glissant sur ses orteils et tournée vers le nord, elle prit son élan en plantant la perche dans le côté du radeau. Bliss profita de l'impulsion, laissa la perche derrière elle alors qu'elle volait, frappant la falaise à moins d'une longueur de bras au-dessus de la rivière bouillonnante.

Les doigts de Bliss cherchèrent des prises, la chaleur de la falaise à peine moins intense que celle de leur radeau si près de la lave. Chaque contact brûlait, mais Bliss avait déjà ignoré la douleur auparavant, elle pouvait le refaire. Elle donna des coups de pied avec ses bottes contre la roche noire, sentit les semelles mordre alors que Bliss se pressait contre la falaise. Torny cria quelque chose derrière elle.

Peu importait. Ce qui comptait, c'était de grimper.

Bliss jeta un coup d'œil vers le ciel tandis que ses doigts trouvaient des lèvres dans les plis de la roche. Comme elle l'avait fait d'innombrables fois avec les sanas, un chemin se dessina à ses yeux, des lignes à portée de saut reliant les prises pour les mains et les pieds aux suivantes.

Elle prit son élan, ses bottes et ses mains de chaque côté bougeant en tandem. Le poids sur ses pieds n'aidait pas

Bliss à se déplacer, mais étant donné la douleur dans ses mains, sur ses épaules et ses bras là où le tissage clairsemé heurtait la roche chaude, Bliss ferait avec.

Une forte vibration monta, et Bliss risqua une pause dans son ascension pour regarder en bas, voir Torny, le visage crispé dans une panique aux yeux écarquillés, agrippée à la falaise en dessous d'elle. Le bâton de Bliss pendait toujours au dos de la bandit, le couteau Foti rebondissant contre la falaise à la taille de Torny.

La bandit semblait assez instable. Bliss regarda son bâton. Elle pourrait descendre de quelques prises, essayer de se pencher et d'attraper son arme, puis donner un coup de pied à Torny pour la faire tomber dans la rivière.

Non, trop risqué. Torny pourrait paniquer, tomber. Alors Bliss ne récupérerait jamais son bâton.

De plus, les ferrites avaient remarqué leur fuite. Deux lézards se précipitaient vers Bliss sur sa gauche, leurs gueules broyeuses de pierre prêtes à infliger de sérieux dégâts si elle restait sur la falaise.

Poussant, Bliss prit ce que Vis lui donnait et escalada la roche noire à une vitesse que Wax aurait admirée. Chaque coup de pied faisait monter Bliss de deux prises, chaque extension d'un bras transformait l'élan en une nouvelle poussée avec ses jambes. Les pierres refroidissaient à chaque montée, l'air apportant même une brise qui ne puait pas les effluves sulfureux de la lave.

Au moment où le premier ferrite mordilla sa botte, Bliss atteignit une pause, le côté abrupt s'aplanissant en une petite colline avant de reprendre sa montée. Haletante, Bliss se hissa sur le repli, donna un coup de pied et frappa le ferrite dans sa gueule mordante. Le lézard renifla, jeta un long regard à Bliss, avant de se retourner et de filer vers le bas.

Vers le bas, sans doute vers Torny.

Se retournant à quatre pattes, Bliss rampa vers le bord de la falaise. En regardant en bas, elle vit Torny coincée, sa main droite et ses pieds s'accrochant à des prises solides tandis que sa main gauche agitait le long couteau vers les ferrites patients. La paire de lézards étudiait la bandit, restant résolument entre Torny et les falaises trouées où, supposait Bliss, les créatures avaient fait leurs maisons.

Cette vue déclencha une inspiration, une réponse à une question que Bliss se posait depuis que les lézards avaient fait leur mouvement : si les ferrites mangeaient la roche et la pierre, pourquoi s'embêter avec une bande d'humains ?

À moins que les lézards ne veuillent protéger leur maison, leurs nids, leurs petits des intrus. Si Torny s'éloignait de ces trous, elle pourrait échapper à la colère des ferrites.

Mais comment communiquer cela ?

Bliss regarda autour d'elle. Des roches détachées abondaient, petites et grandes. Bliss en saisit une, visa, et la lança. La pierre frappa la falaise entre Torny et les ferrites, faisant lever les yeux à la bandit. Bliss fit signe vers la gauche, de s'éloigner des nids des ferrites.

— Qu'est-ce que tu veux dire ? demanda Torny, tendue et crispée.

Bliss serra les lèvres. Les ferrites bougeaient, l'un descendant et l'autre montant la falaise. S'ils séparaient Torny, ce long couteau ne servirait à rien. Avec cette lame dégainée, aussi, Torny ne pouvait pas bouger si bien.

Il semblait que Bliss allait devoir devenir agressive.

Cherchant une autre pierre de la taille d'une paume, Bliss la lança sur le ferrite du haut. La roche se brisa contre la carapace dure du lézard, ne causant absolument aucun dégât et n'attirant qu'un regard agressif.

Torny tenta un coup contre le ferrite du bas, une frappe malavisée que le ferrite vit venir. Le lézard évita l'attaque initiale avant de se jeter sur le couteau, l'attrapant lors du mouvement de retour de Torny. Avec un juron, la bandit lâcha la lame tandis que le ferrite refermait ses mâchoires sur le mince métal, l'arrachant et le projetant dans la rivière.

Désormais, la bandit n'avait d'autre choix que de fuir.

Bliss lança une autre pierre alors que Torny s'apprêtait à escalader la falaise, le caillou frappant le cou trapu du ferrite supérieur qui tentait de profiter de la situation. Sa morsure passa tout juste à côté, attrapant les cheveux de Torny entre ses dents. Quelques mèches se cassèrent tandis que la bandit se faufilait, le ferrite toussant alors que les cheveux filiformes de Torny s'emmêlaient dans ses dents.

Torny continuait à jurer, continuait à grimper. Le ferrite inférieur la poursuivait, mordant et arrachant le talon métallique de sa botte gauche. L'autre, ignorant un nouveau jet de pierre de Bliss, attrapa et déchira la sacoche de Torny, faisant tomber la nourriture et l'équipement. Pourtant, la bandit continuait d'avancer, ses doigts s'étirant toujours, ses orteils bottés s'accrochant à de nouvelles prises.

Bliss tendit la main, attrapa celle de Torny alors qu'elle approchait et la tira sur la pente douce. Les ferrites passèrent leurs têtes par-dessus, reçurent des coups de pied pour leurs efforts, et disparurent. Torny s'éloigna en rampant, ses genoux et ses coudes la poussant sur la pente, tandis que Bliss attendait, guettant d'éventuelles nouvelles incursions de lézards.

Aucune ne se produisit, et le long des falaises, Bliss observa les lézards retourner dans leurs terriers. Au loin, les radeaux des bandits continuaient leur route. Bliss pouvait distinguer Quik, debout et seul sur son radeau, puis les trois bandits et son frère qui s'ajustaient tous. Quant à l'ancien radeau de Bliss, l'ovale semblait avoir complètement disparu, ou s'être brisé en morceaux trop petits pour être vus.

C'était au moins gratifiant de savoir qu'elles avaient fait le bon choix.

— On est mortes, dit Torny, venant aux côtés de Bliss. Ils sont partis. On est coincées ici, dans les terres désolées. J'ai ma gourde et c'est tout.

Bliss fit un signe de tête vers le bâton sur le dos de Torny, les fines attaches le maintenant sur les épaules de la bandit s'effilochaient mais tenaient encore.

— Quoi, ton bâton ? Ouais, ça va nous sauver, marmonna Torny, ses yeux suivant les bandits qui s'éloignaient. Il peut trouver de la nourriture, de l'eau ? Ou peut-être nous téléporter jusqu'à la côte, parce que c'est là qu'on doit aller.

Bliss secoua la tête. Elle évalua la silhouette voûtée de Torny. Des brûlures marquaient aussi la bandit. Elles auraient besoin de médicaments, d'onguents si elles voulaient passer les prochains jours sans infection ou pire.

Torny n'avait pas tort non plus, la nourriture et l'eau seraient nécessaires. Bliss leva les yeux vers le ciel. Milieu d'après-midi. Il ferait nuit dans quelques heures, et bien qu'elle ne sache pas quels prédateurs rôdaient dans les terres désolées de Foti, se faire surprendre la nuit à découvert semblait un mauvais plan.

Bliss bougea sans prévenir, se jetant sur Torny et luttant pour attraper le bâton sur le dos de la bandit. Torny essaya de repousser Bliss, mais sans ses couteaux, sans le soutien des bandits, Bliss avait l'avantage. Elle avait poussé Torny au bord de la falaise, regardant la lave en contrebas en deux battements de cœur rapides, une vue suffisamment alarmante pour que la bandit abandonne le combat avec rien de plus qu'un haussement d'épaules.

— D'accord, tu as gagné, dit Torny. Hourra pour toi.

Bliss fit glisser le bâton de son support, l'examina rapidement. Quelques petites brûlures de lave sur un embout métallique, mais sinon prêt à l'emploi. Une légère bénédiction.

Bliss se leva, les bottes lui donnant une bonne prise sur la roche rugueuse, et s'entraîna à un mouvement, faisant siffler le bâton à travers son corps. Torny se redressa, regardant le bambou voler au-dessus de sa tête. Elle continua d'observer tandis que Bliss exécutait un enchaînement simple, ignorant la douleur croissante des brûlures.

— D'accord, donc tu sais utiliser ce truc, dit Torny, croisant les bras sur ses genoux. Super.

Quel ton. Bliss aurait deviné que Torny ne prenait pas bien le fait d'être déchue de son pouvoir, mais la bandit semblait moins préoccupée par le fait que Bliss ait le dessus et plus inquiète, eh bien, des provisions. Les yeux de Torny allèrent à sa gourde, puis à celle de Bliss attachée à sa cuisse.

— Tu as fini de frimer ? demanda Torny alors que Bliss passait le bâton dans une main et regardait vers le haut. On peut peut-être réfléchir à ce qu'on va faire ?

La falaise n'offrait pas de solutions immédiates, seulement plus d'escalade, mais retourner vers les ferrites n'était pas une option, pas plus que le flot de lave. Même si elles redescendaient, essayaient d'attendre un autre radeau de pierre, elles devraient à nouveau affronter les lézards.

Bliss pointa le bâton vers la falaise et s'avança dans cette direction.

— Oh, je vois, c'est une dictature, dit Torny dans le dos

de Bliss, mais elle se leva et commença à marcher. Tu prends les décisions parce que tu as un grand bâton.

Bliss hocha la tête sans se retourner. Elle atteignit la falaise, jeta un coup d'œil à Torny et lui fit signe d'enlever les sangles servant à porter le bâton.

— Maintenant tu prends aussi mes affaires ? demanda Torny, mais elle fit ce que Bliss demandait.

Le bâton attaché, Bliss commença à grimper. En grommelant, Torny la suivit, et le soleil descendit davantage vers la nuit.

CHAPITRE 22

PRISONNIÈRE

La tortue à tentacules — le nom qu'Annalyse avait donné à la chose — observait Ami tandis que la guerrière entrait dans la cage. Du moins, c'est ce qu'Ami supposait, étant donné que le démon n'avait pas d'yeux du tout. Avec ses tentacules frémissant sous sa carapace, le monstre se tournait pour suivre l'entrée d'Ami, comme s'il cherchait le meilleur moment pour se jeter sur elle.

Si seulement il le faisait. Ami pourrait alors l'embrocher, déclarer l'expérience terminée et aller voir ce que Gladdring proposait pour le dîner dans sa prison. La merveille des skars était juste cela, une merveille, mais donner à Ami une lance et lui dire de faire de la magie était... agaçant.

— N'oublie pas de garder tes mains sur les rainures, dit Annalyse, en sécurité derrière les barreaux. Elle avait un crayon de charbon prêt, son bloc-notes pressé contre la paroi de la grotte. Le but n'est pas de tuer le démon, c'est d'utiliser le skar.

— Merci pour le rappel. Ami pointa la lance vers le

démon, essayant de garder ses doigts gantés dans les rainures peu profondes. D'autres exigences ? Faut-il que je le laisse me prendre un morceau d'abord ?

Avant qu'Annalyse ne puisse répondre, le démon se jeta en avant, ses tentacules frappant le sol de pierre et poussant la tortue vers Ami. Une charge lente, dans laquelle Ami aurait pu tomber si elle n'avait pas vu les mouvements précédents du monstre traversant la cage.

Il l'appâtait pour provoquer une réaction. Ce n'était guère le fait d'une créature stupide.

Ami fit une feinte, essayant de faire croire au démon que son propre plan avait réussi. La tortue tomba dans le piège, prouvant que son intelligence n'atteignait pas le niveau du génie tactique. Deux tentacules à l'arrière de la tortue se levèrent et passèrent par-dessus, frappant l'endroit où Ami aurait été si elle s'était engagée dans l'estocade frontale. Au lieu de cela, ils heurtèrent la pierre, rebondissant largement.

— Malin, malin, murmura Ami.

— Le skar, Ami, rappela Annalyse.

Certes, la chaleur de la gemme Foti parcourait la lance, se concentrant sur ces encoches festonnées. Le murmure du skar, déformé, comme s'il hurlait de loin, attendait une réponse.

— Brûle-le, alors, murmura Ami à la lance.

Le skar ne réagit pas.

Le démon se précipita en avant et Ami recula, cédant le terrain devant la porte de la cage. Le monstre l'avait maintenant coupée d'une sortie facile, mais Ami refusait de se laisser déstabiliser. Même si elle n'était pas une experte en maniement de la lance, cette chose devrait être facile à tuer.

D'accord, si les mots ne fonctionnaient pas... Ami essaya de penser au skar, gardant la bouche fermée et criant simplement, dans sa tête, pour que la pierre Foti crache du feu depuis la lance et réduise le démon en cendres.

Encore une fois, rien. Le démon semblait aussi confus qu'Ami, mais quand l'attaque ne vint pas, le monstre tenta une nouvelle avancée, ses tentacules frappant le sol de pierre pour propulser la créature-tortue dans les airs, un missile vivant visant directement la poitrine d'Ami.

— Attention ! cria Annalyse.

Ami fit un pas de côté, se baissant en même temps et tenant la lance à skar contre sa poitrine. Ç'aurait été le moment parfait pour l'embrocher, mais apparemment, il y avait des règles ici.

Le skar continuait de chuchoter tandis que le démon passait, ses tentacules s'étendant pour frapper l'épaule d'Ami. Les coups semblaient devoir être légers, de simples effleurements, mais chacun d'eux résonnait comme un mauvais coup de poing dans un bar, un peu sauvage et indirect, mais suffisamment puissant pour faire trébucher Ami en arrière. Seul le mur de la grotte l'empêcha de tomber malencontreusement au sol.

Donc pas de mots prononcés, pas de pensées. Comment le skar voulait-il fonctionner ?

— Tu as des conseils ? lança Ami, tandis que le démon se retournait après son atterrissage et la repérait à nouveau.

— Écoute-le, répondit Annalyse. Le skar te dira comment l'utiliser.

Écouter quoi ? Ces murmures insensés qui pénétraient son esprit, une conversation à moitié entendue et peu mémorisée ? Ami se recentra, planta ses pieds et pointa la lance vers le démon.

S'il lui sautait dessus à nouveau, Annalyse ou pas, Ami allait embrocher le démon.

Alors qu'elle mettait la lance à niveau, les murmures du

skar changèrent. La voix, si on pouvait l'appeler ainsi, monta d'une octave, crachant son charabia à un rythme plus rapide, comme un barman criant des commandes.

Intéressant.

Ami essaya d'agiter la lance, se sentant un peu ridicule, mais à mesure qu'elle bougeait avec l'arme, le skar changeait sa réponse. Pointer la lance droit devant provoquait un bégaiement rapide du skar, tandis que lever l'arme en position de garde faisait tomber les murmures du skar à un balbutiement lent. Quand Ami donna un coup de lance au démon pour le faire reculer, le skar s'anima, presque en criant dans la tête d'Ami.

— Que te dit-il ? demanda Annalyse. Tu dois me le dire. Pour la recherche.

Ami, cependant, entendait à peine la scientifique. Au lieu de cela, elle dansait avec le skar, écoutant son ton changeant alors qu'elle reculait, esquivait, frappait et se protégeait avec la lance. Chaque mouvement semblait révéler quelque chose de nouveau, une cadence dans le skar, un rythme dans son langage.

Le démon, soit confus, soit en train de préparer quelque chose de nouveau, mit de la distance entre lui et Ami. Les tentacules s'enroulèrent autour des barreaux de la cage, soulevant le démon presque à la hauteur d'Ami. La guerrière observait, faisant tournoyer la lance au-dessus de sa tête et écoutant l'excitation du skar. Chaque fois que la pointe de la lance tourbillonnait au-dessus de la tête d'Ami, le skar pulsait, comme un cri joyeux dans son esprit.

C'étaient les moments, la ruée, l'instant où le skar pouvait travailler. Et, alors qu'Ami rabaissait la lance à son côté, elle pouvait encore les percevoir, les cris plus étouffés mais toujours présents. Des points où la lance, le skar semblait ouvert à quelque chose de spécial.

Le démon sauta. Le bond tomba court de la masse d'Ami, mais la chose-tortue roula sur le sol, plaçant sa carapace vers le bas et lançant une forêt complète de tentacules vers le visage d'Ami.

Synchronisant son mouvement avec un cri, Ami balaya l'espace devant elle avec la lance, plantant la base au sol et espérant, espérant que le skar réagirait.

Sinon, ces tentacules allaient laisser de sérieux bleus.

La lance s'illumina, un éclair jaillit du skar et enveloppa l'arme, l'espace autour d'elle dans un feu ardent. Les tentacules du démon frappèrent la barrière soudaine, grésillèrent et rebondirent.

— Incroyable ! s'exclama Annalyse.

Ami n'en était pas certaine, car elle était tombée en arrière, tapotant frénétiquement ses bras et ses cheveux là où le feu de la lance avait trouvé de quoi s'accrocher. L'arme vacilla alors que le feu s'éteignait, tombant au sol dans un bruit sourd.

Le démon se tordait, ses tentacules brûlés s'agitant, tandis qu'Ami se relevait. Elle fixa la lance du regard.

— Ça a failli me tuer, dit Ami par-dessus l'émerveillement persistant d'Annalyse. C'est à peine une innovation.

— Mais tu ne sais pas ce que tu fais ! Imagine quelqu'un qui saurait s'en servir !

— J'essaierai ça quand je serai sortie de cette cage, répondit Ami en tendant la main vers la lance.

Elle retira sa main rapidement. L'arme irradiait de chaleur, aussi chaude que n'importe quelle forge Foti. Les gants d'Annalyse semblaient avoir survécu à l'explosion initiale, mais saisir une arme chauffée à blanc n'était pas un risque qu'Ami voulait prendre.

Le démon le remarqua. Se remettant de ses problèmes

de tentacules, la tortue se retourna, tirant ses membres et se précipitant vers Ami.

— Attrape la lance ! cria Annalyse.

— Elle est trop chaude. Ami se déplaça vers la gauche, essayant de retourner vers les barreaux de la cage et la porte. Une chance de s'enfuir. Ton expérience a trop bien fonctionné.

Le démon sembla comprendre l'intention d'Ami, se frayant un chemin à travers le centre de la pièce et coupant la retraite de la Gardienne alors qu'elle tentait de s'échapper. Le démon tendit ses tentacules, s'accrocha aux barreaux de la cage et se hissa contre le métal, se préparant à un nouveau jet et un autre coup.

Si s'enfuir n'était pas une option, Ami pouvait essayer autre chose.

Elle écarta les pieds, plaça ses mains devant elle, et défia le démon de venir l'affronter.

Le monstre s'exécuta, se propulsant des barreaux et volant vers Ami. La Gardienne vit l'angle, glissa son pied gauche, se baissa et leva son bras droit. Les tentacules la frappèrent comme de petites massues, martelant son épaule, mais la main gantée d'Ami attrapa le milieu du démon dans son vol. Poussant avec ses pieds, le poing droit d'Ami serrant la masse de tentacules du monstre, Ami suivit l'élan du démon, le faisant basculer avec son propre poids et le projetant directement contre le mur de pierre, la carapace en premier.

La barrière du monstre ne se brisa pas, non, mais Ami sentit son poing traverser bien plus de parties molles, réduisant à néant le centre mou du démon. Ces tentacules frappeurs tombèrent inertes, ne laissant à Ami rien de plus qu'une giclée d'entrailles et de bile sur tout son équipement, son visage, ses cheveux. Elle recula, laissant le cadavre tomber au sol.

— Ça va ? demanda Annalyse en ouvrant la porte de la cage.

— Dis aux gardes que j'aurai besoin d'un bain.

S'il y avait un avantage à la prison de luxe de Gladdring, c'était le bain privé du Tenet. Le désert de Noctia obligeait les citoyens à partager des bains publics, de grandes piscines mêlant eau de mer et eau de pluie, rafraîchies quand la nature ou la saleté absolue l'exigeait. Ami, comme tout le monde, s'y était habituée avec le temps. Votre seule autre option était de nager dans un océan grouillant de prédateurs et, maintenant, de démons.

Le bain du Tenet se trouvait au bas de la tour centrale du Cercle, un endroit auquel Ami n'avait aucun droit d'accès sans deux gardes de Gladdring à ses côtés. Chaque fois qu'ils croisaient un officiel ou un autre soldat Najahn, les gardes montraient un jeton, qu'Ami essayait toujours d'apercevoir sans jamais y parvenir, et le trio était autorisé à passer.

Une piscine fumante plus grande que n'importe quelle chambre où Ami avait séjourné les accueillit après le dernier portail. De fines lattes de bois divisaient la piscine, créant huit espaces de bain séparés. Chaque latte pouvait être écartée, comme Ami le remarqua, permettant aux Tenets de parler avec qui ils voulaient tout en trempant leurs mains et pieds délicats.

L'heure approchant du dîner signifiait que les bains n'avaient que deux occupants, tous deux avec leurs lattes relevées, tous deux silencieux. Ami choisit son propre espace, bien séparé, et vérifia que les deux gardes s'étaient retirés à l'extérieur de la pièce. Non qu'elle représentât un grand risque : la chambre de pierre n'offrait aucune autre sortie, et à part sa robe Najahn et les restes du démon - Annalyse avait essuyé le plus gros avec un chiffon - la Gardienne n'avait rien pour effectuer une quelconque évasion.

Au lieu de cela, elle se glissa dans la piscine bouillonnante, chauffée par une chaudière en dessous, et haleta. L'eau chaude à elle seule était une rareté, réservée aux thés, pas aux bains des gens ordinaires, et partager une piscine avec moins d'une centaine d'autres personnes tenait presque de la magie. La fumée s'élevait autour d'elle, les lattes gouttaient, et alors qu'Ami s'enfonçait jusqu'au menton, un linge d'attente déjà utilisé pour se nettoyer, les longues années de sa vie passées sur la route, au combat, s'évanouirent.

— Tu es une femme difficile à trouver, dit une voix à sa droite, à travers la latte. Ami sursauta, se redressant, la somnolence s'évanouissant. Sa peau semblait fripée, sa respiration superficielle.

Combien de temps était-elle restée allongée là dans le bain ?

— Tu vas ouvrir la latte, ou je vais devoir parler à travers le bois ? La voix à nouveau, une qu'elle reconnaissait, bien que cette fois le vin n'y ait pas laissé sa marque. Si c'est la pudeur qui t'inquiète, ne crains rien. Je garderai les yeux pour moi.

Ami tendit le bras, tira la latte juste assez pour montrer son visage, et celui joufflu de Mattimo. L'homme semblait apprécier le bain autant qu'elle l'avait fait, les yeux fermés malgré ses paroles, les épaules détendues.

— La pudeur meurt dès que tu vois quelqu'un déchiqueté par un démon, dit Ami. Que veux-tu ?

— Je pensais que la question était, que veut Ami ?

— Plus d'énigmes, voilà ce que je veux.

Mattimo entrouvrit un œil. — Des énigmes ? Ce n'est pas une énigme. Tu es venue me voir pour obtenir des informations, je t'ai donné le prix, et puis tu as disparu. Ce n'est guère équitable.

— J'ai trouvé ce que je cherchais.

Mattimo secoua la tête. — Tu as trouvé ce que Gladdring voulait te montrer, sans doute. Pas ce que tu cherchais.

— J'ai vu les skars. Je sais ce qu'il en fait.

Cette fois, les deux yeux s'ouvrirent grand. Mattimo se tourna, regardant Ami à travers la vapeur. — Tu as de la chance que les deux autres soient partis. Les Najahn ont des heures de dîner strictes et il n'y a pas une autre âme ici. Sinon, tu pourrais être morte avant de retourner dans ta chambre.

— J'aimerais bien les voir essayer.

Mattimo ricana. — C'est bien ça, Ami. Tu ne les verrais pas. Ne mentionne pas les skars. Jamais, sauf si tu es dans le petit donjon de Gladdring.

— Si tu savais ce qu'il faisait, pourquoi voulais-tu que je trouve un moyen d'entrer ?

— Ce n'est pas ce qu'il fait qui m'intéresse, répondit Mattimo. C'est ce qu'il ne fait pas. Ce qu'il ne sait pas et refuse d'apprendre.

Ami soupira, fermant les yeux. — J'ai dit plus d'énigmes, Mattimo.

— Alors aide-moi, Ami.

— Tu veux entrer, demande à Gladdring toi-même.

Mattimo éclaboussa l'eau, un léger clapotis contre le bois. Joueur, comme un homme imaginant donner un coup de poing à un ennemi.

— Je n'ai plus besoin d'entrer, dit Mattimo. Maintenant que tu y es.

— Je ne ferai rien pour toi.

— Et pour Catya alors ? demanda Mattimo.

Cela attira l'attention d'Ami, son regard.

— Gladdring t'a dit qu'il n'y avait pas d'espoir pour elle, n'est-ce pas ? Mattimo se frotta les mains. Il a tort. Les skars ont un pouvoir que nous ne comprenons pas, pas aujourd'-hui, mais que certains connaissaient autrefois.

— Quel genre de pouvoir ?

— Cela, chère Gardienne, est le mystère, et la clé de ma requête. Apportez-moi un skar. Un skar Vis, et je trouverai un moyen de sauver votre Égide.

Un autre bain dans trois jours. C'est à ce moment-là qu'Ami, séchée et marchant, escortée, de retour à la tour de Gladdring, livrerait le skar à Mattimo. Quelque temps après, à nouveau dans la piscine du Tenet, l'historien lui transmettrait ce qu'ils auraient trouvé, la supposée clé de la survie de Catya.

Une fois de plus, elle revêtirait les robes du voleur. Une fois de plus, Ami outrepasserait ses limites. Pourtant, qui serait là pour l'arrêter ?

Alors qu'Ami franchissait la dernière porte gardée, pour retourner dans le couloir terne menant à sa chambre austère, le seul son qu'elle entendit venait de devant et d'en bas : un rire, un hoquet de surprise, et un cri d'excitation.

Tous provenant d'une seule personne, le seul obstacle sur le chemin d'Ami. Mais quel risque pouvait bien représenter un scientifique face à un soldat ?

CHAPITRE 23

OTAGES

Wax lança la bouillie sur Sledge. Le petit bol en bois frappa la chef des bandits en plein front, répandant la mixture sur tout son équipement abîmé, qui lui avait été rendu après que l'équipe eut laissé derrière elle le flot de lave, peu après les ferrites.

Ils reviendraient bientôt à la lave, selon Sledge, mais pour l'instant, c'était l'heure du regroupement, de la réévaluation et, peut-être, une chance pour Torny et Bliss de les rattraper.

L'attente avait mis les effectifs à trois contre deux, l'ancien ravisseur de Quik ayant été jeté dans la rivière brûlante. Sledge était accompagnée d'un homme et d'une femme, dont elle avait donné les noms mais que Wax avait promptement oubliés, son esprit étant occupé par des questions plus importantes, comme la manière de servir le déjeuner tardif à la chef des bandits avec force.

Sledge réagit comme la plupart des gens l'auraient fait, tombant en arrière du rocher noir et bosselé qu'elle avait choisi comme siège, en jurant. Wax bondit, se précipitant vers les sacoches posées à terre, parmi lesquelles se trouvait sa lame Foti. Il avait élaboré ce plan dès que Sledge avait retiré l'épée, une erreur fatale due à l'inadéquation de la pierre choisie pour y accrocher des armes.

Les deux autres bandits crièrent, leurs mots étouffés alors que Quik se levait pour faire ce que Wax supposait être le devoir de tout Gardien : protéger le Renouveau, avec les poings et la fureur.

Les cinq avaient choisi une vilaine falaise pour leur pause, suffisamment éloignée du flot de lave pour que l'air frais soit un concept viable, mais pas assez pour dissiper la chaleur et l'odeur âcre de soufre. La roche noire et quelques buissons courageux complétaient le tableau, un endroit qui s'était déjà taillé une place parmi les plus détestés dans le cœur de Wax.

Cette aversion trouva une nouvelle vigueur lorsque Wax atteignit l'équipement empilé, seulement pour découvrir que la pierre friable était une surface coupante à effleurer en cherchant frénétiquement une arme. Ses phalanges écorchées trouvèrent le fourreau, en tirèrent la lame céruléenne. Wax brandit l'épée dans une sorte de triomphe, le tranchant captant la lumière du soleil et mettant momentanément fin à la bagarre.

— Faites du mal à mon frère et je vous tue, dit Wax, pointant la lame vers les deux bandits, bien que tous deux semblaient acculés par les poings serrés de Quik. Tout ça se termine ici.

— Vraiment ? demanda Sledge, se relevant derrière sa pierre, la substance gluante dégoulinant de ses cheveux. Que vas-tu faire, Renouveau ? Marcher jusqu'à la Dent de Jarl ? Tu mourras de faim avant d'y arriver, ou tu fondras dans ces maudits déserts. En parlant, Sledge croisa les bras, fixant Wax comme l'aurait fait sa propre mère. Descends la rivière et tu arriveras à notre camp, où tu ne trouveras rien d'amical qui t'attende. La mort dans les deux cas sans nous.

Les paroles de Sledge déstabilisèrent Wax un instant. Un camp ? Personne n'avait mentionné de camp. Wax s'était imaginé un cauchemar sur la plage, où il passerait l'année suivante à manger des insectes et du poisson sur le sable sous l'œil vigilant de Sledge. Un camp impliquait quelque chose de plus grand, quelque chose de pire.

— Tu crois qu'on est le seul équipage à chasser les Renouveaux et les autres étrangers qui ne suivent pas les règles ? Sledge rit. La naïveté te tuera, mon garçon.

Wax jeta un coup d'œil à Quik, cherchant une réponse, mais ne trouva que peu de choses sur le visage renfrogné de son frère. Une réponse différente, cependant, se trouvait aux pieds de Wax, autour de ses jambes. Les bandits avaient assez de nourriture, comme l'avait promis Sledge, pour amener toute leur équipe jusqu'à la côte. En partageant cette nourriture entre Wax et Quik seulement, la Dent de Jarl devrait être à portée.

Mieux encore, cela signifiait remonter la rivière, vers l'endroit où Bliss et Torny avaient sauté sur leur rocher. Quik avait vu le couple faire le saut, il jurait qu'ils avaient survécu, ce qui signifiait qu'il fallait les retrouver.

— Je crois que je vais tenter ma chance, dit Wax. Vous et vos deux amis pouvez aller faire un tour. Allez là-bas, vers la lave. Où vous voulez.

Sledge plissa les yeux. Les deux autres bandits la regardaient. — Tu comptes garder les sacoches ?

— Je veux que vous partiez. Vous pouvez garder ce que vous portez.

Sledge rit de nouveau. — Alors tu nous tues. Ça ne marchera pas. Ce qui marchera, en revanche, c'est de continuer notre route. Alors pose cette lame et allons nous trouver de nouveaux radeaux. La journée avance.

Wax sentit une rougeur lui monter aux joues, qu'il repoussa. Pas question qu'il se laisse malmener par Sledge, pas après ce qu'il avait vu, ce qu'il avait fait.

— Vous m'avez entendu, dit Wax. Partez.

Arborant son demi-sourire exaspérant, Sledge contourna le rocher et marcha droit sur Wax, laissant ses bras retomber le long de son corps.

— Tu es prêt à me tuer maintenant, mon garçon ? demanda Sledge en s'approchant. C'est ce que tu devras faire. Planter cette épée juste ici. Sledge pointa son propre cœur de sa main droite. Assure-toi que ce soit une forte poussée, n'oublie pas que même si ce cuir est chaud et a vu trop d'années, il détournera quand même le coup d'un lâche.

— Je ne suis pas un lâche.

Wax saisit la lame à deux mains. Il en dirigea la pointe vers Sledge. Que disaient-ils sur le navire Kance ? N'attends pas pour frapper. La surprise et la vitesse gagnent plus de combats que l'habileté.

— Alors prouve-le.

À peine Sledge eut-elle fini de parler que Wax se propulsa, poussant la lame Foti devant lui plus comme une lance que comme une épée, visant l'endroit exact que Sledge lui avait indiqué. Exactement là où elle s'attendait à ce qu'il frappe.

Levant son bras et se déplaçant avec une agilité accrue sans ses lourdes bottes de lave, Sledge laissa la lame de Wax glisser sur son côté gauche. Elle bloqua l'épée avec son bras, arma son poing droit et frappa Wax au visage, faisant exploser des étoiles dans son crâne et le faisant trébucher en arrière.

Sledge arracha la lame des mains mollassones de Wax, saisit la poignée et retourna la pointe contre son propriétaire.

— Pas un lâche, dit Sledge. Je te l'accorde.

Wax se stabilisa, secoua la tête pour dissiper le bourdonnement, et observa l'épée. Les provisions et probablement d'autres armes se trouvaient à sa gauche, à une distance impossible. Derrière lui se trouvait le bord de la falaise et une longue chute vers une mort sinistre. Quik et les autres se trouvaient dans la seule autre direction, une route que Sledge pouvait aussi couper d'un coup rapide.

Piégé, et en difficulté. Pas vraiment une situation inhabituelle pour Wax, un fait dont il devrait se rendre compte plus tard.

— Quel est votre choix ? avança Sledge d'un pas. Mourir maintenant, avec votre frère, ou vivre ?

— Vous parlez toujours comme ça ? riposta Wax, laissant ses mains tomber le long de son corps.

— Parler comment ?

— Comme un Najahn qui a besoin de vacances, dit Wax. Sledge fit un autre pas en avant, fronçant maintenant les sourcils. La pique faisait son effet. Je veux dire, allons. Nous sommes sur des rochers désolés, vous avez perdu la moitié de votre équipage. Pas vraiment l'œuvre d'un génie, n'est-ce pas ?

— Tu ne seras guère plus qu'un cadavre dans une minute, grogna Sledge, amenant la lame à un cheveu de la poitrine de Wax.

Si Wax avait appris une chose des duellistes de Kance, c'était que la posture en disait plus que l'endroit où se trouvait l'épée ou la lance. La façon dont Sledge se tenait, dont elle tenait la lame, indiquait ce qu'elle allait en faire, et pour l'instant, la position à une main de Sledge disait menacer, pas tuer, pas poignarder.

Alors Wax poussa sur le rocher et courut, droit vers le seul allié qu'il avait.

— Maintenant Quik ! Le cri ne résonna pas tout à fait triomphalement, mais Quik profita quand même de l'ouverture, donnant un coup de coude au bandit à sa gauche tout en poussant l'autre en avant, le faisant trébucher sur le rocher.

— Quel est le plan ? dit Quik alors que Wax approchait, assénant un second coup de poing au bandit qui avait reçu le coup de coude et le mettant à terre. Courir ?

— Ou gagner, Wax donna un coup de pied au bandit qui avait trébuché, faisant basculer sa tête sur le côté. Il se pencha, tira un couteau de la ceinture du bandit. On les tient maintenant.

— Vous n'avez rien du tout, annonça Sledge, du fer glacial dans ses paroles.

— Wax, marmonna Quik.

— Quoi, épée ou pas, elle- Wax se retourna, le couteau prêt.

Sledge, la lame Foti sur les rochers à ses pieds, avait son arc bandé, une flèche prête à être tirée. La distance était suffisamment longue pour lui donner un tir clair bien avant que Wax ou Quik ne puissent s'approcher.

— Lâche le couteau, dit Sledge. Excuse-toi. Et peut-être que je ne te tuerai pas tout de suite.

Pourquoi cette femme semblait-elle avoir une parade pour chacun des tours de Wax ? C'était frustrant, et pour la première fois, Wax se retrouva à court d'idées.

— Cours, chuchota Quik. Je peux t'acheter du temps.

Wax commença à refuser d'emblée alors que Sledge exigeait à nouveau qu'il lâche le couteau. Sacrifier Quik pour donner à Wax une course aléatoire dans la nature n'était pas une option. Mais la suggestion fit naître une meilleure idée.

Wax commença à s'accroupir lentement, tendant le couteau comme s'il allait le poser. Juste avant que Wax ne le touche à la pierre, il bondit sur la droite, enroulant sa main gauche autour du bandit assommé et mettant le couteau sur la gorge de l'homme.

— Nouveau marché, dit Wax alors que Sledge faisait pivoter l'arc, sa flèche suivant la forme sans défense de Quik. Vous laissez partir mon Gardien, et je viens avec vous. Pas de ruses, pas de combats, pas d'histoires.

— Wax, que- commença Quik.

— Partir ? Sledge secoua la tête. Il n'y a nulle part où aller. La ville la plus proche dont j'ai connaissance est à des jours au nord. Il mourra avant d'en approcher.

— Il prendra ce risque, dit Wax.

Il jeta un regard ferme à Quik. Son frère devait comprendre que la seule chose qu'ils obtiendraient avec ces bandits serait une mort lente. Quoi que Sledge dise à propos des Renouvellements passés, laisser Wax et Quik vivre après qui sait combien de temps semblait peu probable. Stupide. Un espoir vain comme celui que Wax avait avant que Pan n'ait une épine enfoncée dans son côté.

Les chances de Quik dans les étendues sauvages seraient meilleures. Et peut-être, juste peut-être, que son frère pourrait trouver de l'aide là-bas.

— Wax a raison. Je tenterai ma chance, dit Quik. Donnez la vie à votre ami. Laissez-moi partir.

Sledge pesa les options, son bras gardant la flèche prête. Wax pensait que la tension devait être dure, difficile à maintenir prête à tirer. Et Sledge lui prouva qu'il avait raison, laissant la flèche se détendre avec un haussement d'épaules.

— Alors va-t'en. Prends ton outre et cours, Vis. Si je te vois revenir, ton frère mourra en premier.

Quik hocha la tête, posa une main sur l'épaule de Wax. — Je ne t'abandonnerai pas, mon frère, chuchota-t-il. Tiens bon.

— Quoi, je vais juste passer un moment charmant avec ces gens. C'est toi qui es dans une situation difficile.

Quik rit, regarda vers le nord.

— Va, ordonna Sledge. Ou je te tire dessus maintenant.

Sans un dernier regard vers Wax, son frère courut, haletant sur la roche noire et par-dessus la colline, disparaissant alors que le soleil descendait dans le ciel.

Remonter sur le flux de lave fut plus facile la deuxième fois, le voyage heureusement exempt de ferrite. Avec Sledge devant et les deux autres bandits derrière, Wax prit sa victoire et chevaucha au milieu, tenant sa perche sur la grande pierre qu'ils avaient sécurisée.

Plus de Gardiens avec lui maintenant. Quik, un chasseur Vis, pouvait survivre à peu près n'importe où. Bliss n'était pas loin non plus, tant que l'autre bandit ne devenait pas désespéré et enclin à poignarder. Néanmoins, Wax devait favoriser sa sœur dans n'importe quel combat.

Sledge semblait ressentir le même désespoir. Une main sur la perche, l'autre sur la lame Foti de Wax, le chef des bandits ne cessait de regarder en arrière, comme pour confirmer que son prisonnier et le couple de membres restants étaient toujours là. Des rides sillonnaient son visage, maintenant figé dans une grimace permanente. Plus d'anecdotes sur Foti, sur la vie au milieu des étendues sauvages ne sortaient de lèvres ennuyées. C'était quelqu'un, pensait Wax, qui réalisait que cette tentative avait très mal tourné.

Qui attendrait à la fin pour la juger ?

Les deux autres bandits restaient entre eux, sauf pour reprendre leurs armes des mains baladeuses de Wax. Ils ne murmuraient rien de plus que la navigation nécessaire, leurs yeux voilés et leurs lèvres serrées. Les mains agrippaient les perches. Les soupirs venaient souvent, audibles par-dessus les crépitements et les grésillements incessants de la lave.

Lorsqu'ils descendirent des radeaux, l'obscurité s'était installée, la lueur orange-jaune de la lave fournissant assez de lumière pour une montée sur une colline plus douce, celle-ci parsemée de plus de vie. Quand Wax demanda pourquoi, Sledge ne répondit pas, mais un bandit derrière lui offrit une explication :

— Plus près de la côte, plus de pluie, dit l'autre femme. On peut sentir le sel.

Wax renifla. Chaque respiration apportait encore plus de soufre, plus de nocivité que tout le reste, mais le bandit avait raison : sous tout cela, l'océan laissait un arrière-goût.

— Ne lui parle pas, dit Sledge alors qu'ils déposaient les sacs. Pas avant qu'on atteigne le camp. J'en ai assez entendu sortir de sa bouche.

— Désolé, dit Wax, affichant son sourire naturel et arrogant. Ce n'est pas mon genre d'être silencieux.

Sledge secoua la tête, fit un signe par-dessus l'épaule de Wax. — Fais-le taire, tu veux ?

Wax garda son sourire en se retournant, le maintint assez longtemps pour voir le couteau arriver, manche en avant, frappant son front.

Personne ne rattrapa sa chute sur le rocher.

CHAPITRE 24
MISSION DE SAUVETAGE

Svarde racontait des histoires tout en marchant, Rasslebeck intervenant de temps à autre avec les siennes lorsque la gorge du Gardien devenait trop sèche. Les grottes qui les entouraient se confondaient dans leur interminable roche sombre au fil du récit, se transformant en navires sous la surveillance de Maena ou en champs de bataille étroits où Svarde, Ami et Catya affrontaient monstre après monstre en route vers un autre skar. Pendant tout ce temps, Maena et l'homme gémissant écoutaient et en redemandaient.

Lors d'une pause, mangeant les mousses et buvant l'eau de source qu'ils pouvaient trouver, Svarde demanda au duo déchiré ce qu'ils espéraient.

— Me retrouver, évidemment, répondit Maena. Je veux me souvenir de qui je suis.

— Tu ne sauras que ce que nous te dirons, rien de plus, répondit Svarde. La coquille, pas ce qu'il y a à l'intérieur.

— Alors la coquille est ce que j'aurai.

Svarde acquiesça et se tourna vers l'homme rabougri. Il

avait été plus silencieux ces derniers temps, passant plus de temps à regarder les pierres. — Et toi ? Nous ne savons rien de qui tu es. Que vas-tu faire ?

L'homme se gratta le menton. Svarde remarqua qu'il avait l'habitude de passer ses mains sur son propre corps, comme s'il explorait sa propre peau. Peut-être se rappelait-il à quoi il ressemblait, ce qu'était son corps.

— Un récipient vide cherchant à se remplir, répondit l'homme. Ces histoires que vous racontez, c'est un échafaudage pour moi. Des morceaux auxquels s'accrocher, des souvenirs à rappeler même s'ils ne sont pas les miens.

— Tu t'y accroches maintenant ?

L'homme hocha la tête. — À chaque pas qui m'éloigne de l'antre de cette créature, je sens que je reviens à moi. Pas les souvenirs, non, mais mon sens de... moi-même.

— Quelque chose d'utile dans ce sens ? Svarde fit un geste avec un champignon à moitié mangé vers l'arbalète et le sabre de Maena. — Tu penses que tu pourrais utiliser l'un de ceux-là ?

L'homme secoua la tête. — Je ne pense pas avoir jamais été un homme de guerre.

Rasslebeck renifla. — Alors pourquoi étais-tu ici en bas ?

— Je pense, dit l'homme en hésitant et lentement, je pense que j'ai toujours été ici en bas.

Rasslebeck leva les yeux au ciel et regarda Svarde. — Je suppose qu'il servira d'appât, si rien d'autre.

Les traces de pas ensanglantées de Pennifer s'estompèrent après plusieurs heures de marche, leurs traînées suivies parfois au toucher, parfois à l'odeur, et, plus rarement, par les lueurs occasionnelles de la mousse dans les profondeurs. Sans torches, le quatuor avançait avec une prudence attentive, s'appuyant sur Kivi pour guider le passage. Ses grognements avertissaient des pentes abruptes, des chutes soudaines ou des parois déchiquetées. En cas de besoin, la ferrite fendait sa carapace, éjectait de la vapeur et donnait une faible lueur orange sur quelques foulées, permettant au groupe de traverser des ruisseaux ou de passer sous des excroissances en forme de lance tombant du plafond.

— Un miracle qu'elle ait tenu aussi longtemps, nota Rasslebeck alors qu'ils atteignaient la dernière empreinte. Le sang de Pennifer, maintenant, semblait noir et saumâtre, se mêlant à des choses pires. — Si on ne la rattrape pas bientôt, je pense qu'il ne restera pas grand-chose à sauver.

Comme pour défier ses paroles, un cri résonna le long du corridor, un cri de choc cristallin. Rasslebeck et Maena se précipitèrent en avant, mais Svarde tendit le bras pour les empêcher de s'élancer dans l'obscurité.

— Kivi mène. Nous ne lui serons d'aucune utilité si nous nous effondrons en chemin.

La ferrite prit l'ordre de Svarde et avança en reniflant, dégageant ses évents et éclairant la grotte, un étroit passage violet. Des marques de griffes balafraient les murs ici et depuis un moment, de vieilles et nouvelles entailles exposant des minéraux scintillants. Svarde avait l'habitude de supposer que chaque monstre faisait son voyage vers une fin inévitable contre le bouclier de l'Aegis ou la lame d'un guerrier. Maintenant... maintenant, il semblait que certains monstres choisissaient de rester ici en bas, faisant leur demeure dans l'obscurité.

Pennifer avait-elle trouvé un autre repaire, ou était-elle tombée sur un monstre errant pas plus chez lui ici qu'elle ?

Le tunnel s'aplanit, un ruisseau coupant le chemin et se

jetant dans un bassin plus profond. Svarde et les autres pataugèrent tandis que Kivi empruntait les parois plus sèches. Pennifer hurla à nouveau, moins de panique et plus de colère cette fois. Elle n'était pas morte, peut-être le plus grand exploit pour quelqu'un sans arme à cette profondeur.

— Tiens bon, répondit Svarde au bruit. Nous sommes presque arrivés.

Un clic derrière indiqua que Maena avait levé son arbalète, prête à tirer. Svarde dégaina ses haches en pataugeant dans l'eau froide. L'humidité semblait presque agréable sur ses pieds endoloris, ces callosités rugueuses, mais ses effets se retourneraient contre lui par la suite. Les ampoules, les chaussures qui se désintégraient, trop de fois avaient-

Un corps s'écrasa dans l'eau devant lui, les mains volant en l'air avec l'eau. Plutôt que de tendre la main vers la forme - Svarde supposait que c'était Pennifer, mais les évents de Kivi ne pouvaient percer l'eau avec leur lueur - Svarde passa à côté de la forme qui s'agitait. Si ce n'était pas elle, Rasslebeck avait un couteau qui ferait une mise à mort rapide.

Le vrai défi se trouvait devant, le bassin devenant plus profond à mesure que Svarde avançait, ses chaussures détrempées glissant sur la pierre lisse. Dans l'eau, des jets bouillonnants jaillissaient vers le haut, leurs geysers captant les gaz ventilés de Kivi et brillant de leur reflet.

Tout comme, heureusement, les yeux. Deux grands cercles parfaits, leurs pupilles noires et aussi grandes que la tête de Svarde, fixaient le guerrier de leurs regards. Chacun se trouvait de son côté de la caverne, assez éloigné pour faire reconsidérer à Svarde ses chances de traverser jusqu'à eux sans recevoir un ou deux coups fatals.

Cependant, un coup de quoi ? Svarde n'avait encore rien

vu. Ni griffe, ni tentacule. Les yeux le suivaient tandis que Svarde s'arrêtait près des geysers, supportant les éclaboussures d'eau chaude alors qu'il réfléchissait.

— Ne les regarde pas ! cria Pennifer derrière lui, sa voix crachotante. C'est comme ça qu'ils t'attrapent.

Svarde fixa son regard droit devant, vers le mur lointain et flou à travers l'eau ondulante. Des yeux comme arme étaient une qualité rare. Plus rare encore était le silence, le silence absolu émanant de ces monstres. Svarde devina qu'il y en avait deux, chacun occupant la moitié de la caverne.

— Comment ils t'attrapent ? demanda Rasslebeck. Je ne vois aucune arme.

— Ils n'en ont pas besoin, répondit Svarde à la place de l'homme. Tu as vu le dernier monstre. Certaines choses n'ont pas besoin de tranchant.

Maena émergea près de Svarde, gardant son regard fixé droit devant comme lui. — Alors, qu'est-ce qu'on fait ? Ils nous observent, c'est tout.

— On a retrouvé Pennifer, dit Svarde. Retournons-nous-en. Un combat n'apporterait rien.

— Tu es sûr ?

— Quand on s'est assez battu, on sait quand il ne faut pas brandir la hache. Partons.

D'un seul mouvement, Svarde tourna le dos aux yeux et à leurs regards impassibles. Il tendit le bras et fit pivoter Maena également. Kivi, qui attendait sur la paroi de la caverne près de l'entrée de la salle, renifla.

— Personne n'aime fuir, Kivi, dit Svarde en prenant le chemin du retour. On n'est pas en état de se battre, surtout avec la longue marche qui nous attend.

Le plan semblait bon, les yeux démoniaques ne faisant strictement rien tandis que Svarde et Maena pataugeaient vers le tunnel, là où Rasslebeck retenait Pennifer. La femme se débattait, agitant bras et jambes dans l'eau.

— Vous ne pouvez pas les laisser en vie, dit Pennifer. Vous ne pouvez pas.

Alors que Kivi suivait le retour de Svarde, la lueur lui permit de bien voir l'état de Pennifer, les coupures et les contusions qui couvraient son corps. Les haillons qu'elle portait encore semblaient se déchirer et se désintégrer dans l'eau, à l'exception des cuirs robustes. Ceux-ci seraient des compagnons lourds, froids et inconfortables pendant la montée, mais la femme n'avait pas d'autre choix.

— On ne va pas risquer... commença Svarde.

— Ils ont nos amis, dit Pennifer, et Svarde ne pouvait être certain que l'eau qui maculait ses joues n'était pas des larmes. Ils les ont et ils ne les rendront pas.

— Quels amis ? demanda Rasslebeck, commençant à tirer Pennifer vers le tunnel. Derrière eux, l'homme gémissant se contentait de se tenir lui-même en tremblant. Tous nos amis sont à la surface, Pennifer.

— Pas ceux-là, dit Pennifer, sa voix se réduisant à un murmure. Ce sont les seuls amis qu'il me reste. S'il vous plaît.

— Elle a perdu la tête, Svarde, dit Rasslebeck, puis il resserra sa prise sur sa captive. Reste tranquille, bon sang.

Les démons prenaient toutes sortes de formes, toutes les possibilités. Qui savait de quels amis Pennifer parlait, ce qu'ils signifiaient pour elle, si Svarde trouverait ses propres "amis" volés s'il retournait vers ces yeux monstrueux. Un mystère qu'il se contenterait de ne pas élucider.

— Ils bougent, chuchota Maena, tirant sur le bras de Svarde et forçant le guerrier à se retourner.

Là où il y avait eu une ligne droite vers l'extrémité sombre de la caverne se trouvait maintenant l'un de ces yeux, sa pupille plus grande à présent, effaçant tout le blanc. Seuls des filaments orange et violets flamboyaient devant Svarde. Une danse fascinante, même à cette distance.

En regardant attentivement, Svarde pouvait même se voir dans ces lignes. L'œil semblait grandir, la pupille se divisant comme une tarte en sections, chacune reflétant Svarde, une partie de lui, un lui du passé.

Svarde ?

Là, sur la gauche, il se tenait avec Ami et Catya près du grand tourbillon de Rana, attendant le bateau qui les emmènerait au centre, vers le skar. Près du haut de l'œil, Svarde était assis dans la maison familiale, une petite demeure à Smythe. Il tenait un marteau d'enfant, frappant un morceau de minerai sous le regard de son frère aîné. À droite, le Croc du Rat et Svarde levant une pinte avec Che-Ri. Et en bas ? Svarde avec Kivi dans leur cabane de montagne sur Vis, mettant la touche finale à la terrasse extérieure.

Au début, chaque souvenir apparaissait comme il se devait, un fragment flou sur les bords mais net dans l'action. Assez net pour que Svarde voie la seule différence : dans chaque souvenir, chaque éclat, s'attardant derrière la scène, se trouvait ce même œil, et en lui, les détails trop fins pour que Svarde puisse les déchiffrer, semblaient être d'autres éclats, d'autres souvenirs.

L'eau frappa son visage alors que Svarde tombait dans la mare, la poussée de Maena faisant son effet. Le froid réveilla les nerfs de Svarde, ses muscles tressaillant et revenant à la vie, se libérant de chaînes fantasmagoriques qui l'avaient maintenu dans une paralysie invisible et imperceptible. Utilisant les manches de sa hache pour se pousser au-dessus de l'eau, Svarde se détourna de l'œil géant pour voir le dos de ses amis. Même Kivi agitait sa queue trapue à proximité, son regard saphir pointé vers l'avant.

— Tu es avec nous, guerrier ? demanda Maena, tendant une main en arrière sans se retourner.

— Vous l'avez vu, n'est-ce pas ? cria Pennifer plus loin dans le tunnel, où Rasslebeck la traînait hors de l'eau. Vous voyez pourquoi nous devons le détruire ?

Une terreur. Le démon méritait certainement une hache dans l'œil, mais Svarde n'entendait aucun appel au combat, ne ressentait aucun grand désir de se retourner et d'affronter à nouveau ce regard. Deux démons qui s'étaient repus de son esprit en trop peu de temps l'avaient fait trébucher en avant, rengainant une hache et acceptant l'aide de Maena.

— On s'en va, dit Svarde alors que l'eau ruisselait de sa barbe. On s'en va, et on ne reviendra jamais, c'est certain. Ces choses peuvent pourrir dans ce trou.

— Piégeant probablement d'autres de leur espèce, ajouta Maena.

— Un service qu'ils nous rendent, alors.

La fureur de Pennifer s'apaisa après qu'elle se fut séchée, après qu'ils se furent tous séchés parmi les pierres poussiéreuses. Marcher vers la surface semblait raviver un but commun, un objectif brûlant qui maintenait leurs jambes en mouvement, leurs esprits, sinon exaltés, du moins éloignés du désespoir.

Rasslebeck et Svarde racontaient des histoires à tour de rôle, les récits absorbés par les trois autres. Pennifer, pour sa part, expliqua son évasion des yeux par un simple hasard :

— Je n'avais pas de chaussures. J'ai glissé, c'est tout.

Lors de la première pause, prise dans une petite alcôve latérale envahie de champignons lumineux violacés, le groupe essora ses vêtements trempés, rassembla le peu d'équipement qu'il avait, et tenta d'élaborer un plan pour la suite. Une tâche rendue d'autant plus difficile lorsque Rasslebeck, portant peut-être une certaine rancune après avoir dû tirer Pennifer hors de la mare, interpella la femme.

— Maintenant qu'on peut respirer, tu pourrais peut-être nous faire des excuses à tous ? demanda Rasslebeck.

Un peu moins trempée mais non moins ruinée, Pennifer recula à ces mots. Un geste que l'ancienne Pennifer n'aurait jamais fait. Svarde jeta un coup d'œil à Maena, voulant voir si elle avait fait la même observation, mais la capitaine rana observait la confrontation avec une curiosité manifeste.

— Des excuses pour quoi ? couina Pennifer.

— Pour t'être enfuie, voilà pourquoi.

L'homme gémissant s'interposa entre les deux, ses bras maigres tendus vers Rasslebeck, qui les repoussa.

— S'il vous plaît, dit l'homme, elle ne sait rien.

— Toi non plus, mais tu ne t'es pas enfui. Rasslebeck cracha sur le côté et se pencha sur Pennifer. Elle se pressa contre la roche, les pierres mordant son dos. Svarde fit presque un pas en avant — la dernière chose dont leur groupe avait besoin était des blessures inutiles — mais Rasslebeck se balança sur ses talons, son menton tombant bas dans la lueur magenta. Désolé. Je ne sais pas ce que c'est, là où tu es. Ce que tu ressens. Je sais juste que mes pieds me font un mal de chien, que mon estomac gargouille, et qu'il nous reste trop de jours de marche avant d'atteindre la surface.

— J'y ai réfléchi, dit Svarde, attirant l'attention sur lui. On n'a pas assez de provisions pour le retour. Nos gourdes sont presque vides, on a peu de sacoches pour stocker la nourriture qu'on pourrait trouver. Une remontée directe vers la surface nous condamnerait très probablement à mourir de faim.

— Qu'est-ce que tu veux dire ? demanda Maena, bien que son ton indiquât qu'elle avait déjà deviné.

— On doit retourner en arrière. Trouver ce démon et en finir avec lui.

CHAPITRE 25

LES TERRES DÉSOLÉES

Les Terres Désolées portaient bien leur nom. Bliss n'avait jamais vu une étendue aussi désolée que ces ondulations noires s'étendant à perte de vue dans toutes les directions. De courageux arbustes surgissaient ici et là, des vautours solitaires flirtaient avec le ciel, mais sinon peu de choses venaient rompre la monotonie.

À l'exception des jurons colorés et incessants de Torny.

La bandit semblait posséder un vocabulaire couvrant Les Sept Îles, et elle l'employait libéralement, passant d'insultes légères envers les dieux lorsqu'un orteil — elles avaient abandonné les lourdes bottes de lave — heurtait un rocher, à des diatribes plus âpres contre le destin lui-même lorsqu'un faux pas entraînait un genou écorché ou quand les outres se vidaient.

Le soir était déjà bien avancé lorsque Bliss extirpa la dernière goutte de son outre usée, dont le cuir bruni par le soleil se plissait entre ses mains, se flétrissant tout comme elle. La confiance initiale qui les avait animées après leur fuite des ferrites s'était évaporée, ne laissant qu'une apathie muette.

Torny affirmait qu'elles n'atteindraient jamais un abri avant de mourir de faim et de soif, et Bliss commençait à soupçonner que la bandit avait raison.

Elle s'arrêta donc au sommet d'un léger monticule, sa hauteur noire et criblée offrant une vue suffisante pour confirmer un magnifique coucher de soleil et pas grand-chose d'autre.

— Au moins, nos os ressortiront, marmonna Torny en gravissant péniblement la pente aux côtés de Bliss. Les vautours mangeront tout le reste, mais ils laisseront les os.

'Et nos vêtements ?'

— Aucun idiot perdu comme nous ne les utilisera, renifla Torny. Le soufre perçait dans la brise, une expérience nauséabonde qui durait depuis le matin. À mon avis, ils s'useront tout comme nous.

Bliss acquiesça. Pendant leurs pauses, elle avait commencé à donner à Torny les premières leçons de langue des signes. Des choses simples, comme son nom, où regarder, le danger, et ainsi de suite. La bandit s'y était mise rapidement, notant qu'elle avait déjà utilisé des signaux manuels auparavant.

Quand et où ce « auparavant » avait eu lieu, Bliss ne prit pas la peine de le demander. Torny ne connaîtrait pas les signes, et le graver sur la petite tablette prendrait trop de temps. De plus, le passé n'avait pas d'importance quand le futur allait bientôt prendre fin.

— Je n'ai même jamais été sur la côte nord auparavant, dit Torny, la voix rauque et sèche. J'ai rejoint Sledge il y a longtemps à Smythe. J'avais besoin d'argent. Le désespoir ne fait que vous rendre plus désespéré.

Bliss hocha la tête, bien qu'elle n'eût aucune idée de ce que Torny voulait dire. Vis n'était pas une île pour le désespoir. Ce n'était pas un endroit qui vous forçait à faire ce genre de choix. C'était peut-être pour ça que Torny semblait si nerveuse, encline à fixer le vide pendant qu'elles marchaient, son esprit si loin.

Assez loin, en tout cas, pour que Torny ne dise rien quand la route évidente s'ouvrit. Grâce à ces vautours, les oiseaux isolés se rassemblant à une certaine distance au nord-ouest, au moins sept ou huit tournoyant autour de quelque chose.

Bliss pointa du doigt avec son bâton, Torny réalisant alors qu'il y avait quelque chose de plus que l'apitoiement sur soi-même dans ce monde.

— Quoi, les oiseaux ? Qui s'en soucie ?

Bliss soupira, se retenant de saisir Torny par les épaules et de la secouer. Partout où il y avait des vautours qui tournoyaient, il y aurait des ressources. De la nourriture, de l'eau, peut-être juste un corps avec quelque chose qu'elles pourraient utiliser. Un animal mort pourrait être nettoyé et cuit, son sang, si nécessaire, quelque chose à boire.

Un chasseur de Vis devait toujours être préparé. Une Lira, doublement.

Bliss descendit la colline. Torny, heureusement, la suivit.

La nuit tomba pendant leur marche, rendant le chemin à travers les roches de lave traître. Du moins pour quelqu'un qui n'était pas habitué à errer dans la nature sans lumière du soleil, comme Torny apparemment. Bliss ralentit son allure, tendant parfois la main, tenant celle de Torny pour l'aider à naviguer dans les passages étroits, à éviter les grands trous et à continuer d'avancer.

Si elles avaient été bien équipées, Bliss aurait abandonné dès la première fois que Torny trébucha et se heurta à un rocher, traçant une ligne rouge le long du bras de la bandit, déchirant les vêtements déjà en lambeaux qu'elles avaient gardés depuis le flot de lave. Bliss elle-même se déplaçait par instinct, mais les passages périlleux étaient légion. Ses yeux se brouillaient souvent, ses jambes étaient un peu plus lentes qu'elles n'auraient dû l'être en marchant.

La fatigue.

Quik avait raconté des histoires à ce sujet. Le lent dépérissement lorsqu'un chasseur poussait son corps à l'extrême. On pouvait poursuivre, se battre, survivre longtemps en une seule fois, mais le temps et l'effort finissaient par rattraper. Plus d'un Vis avait été retrouvé, devenu nourriture pour hanoko après avoir échoué à prolonger un voyage d'un jour à deux ou trois.

Et ces chasseurs avaient commencé avec des provisions, avaient un plan. Bliss n'avait ni l'un ni l'autre, sauf continuer d'avancer vers ces oiseaux, toujours en train de tournoyer, de crier maintenant, ombres roses dans la faible lumière de Sichi.

Les buissons s'épaississaient à mesure que le duo s'approchait de l'endroit, Bliss soutenant Torny et ralentissant leur allure jusqu'à ramper. Les vautours pouvaient signaler les morts, mais qui savait si elles étaient les seules à chasser ce soir ?

Torny, au moins, semblait avoir saisi le moment et se tut. Une bénédiction d'être libérée de ses jurons ne serait-ce qu'une minute.

Profondément accroupie, Bliss écarta de fines tiges sèches, chacune surmontée d'un maigre chardon blanc cendré. Au-delà, la cible des vautours gisait étalée sur la pierre.

— Pas possible, murmura Torny. On ne voit jamais de tolkets en dehors des forges.

Bliss appliqua le mot à la chose devant elle, une bête mammouthesque et roulante. Si les ferrites avaient des écailles rocheuses faites pour la lave, le tolket semblait être construit d'un filet rouge et noir, la peau quadrillée recouvrant une forme sans pattes. La tête du tolket — si c'était bien sa tête — semblait se terminer par plusieurs antennes, chacune aussi longue que les bras de Bliss et incrustée de lave durcie. La queue se divisait en deux nageoires, chacune semblant aussi dure que la roche sur laquelle Bliss se tenait.

La créature ne semblait pas appartenir à la terre ferme comme ça. Elle avait plutôt l'air de devoir nager dans la lave là où ces ferrites étaient auparavant.

Bliss balaya du regard les alentours, essayant de voir si quelqu'un, quelque chose d'autre les avait devancées. La première chose qu'elle vit fut Torny la dépassant, la bandit se dirigeant droit vers le tolket, secouant toujours la tête.

— Ces créatures sont rares, Bliss, murmura Torny, sa voix s'éteignant. Les vautours piaillèrent et s'envolèrent à l'approche de Torny, furieux d'être interrompus dans leur repas. Pour autant que je sache, ils restent très profondément sous terre, dans les bassins de lave.

Torny tendit la main, toucha le tolket et la retira vivement avec un sifflement. — Il est encore chaud.

Bliss imita la démarche de Torny en s'approchant, s'assurant qu'aucun danger ne rôdait dans les parages. Elle n'avait pas besoin de toucher le tolket pour confirmer que la créature semblait bel et bien morte. Rien ne bougeait. Pas de respiration, pas de tressaillement comme le ferait un poisson arraché à son habitat aquatique.

— Je ne suis pas une experte, poursuivit Torny en se massant la main tandis qu'elles continuaient à faire le tour du tolket. Je ne suis pas sûre que quiconque le soit vraiment. Mais on en entendait parler de temps en temps. C'est un signe de chance d'en voir un quand on forge.

Apporteraient-ils la même chance à deux exploratrices malchanceuses ?

De l'autre côté du tolket, après une marche qui prit plus d'enjambées que Bliss ne l'aurait cru, un indice sur l'origine de la créature gisait là, sifflant et crachant.

Comme si la roche noire s'était simplement liquéfiée, une mare bouillonnante noire et orange crachotait. Bliss fronça les sourcils, mécontente d'elle-même. Elle aurait dû être capable de reconnaître cette lueur dans la nuit, de savoir que de la lave l'attendait. Mais après tout, elle n'avait jamais passé une nuit dans les Terres Désolées auparavant.

— Regarde ces choses, dit Torny, et Bliss se retourna pour voir la bandit s'approcher de ce qui ressemblait à un million de minuscules nageoires, chacune de la taille du doigt de Bliss et scintillante. Il y en a tellement. Elles vont durcir en séchant. On pourrait les couper et faire fortune à Smythe. Torny jeta un coup d'œil à Bliss. Ou où que nous allions.

Bliss agita les doigts, un signe qu'elle avait enseigné à Torny.

— Ouais, nous, répondit Torny avec un demi-sourire. Je ne suis pas stupide. Tu pourrais me tuer avec ce bâton quand tu voudrais. Ou me frapper à la tête et me laisser derrière. Tu ne le fais pas, ce qui signifie qu'on est ensemble dans cette histoire.

Bliss pointa Torny du doigt et fit un geste vers l'obscurité au loin.

— Oh, quoi, tu veux dire que je peux simplement m'en aller ? Torny rit. Non merci. Tu n'as pas passé quelques heures avec moi là-bas ? Je suis une fille de la ville. Je serais plus morte que cette chose ici toute seule.

Bliss ne pouvait pas contredire cela.

Au lieu de cela, elle se concentra sur le bassin de lave

pendant que Torny examinait la bête. Le bassin lui-même semblait suffisamment grand, à peine, pour que le tolket l'utilise comme moyen de remonter à la surface. La question, cependant, était pourquoi ?

Les animaux pouvaient être étranges, mais Bliss n'en avait encore jamais vu un se jeter intentionnellement dans un péril mortel sans raison. Le tolket était-il malade ? Avait-il été désorienté ?

— Hé, dit Torny, ramenant l'attention de Bliss sur elle. La bandit avait sorti son couteau et pointait la lame vers la créature. Tu sais comment découper ça ? J'ai faim, et même si cette chose n'a pas l'air délicieuse, c'est mieux que de manger des cailloux.

Sichi était haut dans le ciel au moment où Bliss et Torny eurent découpé suffisamment de graisse et de muscle de tolket pour atteindre la bonne partie. Le bassin de lave servait de feu de cuisson pratique, le bâton de Bliss tenant lieu de broche pour faire griller le steak de tolket fraîchement trouvé au-dessus du trou bouillonnant jusqu'à ce qu'il brunisse à l'intérieur comme à l'extérieur. Mieux encore, les deux grandes vessies sous la tête du tolket s'avérèrent être des réservoirs d'eau, stockant du liquide pour maintenir la créature en vie. Torny fit une petite entaille avec son couteau et les deux femmes remplirent leurs gourdes de ce qui était, il faut l'admettre, l'eau la plus infecte que Bliss ait jamais bue.

Mais c'était de l'eau, malgré tout.

Après avoir mangé, Torny remplaça ses jurons par une mélodie chantante, un conte presque parlé d'un forgeron qui avait tout perdu en poursuivant un minerai mystique. L'histoire aurait été déprimante sans le dernier couplet, où le forgeron, après avoir tant lutté et voyagé si loin, trouvait ce minerai et utilisait son éclat pour améliorer la vie de la famille qu'il avait presque abandonnée.

— Cette dernière partie ? dit Torny, s'inclinant après sa prestation tandis que Bliss applaudissait poliment. On l'a tous ajoutée avant le début du dernier Renouveau. Trop sinistre sinon, tu vois ?

Bliss se pointa du doigt. Elle ne pouvait pas chanter, mais Vis avait d'autres façons de passer une bonne soirée. La jeune femme se leva, laissant son bâton au sol, recula de quelques pas et affermit sa position.

— Oh, qu'est-ce que c'est ? Un aperçu de la culture de Vis ? demanda Torny.

Laissant les tambours de Kitaye, ses voix chantantes trouver un rythme dans son esprit, Bliss ferma les yeux pendant plusieurs longues secondes, joignant ses mains. Son pied gauche commença à battre la mesure silencieuse, un décompte débutant dans la tête de Bliss. Au sixième battement, elle bondit en avant, se penchant dans une fente presque jusqu'à Torny, qui recula brusquement avec de grands yeux. Cette réaction à elle seule, de quelqu'un qui n'avait jamais vu cette danse, faillit faire arrêter Bliss et la faire rire.

Au lieu de cela, elle rebondit, suivit le rythme suivant dans un retrait arqué, ses bras s'envolant au-dessus de sa tête en respect au grand sana. Pliant les genoux et les mollets, Bliss termina l'arc dans un salto arrière serré, atterrissant sur ses mains et ses orteils, le visage crispé en un grognement.

Le hanoko.

Torny, comprenant l'idée, siffla d'admiration à Bliss. Elle commença à frapper des mains, assez proche du rythme réel de Bliss, tandis que la danse continuait, traversant les principales créatures de Vis, ses lieux, son peuple.

Dans un dernier tourbillon, Bliss conclut par une profonde révérence, qui aurait dû être dirigée vers l'océan, mais qui pointait maintenant droit vers le bassin de lave.

Un bassin de lave très, très actif.

Les applaudissements de Torny s'arrêtèrent aussi vite que la danse, les deux femmes regardant fixement la lave qui produisait une bulle après l'autre, chacune grossissant avant d'éclater dans un sifflement. Les bords du bassin s'élargissaient aussi, s'étendant sur la roche vers elles.

— Il est temps de reculer, dit Torny, attrapant sa gourde et ramassant la viande qu'elles avaient conservée. Quelque chose a mis Foti en colère.

Saisissant son bâton et sa propre gourde, Bliss suivit Torny autour du tolket. Au-dessus, les vautours lancèrent un autre cri agacé avant de se disperser dans leurs propres directions. Étrange, cela, d'abandonner un bon repas.

La lave, cependant, rendit la décision des vautours judicieuse, envoyant soudain un geyser vers le haut, assez haut pour que des gouttes atterrissent sur le tolket, brûlant la peau sombre et réticulée.

Un autre juron de Torny. Bliss fit tourner son bâton, le saisissant fermement dans ses mains.

Quand le geyser s'estompa, quatre pattes d'obsidienne enjambaient le bassin, remontant toutes vers un corps en forme de coquillage, le devant leur faisant face avec des dents déformées et incrustées, partant dans toutes les directions. De la vapeur s'échappait des trous marquant la carapace du monstre, l'ensemble brillant d'un orange vif.

— Je crois qu'on sait pourquoi le tolket est là, marmonna Torny, son couteau à la main. Je parie qu'il fuyait ce truc.

Tout comme elles devraient le faire.

CHAPITRE 26

UNE ÉPREUVE DE LOYAUTÉ

La flèche fila droit, se plantant dans le côté gauche de la cible, loin du centre. Ami baissa l'arc en fronçant les sourcils. Elle n'avait jamais été une très bonne tireuse, mais la précision n'était pas le problème. Elle n'avait pas entendu le moindre murmure du skar bleu argenté incrusté au milieu de l'arc, juste à côté de l'endroit où sa main gauche saisissait le bois courbé.

— Toujours rien ? demanda Annalyse.

— C'est faible, répondit Ami. Comme si j'essayais d'écouter quelqu'un parler de l'autre côté de la pièce.

Le bruit des vagues rendait aussi la voix du skar plus difficile à entendre. Annalyse avait abandonné la tour de Gladdring pour la journée, guidant Ami dans une autre direction depuis les escaliers effondrés, celle-ci menant à une crique secrète où les expériences du Tenet pouvaient arriver par la mer. La scientifique avait installé plusieurs cibles le long du sable, chacune à une distance différente, la dernière flottant au gré des vagues.

Près d'elle, emprisonné sous l'eau, se trouvait un démon de mauvaise humeur. La créature en forme de ruban, à la peau fourrée couleur ocre, brillait en nageant vers les barreaux de la cage et en les heurtant, rendant plus difficile la concentration sur des choses comme les flèches d'Ami.

— Avec la lance, je pouvais entendre clairement le skar. Il fallait juste comprendre ce qu'il voulait. Là, c'est confus. Ami retourna l'arc, vérifiant qu'elle avait bien placé ses doigts dans les étroites encoches. Juste comme ça. Les mots sont différents aussi. Le skar ne parle pas comme celui de Foti.

Annalyse hocha la tête.

— Ça correspond à ce que j'ai trouvé. Chaque île semble nécessiter sa propre solution.

— On ne pourrait pas essayer de mettre celui-ci dans la lance ? Peut-être que ça nous donnerait quelque chose...

— Ça marche là-dedans, l'interrompit Annalyse en se tapotant le menton avec son crayon de charbon. Une tache noire permanente y résidait. La lance est notre référence. C'est le plus facile jusqu'à présent.

— Le plus facile ?

Dans la cage, le démon secoua à nouveau les barreaux, projetant des embruns par-dessus les vagues lentes. Dehors, une matinée grise continuait d'annoncer l'arrivée de l'hiver. Ami et Annalyse portaient toutes deux d'épais vêtements de cuir, les gants de la première étant rembourrés de fourrures de Whent. Derrière elles, des serviteurs invisibles avaient laissé une table garnie d'eau fraîche, de café désormais tiède et de pain et fromage pour le petit-déjeuner. Dans l'ensemble, Gladdring s'assurait que le travail puisse se poursuivre avec un minimum de dérangements.

— Les skars semblent réagir à l'endroit où ils se trouvent, dit Annalyse. Comme s'ils en adoptaient les propriétés. Ils disent « Je suis dans une lance maintenant, donc voilà ce que je peux faire ».

— Tu veux dire qu'ils sont intelligents ?

Annalyse haussa les épaules.

— Ils sont malléables, du moins. Ce que nous n'avons jamais réussi à faire, cependant, c'est d'en faire fonctionner un avec un arc.

Ami n'avait pas besoin de demander pourquoi ce serait précieux. Tout le monde ne voulait pas s'approcher d'un démon.

— Désolée de te décevoir. Ami se dirigea vers le râtelier d'armes et remit l'arc à sa place. On fait autre chose ce matin ?

— Tu ne veux pas essayer un autre tir ?

— Je ne vais pas perdre mon temps, dit Ami. Si tu veux essayer quelque chose de différent, je suis partante.

Annalyse jeta un coup d'œil vers la grotte menant au sous-sol de la tour. Elle l'avait fait plusieurs fois ce matin, distraite des tests. Ami avait mis cela sur le compte de l'échec de l'arc, un résultat attendu incitant à se tourner vers des possibilités plus intéressantes.

Maintenant ?

— Écoute, dit Annalyse, pourquoi n'essaies-tu pas encore une fois ? Juste une dernière fois ?

— Pourquoi ?

— Parce que je te le demande.

Annalyse était aussi effrayante qu'une souris, et son ton autoritaire ne l'aidait pas. Ami haussa un sourcil, songea à croiser les bras et à dire non. Mais après tout, quel mal y avait-il à tirer une flèche de plus ?

Reprenant l'arc, Ami prit une autre flèche à plumes noires du carquois planté dans le sable. Elle se plaça sur la ligne marquée par ses propres pieds et visa, cette fois la cible la plus proche. Le tir le plus facile pour atteindre le centre. Autant finir sur une bonne note.

En plaçant ses doigts sur les encoches, Ami entendit à nouveau le faible murmure. Avec la lance, elle avait appris à entendre le rythme, à pousser et esquiver, bloquer et frapper selon l'intention du skar. Ici, même avec la flèche encochée et la corde de l'arc tendue, le skar semblait n'avoir aucun point focal, comme quelqu'un racontant une histoire et changeant de sujet toutes les deux phrases pour quelque chose de nouveau.

Ami prit une profonde inspiration. Se concentra. Son bras, déjà fatigué par la douzaine de flèches qu'elle avait tirées, était tendu dans une position peu habituelle. Les muscles fatigués, une crampe se préparait. Ami essaya d'ajuster, de trouver le bon angle et de soulager un peu la tension.

Le skar réagit. Une montée brusque, les murmures s'accélérant en un staccato rapide, comme quelqu'un claquant de la langue. Ami maintint sa position, revint à viser la flèche. Peut-être que maintenant le-

Le skar s'estompa quand Ami regarda le long de son bras, visant le tir. Hmm.

Retour à son bras, se concentrant sur la douleur, la tension. Le skar réagit comme avant, bouillonnant de vie. D'accord, donc il lisait la tension, mais comment Ami pouvait-elle l'utiliser ?

Elle essaya de suivre son bras, sentant le muscle tendu jusqu'à ses doigts, jusqu'à la corde de l'arc et à travers sa poitrine jusqu'à son bras gauche qui maintenait l'arc droit. Tandis qu'Ami maintenait sa concentration, le skar accéléra, jusqu'à devenir un flot ininterrompu de crépitements.

La connexion se fit quand Ami finit de lier ses muscles ensemble, suivant la ligne des doigts d'une main à l'autre.

Le skar devint solide, et une décharge électrique parcourut le corps d'Ami. Sa main droite lâcha prise, la corde de l'arc claqua, et dans un bang, la flèche fila vers la cible. Le petit projectile frappa, faisant exploser le simple bois en éclats, la flèche elle-même se brisant aussi, volant dans toutes les directions.

— Comment as-tu fait ça ? demanda Annalyse, après s'être relevée du sable où elle avait plongé quand la cible avait explosé. Qu'as-tu ressenti ?

Ami n'avait pas arrêté de fixer l'arc, la pierre de Kanse à l'intérieur. Chaque skar avait son propre langage, et plus encore, ils devaient s'accorder à leur environnement. Du travail, mais si cela pouvait transformer une simple flèche en une telle force ?

Ami se tourna vers Annalyse, prête à répondre à sa question, mais les mots moururent sur ses lèvres. Gladdring, les mains applaudissant, émergea de la caverne. Derrière lui, poussé par deux gardes Najahn familiers, trébuchait un Mattimo ensanglanté.

L'historien portait son apparence meurtrie avec une allure aristocratique, lançant des insultes verbeuses à ses gardes et à Gladdring à parts égales, leurs syllabes souvent interrompues par des toux sanglantes. Ses robes Najahn étaient déchirées, tachées, comme si Mattimo avait été arraché à un repas et traîné avant de retrouver son équilibre. Quand ses yeux trouvèrent Ami, l'historien joua un jeu plus intelligent qu'Ami ne s'y attendait, ne trahissant aucune reconnaissance et offrant un nouveau rictus.

— C'est qui vous avez pour faire votre travail, Gladdring ? demanda Mattimo. La Gardienne usée de l'Aegis ?

Gladdring leva une main vers Ami, comme pour s'excuser des éclats de l'homme. Le Tenet semblait un peu mal à l'aise sur le sable, son équilibre vacillant à chaque pas. Ensemble, les deux dissipaient la présence impériale habituelle de Glad-dring, les rendant tous deux moins menaçants, moins sérieux.

Les deux gardes Najahn, au moins, préservaient leurs rôles. Aucun ne faisait d'erreur en marchant sur la plage, tous deux gardaient un regard droit, une main sur les robes de Mattimo et l'autre, toujours, dérivant vers la voulge atta-chée en travers de leurs épaules.

Pas de chakrams, ceux-là. Apparemment, ils ne crai-gnaient pas que Mattimo s'enfuie.

— Un nouveau sujet de test, annonça Gladdring à Annalyse, qui regardait tout le groupe avec son observation habituelle, les yeux écarquillés et secs. Celui-ci s'est avéré être une nuisance, alors autant le rendre utile.

— Comment ? demanda Annalyse.

— En me laissant partir, répondit Mattimo avant que Gladdring ne puisse parler. Je ne suis pas un prisonnier ramassé dans la rue, jeune fille. Je suis...

— Personne d'importance, interrompit Gladdring. Il lança un regard acéré à Mattimo. Malgré toutes vos recherches, Mattimo, pas une âme ne se souviendra de vous. Ces affreuses fêtes continueront, vos sycophantes et vos suppliants ne faisant une pause que pour trouver une nouvelle source de vin. Vous êtes une âme misérable, fascinée dans votre crépuscule par des choses qui vous dépassent largement. Vous auriez dû rester avec vos livres et demeurer la note de bas de page que vous êtes.

Le visage de Mattimo était devenu rouge, son inspira-tion un signe qu'un éclat égal se préparait à jaillir quand Gladdring fit un geste sec de la main. Le garde de gauche poussa Mattimo en avant, coupant court à toute réplique avec un visage rempli de sable.

— Vous avez dit que vous comptiez travailler avec un

démon aujourd'hui ? demanda rapidement Gladdring, se tournant vers Annalyse. C'est celui-là, là-bas ? Ami ne l'a pas encore tué ?

— Pas encore, répondit Annalyse.

— Quel est le skar aujourd'hui ?

— Kance. Ami a peut-être eu une percée.

Gladdring hocha la tête, ses yeux se dirigeant vers Ami pendant une fraction de seconde avant de revenir à sa scientifique.

— Parfait. Voici une chance de reproduire le succès. Donnez le skar à Mattimo et jetez-le dedans. Si l'homme maîtrise ce qu'il a cherché, il pourrait vivre. S'il n'y arrive pas, alors le démon pourrait lui offrir l'oubli qu'il mérite.

Ami, tenant toujours l'arc, entendit Annalyse lui demander de retirer le skar. La scientifique ne semblait pas s'y opposer. Les exécutions, les procès avec des morts probables n'étaient pas exactement rares dans les îles, mais cela semblait obscène. Et si Mattimo finissait par mourir de la main du démon, il ne pourrait jamais remplir sa part du marché.

— Pourquoi ? demanda Ami, Mattimo devant elle essayant de cracher le sable de sa bouche. Qu'a-t-il fait ?

— Cela, Gardienne, ne vous concerne pas, dit Gladdring. Retirez le skar. Maintenant.

Catya. C'est à elle qu'Ami devait penser ici. Pas à l'historien imbibé de vin, pas à l'injustice. Ce n'était pas un enfant jeté d'une falaise, un innocent livré à l'épée. Tous ici jouaient dans la politique de Najahn, et Mattimo avait perdu la partie.

Ami essaya de ne pas penser à ce que de tels raisonnements faisaient à son âme. Elle retira le skar, glissant son pouce sous la pierre dans son emplacement, et le tendit — les murmures intenses au toucher — à la main tendue d'Annalyse.

— Mattimo, dit Gladdring, s'agenouillant à côté de l'historien, savez-vous seulement comment utiliser une arme ? Sans compter une bouteille de vin, bien sûr.

Mattimo toussa.

— Soyez maudit, Gladdring.

— Je prends ça pour un non. Le Tenet se leva. Donnez-lui le skar, Annalyse.

La scientifique alla au côté de Mattimo, tendit le skar. L'historien le prit d'une main tremblante. Il lança à Annalyse un regard mêlant espoir, peur et émerveillement. Bouche ouverte, yeux plissés, peau en sueur.

— C'est un skar de Kance, dit Annalyse. Vous le sentirez vous parler. Utilisez-le correctement, et vous serez capable, nous pensons, de faire ce que Kance pouvait. Du moins en partie. Son visage s'illumina en parlant, comme si les circonstances n'avaient plus d'importance une fois que la possibilité entrait en jeu. Vous pourriez même voler, je pense.

— Comment ? demanda Mattimo.

— Un mystère que nous comptons tous sur vous pour résoudre, dit Gladdring. Assez de bavardages, Annalyse. Envoyez-le.

Les gardes saisirent l'ordre, soulevèrent Mattimo et le traînèrent vers les vagues.

— Ami, si vous vouliez bien prendre une autre flèche et recharger votre arc, dit Gladdring.

Annalyse suivit les gardes et Mattimo jusqu'aux vagues, parlant tout du long de la façon dont Mattimo pourrait se connecter au skar.

— Pour le démon ? demanda Ami, sachant que ce n'était pas le cas.

— Si par miracle notre ami trouve le secret du skar et commence à s'envoler, dit Gladdring, vous le ferez tomber.

— Je ne suis pas votre bourreau.

— Faux, Ami. Vous êtes tout ce que je vous demande d'être.

L'emprise d'Ami aurait pu briser le cou d'un homme à ce moment-là, mais l'arc tint bon. Mattimo, quand les gardes le tirèrent à travers la mer jusqu'à la cage du démon, ne tint pas.

Dès le premier splash dans l'océan, l'historien se débattit, ses robes l'entraînant rapidement sous les vagues. Pendant un bref instant, la seule chose au-dessus de l'eau était la main de l'homme, le skar de Kance scintillant.

Puis elle aussi disparut.

— Ah, eh bien, dit Gladdring, l'eau devenant rouge alors que le démon trouvait son prochain repas. Ce n'est jamais si facile, n'est-ce pas ?

CHAPITRE 27
COURSE SUR LES ROCHERS

Qu'est-ce qui était le pire, abandonner ses devoirs de Gardien ou de frère ?

Quik, dans les heures qui avaient suivi son départ de Wax et des bandits, n'était pas parvenu à une conclusion définitive. Ce qu'il savait maintenant, c'est qu'il allait probablement mourir ici. Ses instincts de chasseur lui permettaient de garder les pieds légers sur les pierres, la lueur de Sichi lui donnant juste assez pour éviter une mauvaise chute, une cheville cassée ou un désespoir total. Cette concentration l'aidait, un point focal qui n'était pas la chaîne qui avait mené à la coulée de lave, aux ferrites, aux bandits.

Une chaîne qui avait commencé avec lui.

De l'eau. C'était tout. Une tentative tardive dans la nuit pour étancher sa soif, et Quik avait tout révélé aux mauvaises personnes. Son hésitation, aussi, quand Bliss avait attaqué dans l'étroit canyon. Certes, Sledge les tenait sous la menace d'une flèche, mais la sœur de Quik avait raison : elle ne risquerait pas sa proie. Il aurait pu venir à bout de ces voleurs pingres, leur équipement et leurs corps en lambeaux témoignant d'une vie de misère. Rien pour un chasseur de Vis.

Une lueur attira l'œil de Quik alors qu'il atteignait le sommet d'un autre monticule de lave. Les collines s'amenuisaient un peu maintenant, devenant moins accidentées à mesure que Quik avançait vers le nord, lui offrant de meilleures lignes de vue pour voir jusqu'où il marcherait vers nulle part.

La lueur, cependant, promettait autre chose. Quelque chose d'intéressant. Orange et rouge, la couleur de la lave. Peut-être une mare, mais, dans tous les cas, de la chaleur. La nuit de Foti, ici, devenait fraîche, le vent mordant ses vêtements amples. Ils s'étaient débarrassés de leurs habits chauds avant de chevaucher la lave, un choix que Quik aurait regretté s'il y avait eu un vrai choix. Chevaucher la lave en tenue complète n'aurait signifié que se noyer dans sa propre sueur.

Des vautours s'envolèrent au-dessus de la tête de Quik, volant vers le sud. Un groupe, déjà étrange en soi, mais plus étrange encore de les voir dans les airs la nuit. Leur présence ici signifiait qu'il y avait plus que de la lave devant, bien que leur vol suggérât des choses pires encore.

Pires pour les vautours, en tout cas. L'estomac de Quik bondit à l'idée que quelque chose de savoureux pourrait être en perspective, le claquement continu de sa gourde contre sa cuisse lui rappelant qu'il n'avait rien eu sauf quelques gouttes depuis sa fuite de Sledge.

Un repas, correctement cuit sur de la lave chaude, vaudrait presque tous les risques.

Le sol s'aplanit en descendant la colline, permettant à Quik de se lancer dans une course effrénée vers la lueur. Foncer tête baissée n'était peut-être pas le choix le plus judicieux pour un chasseur, mais la fuite des vautours signifiait que quelque chose devait être actif, pouvant détruire le prix potentiel de Quik.

De plus, les probabilités suggéraient que la créature en question était un autre ferrite, un lézard que Quik pensait pouvoir effrayer à mains nues. Néanmoins, en courant, Quik se pencha et ramassa une pierre de la taille d'une paume. La roche de lave friable ne tiendrait peut-être pas longtemps dans un combat, mais les animaux pouvaient être intimidés par un lancer bien placé.

Le sprint fit aussi renaître en Quik une autre sorte de vie, réveillant une vigueur dormante, la nuit froide agissant comme un baume sur ses poumons marqués par la lave. Le sang pompait, ses muscles chantaient comme ils ne l'avaient pas fait depuis son départ de Vis. Jusqu'à présent, Foti n'avait pas offert l'occasion de sortir et de courir.

Jusqu'à présent, Foti avait été un endroit misérable.

Les voix portées par le vent ne semblaient pas si misérables, cependant. Deux, si Quik les entendait bien, et venant de la lueur. Leurs cris avaient une teinte de peur, un bord de combat. Des aboiements courts. Non, une seule voix, qui changeait de ton.

Pourquoi ?

Quik ralentit, s'approchant de la lueur et remarquant maintenant que la source était cachée derrière une grande masse. La lumière de Sichi faisait du ver bosselé un miroitement noir et rouge, une peau audacieuse rendue plus fantastique à mesure que Quik s'approchait, accroupi maintenant, et remarquait le motif en treillis. La créature semblait morte, bien qu'avec son dos face à Quik, le chasseur ne pouvait en être sûr.

Quant à cette voix, elle glapissait à nouveau, puis s'élevait plus haut en une mélodie chantante. Quelque chose gronda après, creusant la terre avec le bruit sourd d'un traîneau qu'on traîne.

Pas un ferrite alors.

Quik se faufila contre la masse rouge et noire, confirma que le bruit de traînage qui poursuivait les glapissements s'éloignait avant de jeter un coup d'œil par-dessus.

La créature — Quik l'aurait appelée un démon, mais qui savait quelles horreurs pouvaient se cacher sur l'île dévastée de Foti — attira d'abord son regard, car comment aurait-il pu en être autrement ? La grande carapace, hérissée de crocs désordonnés, se traînait sur la terre avec des nageoires décharnées. Dans la lueur de la lave, le monstre semblait plus une ombre et une flamme qu'un être vivant, une bête surréaliste appartenant aux cauchemars.

Pas comme la personne qu'elle poursuivait. La fille bandit dansait en reculant devant le démon, sa main voltigeant sur sa bouche, changeant sa voix en se déplaçant, distançant le monstre sans grande difficulté.

Pourquoi ne se retournait-elle pas pour fuir ?

Le démon et la bandit étaient tous deux de l'autre côté de la mare de lave, mettant sa brillance sur le chemin de tout ce qu'on aurait pu voir d'autre. Du moins, tout ce qui n'était pas ses doigts.

La peau sous ses mains avait le froid de la mort, mais la vie y avait été autrefois, ce qui signifiait de la viande. La bandit avait peut-être été chasser et avait trouvé un problème.

Mais alors, la bandit avait aussi été celle avec la sœur de Quik. Si quelqu'un savait où elle était partie, ce serait la fille qui affrontait le démon.

Une fille qui glapissait maintenant pour de vrai. Quik la trouva, vit qu'elle avait trébuché et était tombée au sol. Son sang-froid s'effrita rapidement, les pieds de la bandit glissant sur les rochers tandis que ses mains essayaient de la repousser. La créature, sentant une sorte de victoire, agita ses nageoires.

Quik fit son mouvement, sautant par-dessus la masse de la créature morte. La pierre ramassée dans sa main, Quik lança le caillou en atterrissant. La pierre heurta la carapace de la créature, éclatant. Le coup n'avait pas pu blesser la chose, pourtant le démon frissonna jusqu'à s'arrêter. S'il avait eu des yeux, Quik se serait attendu à ce qu'ils se tournent vers lui, mais il n'y en avait pas.

— C'est le son ! cria la bandit, retrouvant son équilibre et prenant ses distances. C'est comme ça qu'elle va te trouver.

Rapide à le marquer comme un allié, et juste dans sa supposition, car la créature entendit sa voix et reprit sa poursuite, de la roche noire volant alors qu'elle se précipitait en avant.

Un tapotement, beaucoup plus proche de ses pieds, attira l'attention de Quik de la poursuite vers le sol, où, allongée et ménageant une jambe entaillée, se trouvait sa sœur. Son bâton reposait à côté d'elle, et derrière lui, près du mammouth mort, se trouvaient les premières pièces découpées de ce qui allait constituer de nombreux repas.

— Bliss ! commença Quik en criant le nom, puis le réduisit à un murmure en s'agenouillant à ses côtés. Ça va ? C'est grave ?

Bliss secoua la tête, ses signes brillant dans la lumière de la lave. « Ça a l'air pire que ça ne l'est. Aide-la. »

Si Quik avait eu ses gantelets, aider la bandit aurait été facile : un saut en course derrière la créature à carapace, un martèlement sur le dessus pour l'enfoncer dans le sol, et continuer à frapper jusqu'à ce que le monstre abandonne.

Sans ses tactiques habituelles, Quik allait avoir besoin de quelque chose de nouveau.

Ce quelque chose semblait être le bâton de Bliss.

—Je peux t'emprunter ça ?

« Si tu le casses, je te casse. »

Quik rit doucement. C'était bon de voir que sa sœur avait toujours du cœur.

Le bâton amélioré de Bliss avait du métal à chaque extrémité, un métal qui brillait intensément lorsque Quik plongea le bout dans le bassin de lave. Au loin, la bandit continuait d'attirer le monstre en grands cercles, suivant l'appel crié de Quik de le garder proche.

Mais pas trop proche.

—Je commence à fatiguer par ici ! cria la bandit.

—Prêt ! répondit Quik.

Le démon, selon Bliss, avait émergé de la lave. Cela signifiait que la carapace de la chose, ses nageoires support-eraient le bâton chauffé sans problème. Mais qu'en était-il de l'intérieur du monstre ?

Soulevant le bâton à deux mains, Quik contourna la fosse par la gauche, traînant l'extrémité métallique dans la lave pour la maintenir chaude. La bandit traversa le devant de la fosse, le démon à carapace la poursuivant avec ardeur. Tandis que la bandit respirait difficilement, en sueur partout, des égratignures et leur sang brillant dans la lumière de la lave, le démon ne montrait aucun signe d'épuisement. Les nageoires fonctionnaient comme à l'ar-rivée de Quik, se dépêchant sur le sol.

— Continue à me dépasser, dit Quik, tirant l'extrémité chaude de la fosse.

— Il est tout à toi, dit la bandit en passant juste à côté du chasseur.

Le démon se rapprocha. Quik prit une inspiration, visa

l'extrémité chaude là où il espérait que cette énorme gueule s'ouvrirait.

— Par ici ! cria Quik alors que le démon passait devant lui, suivant la bandit.

La créature s'arrêta brusquement, ses nageoires grattant la roche pour se tourner vers Quik. Ces dents noueuses étaient piquées et carbonisées, recouvertes de lave séchée. La carapace semblait dans le même état de près, et Quik ne pouvait imaginer le poids de toute cette roche séchée.

Le démon ne lui laissa pas beaucoup de temps non plus, se jetant en avant dans une morsure fulgurante. Sa mâchoire éclipsa le chasseur, bloquant la lumière de Sichi derrière. Mais Quik avait un guide incandescent, et il le poussa en avant.

Le bâton frappa quelque chose de mou. Quik appuya, sentit le monstre reculer, le démon luttant pour faire marche arrière. Ces dents tremblaient, mais ne se refermaient pas.

Un monstre assez intelligent pour ne pas avaler sa propre mort. Pas bon. Quik recula sur la pointe des pieds, gagnant de l'espace pendant que le démon toussait, un spasme sec. Le bâton quitta la gueule du monstre, mais la bête la garda ouverte, peut-être pour aérer la blessure, peut-être pour exhiber toutes ses dents dans une danse effrayante.

Dans un cas comme dans l'autre, la bandit saisit l'opportunité.

Quik s'attendait à ce que la fille batte en retraite, peut-être disparaisse dans la nuit si elle en avait l'occasion. Au lieu de cela, ses pieds légers et silencieux sur la pierre, la bandit s'approcha du côté du démon avec le vieux couteau Foti de Wax tiré. Elle planta l'arme dans le coin de la bouche, provoquant un sursaut du démon. La bandit bondit en arrière aussi, faisant tournoyer le couteau dans sa main.

—Je t'ai eu, espèce de sale bâtard, dit la bandit.

— Je ne pense pas que ça l'ait tué, marmonna Quik alors que le démon changeait à nouveau de cible, choisissant la bandit et surgissant en avant.

Cette fois, cependant, la bandit ne recula pas, ne bougea pas. La grande gueule se rapprocha. Elle allait être mangée, massacrée. Quik jura, lâcha le bâton de Bliss et se lança dans une course effrénée.

Ces dents noueuses se refermèrent. La bandit sourit. Quik bondit.

Il plaqua la bandit, ne sentit pas les dents le frapper, et se replia autour de la forme plus petite de la bandit alors qu'ils heurtaient les pierres. Les vêtements en lambeaux de Quik se déchirèrent davantage, de nouvelles contusions et coupures s'ajoutant à sa collection. Sa tête heurta durement une pierre, envoyant le monde de travers, ses oreilles bour-donnant.

Assez fort pour qu'il ne puisse pas comprendre ce que disait la bandit alors qu'elle se dégageait de ses bras, se tenant debout au-dessus de lui.

Bien qu'il comprit parfaitement son coup de pied.

Quik secoua la tête pour se remettre du léger coup, retrouva sa concentration, et s'assit. Il vit la bandit retourner vers le démon, ces dents maintenues en l'air.

Si hautes, c'était comme si elles n'étaient même pas descendues, n'étaient pas allées mordre.

La bandit s'approcha du démon, prit une inspiration, et cracha sur le monstre, avant de continuer son chemin vers la lave, vers Bliss.

Quik se gratta la tête, regarda fixement. Mystère sur mystère.

— Pas de mystère, dit Torny, la bandit, alors qu'ils mangeaient du tolket cuit et quelques herbes grillées qu'ils avaient trouvées poussant entre les pierres. Tu veux tuer quelque chose de plus gros que toi ? Le poison, c'est la solution.

Quik fronça les sourcils. — Une méthode déloyale.

Bliss jeta un coup d'œil entre les deux. Torny rit de la réponse de Quik.

— Déloyale ? Tu t'es regardé récemment ? Tu es probablement la personne la plus sale de l'île.

Quik ignora la rougeur. La saleté la cachait probablement de toute façon.

— Je veux dire, ça manque d'esprit. D'équité. Tu n'as pas mérité la mise à mort.

— Bien sûr que si. Je l'ai tué, non ? Il est mort, non ?

« Arrête, Quik, » signa Bliss. « Elle ne comprendra pas. »

Maintenant, c'était le regard de Torny qui allait et venait entre les frère et sœur, le sourire suffisant ne quittant jamais son visage. — Écoute, je me fiche de ce que tu penses. J'ai sauvé vos sacrées vies, et ça nous rend quittes.

« Je pourrais la pousser dans le bassin de lave maintenant, » signa Quik à Bliss, puis se tourna vers Torny, qui s'était empiffrée de plus de tolket carbonisé. — Nous n'aurions pas été ici sans toi et tes amis. C'est de ta faute.

Torny leva les yeux au ciel. — J'ai déjà expliqué ça à ta sœur, qui est bien plus cool que toi, soit dit en passant, mais ce ne sont pas mes amis. C'est une opportunité. Tout comme vous.

Quik renifla. — Une opportunité pour quoi ?

— Pour rester en vie. Qu'y a-t-il d'autre ?

CHAPITRE 28

RETOUR

Familier et étranger. Le long tunnel, les bifurcations bloquées, semblaient identiques à avant, éclairés par la faible lueur fongique. Bleu éclair, vert feuille tendre. L'air puait comme toujours, se décomposant sur la langue de Svarde à chaque respiration.

Ces choses étaient les mêmes, avaient été les mêmes pendant des jours, des semaines, depuis le temps qu'il était sous la surface.

Maintenant, cependant, Svarde foulait les pierres non pas comme un vagabond, un explorateur en quête de réponses, mais comme quelque chose qu'il n'avait jamais été auparavant : un tueur.

Kivi s'adaptait à ce changement d'état d'esprit avec plus d'enthousiasme, le ferreux se précipitant devant Svarde, ouvrant ses évents avec une heureuse régularité. La vapeur, la lueur orangée en dessous guidaient le groupe en avant, permettant à Svarde de se concentrer sur ses pas, sa stratégie.

Maena et Rasslebeck étaient assez disposés à affronter à nouveau le démon. Armés, bien que sans grande défense, les deux bavardaient de tactiques, Rasslebeck faisant davantage l'éducation de son ancien commandant. Les raiders Rana avaient, semblait-il, une longue liste de techniques de combat avec ces arbalètes, avec les pierres récupérées par Rasslebeck.

Pennifer et l'homme gémissant traînaient derrière, tous deux réticents dans leur approche, tirés par une chaîne invisible promettant une mort lente par la faim dans l'obscurité si leurs pas les égaraient. Maena et Rasslebeck leur offraient de temps en temps un mot de réconfort, l'espoir que la mémoire puisse être restaurée, que le démon, sans l'effet de surprise, tomberait rapidement sous leurs armes combinées.

Svarde n'avait ni cette confiance ni cette attente.

Il avait, cependant, deux haches avides d'enfoncer leurs tranchants acérés dans la chair du démon.

La longue marche dans le tunnel du démon usa la conversation et l'humeur. L'anxiété et l'anticipation moururent le long de ces marches, assez lentement pour que Svarde envisage d'ordonner une halte, voire d'établir une garde et de dormir. Une bataille après du repos, l'estomac plein, serait préférable à une sans l'un ni l'autre. Pourtant, le démon leur avait déjà sauté dessus auparavant, et maintenant, Svarde sentait qu'ils étaient à nouveau assez proches.

— On y est presque, dit Svarde quand Maena posa la même question. Vous retrouverez votre énergie quand le monstre apparaîtra. N'en doutez pas.

— C'est ce que tu espères ? demanda Rasslebeck. Que nos culs fatigués vont se ressaisir à la fin ?

— Ce n'est pas de l'espoir. C'est un fait. Si on dort ici, on ne se réveillera pas.

— Certains d'entre nous ne s'en plaindraient peut-être pas tant que ça, ajouta Pennifer.

— L'ancienne toi n'aurait pas dit ça, rétorqua Rasslebeck, changeant de camp. L'ancienne toi se serait demandé pourquoi on n'a pas cloué le bec à ce salaud la première fois.

— L'ancienne moi a perdu.

— Alors venge-toi, grogna Svarde, ses pieds ne s'arrêtant jamais, descendant toujours, encore et encore.

L'antre du démon ressemblait beaucoup à ce dont Svarde se souvenait : l'entrée à trois branches menant aux prisons, le quartz au centre, et un chemin à gauche qu'ils n'avaient jamais exploré.

Ce n'était pas le moment de prendre de nouvelles directions.

La légère brise revint avec eux, un changement pas désagréable même en connaissant sa source. Au moins l'air emportait leur puanteur collective.

— Le milieu, dit Svarde. Si le démon est chez lui, il sera là. S'il n'y est pas, on récupère notre équipement. Soyez prêts.

— Merci pour l'avertissement, marmonna Rasslebeck.

À l'arrière, l'homme gémissant continuait de faire ce qu'il faisait depuis la dernière heure, répétant l'histoire de Rasslebeck, les noms sur la liste du raider Rana. Cela aurait pu être agaçant, mais au contraire, c'était réconfortant, comme une sorte de cadence à leur marche maudite.

Kivi les conduisit à travers le tunnel central, le long de son virage serré jusqu'à la chambre de quartz. Une fois de plus, la lumière rose chassa l'obscurité, forçant Svarde à plisser les yeux en entrant. La gemme était restée telle qu'il l'avait laissée la dernière fois, avec des armures et des vêtements, des armes et des sacoches suspendus aux pointes acérées.

Le démon semblait absent. Kivi se plaça au centre de la pièce, tournant sur ses courtes pattes et reniflant. Aucune menace immédiate.

— Entrez et armez-vous, dit Svarde, ouvrant la voie avec ses haches. On ne sait pas quand il se rendra compte qu'on est là.

Rasslebeck et Maena dépassèrent le Gardien, se dirigeant vers la gemme. L'homme gémissant suivit, les yeux et la bouche béants devant ce qu'il voyait.

— Il y a quelque chose à toi ? demanda Svarde devant son expression.

— Si c'était le cas, je ne le saurais pas.

Ce que l'homme ne savait pas non plus, quand Svarde le pressa un moment plus tard, c'était où Pennifer était partie. Quand l'homme gémissant affirma son ignorance, Svarde siffla l'équipe pour la remettre en action. Le Gardien voulait se précipiter dans le tunnel, trouver Pennifer et soit la ramener avec eux, soit massacrer le démon qui aspirait son âme.

Mais il ne bougea pas.

— On ne va pas la chercher ? demanda Rasslebeck, des sabres maintenant dans les deux mains. Ce n'est pas le but ?

— Le but est de ne pas mourir, dit Svarde. Si le démon l'a trouvée, il y a peu qu'on puisse faire. Se précipiter dans ces tunnels sombres lui donne tous les avantages. À la place, on s'installe. On attend.

— Et Pennifer ?

— On la trouvera après.

Qu'elle serait morte, une coquille vide, Svarde ne le dit pas, n'avait pas besoin de le dire. Son corps transmettait cet édit pour lui, et les trois autres ne protestèrent pas. Kivi, grimpant jusqu'au plafond, émit un doux grognement d'accord.

— On a essayé de la sauver, on a fait tout ce foutu chemin, et maintenant tu jettes sa vie aux orties ? cracha Rasslebeck sur la roche poussiéreuse. Quel grand leader tu fais.

— Je n'ai jamais voulu être un leader, répliqua Svarde. Retournez près du quartz.

Svarde élabora rapidement la stratégie. Maena et Rasslebeck tiendraient le centre de la pièce, Maena prête à tirer avec son arbalète — une seconde, chargée et prête, à ses pieds — dès que le démon apparaîtrait. Rasslebeck la défendrait comme il pourrait, attirerait l'attention du démon pour que Svarde, accroupi près de la sortie du tunnel central, puisse bondir. Kivi, au-dessus, jouerait la surprise, un second piège ou une poursuite griffue selon les besoins.

L'homme gémissant restait à l'écart, un long couteau Rana à la main. Svarde ne lui ferait pas confiance pour poignarder autre chose que lui-même, mais chacun avait sa chance d'avoir de la chance.

Le vent se révéla être l'indice, passant d'une douce brise à des rafales rapides, comme auparavant. Svarde croisa des regards, reçut des hochements de tête en retour. L'homme gémissant continuait de réciter sa liste.

Ils étaient aussi prêts qu'ils pouvaient l'être.

Un craquement de pierre retentit à la droite de Svarde, là où le tunnel central s'ouvrait sur le quartz. Maena leva l'arbalète, mais Rasslebeck l'abaissa d'une claque.

— Pennifer, dit Rasslebeck. Viens ici !

Si elle avait semblé à moitié morte auparavant, une vaurienne décharnée vivant par désespoir et par incapacité à mourir, Pennifer faisait maintenant partie des choses les plus pitoyables que Svarde ait jamais vues. Elle se traîna dans la chambre, les yeux brillants et fixés droit devant elle.

Ses dents, sa bouche émettaient un lent sifflement à chaque respiration, comme si elle ne savait plus comment s'ouvrir, comment inhaler. Ses mains pendaient, inertes, ses cheveux courts en désordre. De nouvelles coupures parsemaient ses jambes, comme si Pennifer avait été traînée sur le sol.

Ou comme si elle s'était jetée sur les rochers, terrifiée.

Le reniflement de Kivi arracha Svarde à la contemplation de l'épave qu'était Pennifer. Le démon, profitant de la distraction, surgit du tunnel de gauche. Les visages gris, la cape noire, les nombreux bras minces tendus vers Maena, vers Rasslebeck.

Aucun des deux n'était prêt.

Le capitaine Rana se retourna, levant l'arbalète, et appuya sur la détente dans le vent violent. Le carreau rebondit sur le rocher sous le démon, un tir hâtif et raté, qui ne serait pas suivi d'un autre. Maena s'effondra lorsqu'un visage gris la trouva, le démon faisant tourner ses masques jusqu'à ce qu'une gueule béante commence à aspirer son âme.

Rasslebeck poussa un cri de guerre Rana tandis que Svarde se propulsait du mur, s'orientant vers la gauche pour se placer derrière le démon. Kivi semblait faire de même par le haut, se préparant à sauter. Les deux avancées étaient lentes, le vent s'opposant à chacun de leurs mouvements.

À la droite de Svarde, la bourrasque projeta Pennifer dans l'étreinte faible et attentive de l'homme gémissant, les deux s'effondrant contre les pierres. Hors du combat, au moins, et donc exclus des préoccupations de Svarde.

Le premier coup de Rasslebeck semblait destiné à briser un visage gris, jusqu'à ce qu'un bras se lève pour le rencontrer. Le membre fin bloqua le sabre comme une simple massue, le démon émettant un cri pâle lorsque la lame entailla sa peau sombre. Quelque chose de blanc et de tortueux s'écoula de la blessure, se dissipant en vapeur avant de toucher le sol.

Avec cela vinrent des paroles, une conversation, plusieurs secondes portant des voix que Svarde n'avait jamais entendues auparavant, un accent qu'il ne pouvait identifier.

Parlant de maison, et de l'obscurité qui y régnait.

Une autre fois. Concentration.

Svarde planta un pied après l'autre, ses chaussures en lambeaux, les ampoules sous ses pieds n'étant rien alors que la soif de combat prenait le dessus.

Ce ne serait pas un combat pour fuir.

Rasslebeck jura en faisant à nouveau tournoyer le sabre, un bras différent bloquant le coup. Une autre conversation mystérieuse. Le démon continuait d'inhaler Maena, qui ajoutait ses propres cris au rugissement du vent soufflant.

Kivi sauta. Le ferrite atterrit sur le démon, se tordant dans les airs pour frapper le corps encapuchonné de noir et le visage, le plaquant au sol. Immédiatement, Maena se libéra, s'appuyant contre le quartz en sanglotant. Rasslebeck tenta une entaille croisée, s'arrêtant lorsque le monstre se débattant tourna un visage gris vers lui. Rasslebeck frissonna, le sabre tombant de sa main et rebondissant sur la roche.

— Bats-toi ! cria Svarde, abandonnant tout effet de surprise et se précipitant sur les derniers mètres.

Le vent le dévia de sa trajectoire, amenant Svarde plus près de Rasslebeck que prévu, si bien que son coup d'ouverture, alors que le démon luttait avec Kivi, ne fit qu'effleurer le bord droit du démon, déchirant le noir.

Des mots jaillirent. Des sons. Des applaudissements, des acclamations, des pleurs, des conversations et le grondement d'un orage. Le bruit emplit la pièce, étourdissant Svarde par son volume et son caractère aléatoire. Le vent en profita, le faisant trébucher au-delà de Rasslebeck.

Le combattant tomba à genoux, sa bouche bougeant dans une cadence familière malgré tout le chaos environnant. Répétant sa liste, se raccrochant à lui-même.

Un effort que Svarde ne laisserait pas mourir en vain.

Le pied du Gardien heurta quelque chose de plus mou que le cristal, quelque chose de familier, et Svarde lâcha ses haches, les échangeant contre une chance.

Devant lui, le démon parvint à attraper Kivi avec ses bras, projetant le ferrite contre le mur près du tunnel central. Kivi frappa durement, se fracassant contre la pierre, ses griffes cherchant déjà un appui pour lancer une nouvelle attaque.

Son ami ferrite, si loyal, si fort. Un autre que Svarde ne pouvait pas décevoir.

Le vent tourbillonna, les rafales changeant de direction tandis que le démon se ressaisissait, se relevant. Des souvenirs blancs — car c'est ce qu'ils devaient être — s'écoulaient des innombrables blessures couvrant la bête, se dissipant en touchant le sol. Un visage gris tournoyait, fracturé, mais l'autre semblait intact.

Alors que Svarde levait l'arbalète, le démon le remarqua. Il balaya Rasslebeck et se dressa devant Svarde, sa grande masse déchirée de visages tourbillonnants et de membres occultant le monde.

Svarde visa le monstre, sa main glissant vers la détente de l'arbalète, et se retrouva ailleurs. Nulle part.

Si le grand œil en bas avait projeté Svarde dans plusieurs moments à la fois, les montrant sous une lumière déformée, ce démon donnait l'impression que Svarde était étiré à travers tout son être. Des pensées, des sentiments, des émotions s'abattaient sur lui, bannissant tout ce qui était réel au profit de ce qui avait été dans un bourbier impossible, qui commençait à se vider alors que le démon au visage gris trouvait son ancrage.

Aussitôt que cela commença, aussitôt que Svarde se perdit en lui-même, il revint brusquement à lui. De retour dans la pièce, le quartz, le démon. Et devant lui, la main tendue dans une tentative futile de poignarder le monstre, se tenait l'homme gémissant. Le démon encaissa le coup, saisit l'homme avec ses bras blessés et attira la pauvre âme vers son visage gris central, vide.

Le vent aidait, poussant Svarde et l'homme vers le démon.

Offrant à Svarde une cible parfaite.

Le Gardien appuya sur la détente. L'arbalète tressauta. Le carreau chargé vola au-dessus de la tête de l'homme gémissant, droit dans la bouche circulaire et aspirante du démon.

Le vent mourut en premier, les visages se fissurèrent en second, mais les conversations, les souvenirs dépensés de qui sait combien de personnes, continuèrent alors que Svarde tombait à genoux, les mains tendues vers l'homme gémissant, ne sachant pas s'il restait quoi que ce soit à trouver.

CHAPITRE 29

LE CAMP DES BANDITS

Le flot de lave les emporta à travers un mur de brume, des gouttelettes glacées s'accumulant sur Wax tandis qu'il agrippait sa perche. Sledge était à nouveau en tête, les deux autres bandits derrière. Entre eux, sur la grande pierre qui leur servait de radeau, se trouvaient leurs possessions, maigres restes après plusieurs jours passés à chevaucher la chaleur.

Le radeau s'arrêta de lui-même, le brouillard gris-blanc masquant tout sauf la forme ombrée de Sledge. La roche trembla, un craquement broyant fit vibrer les os de Wax. Leur voyage touchait à sa fin.

— Rassemblez les sacoches, suivez-moi, ordonna Sledge. Nous sommes arrivés.

Les trois bandits avaient à peine parlé à Wax pendant le trajet, et il s'était fait un plaisir de les laisser tranquilles. Au lieu de cela, Wax s'était tourné vers le skar, gardant à tout moment une main sur le collier, sur la chaude pierre de Vis. Lorsqu'il touchait l'émeraude, elle semblait lui parler, un doux murmure dans une langue qu'il ne comprenait pas, si tant est que ce fussent même des mots. Néanmoins, le ton ne contenait pas la haine, le mépris, la frustration qui imprégnaient chaque mot de Sledge.

Wax ne se considérait pas comme une âme fragile, mais être traité jour après jour comme un animal pouvait abattre un homme. Avant les ferrites, avant l'évasion, Sledge avait semblé être une voleuse honorable.

La mort et l'échec, semblait-il, avaient pu la briser.

La fin de la lave semblait toutefois lui redonner du cœur. Elle tendit même la main en arrière pour aider Wax à descendre du rocher dans le brouillard, lui conseillant de prendre la perche pour stabiliser ses pas sur le sol mouvant en dessous.

— La lave agrandit le territoire ici, mais ça prend du temps, dit Sledge alors que Wax faisait ses premiers pas hors du flot. C'est capricieux, susceptible de se briser. Testez chaque pas avant de le faire.

— Combien de temps ? demanda Wax.

— Vous le saurez quand nous y serons, répondit Sledge. Mais nous ne passerons pas une autre nuit dans la nature.

Cette prédiction s'avéra largement erronée. Leur lente marche ne dura que quelques minutes jusqu'à ce que le brouillard s'amincisse et que les rochers se durcissent. Avant la brume, Sledge avait dit que l'océan était proche, ses eaux froides entrant en collision avec la lave pour former le mur.

Maintenant, alors que le dernier rideau de brume se dissipait, Wax suivit Sledge sur une péninsule de roche de lave accidentée, s'avançant dans les vagues déferlantes. De chaque côté s'étendait une large plage envahie de créatures grouillantes et de sable brun. Des mouettes tachetaient le ciel, leurs formes blanches tourbillonnant et plongeant sur ces mêmes créatures, leurs cris étant un changement bienvenu par rapport aux crépitements incessants et mortels de la lave.

Sous les oiseaux, vers le sud, venaient d'autres bruits, le chant de la civilisation. Wax suivit le virage de Sledge dans cette direction, bien qu'il ne copiât pas son soupir de soulagement.

Leur destination semblait s'étendre le long de la plage et s'enfoncer dans les terres rocheuses derrière. Des abris de chaume, des murs de terre creusée entourant des toits couverts de broussailles. Des feux de camp brûlaient, la fumée s'élevant dans le ciel clair de l'après-midi. Des rires flottaient au-dessus des vagues, se mêlant à une chanson.

— La maison, dit Sledge en hochant la tête. C'est toujours bon de la retrouver là où on l'a laissée.

—Votre maison se déplace souvent ?

Sledge esquissa un sourire alors que les deux autres bandits émergeaient, les sacoches chargées sur leurs dos et leurs épaules. — Faites ce que je fais, et vous apprendrez à toujours être sur le qui-vive.

Le camp des bandits avait en effet une énergie nerveuse, même si l'ambiance festive, le choc des chopes de bière s'entrechoquant, tentait de la dissiper. Wax, portant maintenant sa part des sacoches, voyait la nécessité de la rapidité à chaque regard. Des armes traînaient sur des râteliers facilement accessibles, les poignées en l'air et les lames brillantes. Du poisson salé et des légumes récoltés — des parcelles de jardin parsemaient la colline rocheuse au-dessus du camp — gisaient en tas, des sacoches à proximité prêtes à être emballées. Les yeux qu'il voyait, quand Wax n'attirait pas leur attention, semblaient toujours revenir vers l'horizon, attendant que quelque chose apparaisse.

— Nous ne sommes pas tous aussi douillets que vous,

annonça Eggrad, le capitaine du camp après les présentations. La permanence est un luxe pour nous.

Le chef des bandits n'était pas très porté sur l'apparat, mais la salle où Wax se trouvait ornait tout de même sa pierre et son sable dépouillés de biens capturés. Des bijoux fabriqués par les Foti gisaient d'un côté, empilés sur un rocher plat. À côté, par terre, se trouvait un équipement collecté. Les gantelets en bois de Quik constituaient les derniers ajouts à la pile. Au-delà, continuant du côté nord, se trouvaient des objets de valeur aléatoires. Un livre, un étrange appareil que Wax ne reconnaissait pas, et plusieurs bouteilles de vin rouge de Tamas.

Eggrad se tenait au centre de la pièce, flanqué de deux gardes qui ne semblaient pas prendre leur rôle très au sérieux. La femme à droite lançait un seul couteau en l'air encore et encore, le rattrapant toujours par le manche. L'autre semblait dormir debout, les deux yeux fermés avec ses mains accrochées à une ceinture déchirée.

— Permanence et qualité, dit Wax. Je ne suis pas impressionné.

Eggrad ricana. — Vis a choisi un Renouveau fougueux cette fois. Il hocha la tête vers Sledge. Je vois que vous avez trouvé quelque chose en chemin ?

— Que voulez-vous dire ? demanda Sledge.

— Je veux parler de cette nouvelle épée à votre hanche, ou est-ce que je me trompe sur ce avec quoi vous êtes partie d'ici ?

— Ce n'est pas son épée, dit Wax. C'est la mienne.

— Plus rien ne t'appartient, mon garçon. Eggrad pointa du doigt le tas d'équipement. Donne-la, Sledge. Considère que c'est le prix à payer pour ceux que tu as perdus.

Sledge croisa les bras. — Chaque bouche qu'on n'a pas à nourrir fait plus pour le reste d'entre nous.

Wax cligna des yeux. Sledge disait-elle qu'elle avait orchestré les pertes ? Les ferrites étaient-ils planifiés ?

— Tu plaides en ma faveur, rétorqua Eggrad. Contrairement à Sledge, l'homme gardait ses mains sur ses hanches. Nous, dis-tu. La lame appartient au tas. Nous la partagerons à la fin de la saison, comme toujours.

— Où elle finira avec toi, contra Sledge.

— Est-ce un défi ? Eggrad dévoila ses dents, bien qu'elles fussent tachées et délabrées.

Sledge se crispa. Allait-elle s'en prendre à Eggrad maintenant ? Wax n'était dans le camp que depuis une heure, mais que signifierait un tel affrontement ? Une possibilité d'évasion ?

— Ce pourrait être le cas, un jour, marmonna Sledge, sa main se dirigeant vers la lame Foti. Elle dégaina l'arme et la lança par-dessus Wax vers le tas d'équipement où elle atterrit avec un bruit métallique. — Vous allez pousser quelqu'un trop loin, Eggrad, et ils vous tueront pour ça.

— Je ne doute pas que vous ayez raison, dit Eggrad. Cependant, ce jour n'est pas aujourd'hui. Il se retourna vers Wax, une nouvelle lueur dans les yeux. — Eh bien, Renouveau. Montrez-le-moi.

— Montrer quoi ?

— Vous n'êtes pas assez bête pour poser une question aussi idiote, gamin. Le skar.

— Arrêtez de m'appeler gamin.

Eggrad inclina la tête, porta une main à la frêle barbichette grise et rouge sur son menton. — Comment devrais-je vous appeler, alors ? Votre nom ? Non. Vous ne l'avez pas encore mérité. Êtes-vous un homme ? À peine. Sledge vous a capturé, vous a traîné jusqu'ici. Aucun homme que je connaisse ne subirait une telle humiliation.

Sledge rougit. Wax serra le poing droit. Eggrad était

assez proche pour que Wax puisse faire un pas et donner un coup, asséner un choc violent à la mâchoire de l'homme avant que les gardes ne réagissent.

Cela, cependant, ne lui vaudrait rien d'autre qu'une raclée. Pan conseillerait la prudence. Trouver le bon chemin et l'emprunter.

— Pourquoi le voulez-vous ? demanda Wax, sa main gauche se dirigeant vers le skar, le trouvant sous sa chemise de toile déchirée.

— Moi, je n'en veux pas, mais nos clients le désirent ardemment, dit Eggrad. Je vous le demande, parce que j'aimerais nourrir mes gens, leurs familles pendant l'hiver à venir. Un don, et nous vous en remercierions.

— Ce n'est rien comparé aux vies qu'un Aegis sauverait.

Eggrad rit. — Vous ? Un Aegis ? Trop maigrichon, trop hargneux. C'est une affaire sérieuse, gamin. Mieux vaut laisser-

Wax bondit, non pas vers Eggrad mais vers la gauche, en direction du tas d'équipement et d'une poignée brillante en particulier. Sa main se referma sur la lame Foti, et Wax la fit tournoyer, visant le visage, le corps qu'il savait devoir être là.

L'épée heurta le fer, le poignet ganté du garde endormi, qui avait repris ses esprits assez vite pour bloquer le coup de Wax. La lame Foti écartée, Wax n'avait aucune défense contre ce qui suivit : l'autre main du garde, serrée en poing et s'écrasant sur la tempe de Wax.

Le froid le réveilla, le vent tranchant à travers les vêtements fins de Wax. À ses pieds, une vague lui chatouilla les orteils, glissant sous lui. Wax cligna des yeux, essaya de se débarrasser de son mal de tête, et sentit du sang séché collé à son œil gauche. Quand il essaya de l'essuyer, les mains de Wax ne bougèrent pas. Liées, tout comme ses jambes. Wax suivit la sensation, vit le bois profondément enfoncé dans le sable de chaque côté.

— Réveillé ? demanda Sledge. Elle était assise dans le sable devant lui, son arc reposant sur les grains à côté d'elle. — Ou juste un autre soubresaut ?

— Que se passe-t-il ?

Avec une flèche, Sledge dessina un motif paresseux dans le sable. Derrière elle, le jour s'écoulait. Les feux du camp des bandits ressortaient maintenant, les rochers formant une silhouette grimaçante derrière les abris.

— Eggrad est heureux de jouer aux jeux de mots toute la journée, dit Sledge, mais si vous tentez quelque chose de physique, il le prend personnellement.

— Donc j'aurais dû le laisser me marcher dessus ?

— Si vous voulez vivre, vous faites ce qu'il demande.

— C'est ce que vous faites ?

Sledge secoua la tête. — Vous n'êtes pas assez malin pour m'énerver, Wax. Elle ramassa la flèche du sol, la pointa vers l'homme de Vis. — Il vous a pris le skar. Il prendra votre vie aussi, à moins que vous ne fassiez une promesse.

Wax n'avait pas besoin de libérer ses mains pour confirmer la vérité. La chaleur du skar avait disparu, ses murmures silencieux. Sa bouche devint sèche, ses muscles frissonnant non pas de froid.

— Quelle promesse ?

— De rester. De nous rejoindre.

Sledge ne semblait pas intéressée par les mots qu'elle prononçait, comme si une demande à Wax d'abandonner ses moyens de subsistance était une chose simple.

— Pourquoi ferais-je cela ?

— Parce que vous resterez ici, attaché à ces poutres, jusqu'à ce que vous le fassiez. Quand la marée haute arrivera, soit vous mourrez de froid, soit un poisson curieux viendra grignoter.

— On dirait que je n'ai pas vraiment le choix.

— Vous ne l'avez pas. Et quand vous direz oui, vous serez surveillé chaque minute pendant des mois jusqu'à ce qu'Eggrad soit convaincu que c'est la seule façon de vivre. Sledge prit une profonde inspiration. — Chaque seconde de chacune de vos journées sera imprégnée de cette vie jusqu'à ce que ce soit la seule que vous puissiez imaginer.

— Vous n'avez pas l'air convaincue.

— Je suis ici, non ? demanda Sledge en se levant. — Ce n'est pas une vie parfaite, mais c'est sacrément mieux que de mourir dans ces mines. Sur Foti, on ne peut pas demander beaucoup plus. Elle se tourna vers le camp des bandits, s'apprêtant à partir. — Je reviendrai dans quelques heures. Décidez-vous d'ici là. Inutile de mourir pour rien, Wax.

— Mon frère et ma sœur reviendront me chercher.

Sledge rit en remontant péniblement le sable. — Votre frère et votre sœur sont morts. Et même s'ils ne le sont pas, personne sur cette île ne les aidera.

Wax voulut lancer une autre réplique cinglante, mais il n'en trouva pas. Ses poignets et ses chevilles lui faisaient mal là où la corde le liait au bois. Le froid lui volait son souffle, parsemant sa peau de chair de poule. La faim le rongeait, la soif le grattait. Pas une seule fois durant tout son temps sur Vis, il ne s'était senti si misérable, pas une seule fois.

Voilà ce que Pan lui avait donné. Pas de grande aventure, pas de voyage glorieux. Juste une lutte, une qui ne finissait par rien, rien sauf le froid, l'obscurité et la mer.

CHAPITRE 30

DE NOUVEAU GARDIENNE

Les lelunes fleurissaient à nouveau ce soir. Ami passa devant elles, descendant vers le cratère en direction de la prison familière. Pour la première fois depuis des jours, aucun garde Najahn ne suivait ses pas, pourtant leurs chaînes pesaient sur elle presque aussi lourdement que son épée et son armure Foti. La déclaration de Glad-dring, avant même que Mattimo ne cesse de se débattre dans la mer, désignant Ami comme son outil et rien de plus.

— Tu travailleras pour moi, avec moi, et comme je le dis, sans mensonges, ruses ou tromperies, avait dit Glad-dring sur cette plage, à moitié tourné vers la grotte et sa tour. La mort de Mattimo me coûtera, mais la tienne, personne ne la remarquera ni ne s'en souciera.

Catya si.

Pourtant, alors qu'elle se traînait vers l'Égide et la Bles-sure, Ami hésita sur cette pensée. Combien de temps avant que l'esprit de Catya ne se flétrisse comme son corps l'avait déjà fait ? Reconnaîtrait-elle même Ami maintenant, ou le stress avait-il ruiné Catya ?

L'ordre vint alors que les expériences du jour — un

autre démon, un autre skar, un autre petit succès — touchaient à leur fin : des démons jaillissaient de la Blessure, les Gardes étaient submergés, et l'Égide avait besoin de sa Gardienne.

Gladdring avait confié Ami au gardien du bouclier, blablatant sur le coût pour Noctia, sur le fait qu'il était toujours heureux de faire ce sacrifice pour le bien de tous.

Bien qu'ils fussent sur le seuil de la tour, entourés d'érudits et de Najahns, Ami avait eu terriblement envie de briser le cou de Gladdring à ce moment-là. Un simple geste et une torsion auraient suffi.

Encore une fois, elle s'était retenue pour Catya.

— Combien de vies tu as sauvées, marmonna Ami.

— Qu'avez-vous dit ? demanda l'unique Garde debout devant la demeure de l'Égide, la toile blanc os s'étirant au-dessus d'une entaille dans le sol. Cette entaille, la Blessure, menait soi-disant directement au cœur de Noctia, ou à l'endroit où il se trouvait quand la déesse vivait encore. Êtes-vous la Gardienne ?

Ami examina l'armure propre, la vouge sans cicatrice, et un chakram neuf sur l'ensemble violet-noir. Le jeune visage derrière tout cela n'était pas un choc, plutôt le fait que quelqu'un d'aussi nouveau puisse se tenir ici, en ce lieu.

— C'est pire que je ne le pensais, dit Ami en se redressant. Combien d'années, Garde ? Ou devrais-je dire de jours ?

L'homme tressaillit. Un autre mauvais signe. Les Gardes devaient être confiants, prêts à affronter n'importe quoi parce que n'importe quoi pouvait les affronter.

— C'est calme maintenant, dit l'homme. Les démons se battent autant entre eux que contre nous. C'est un bon moment pour une visite.

— Ce n'est pas une visite. Je reste.

Du moins jusqu'à ce que Gladdring tire sur sa laisse.

L'Égide, malgré toute sa stature, toute son importance pour les îles, vivait une vie de pauvre. La nourriture et la boisson étaient apportées, oui, et pendant les premières années, quand Catya était assez bien pour donner ses propres ordres, il y avait eu des moments heureux partagés sur la pierre dure sous la toile. Des divertissements venaient, des musiciens, des écrivains, même des politiciens des îles venant présenter leurs respects et offrir des cadeaux.

Ceux-ci s'étaient raréfiés à mesure que Catya dépérissait, et maintenant elle s'attardait, à peine un souffle, sur son trône de pierre. Des couvertures l'enveloppaient alors que l'arrivée de l'hiver rendait les nuits de Noctia glaciales, bien qu'Ami pensât que les torches dressées autour de l'espace maintenaient les choses suffisamment chaudes.

La Blessure occupait le centre de la pièce, une coupure dentelée inchangée depuis tant d'années. Ami la regarda en premier en entrant, s'attendant à ce qu'un démon en émerge à l'instant, rampant avec des pattes d'araignée ou des ailes de chauve-souris et exigeant leur sang, leurs âmes, ou quelque chose de pire encore.

Au lieu de cela, elle vit des Gardes. Presque une douzaine, bien que la plupart soient soit en train de soigner de légères blessures, de polir leur équipement, ou de se régaler de la nourriture et des boissons empilées et disposées sur l'unique table en bois sombre près de l'entrée. Un moment calme en effet.

Seuls deux semblaient en service de garde, tous deux armés de leurs chakrams et se tenant au bord de la Blessure, scrutant le noir comme Ami avait l'habitude de scruter les étoiles depuis son balcon à Noctia, cherchant une raison de s'en soucier.

— Gardienne, nous sommes heureux que vous soyez là, dit la voix de Terrevin, son propriétaire se levant d'un nouveau bureau juste à l'intérieur de la porte.

Une tablette reposait sur la surface du bureau, couverte de taches provenant de lignes effacées maintes fois. De nouvelles marques ressemblaient à des jours, des noms dans un long tableau. Terrevin se tenait au-dessus d'eux, adressant à Ami un signe de tête respectueux bien loin de l'attitude arrogante qu'elle avait d'abord exprimée dans l'appartement de la Gardienne.

Cela semblait si lointain maintenant.

L'assurance d'antan de Terrevin s'était muée en méfiance, sa main gauche tapotant distraitement sur la table tandis que des rides plissaient un front encore préoccupé par autre chose que l'épée de la nouvelle arrivante. Néanmoins, quand Ami lui rendit son salut, Terrevin esquissa un sourire en se rasseyant sur la chaise rigide.

— Juste un moment, puis vous pourrez aller voir Catya aussi longtemps que vous le souhaitez, dit Terrevin.

Catya ne semblait pas avoir remarqué l'arrivée d'Ami, alors la Gardienne fit ce que le gardien du bouclier demandait, prenant soin de croiser les bras et de garder un visage sévère. Respect ou non, Ami n'allait pas être le larbin de Terrevin.

Elle avait déjà suffisamment cédé de terrain à Gladdring sur ce point, et il y avait des limites aux dommages que sa dignité pouvait subir.

— Vous savez pourquoi vous êtes ici ? demanda Terrevin.

— Vos Gardes ne peuvent pas garder Catya en sécurité.

Terrevin renifla, déplaça sa main qui tapotait vers la tablette et passa un seul doigt le long des noms sur le côté gauche.

— C'est parce que nous la gardons en sécurité, Ami, dit Terrevin. Nous faisons tout ce que nous pouvons pour que votre amie reste en vie. Les démons font de leur mieux pour rendre cela difficile, et notre nombre de victimes, tant blessées que pires, décime nos effectifs.

— Donc vous n'étiez pas préparés.

Terrevin prit une profonde inspiration et ferma les yeux. Elle allait donc esquiver les piques d'Ami. Cette dernière prépara une remarque plus cinglante, consciente que son agacement provenait moins de l'inquiétude pour la sécurité de Catya que du fait d'avoir été enfermée dans la boîte de Gladdring pendant des jours et des jours. Cette prise de conscience ne fit qu'irriter davantage Ami.

La toux de Catya mit fin à tout cela.

La toux elle-même était faible, comme le dernier souffle d'un animal mourant. Ami tourna brusquement la tête, fixant l'Aegis alors que Catya ouvrait les yeux et rencontrait son regard.

— Ami, dit Catya dans un murmure qui atteignit sa cible. Tu es là.

Terrevin pouvait garder son souffle et ses excuses. Ami ignora les regards des Gardes tandis qu'elle s'approchait de Catya, s'agenouillait près de l'Aegis et prenait sa main, plus os que peau.

— Ils m'ont tenue éloignée de toi trop longtemps, dit Ami.

— Pour une bonne raison, ou par jalousie ? Les yeux de Catya, maudits soient-ils, avaient toujours leur étincelle.

— Par jalousie. Ami prit à son tour une profonde inspiration. C'était toujours un combat d'être si proche de Catya, une fusion où les possibilités perdues entraient en collision avec un espoir persistant. Je n'ai pas été inactive.

— J'ai cru comprendre, dit Catya, et Ami sursauta. Ne

sois pas si surprise, Ami. Je vis ici depuis plus d'une décennie. Tu n'es pas ma seule amie.

— Alors quoi ?

— Dis-moi d'abord, y a-t-il une chance ?

Oh, cette étincelle. Une vie qui avait imprégné chaque instant de Catya, une lumière bondissante. Ami pouvait-elle l'écraser avec la vérité ? Que les skars offraient une chance aux futurs combattants Najahn, mais rien jusqu'à présent pour l'Aegis ?

— Peut-être, dit Ami.

Catya inclina la tête.

— Est-ce que tu me mens, Gardienne ?

— Je ne peux pas. Pas à toi.

— Non. Je crois que tu me dois encore quelque chose de nos jeux sur la route. Catya essaya de rire, mais toussa à la place. Elle se reprit et se pencha plus près de l'oreille d'Ami. Sois prudente. Les choses ne sont pas ce qu'elles semblent être.

Ami s'efforça de rester immobile.

— Quoi ?

— Tout le monde ne souhaite pas que toi ou moi survivions.

— Qui ?

— Ça, je n'en sais rien. Seulement que leurs armes ne sont pas aussi loyales que leurs maîtres le croient. L'étreinte de Catya se resserra, comme le toucher d'une plume. Contente-toi de rester en sécurité, Ami. C'est pour toi que je m'inquiète.

— C'est pour toi que-

— C'est pour toi, et uniquement pour toi. Les yeux de Catya se tournèrent vers les boissons et la nourriture. Tu crois que tu pourrais m'apporter un peu de ce thé de Kance ? C'est vraiment le meilleur.

Terrevin rejoignit Ami près des rafraîchissements. Elle remplit sa propre tasse en terre cuite, fourrant une petite boule métallique de feuilles de thé en vrac et la déposant dans l'eau chaude, maintenue à température par un petit brasero à proximité.

— Nous n'avons pas terminé notre conversation, dit Terrevin.

— Vraiment ? Je pensais que si. Vous n'arrivez pas à suivre, donc vous avez besoin de mon épée.

— J'ai besoin de plus que ton épée, répliqua Terrevin. J'ai besoin de ce sur quoi tu travailles avec Gladdring.

Ami s'arrêta, la tasse de Catya infusant dans ses mains.

— La dernière personne à fouiner dans ses affaires s'est retrouvée morte.

— Gladdring va mourir si la Blessure se rompt, répondit Terrevin, sans paraître le moins du monde inquiète. Tu vas lui demander. S'il refuse, alors-

— Ce n'est pas prêt, dit Ami. Peu importe à quel point vous le souhaitez, ce qu'il fait ne fera que tuer vos gens.

Ami elle-même arrivait à peine à faire réagir les skars. Un Garde ne sachant pas quoi faire ne ferait que laisser un démon le déchiqueter de la tête aux pieds en essayant de déchiffrer les murmures de folie d'un skar.

— Alors quels autres miracles peux-tu offrir ? demanda Terrevin. Parce que j'essaie de garder mon peuple en vie, et je suis à court d'options.

De toutes les choses, la mission téméraire de Svarde dans les Ténèbres d'En-Bas titilla la mémoire d'Ami.

— Peut-être devrions-nous attaquer au lieu de défendre ? suggéra Ami. Aller vers les démons plutôt que d'attendre qu'ils viennent à nous ?

— Aller au-delà de la protection de l'Aegis, c'est inviter la mort, contra Terrevin.

— La mort vient à nous, que nous l'invitions ou non, gardienne du bouclier. Je pense que nous ferions mieux d'essayer de la combattre en premier.

— Nous avons juste besoin de tenir jusqu'à ce que le prochain Renouvellement soit terminé. Terrevin s'éloigna de la table. Tu oublies, Ami, que mes Gardes ont des familles, des vies au-delà de ces devoirs. Je ne peux pas leur demander d'accepter le suicide, même par désespoir.

Ami regarda Terrevin retourner à son bureau avant de revenir aux côtés de Catya. Suicide. Un mot dur pour une mission visant à sauver les Sept Îles. Après tout, c'est ainsi que le Cercle avait jugé les efforts de Svarde. Un suicide, rien de plus.

Alors que Catya prenait la tasse fumante des mains d'Ami, un Garde surveillant la Blessure siffla. Le second de l'homme fit écho au bruit, portant ses mains à sa bouche et lançant un cri d'alerte.

— Combien ? demanda Terrevin, saisissant sa vouge appuyée contre le bureau.

— Un seul, répondit le premier Garde. Un gros, et en colère.

— Tu n'es pas contente d'être venue ? dit Catya alors que les Gardes s'agitaient frénétiquement. À quel point t'ennuyais-tu ?

Sur les ordres de Terrevin, les Gardes commencèrent à lancer des bombes incendiaires de Foti dans la Blessure. D'autres ramassèrent des pierres de jet de Whent, les projetant dans la brèche. D'autres encore déplacèrent de petites palissades jusqu'au bord de la Blessure, leurs pointes métalliques imprégnées de poisons naturels créés par Vis, destinés à transformer n'importe quelle bête en une masse paralysée, malade et léthargique.

— Armes prêtes ! cria Terrevin, les Gardes défenseurs se

repliant, la moitié prenant les rangs les plus proches avec leurs voulges prêtes tandis que les autres dégainaient leurs chakrams.

Ami se leva, tira Brise-Flamme et la tint serrée devant elle. Elle se planta entre la Blessure et Catya. Le skar de Brise-Flamme brillait d'un feu orange, prêt. Maintenant qu'elle y prêtait attention, Ami pouvait entendre ses murmures, son impatience de bondir en avant et de trouver un adversaire.

Ne t'inquiète pas, pensa Ami, il sera bientôt là.

Le démon n'annonça pas son arrivée par un rugissement, ne poussa ni cri strident ni ne cracha de bile hors de la Blessure en une pluie acide. Au lieu de cela, la créature surgit, bondissant de l'ouverture droit vers le toit de l'abri. Son ascension déchira la toile du auvent, exposant le ciel nocturne. S'éleva alors un monstre saignant, brûlant et difforme dont les ailes battantes et dégoulinantes recouvraient un corps qui ne cessait de s'allonger, s'élevant et se tordant dans les airs. Un serpent à fourrure, un chat étiré à l'extrême avec des ailes de chauve-souris, les similitudes se brouillaient alors que l'élan du démon faiblissait, ses ailes, battant comme celles d'un colibri, ne parvenant plus à le maintenir en l'air.

— Le voilà ! cria Terrevin.

Et le monstre, obscurcissant les étoiles au-dessus d'eux, s'écrasa sur eux.

CHAPITRE 31

UN NAVIRE, UN TIR

Quik les maintenait en vie grâce à des astuces que Bliss n'avait jamais vues ni même imaginées. Le chasseur guidait leur traversée des terres désolées du nord avec une précision étroite et des règles strictes. Aucun mouvement ni moment ne pouvait être gaspillé, même avec l'abondante protéine du tolket qui remplissait des sacoches de fortune taillées dans sa peau réticulée. Au cours de la première nuit, Quik avait également dépecé le monstre mort, utilisant ses dents brisées pour fabriquer des couteaux rudimentaires, fracassant sa carapace avec des pierres pour atteindre les entrailles plus molles, y compris d'autres poches d'eau.

— Il est vraiment dégoûtant, dit Torny à plusieurs reprises au fil des jours qui s'écoulaient lentement, tandis que Quik leur suggérait de s'enduire de boue pour se protéger du soleil et des mouches. C'est vraiment ton frère ?

Bliss acquiesça et suivit les conseils de Quik. La coutume vis exigeait de s'en remettre au chasseur le plus expérimenté lors d'une expédition, et ce voyage à travers des terres hostiles et inconnues de tous n'y faisait pas exception. Même Torny, supposément native de Foti, affirmait n'avoir jamais aventurée au-delà des villes jusqu'à ce que Sledge l'embarque dans ce dernier voyage.

— Comment aurais-je pu refuser ? plaisanta Torny un soir près d'un autre feu de camp, une flambée rapide de broussailles et de brindilles juste assez longue pour réchauffer leur dîner cuit à la lave. Une chance de laisser derrière moi la cendre et le minerai pour une vie de banditisme palpitant ? Voilà qui est excitant.

Quik était absent lors de cette conversation et restait silencieux la plupart du temps. Après le choc initial de voir sa sœur et Torny en vie, il s'était renfrogné chaque fois qu'il ne donnait pas d'ordres ou de conseils à suivre.

Bliss pouvait deviner pourquoi, car le même sentiment menaçait de l'emporter elle aussi. Ça aurait été le cas sans les bavardages incessants de Torny.

Non seulement ils avaient échoué en tant que Gardiens, mais ils avaient aussi failli à leur famille. C'était aussi simple et dévastateur que cela.

« Tu dois repousser cette idée, » signa Bliss à Quik, marchant à ses côtés le cinquième jour. « Nous ne l'avons pas abandonné. Nous n'avions pas le choix. »

« Toi, peut-être, » répondit Quik en utilisant les signes, gardant Torny qui les suivait en dehors de la conversation. « J'ai choisi de partir. J'aurais pu faire demi-tour, essayer de les prendre en embuscade. Combattre. »

« Pourquoi ne l'as-tu pas fait ? »

C'était moins une accusation qu'une tentative pour pousser Quik à arrêter de se détester. Elle espérait que son frère en saisirait le sens. Quik, cependant, se contenta de soupirer et de regarder droit devant lui. L'aube naissante révélait quelque chose de nouveau aujourd'hui : un paysage qui n'était pas entièrement façonné par la roche noire, mais qui offrait plutôt de longues herbes et des arbres élancés s'élevant en bosquets étroits. Des oiseaux, autres que des vautours, s'envolaient des hautes herbes pour y replonger aussitôt.

Un bon signe : de la nourriture devait se cacher dans ces tiges.

— Incroyable, dit Torny lorsqu'ils se tinrent tous au bord de la roche de lave, faisant une pause avant de s'aventurer dans les hautes herbes. Je ne pensais pas qu'on arriverait vraiment au bout.

— Vous n'y seriez pas arrivés, dit Quik.

Torny rit.

— Absolument pas. Je te remercie, ô chasseur des contrées sauvages. Tes façons de faire avec la boue et les entrailles sont vraiment remarquables.

Quik plissa les yeux.

« Elle plaisante, » signa Bliss à son intention.

— Je sais qu'elle plaisante, répliqua Quik. C'est quand même une bandit, et elle a de la chance qu'on ne l'ait pas laissée là-bas.

— Oh, vous auriez pu essayer, mais je vous aurais suivis.

— Tu aurais échoué.

— Peut-être. On ne le saura jamais.

Bliss se leva et s'interposa entre les deux. Le visage de son frère se crispait de plus en plus, une légère rougeur montant dans ses profondeurs. Une humeur qu'elle connaissait assez bien : Quik allait bientôt suggérer quelque chose de stupide, quelque chose qu'on ne pourrait pas facilement reprendre.

Torny, elle aussi, serait assez effrontée pour le provoquer.

Au lieu de cela, tenant son bâton, Bliss pointa vers le

nord. De sa main gauche, elle fit des signes que Torny connaissait maintenant.

« Allons-y. »

Des odeurs de fumée et de civilisation flottaient dans l'air vers midi, accompagnées de sel et d'une brise marine. Torny nota que l'allée de Foti se rétrécissait en montant vers le nord, se terminant en pointe. Ils n'étaient pas tout à fait à ce bord, mais la Grande Forge et ses villes adjacentes devaient être proches.

— Ce qui signifie qu'on va pouvoir prendre un bain, dit Torny alors qu'ils erraient à travers les hautes herbes, dispersant la vermine et les oiseaux à chaque pas. Les sources chaudes là-haut sont censées être incroyables.

— Pas avant qu'on ait récupéré mon frère, dit Quik depuis l'avant.

— Ouais, bien sûr, mais à moins que tu ne prévoies de refaire tout le chemin à pied...

— C'est ce que je ferai. Une fois qu'on aura des provisions.

— Et comment comptes-tu t'y prendre ? Mendier ? Vendre un peu de cette viande de tolket rance qu'on transporte depuis presque une semaine ?

Bliss fit volte-face et posa l'extrémité de son bâton contre la poitrine de Torny. La bandit haussa les épaules, gardant son large sourire ouvert.

— Quoi ? chuchota Torny. Ton frère est tellement sérieux. Si Wax n'est pas mort à l'heure qu'il est, alors il a soit conclu un marché, soit rejoint l'équipe de Sledge.

Bliss cligna des yeux. « Quoi? »

— C'est ce qu'ils font. Ils te prennent tout ce que tu as, te laissent désespéré, puis te laissent les rejoindre pour tout regagner, expliqua Torny en écartant le bâton de Bliss.

Comment crois-tu qu'ils continuent de grandir ? Il faut être presque mort pour vouloir se joindre à eux.

Bliss hocha la tête vers Torny, laissant ses sourcils poser la question.

— Oh ouais. Je l'étais. Je le suis toujours, je suppose. Torny rit à nouveau. J'ai fait de très mauvais choix, mais hey, qui n'en a pas fait ?

Le cri de Quik mit fin à la conversation, d'autant plus que ce qui suivit s'avéra si alléchant :

— On y est.

Si Kitaye, la ville de Vis, s'était bâtie au milieu des arbres marquant son entrée, la ville de Foti, elle, s'était imposée sans ménagement sur le territoire. Les hautes herbes et les arbres fins disparaissaient aux abords de la ville, cédant la place à des champs labourés recouverts de récoltes. Des pierres et des briques érodées par le sable encadraient des maisons basses d'un seul étage, bien loin des structures plus hautes et imposantes de Smythe. Des chemins dégagés étaient balayés par le sable marin qui remontait de la plage voisine et du port tentaculaire s'avançant à l'ouest de la ville. Les habitants regardaient avec surprise le trio qui entrait dans la ville, un regard que Torny attribuait à leur apparence dépenaillée, et non au fait qu'ils existaient tout simplement.

— Dans le sud, il n'y a que Smythe et c'est tout, dit Torny alors qu'ils dépassaient les limites de la ville. Il y a des endroits comme la Dent de Jarl qui exploitent des mines dans les tubes de lave, mais sinon personne ne va nulle part. Ici, il y a des ports, du commerce entre Rana et Whent. Il y a de l'action.

— Tu es déjà venue ici ? demanda Quik, sa curiosité semblant, pour le moment, l'emporter sur son aversion pour la bandit.

— Bien sûr que non. Pourquoi je viendrais dans un endroit pareil ?

Quik attira l'attention de Bliss et leva les yeux au ciel. Torny n'avait pas toujours de sens, Bliss devait l'admettre, mais elle semblait moins lugubre que son frère, alors Bliss la supporterait.

Le centre-ville offrait une auberge, plusieurs boutiques et les habituels commerces nécessaires à une vie civilisée : bouchers, constructeurs, épiciers et autres. Sans l'architecture différente, l'ambiance balayée par le vent et les vêtements en lin, Bliss aurait pu dire que ça ressemblait à chez elle.

Surtout lorsqu'ils eurent une vue dégagée sur le port, s'étendant devant eux sur une pente descendante depuis le centre-ville. Comme à Smythe, tous les gens autour d'eux semblaient aller vers le centre maritime ou en revenir. La raison s'élevait de l'eau : deux navires, un lourd galion de Foti chargeant caisse après caisse, et un autre navire plus rapide arborant des voiles pourpres et noires.

— Un navire najahn dans une ville comme celle-ci ? s'étonna Torny. C'est un peu étrange. On n'est pas loin de la Grande Forge, mais il y a des ports plus proches.

— C'est l'aide dont nous avons besoin, dit Quik. Pour une fois, la chance est de notre côté.

Le chasseur redressa les épaules et s'apprêta à partir, mais Bliss l'attrapa et le força à s'arrêter.

« On n'obtiendra aucune aide en ayant cette apparence », signa Bliss. « Et je parie qu'on sent encore plus mauvais. » La remarque de Torny sur l'existence de Wax renforçait ce sentiment. « Quelques heures ne feront pas la différence maintenant. »

L'estomac de Quik fit écho aux sentiments de Bliss, grondant au-dessus du calme brouhaha de la ville alors que le chasseur ouvrait la bouche. Quik la referma, grimaça et regarda en direction de l'auberge.

— Un repas et un bain, alors, mais on ne traînera pas.

L'auberge prouva que son emplacement n'était pas un accident. Plusieurs sources chaudes, une fusion entre la mer et la lave souterraine, bouillonnaient à l'arrière. Le trio dut abandonner toutes leurs dents de fiends récoltées, leurs sacoches de fortune et leur viande de tolket restante — bonne pour l'appât, selon l'aubergiste — mais le paiement leur valut un repas de poisson frais, du pain et, oui, cet article tant convoité : un bain.

Les attendant après leur trempette, il y avait un ensemble rafraîchi, bien que mince, de vêtements en lin. Suffisamment bons pour être portés, trop légers pour garder quiconque au chaud dans le vent, les trois n'avaient néanmoins rien d'autre. Même le cuir de Torny n'était guère plus que des lambeaux après la longue marche sans huiles ni soins pour les entretenir.

— Quand même, au moins on ressemble à des gens et non à des fiends particulièrement laids, dit Torny alors qu'ils quittaient l'auberge, la journée se traînant vers le dîner. Je ne sais pas pour vous deux, mais je suis une grande fan de ne pas avoir de sable entre les dents et les orteils.

Quik s'arrêta à ses mots, tous les trois sur le côté de la rue menant au port. Du sable croûté et de courtes falaises de lave et de calcaire s'élevaient autour d'eux. Les mouettes dominaient maintenant le ciel, et l'odeur de la pêche du jour surpassait celle de la mer dans l'air.

— Pourquoi es-tu encore là ? demanda Quik. On est arrivés en ville. Tu ne devrais pas être partie chercher quelqu'un d'autre à voler ?

Pour une fois, l'éloquence de Torny lui fit défaut. Elle croisa les bras et regarda Bliss.

— Honnêtement, je n'ai nulle part où aller, dit Torny. Je me suis dit que si vous retourniez chez les bandits pour récupérer votre frère, je pourrais vous accompagner.

— Et quoi, les rejoindre ? Saisir la première occasion avec ce couteau et nous poignarder dans le dos ?

« Elle ne ferait pas ça », signa rapidement Bliss. « Pas après tout ça. »

— Pourquoi lui fais-tu confiance ? Quik se tourna vers Bliss. Tu l'as défendue tout ce temps, comme si elle n'avait pas contribué à causer tout ça.

« Parce que sans elle, je serais morte. »

Quand la première attaque de Bliss contre le fiend autour du puits de lave s'était soldée par un bâton brisé et une dent lui éraflant la cheville, c'était Torny qui avait hurlé et lancé des pierres pour attirer le fiend ailleurs.

« Elle aurait pu partir, aurait pu reculer et me laisser mourir, mais elle ne l'a pas fait », signa Bliss. « Tu n'étais pas là. »

Quik recula à ces mots, un coup que Bliss ne réalisa avoir porté qu'à cet instant. Le chasseur, cependant, se reprit rapidement, libérant cette même rage protectrice pour pointer un doigt furieux vers Torny.

— Bliss t'achète ta vie, d'accord ? dit Quik. Elle ne t'achète rien d'autre. Si tu tentes quoi que ce soit, je te briserai le cou ou je laisserai les Najahn s'en charger.

Torny déglutit, ne laissant pas cette peur atteindre ses yeux. — Continue de parler, Quik, si ça te fait te sentir mieux. Mais que dirais-tu de le faire sur leur bateau avant qu'ils ne partent ?

Le navire najahn semblait effectivement se préparer pour la nuit. L'équipage qui chargeait de petites caisses semblait être parti, et les lanternes du soir s'étaient éteintes autour des flancs du navire, le préparant pour une soirée tranquille.

— Sur ce point, au moins, je peux être d'accord, marmonna Quik, se retournant pour les guider.

— Un vrai numéro, ton frère, chuchota Torny à Bliss.

« Il pense que nous sommes sa responsabilité », signa Bliss en retour, avant de se rappeler, devant le regard confus de Torny, que la fille ne connaissait pas encore tous les signes. Un message plus simple, alors.

« Il nous aime. »

Torny, hochant la tête dans le crépuscule, sembla comprendre cela.

CHAPITRE 32
SUR L'EAU

Comment les habitants de Foti pouvaient-ils supporter de vivre dans leurs villes avec leur misère et leur puanteur ? Cela mystifiait Quik. Smythe et la Dent de Jarl avaient, au début, suscité une certaine fascination par leur différence, mais maintenant le brouillard se dissipait. Tout sur cette île industrielle puait, ses habitants marchaient avec la misère sur leurs épaules, et leur avidité désespérée avait volé à Quik à la fois son but et son frère.

Maintenant, Bliss semblait aussi en être éprise, collectionnant la bandit comme un nouvel accessoire. Les réparties et les piques arrogantes de Torny n'auraient pas tant dérangé Quik — pas assez, en tout cas, pour qu'il manque de glisser sur le ponton mouillé en se dirigeant vers le navire najahn — si la bandit ne jetait pas sans cesse des regards à sa sœur comme si elles étaient les meilleures amies du monde.

Ils auraient dû laisser la bandit dans les terres désolées, où Torny aurait connu la mort lente qu'elle et tous ceux de son espèce méritaient.

Les Najahn, au moins, devraient voir les choses comme Quik. Les forces de Noctia semblaient rarement tolérantes envers le banditisme ou la stupidité, deux domaines que Torny maîtrisait avec brio. S'ils ne la chassaient pas ou ne la jetaient pas à la mer... eh bien, Bliss finirait par se ranger à son avis.

Elle le devait.

De près, le navire najahn à la fois pâlissait et surpassait la galère foti voisine. Quik marchait entre eux sur un large et long ponton parsemé ici et là de caisses abandonnées après le travail du matin.

Le mastodonte foti correspondait à l'île dans sa sensibilité, son bois noirci renforcé par des anneaux de métal ; le vaisseau grinçait dans le doux ressac alors que le soir cédait la place à la nuit. Aucune voile déployée, les grands mâts disparaissaient dans le ciel. Des fenêtres aux vitres sales regardaient dans la direction de Quik.

Le sloop najahn, en revanche, offrait une silhouette svelte. Plus clair, son bois décoloré par le soleil et presque gris, l'embarcation gardait son métal plus fin, ses secrets cachés. Ses trois mâts, plus courts, semblaient pourtant équipés de plus de cordages, chacun captant la lueur de Sichi comme une toile d'araignée rose dans le ciel. Des lanternes sécurisées scintillaient le long des bords, des globes arrondis donnant au bateau une vie que le navire foti ne pouvait égaler.

Une vie reflétée par la rampe du navire najahn, toujours baissée malgré l'heure tardive. Près d'elle, sa vouge appuyée contre plusieurs caisses et fumant une pipe, se tenait un garde. Il observa Quik bien avant que l'homme de Vis ne s'approche, l'avait apparemment jaugé et déterminé que, malgré ses muscles, l'homme ne représentait pas une grande menace.

— On n'a pas besoin d'aide, dit le Najahn, en relâchant un nuage vert menthe dans l'air avant de parler. Quoi que vous cherchiez, ce n'est pas ici.

— C'est de l'aide que je cherche, dit Quik.

Le Najahn jeta un coup d'œil par-dessus l'épaule de Quik. — Ces deux-là cherchent aussi de l'aide ? Toute une famille ?

— Ce n'est pas eux qui en ont besoin, répondit Quik, arrivant à hauteur du garde. L'homme portait ses cuirs najahn, une tunique et d'épais pantalons en dessous. Un bon plan avec le froid de la nuit qui descendait, une sensation rendue plus aiguë ici sur l'eau. Les propres haillons de Quik lui faisaient savoir qu'il serait mal à l'aise ici avant longtemps.

— Vous vous attendez à ce que ça m'intéresse ? demanda le Najahn.

Quik acquiesça. — C'est exactement ce à quoi je m'attends.

La capitaine najahn ressemblait à son garde dans sa tenue et son scepticisme, mais au moins la conversation se déroulait à bord du navire, dans les confins relativement chauds de la cabine du capitaine. Quik raconta l'histoire pour la deuxième fois, les bandits, Wax, et le flux de lave. Quand il eut fini, la capitaine najahn regarda Torny.

Le garde du ponton était resté avec eux, n'ayant plus l'air si nonchalant, sa vouge prête à l'emploi. Il se tenait en retrait près de la porte, une position que Quik nota rendrait toute fuite de Torny impossible. À moins qu'elle ne prévoie de foncer devant la capitaine et de se jeter par la fenêtre dans la mer.

Ce serait une fin satisfaisante.

— Tu es l'une d'entre eux ? demanda la capitaine najahn. Ces bandits ?

— J'étais, dit Torny, sans aucun stress apparent sur son visage ou dans sa voix. Je suis en train de changer de carrière.

Le sourire en retour de la capitaine n'était que dents. Brillantes en plus, quelque chose que Quik n'aurait pas remarqué sur Vis mais qui ressortait sur cette île couverte de cendres. En fait, la capitaine et son navire gardaient tout propre en général. Ce à quoi Quik s'attendait, et pour une fois, il était satisfait de voir ces attentes comblées.

— Une sage décision, dit la capitaine. Les voleurs comme toi se dirigent vers une fin rapide. Les démons vous auront, et s'ils ne le font pas, nous le ferons.

Torny renifla, surprenant tout le monde sauf Quik. Être dédaigneuse envers l'autorité semblait être le mode par défaut de la fille.

— Les gens avec qui j'étais font ça depuis des années, répondit Torny. Pourquoi s'arrêteraient-ils maintenant ?

La capitaine hocha la tête. — Parce que l'homme qui dirigeait ce circuit n'est plus là.

— Quoi, vous l'avez descendu ?

— Pire, dit la capitaine. Il a été promu. Renvoyé à Noctia il y a presque un an maintenant. Elle se pencha en avant, posa ses coudes sur la table dépouillée devant elle, accompagnée sur son bois propre de cartes de navigation et de choses que Quik ne pouvait pas lire, ne comprenait pas. — Je m'appelle Pavarde, Capitaine Pavarde, et j'ai l'ordre de mettre fin à vos bêtises.

Quik se rassit dans la chaise, laissa un sourire s'étaler sur son visage. Enfin, une vraie victoire. — Alors vous allez nous aider à récupérer notre frère ?

Pavarde tourna brusquement les yeux vers Quik. — Ne l'appelez pas comme ça. Ce n'est plus votre frère maintenant. C'est le Renouveau de Vis. C'est ce qui compte, et c'est lui que je vais aller chercher. Demain matin, nous mettons les voiles vers le sud.

— Et nous venons ? demanda Quik, voyant Bliss lui faire le même signe de question.

— Bien sûr, répondit Pavarde. Des témoins pour raconter comment les Najahn gardent leurs Renouveau en sécurité face au banditisme sont toujours les bienvenus.

Pavarde installa le trio avec la cargaison dans le pont inférieur du sloop, un logement sinistre si le voyage devait durer plus d'un jour ou deux. Pavarde, cependant, affirmait que le sloop pouvait voyager rapidement, en particulier avec les vents d'hiver. Avec cette pensée, Quik dormit profondément et paisiblement pour la première fois depuis son départ de Smythe.

Le voyage vers le sud passa en un éclair, bien que Quik trouvât à nouveau que Bliss passait trop de temps avec Torny. Elle lui enseignait ses signes, tandis que Torny répondait par des leçons sur les serrures et la façon de les crocheter, sur la prestidigitation, sur le genre de choses dont aucun chasseur de Vis n'aurait jamais besoin. Pourtant, quand Quik essaya de rappeler ce fait à Bliss, elle le chassa.

Pavarde, heureusement, était heureuse de garder Quik à ses côtés. La capitaine alternait entre questionner Quik sur son île et son expérience, et raconter des histoires sur la sienne et les Najahn.

Le pourpre et or ne pouvait plus se contenter de rester sur la touche, avec seulement leurs propres intérêts, expliqua Pavarde. Elle était dans la ville dans le cadre d'une patrouille le long de la côte ouest de l'île, à la recherche de signes d'éventuels démons émergeants ou en train de nicher.

— Nicher ? demanda Quik.

— Le pire, répondit Pavarde. Sur Kance et Tamas, déjà, nous avons trouvé des démons essayant de se construire des maisons. Tentant de se reproduire. Pas seulement de la destruction sauvage, comme avec les anciens.

La possibilité que certaines créatures hostiles puissent essayer de faire des îles leur nouveau territoire expliquait la portée croissante des Najahn, cela et les îles elles-mêmes, qui se montraient plus agitées cette fois-ci.

— Lors des Renouvellements passés, le Cercle envoie l'ordre et tout le monde joue gentiment les uns avec les autres, reconnaissant le désastre pour ce qu'il est, dit Pavarde, s'arrêtant pour cracher par-dessus bord du sloop alors qu'il filait sur les vagues, la terre de Foti toujours visible à l'est. Les Terres Désolées étaient beaucoup plus agréables quand Quik ne les traversait pas à pied. Maintenant, ils continuent leurs querelles comme si elles avaient de l'importance. Rana pille tout le monde, les reines de Kance sont enfermées dans une lutte de pouvoir essayant d'attirer Tamas et votre cité orientale.

— Mottilan.

— Certes. Et Noctia, comme toujours, est remplie de couteaux. Pavarde prit une profonde inspiration. Son uniforme pourpre et noir absorbait le soleil, une icône noble. Ici, au moins, on peut voir la lame venir pour son dos.

— Sur Vis, ces choses n'arrivent pas.

Pavarde leva un sourcil. — Mon naïf ami, si tu penses qu'elles n'arrivent pas, c'est que tu ne regardes pas assez attentivement. C'est dans notre nature, et si tu veux grimper à une meilleure position, tu ferais mieux d'apprendre à repérer, et à poignarder.

— Vous l'avez fait ?

Pavarde hocha la tête. — Les Najahn t'enseignent bien,

et te lient suffisamment à tes camarades soldats pour maintenir le vraiment mauvais au minimum. Le jeu, cependant, doit être joué. Elle rit, secoua la tête. Mais tu n'as pas à t'en inquiéter. Tu marcheras sur le chemin de ton Gardien, et quand ton Renouvellement échouera ou réussira, tu retourneras sur ton île, avec ses fleurs et ses hanoko, et tu oublieras tout cela.

Le camp des bandits apparut vers la fin du deuxième jour, l'odeur du poisson qui cuisait annonçant sa présence ainsi que les structures trapues sur la plage. Pavarde appela l'équipage, ceux qui ne travaillaient pas activement aux voiles, aux armes. Elle-même, vêtue maintenant d'une cotte de mailles or, pourpre et noire, s'avança vers la proue du navire. Derrière elle, un autre garde tenait haut le drapeau du Cercle Couronné de Noctia, laissant savoir à quiconque regardait quelle catastrophe allait s'abattre sur eux.

Quik, Bliss et Torny se tenaient près du centre du navire, à la fois protégés et, comme Torny le fit remarquer avec son humour sec, maintenus encerclés par d'autres Najahn.

— Quel est notre travail déjà ? Rester sur le navire et ne rien faire ? demanda Torny.

— Que suggérerais-tu ? répondit Quik. Ou veux-tu courir là-bas et rejoindre tes amis pendant qu'ils se font massacrer ?

Torny haussa les épaules. — La capitaine est sûre d'elle, certes, mais à en croire Sledge, il n'y a pas une douzaine de personnes là-bas mais plutôt une cinquantaine. Plus qu'il n'y a de Najahn à tête pointue sur ce bateau.

— Un Najahn vaut une douzaine des vôtres.

Quik tressaillit lorsque Bliss lui donna un coup de coude. Torny, cependant, se contenta de rire.

— Dis ce que tu veux, répliqua Torny. Je serais juste prêt à bouger.

Quik fit un pas en arrière, plaçant le camp bien en vue alors que le sloop s'échouait sur le sable mou. De chaque côté, des rampes glissèrent et les Najahn descendirent du bateau, en armure, portant des voulges et des chakrams, prêts à imposer l'ordre qui avait tant fait défaut dans cet endroit maudit. Le soleil s'inclinait bas derrière les falaises peu élevées, les peignant en noir sauf pour les premiers sur la plage, les ombres se déplaçant parmi eux.

Des ombres qui, sans aucun doute, cesseraient de bouger pour toujours dans peu de temps.

— Wax, murmura Quik, je suis revenu pour toi.

CHAPITRE 33
LA RAMENER

Le démon vaincu avait laissé plus que ses os poussiéreux et sa cape noire. Les visages gris, six au total, avec des versions légèrement différentes de hurlements d'agonie étirant leurs traits, claquèrent sur le sol rocheux. À leur suite vint un bruit discordant, que Svarde mit un moment à identifier comme une douzaine, une centaine de conversations se déroulant simultanément.

Des souvenirs qui s'échappaient et se dissipaient.

Le Gardien tenait dans ses mains la tête de l'homme gémissant, déjà froide, déjà si immobile. Svarde ne voyait aucune blessure, mais la poitrine de l'homme ne se soulevait ni ne s'abaissait d'aucun souffle, ses lèvres ne bougeaient pas, ses yeux ne s'ouvraient pas. Au moins, en cet instant, la dernière victime du démon semblait en paix.

— Kivi, dit Svarde en reposant la tête de l'homme. Va renifler les alentours, assure-toi que rien d'autre ne se cache.

Qu'il puisse y avoir d'autres monstres ici, ou même un second démon, semblait le comble de l'horreur, mais supposer le contraire serait pire encore. La prudence et la vigilance étaient nécessaires dans les Ténèbres d'en bas.

— Il est parti ? demanda Rasslebeck, rejoignant Svarde pour examiner l'homme gémissant.

— Ce qu'il en reste, oui, répondit Svarde. Il a interrompu le démon. Il m'a sauvé.

— Il a trouvé son courage à la fin, alors. Il n'y a pas de meilleur moment.

Svarde acquiesça, se leva et rangea ses haches dans leurs fourreaux. Il tendit l'arbalète à Maena qui émergeait de sa position recroquevillée. Elle fixa l'arme dans la main de Svarde plus longtemps qu'elle n'aurait dû, puis s'en empara avec un grognement. Ses mains travaillèrent rapidement, tirant et insérant un autre carreau dans l'engin, remontant la corde pour qu'elle puisse tirer en une fraction de seconde.

— Prête, annonça-t-elle.

— Alors monte la garde, répliqua Svarde. Derrière lui, Rasslebeck croisa les bras de l'homme gémissant. Enterrer le corps n'était pas une option dans ces cavernes de pierre, mais une autre solution s'offrait à eux.

La question était de savoir si l'homme gémissant serait le seul à rester ici.

— Pennifer, tu m'entends ? demanda Svarde. La femme avait erré jusqu'à l'autre côté de la pièce. Elle passait ses doigts le long d'une veine de quartz, fascinée par sa lueur rose et lisse. Il te reste quelque chose là-dedans ?

Pennifer se retourna bien à sa voix, mais ces yeux ne contenaient aucune étincelle. Elle ne parla pas, se contentant de regarder Svarde pendant un bref instant avant de se retourner vers le quartz.

— Svarde, appela Rasslebeck. Viens voir ça.

Svarde posa une main sur l'épaule de Pennifer et la

serra. Il espéra une réaction, mais n'en obtint pas. Deux disparus, donc, et peu à montrer pour cela.

— Donne-moi de bonnes nouvelles, dit Svarde en retournant vers Rasslebeck.

— Je ne sais pas si c'est bon ou mauvais, mais c'est une nouvelle, répondit Rasslebeck. Aux pieds de l'homme gémissant, disposés le long des os du démon, se trouvaient ces six visages gris. Je pensais que c'était tous la même chose laide, mais maintenant je commence à en reconnaître quelques-uns.

Rasslebeck n'hallucinait pas. Ce qui avait été lisse, bien qu'horrifiant, pendant que le démon tournoyait, semblait maintenant développer des personnalités. Des lignes, des os, des formes. Les bouches se fermaient tandis que des lèvres émergeaient le long du ton gris, les joues s'arrondissaient. Les fronts s'aplatissaient depuis leurs pics arrondis.

— Seulement six ? demanda Svarde, en observant. Cette chose n'en a trouvé que six à tuer ?

— Tu as entendu tout ce bruit, non ? Ces mots ?

— La plupart, je ne les comprenais pas, dit Svarde. Mais c'était plus que six voix.

— Le mieux que je puisse imaginer, dit Rasslebeck, s'agenouillant au-dessus des visages, c'est que c'est comme toi et moi qui prenons un repas. Prends un coup dans le ventre juste après le dîner et il est probable que tout remonte. Attends un jour avant de prendre tes coups, et tu es tranquille.

— Si tu as raison, alors ce sont... nous, dit Svarde.

— Je ne peux pas dire que j'ai passé beaucoup de temps à étudier mon propre visage, mais c'est bien mon nez. Rasslebeck pointa du doigt le quatrième visage. Il a été cassé assez de fois pour que je reconnaisse cette vilaine truffe n'importe où.

À la fin, ils reconnurent cinq visages, une fois que le gris cessa de bouger. Un pour chacun d'entre eux, plus l'homme gémissant. Un autre, un mystère. Une femme mince qu'ils n'avaient pas trouvée, pas entendue. Rasslebeck plaça le masque de l'homme gémissant sur le corps, tandis que les trois autres tenaient le leur. Pennifer ne semblait pas remarquer, ne semblait pas s'en soucier quand Svarde lui offrit son propre visage.

— Qu'est-ce qu'on en fait ? demanda Maena alors que le trio se tenait dans la lueur du quartz au centre de la pièce. Je ne pense pas vouloir le porter tout le chemin du retour.

— Quoi, pas de place dans ton cœur pour un peu d'art ? demanda Rasslebeck.

— Ce n'est pas moi, dit Maena. Ou plutôt, c'était moi. Plus maintenant.

Svarde tenait le sien, fronçant les sourcils devant sa fine sculpture. Les siens et ceux de Rasslebeck étaient les moins définis, les traits flous, comme à moitié formés dans l'argile grise du démon. Pas un repas complet, un dessin à moitié tracé. Il retourna le masque dur dans ses mains, le dos sans traits et sombre. Exactement comme n'importe quel vrai masque.

Un bruit de grattement attira leur attention vers Pennifer, dont les pieds avaient heurté son propre masque. La femme hébétée se pencha, saisit la forme grise et la leva, la regardant avec le même vide qu'elle avait eu pour tout le reste.

— Si elle décide de le garder, Maena, tu dois le faire aussi, dit Rasslebeck.

—Je n'ai rien à faire du tout.

Svarde, cependant, gardait son attention sur leur ancienne amie. Pennifer tournait le masque dans ses mains, tout comme Svarde l'avait fait. Elle le tenait devant son visage. Une correspondance parfaite, les minces trous pour les yeux et la bouche s'alignant avec le visage vide derrière.

Pennifer rapprocha le masque, et la chose prit vie. La pierre sembla frissonner, s'enfoncer dans la peau de Pennifer. La ligne entre ses joues couvertes de crasse et la pierre du masque fusionna, les deux ne faisant plus qu'un. Elle ne cria pas, ne pleura même pas alors que Svarde s'avançait vers elle.

Avant qu'il ne fasse deux pas, le masque avait disparu, s'enfonçant dans le visage de Pennifer. Ne laissant derrière lui non pas le zombi, mais une raideuse Rana qui clignait des yeux, confuse et jurant.

— Par tous les fleuves, souffla Rasslebeck, posant son propre masque et se précipitant vers Pennifer pour l'enlacer. Il fit tournoyer la femme, Pennifer essayant de demander ce qui s'était passé. Tu as raté une sacrée histoire, Pennifer, et elle sera meilleure à raconter qu'à vivre, tu comprends ?

Pennifer recula, se sépara de Rasslebeck et regarda autour d'elle. Elle aperçut Svarde, Maena. Kivi, reniflant que tout danger était écarté, se traîna de nouveau dans la pièce.

— La dernière chose dont je me souvienne, c'est qu'un vent terrible a soufflé dans la grotte où nous marchions, dit lentement Pennifer. Et maintenant je suis ici ? Vous avez tous l'air terrible. Elle grimaça, baissant les yeux sur elle-même. Et pourquoi mes pieds ont-ils l'impression d'avoir marché sur des clous ?

Rasslebeck sourit largement. — Parce que tu as décidé de faire une course pieds nus dans les tunnels, voilà pourquoi.

Les deux s'éloignèrent, Rasslebeck trouvant un endroit pour asseoir Pennifer et lui raconter l'histoire. Pendant ce temps, Svarde se tourna vers Maena, haussa les épaules et enfonça son propre masque mal défini dans son visage.

C'était comme émerger d'un rêve. Des morceaux qui lui manquaient revinrent, son enfance Foti, les années passées à travailler dans les mines, les forges, à manier les haches. Svarde, grâce à l'homme gémissant, avait gardé ses années de Gardien, la décennie perdue sur la falaise de Vis, et maintenant des parties dont il n'avait jamais réalisé l'absence étaient revenues.

— À ton tour, dit Svarde à Maena après avoir pris quelques respirations profondes, étirant sa mémoire pour voir jusqu'où elle pouvait aller, que tous les bons moments étaient là.

Maena, cependant, regardait le masque avec des yeux plissés, une moue serrée.

— Ce n'est pas moi, dit Maena.

— Bien sûr que c'est toi. Qui d'autre cela pourrait-il être ?

Maena secoua la tête. Svarde remarqua que sa main tremblait. La capitaine Rana leva le masque, plus haut que sa propre tête.

— La personne derrière ces yeux n'est pas qui je suis, dit Maena. Si elle revient, alors je ne suis plus là.

Svarde desserra ses doigts. Il essaya de croiser le regard de Rasslebeck, mais les deux autres Rana étaient plongés dans leur conversation, commençant à rassembler leur équipement.

Kivi, cependant, rencontra son regard avec ses saphirs. Elle semblait comprendre.

— Suis-je morte ? continua Maena, plus pour elle-même que pour Svarde. Si l'autre moi revient, ai-je jamais été en vie ?

— Tu es la même fichue personne, dit Svarde.

Maena lui lança un regard furieux. — Tu as dit que j'étais différente. Et je sais que je ne suis pas... moi-même. Elle. Pas elle. Je suis moi. Ma propre personne.

— Tu n'as pas de passé. Tu ne sais rien de toi-même, Maena. Tout est là, dans ce masque. Mets-

— Tu pourrais me le dire, répondit Maena, la colère se transformant en espoir. Tu pourrais m'apprendre qui j'étais. C'est une longue marche pour rentrer, non ? À la fin, je saurai ce que j'ai besoin de savoir, je-

— Je ne peux pas te dire comment tu as grandi, je ne peux pas te dire tes rêves, ce qui brûle dans ton cœur depuis toutes ces années, dit Svarde, faisant un pas de plus. Maena tenait toujours le masque haut. Ce n'est pas la solution, Maena.

— Facile à dire pour toi, l'homme qui n'a rien perdu. Qui n'a pas changé. Les yeux de Maena se posèrent sur le masque. Je veux vivre, Svarde. Ce n'est pas à toi de décider si j'en ai le droit.

Le Gardien siffla, bas et doux. Le visage de Maena se durcit, elle jeta le masque vers le sol rocheux. Kivi, passant derrière la capitaine Rana, se lança en avant, roulant dans les airs. Le masque heurta ses griffes, l'endroit le plus doux du ferrite sur son ventre. Des étincelles jaillirent lorsque le dos du lézard de roche glissa sur la pierre, mais le masque semblait sauf.

Maena, pas autant.

Svarde s'approcha pendant que la capitaine Rana regardait avec stupéfaction le sauvetage du ferrite. Il saisit Maena dans une étreinte serrée, bloquant les deux bras de la Rana contre ses côtés et la soulevant du sol. Elle essaya de donner des coups de pied, mais Svarde ignora les faibles coups sur ses cuisses, ses genoux. Glissant Maena dans une étreinte plus serrée, Svarde plaça une main derrière sa tête et plaqua la capitaine Rana au sol.

— Rasslebeck, Pennifer, cria Svarde, et cette fois les deux remarquèrent. À l'aide, s'il vous plaît.

— Aidez-moi, essaya Maena alors que les deux autres s'approchaient.

Pennifer fit mine de le faire, semblant sur le point de donner un coup de pied au visage de Svarde avant que Rasslebeck ne l'arrête. Le grand Gardien plaqua Maena contre la roche, la maintenant là malgré les luttes de la capitaine. À la demande de Rasslebeck, Svarde raconta ce qui s'était passé, couvrant les objections de plus en plus folles de Maena.

— Tu me tues, dit Maena alors que Rasslebeck allait récupérer le masque des griffes de Kivi. Tu assassines ton amie.

—Je la ramène, rétorqua Svarde.

Au début, la lutte de Maena contre elle-même blessa profondément Svarde. Cette nouvelle Maena n'était pas l'ancienne, mais elle s'était battue à leurs côtés tout de même, avait aidé à affronter le démon sans rien dans son passé, son avenir. Cette bravoure méritait d'être récompensée par autre chose que la mort, si c'était ce que c'était.

Maintenant, cependant, les protestations de Maena, ses supplications, chassaient la tristesse. La vraie Maena, celle qui s'était assise avec Svarde au Croc du Rat et lui avait dit que le but était ici, dans les profondeurs les plus sombres, n'avait pas peur comme ça, n'aurait pas supplié. Si Svarde espérait un jour faire ce qu'il avait juré à Ami, il avait besoin que l'ancienne Maena revienne, celle qui était prête à affronter n'importe quel danger.

— Mets-lui le masque, ordonna Svarde quand Rasslebeck revint. Maena essaya de se dérober, une dernière tentative arrêtée quand Kivi installa son corps lourd sur les jambes de Maena. Fais-le, Rasslebeck.

Le raideur Rana regarda de Svarde à la capitaine, puis à Pennifer. Quand cette dernière lui fit un signe de tête, disant qu'elle voulait que sa capitaine revienne, Rasslebeck trouva son courage.

— Désolé, chef, dit Rasslebeck, s'agenouillant à côté de Svarde. Si nous empruntons cette route, nous avons besoin que tu reviennes.

Le dernier cri de Maena résonna longtemps et loin dans les grottes, dans les tunnels, mais à travers tout cela, Svarde maintint sa prise, garda ses yeux fixés sur les siens, et s'accrocha à son espoir.

UNE COURTE CARRIÈRE

Wax a commencé à hurler quand l'eau lui est montée aux genoux. Des cris sans mots, plus des spasmes que de vraies pensées, arrachés par un corps en crise. L'obscurité est tombée, une nuit nuageuse cachant désormais les étoiles, Sichi, ne laissant que les lueurs orangées sur la plage et, bien sûr, Sledge, revenue maintenant à sa vigile.

Un prix à payer, selon Sledge, pour ceux qu'elle avait perdus en chemin.

La bandit écoutait Wax écorcher ses cordes. Les cris l'aidaient, chacun d'eux arrachant une seconde de douleur. Ses pieds avaient disparu dans l'engourdissement, la ligne montant plus haut à chaque vague. Une marée montante qui allait sûrement le tuer avant longtemps.

Quik et Bliss ne viendraient pas.

Ces deux pensées, que sa mort certaine n'était pas loin et qu'il ne serait pas sauvé par ses Gardiens, par sa famille, convergeaient lentement, repoussées d'abord par la même volonté qui avait aidé Wax à porter Pan le long du Grand

Sana, qui l'avait poussé à distraire le démon et à laisser Sawi s'échapper.

La même volonté qui perdait cette lutte.

— Abandonne, Wax, dit Sledge entre les cris insensés, et ce n'était pas la première fois. Ça n'a aucun sens de mourir pour rien. Et j'ai besoin de dormir. Ton bruit n'aide pas.

Les liens autour de ses jambes et de ses poignets faisaient claquer ses tremblements contre le bois. L'air froid préparait la peau de Wax à l'eau qui allait suivre, tandis que la soif et la faim mordaient ses entrailles.

Tout compte fait, Wax avait connu mieux.

Tout compte fait, Wax ne savait pas pourquoi il était encore là. À qui avait-il quelque chose à prouver, maintenant ? Qui se souciait de ce qu'il faisait ?

L'un des sept Renouvellements. Sans doute pas le favori pour le gagner, pour s'asseoir sur l'île maudite de Noctia et attendre qu'un démon le mette en pièces. Quelle victoire.

L'honneur pour Kitaye ? Qui se souciait de l'honneur. Combien de fois avaient-ils célébré le dernier Renouvellement de la ville ? Wax ne pouvait même pas se rappeler son nom. Une tisserande quelconque. C'était pour ça qu'il souffrait, ici ? Une chance d'être oublié après tout ça ?

— Dis le mot, Wax, appela Sledge.

Dis le mot. C'est tout ce qu'il aurait à faire. Dire qu'il abandonnait. Dire à Pan, d'une manière ou d'une autre, qu'il était désolé. Qu'il n'était pas assez fort.

Une autre vague. Wax convulsa, sa tête heurtant le bois derrière lui. Une nouvelle douleur volant une partie de la souffrance de ses jambes.

C'était déraisonnable, n'est-ce pas ? Les Najahn n'avaient jamais dit à Wax que c'était ce qui pourrait arriver. Un démon, peut-être. Un accident, possible. La torture ? Par les gens mêmes que Wax faisait tout ça pour sauver ?

Dis le mot.

— Je pars dans une minute, dit Sledge. Tu ne seras plus en vie quand je reviendrai.

Dis le mot.

Il s'est réveillé avec le soleil. Son dos niché dans le sable, sec et chaud. Quelqu'un avait jeté une légère couverture sur lui, mais ce n'était pas ce qui retenait l'attention de Wax. Ses mains, toujours attachées, mais maintenant d'une manière différente : pour garder quelque chose serré entre elles.

Les murmures l'ont réveillé, les glissements et soupirs familiers venant du skar. Vis, accueillant Wax à la maison.

— L'homme se réveille, dit Sledge, mangeant du poisson filandreux au bout d'un couteau. Elle était assise sur un tronc d'arbre flottant à moins d'une enjambée. Tu sens tes pieds, gamin ?

Wax essaya de les remuer, essaya de fléchir ses cuisses. Elles tressaillirent, elles dégelèrent, elles luttèrent pour revenir des profondeurs insondables où vont les corps quand ils sont entourés de tant de froid.

Sledge a dû remarquer le mouvement sous la couverture. Elle siffla.

— On allait les couper jusqu'à ce qu'Eggrad nous arrête, dit Sledge, replongeant le couteau dans le bol grossier en terre cuite pour une autre portion. Il voulait prouver à tout le monde que les skars valent la peine d'être chassés.

Wax prit les paroles de Sledge comme une invitation, une chance de se reconnecter avec chacun de ses orteils, chacun de ses doigts, ses fesses, son estomac, son cœur. Tout était là, tout répondait à sa recherche. Un corps qui n'aurait pas dû vivre avait enduré, prospérait.

— Comment ?

— Tu le sens, n'est-ce pas ? demanda Sledge.

— C'est comme des murmures. Je ne peux pas les comprendre.

Sledge hocha la tête.

— Je ne l'ai ressenti qu'une seule fois moi-même. Un skar de Kance, la dernière fois. Celui-là n'a pas si bien fonctionné.

Wax se retourna dans le sable, frottant son épaule contre le gravier pour mieux voir Sledge.

— Qu'en as-tu fait ?

— Le skar ? Vendu comme tous les autres. Sledge secoua la tête, ricanant de cette manière désespérée dont elle avait l'habitude. Ce n'est pas comme si on avait le choix. Nos acheteurs ne négocient pas, et on ne peut pas dire non.

— Qui sont-ils ?

— Tu les rencontreras bien assez tôt, si cette voile est ce que je pense.

Wax bougea, s'assit. Il vit, dans la lumière matinale, une voile violet-noir coupant l'horizon vers eux. Derrière Wax, le camp des bandits s'animait d'une action frénétique, la voix tonnante d'Eggrad s'élevant au-dessus de tout, exigeant ceci et cela.

— Tôt pour une visite, dit Sledge, posant le bol. Ils doivent être désespérés d'en avoir plus.

— Combien en prennent-ils ?

Wax mit de côté le commentaire de Sledge sur les skars qui parlaient pour plus tard. Une curiosité à creuser quand il aurait plus de temps. Et, s'il avait fait ce que Wax soupçonnait, il allait être autour de Sledge pour très, très longtemps.

Il s'échapperait vers Vis à un moment donné, évidemment, mais quand ce serait, quand Wax pourrait tenter une traversée en solo des Terres Désolées, retourner à Smythe, et se payer un passage pour rentrer ?

Ce Renouvellement serait terminé, et plus encore.

Le sloop Najahn s'approchait au moment où Eggrad rejoignit Sledge et Wax sur la plage. Contrairement à la veille, Eggrad portait un ensemble complet de cuirs Foti, avec deux courtes épées à la taille. Le heaume décoloré par le soleil poussait ses sourcils touffus vers le bas, couvrant ses pupilles d'ombre, donnant à Wax l'impression que le chef des bandits n'avait pas d'yeux du tout, juste des trous flous.

— Détache-le, dit Eggrad à Sledge. Il est assez en forme ?

— Il semblerait, oui.

Sledge prit l'ordre, saisit le poignet de Wax et, d'un geste net, trancha les fines lanières qui liaient ses poignets avec son couteau de table.

Wax attrapa le skar de ses mains libérées, le serra contre lui et lança un regard noir à Eggrad tandis que ce dernier tendait la main.

— Tu renies déjà ton serment, gamin ? demanda Eggrad, d'un ton plus curieux que caustique. Hier soir, tu as bien résisté, mais tu as fini par prononcer les mots. Si tu reviens dessus maintenant, tu subiras le même sort, mais plus rapidement, car je n'ai pas le temps d'écouter tes cris pathétiques.

— Et si je le jette là-bas ? dit Wax en se levant, faisant passer le skar dans sa main droite.

— En quoi cela t'épargnera-t-il la vie ? rétorqua Eggrad. Il n'y a qu'une seule option ici, et c'est de mettre le skar dans ma main. Tu as encore un souffle avant que Sledge ne t'éventre si profondément qu'aucun skar ne pourra te remettre d'aplomb.

Une démonstration symbolique. C'est tout ce que Wax avait fait, tout ce qu'il pouvait faire. Il devrait vivre avec ça, car le regard froid de Sledge ne montrait aucune sympathie. Elle ferait exactement ce qu'Eggrad demandait.

Alors Wax s'exécuta, et le duo suivit le chef des bandits de retour au camp. Là, il découvrit que l'agitation n'était pas tout à fait comme il s'y attendait : pour chaque bandit occupé à empaqueter le butin, à ranger les armes et armures volées, et à trier les objets de valeur pillés, un autre se préparait au combat. Certains se repliaient derrière le camp dans les falaises, arbalètes et sarbacanes prêtes. Plus d'une bandit enceinte parmi eux.

— Tout aussi mortelles que toi et moi, dit Sledge quand elle remarqua que Wax observait le groupe, mais avec plus à perdre dans un combat déloyal.

— Je ne vois pas d'enfants ?

Sledge renifla.

— Ils iront dans l'une des dizaines de villes qui paieront pour avoir un corps à élever, à faire travailler dans leurs mines, leurs forges. Tout est un échange ici, Wax.

— Les mères laissent faire ça ?

— Certaines partent avec leurs enfants, d'autres non.

Sledge poussa Wax dans la tente d'Eggrad. Dégarnie, l'habitation semblait misérable.

— Toi et moi allons attendre ici pendant qu'Eggrad parle.

— On dirait que vous vous attendez à plus qu'une simple discussion.

— Quiconque fait confiance aux Najahn pour ne faire que ce qu'ils disent demande à se faire arnaquer.

Quand Wax insista pour en savoir plus, Sledge lui

ordonna sèchement de se taire. Un doux grondement monta de la plage alors que le sloop touchait le rivage, suivi de cris surpris, de jurons, et d'un son que Wax n'avait jamais entendu auparavant : les clics et les claquements des arbalètes libérant leurs carreaux.

Wax, assis sur le sable ratissé, commença à se lever mais Sledge le repoussa au sol. Sa main droite tenait à nouveau la lame Foti de Wax, son bleu brillant contrastant avec le beige poussiéreux autour d'eux.

— Il te l'a rendue ? chuchota Wax, glissant les mots par-dessus les cris, les appels et maintenant, le fracas du métal contre le métal qui s'intensifiaient.

— Une récompense pour avoir ramené ton corps parmi nous, répondit Sledge. Apparemment, les Najahn ne respectent pas notre accord habituel.

— Ils vous tuent ?

Un cri perçant s'éleva au-dessus de la bataille. Sledge grimaça.

— Je ne crois pas qu'ils jouent.

Elle jeta un coup d'œil par-dessus l'épaule de Wax, vers l'arrière de la tente.

— Allez, on y va.

— On fuit ? Wax se rassit. Pourquoi devrais-je ? Ils vont simplement me secourir.

Sledge rit, gardant les yeux en mouvement entre Wax et le rabat avant de la tente alors que la bataille s'intensifiait dehors.

— Ils penseront que tu es un bandit, comme nous, répondit Sledge. Qu'est-ce qui est le plus probable, le Renouveau Vis se cachant dans un camp de bandits, ou juste un autre voleur qui a besoin qu'on lui plante la tête sur une pique ?

Un argument convaincant, en effet.

Wax suivit Sledge hors de la tente par l'arrière, Sledge utilisant la lame Foti pour y faire une rapide entaille. Au-delà, la plage rencontrait des falaises rocheuses, une aventure que Wax n'était pas très enclin à entreprendre pieds nus, mais Sledge n'offrait pas de chaussures et la bataille disait que rester, c'était mourir.

À l'extérieur de la tente, Wax vit des carreaux voler depuis des trous dans les falaises à sa gauche, des dards noirs sifflant vers la plage. Des flèches revenaient en réponse, se plantant dans la pierre et rebondissant, soufflant la roche tendre dans l'air à chaque impact.

Le camp lui-même bloquait toute vue sur les véritables combats, peu importe combien de fois Wax jetait un coup d'œil en arrière tandis que Sledge le guidait plus loin dans l'étroitesse de la pierre.

— Jusqu'où ? demanda Wax alors que Sledge continuait d'avancer, ignorant les options de partir à gauche, de renforcer ses amis.

— Assez loin, répondit Sledge. Les Najahn ne perdront pas de temps à nous pourchasser tous. Nous serons dispersés, ils obtiendront leurs maudits prix, et ils partiront.

— Tu ne penses pas que vous allez gagner ?

Sledge s'arrêta, la haute pierre grise autour d'eux étouffant le bruit de la bataille. Lui donnant une distance qui permettait de respirer pleinement, de prendre un moment pour réfléchir.

— Eggrad a passé des années à traiter avec les Najahn, dit Sledge. Il s'est ramolli. Nous nous sommes tous ramollis maintenant. Si ces Najahn poursuivent leur attaque, et il semble bien qu'ils en aient l'intention, nous serons taillés en pièces.

— Mais...

Sledge fit volte-face, pointant un doigt vers Wax, puis vers elle-même.

— Nous ne sommes pas des combattants, toi et moi. Pas comme eux. Des voleurs, des aventuriers, peut-être. Mais les Najahn sont des guerriers, armés et prêts à faire ce que leur Cercle ordonne. Tu les combats, tu perds. C'est pourquoi toutes les îles souffrent de leur arrogance.

Avant que Wax ne puisse trouver une réponse, Sledge s'était à nouveau retournée, mettant plus de distance entre eux et la plage. Des pas entre elle et Wax.

Sledge avait peut-être raison. Les Najahn pourraient le prendre pour un bandit, mais ce que Wax entendait dans les paroles de Sledge était une vie vécue dans la peur, la promesse que le bonheur, une fois trouvé, serait fugace. Pas pour lui.

— Rends-moi mon épée, dit Wax.

Sledge se raidit, se retourna et pointa la propre lame bleue de Wax vers lui.

— Tu t'en sortiras avec la vie sauve. C'est plus que ce que tu mérites.

— Qui es-tu pour juger ? Sledge avança, son teint gris. Des chocs lointains, des cris, des jurons rebondissaient sur la roche autour d'eux. Tu n'es qu'un gamin. Tu ne connais pas le désespoir.

— Je sais que tu le ressens en ce moment même.

Wax se déplaça vers la droite, contournant les pierres striées, restant juste hors de portée de Sledge.

— Les combats se rapprochent. Ils me cherchent, et ils ne s'arrêteront pas.

— Ils s'arrêteront s'ils trouvent ton cadavre.

Sledge bondit, mais Wax esquiva sur la droite. La lame Foti ricocha sur la roche, dispersant de la poussière. Sledge jura, suivit Wax, vit qu'il se tenait maintenant entre elle et le sentier de fuite.

— Je peux danser longtemps, dit Wax, refusant de laisser un sourire apparaître sur son visage. La lame. C'était ce qu'il voulait. Une Sledge enragée pourrait ne pas la lui donner. Tu n'as pas ces secondes. Donne-moi la lame et tu auras une chance.

Sledge se rua sur lui, une charge digne d'un cri de guerre, mais elle garda la bouche fermée, les dents serrées. Wax feinta à gauche avant de glisser ses pieds sur le sol sablonneux et de sauter en arrière. Sledge frappa, sauvagement. La lame coupa là où Wax aurait dû, aurait pu être. Au lieu de cela, il resta, comme toujours, sur le chemin de Sledge. Alors qu'elle se remettait, Wax ramassa du sable et le jeta au visage de Sledge. Les grains éclaboussèrent ses yeux, sa bouche. Elle jura à nouveau, essuyant la saleté.

—Je te suivrai, ils me suivront, dit Wax en se réarmant. Peut-être que tu auras de la chance, peut-être pas. Mais tu n'as pas beaucoup de temps.

Comme s'ils avaient entendu la menace de Wax, un cri aigu retentit non loin sur leur droite. Le hurlement déchirant de quelqu'un. Sledge jeta un coup d'œil dans cette direction. La peur la tenait maintenant, un regard que Wax connaissait bien car il hantait nombre de ses propres cauchemars : Pan, sur le chemin descendant le Grand Sana, l'épine dans son côté.

— Je te propose un échange, et un bon, poursuivit Wax d'une voix posée. Tu m'as dit d'accepter l'offre d'Eggrad, et ça m'a sauvé la vie. Maintenant, je fais la même chose pour toi. Donne-moi la lame et cours.

Sledge examina la lame Foti, l'agitant devant elle d'un geste nonchalant. Un profond soupir. — C'est tout ce qu'on a, n'est-ce pas ? Un mauvais choix après l'autre. D'un geste brusque, elle lança la lame Foti derrière elle, en direction de la plage. — Prends ton épée, Wax. Que le diable t'emporte.

Wax ne fit pas un signe de tête à Sledge, ne lui adressa pas un mot de plus. Il passa en courant à côté d'elle, en gardant une large distance, et il entendit Sledge accélérer son propre pas. Vers l'est, vers la liberté, ou ce qui en tenait lieu pour elle. Quant à Wax, la lame bleue, la plage, et son frère et sa sœur l'attendaient devant.

Ses pieds ne sentaient presque pas la roche dure sous eux tandis qu'ils couraient.

CHAPITRE 35

LES RESSUSCITÉS

Sur la route avec Svarde et Catya, une question récurrente après quelques chopes de bière était de savoir s'ils préféraient affronter un grand démon ou plusieurs petits. Svarde, bien sûr, penchait toujours pour le géant solitaire, pariant que la cible unique serait plus facile à atteindre avec ses haches.

Ami, pour sa part, préférait des ennemis qu'elle pouvait trancher d'un seul coup. Pas de soucis de riposte, pas de monstre qui pourrait simplement encaisser l'épée et continuer à l'attaquer.

Catya, comme toujours, plaisantait au centre de la conversation, faisant pencher la balance d'un côté ou de l'autre selon qui semblait gagner le débat de la soirée : et si le démon unique pouvait voler, et si l'essaim se divisait à chaque coup, se multipliant en une armée infinie ?

Ces conversations traversèrent l'esprit d'Ami alors qu'elle observait le démon géant, maintenant enveloppé dans la toile du toit qu'il avait détruit, plonger vers eux, ses ailes, ses pattes et sa colère évidentes même si Sichi rendait la chose plus belle qu'elle n'aurait dû l'être.

La voix de Terrevin se brisa, poussant les Gardes à agir plus vite. Les chakrams quittèrent les dos pour trouver des mains volontaires. Les hommes et les femmes autour d'Ami se penchèrent, ramenèrent leurs bras avec les disques plats vers la terre, et lorsque le démon arriva à portée, Terrevin donna l'ordre de lancer.

Huit disques s'élancèrent dans les airs, pas tous en même temps mais de manière échelonnée selon un entraînement invisible pour que les paires ne se percutent pas mais volent droit vers leur cible.

Et touchèrent.

Les chakrams et leurs tranchants mordaient dans le démon, s'enfonçant dans sa peau velue avec un succès éclaboussant, une pluie d'ichor précédant la plongée muette du monstre. Ami ferma les yeux, fit un pas vers Catya alors que la pluie de sang les frappait. Elle tenait Flamebreak au-dessus de sa tête, sa pointe dressée.

Si le démon était assez bête pour s'abattre sur elle, son poids signifierait probablement la mort d'Ami, mais Flamebreak assurerait aussi celle du démon.

— Voulges en l'air ! cria Terrevin.

Les lances courbées se levèrent alors que le démon s'écrasait au sol, un événement qu'Ami observa à travers des yeux mi-clos, une main gauche essuyant le sang tandis qu'elle réalisait que le démon ne cherchait pas, en fait, à les écraser.

Au lieu de cela, le ver ailé s'écrasa dans les fleurs de lelune derrière le trône de Catya, du côté nord. À l'impact, les chakrams qui avaient si bien ouvert l'assaut s'envolèrent ou se brisèrent, leurs éclats volant dans toutes les directions.

— À terre, lança sèchement Ami à Catya, qui avait essayé de tourner la tête autour de son trône pour voir.

La Gardienne, laissant tomber Flamebreak sur le côté, serra Catya contre son trône tandis que des pierres et des morceaux de chakram s'écrasaient contre son dos. Des cris s'élevèrent alors que des Gardes malchanceux voyaient leur armure martelée, leurs points faibles transpercés.

— Chargez ! continua Terrevin. Blessés, repliez-vous !

Sur sa gauche, Ami remarqua le gardien du bouclier poussant un autre Garde sur le chemin, la montée qui le ramènerait au tunnel, au poste de garde et à Noctia proprement dite. Des renforts, ou plus probablement, des témoins pour les morts laissés après le combat.

Six Gardes restaient debout, Terrevin inclus, et tous brandissaient leurs voulges dans une charge directe vers le démon. Le ver, pour sa part, luttait avec son nouvel environnement au sol, se tortillant pour se débarrasser des derniers morceaux de chakram. Toute beauté que la chose avait pu avoir s'était évanouie maintenant entre les tiges de lelune, la terre et les lignes sanglantes dessinées par les attaques et l'Égide avant eux.

— Qu'est-ce que tu attends ? demanda Catya alors que les Gardes passaient en trombe.

— Je n'attends pas, dit Ami, se levant, tenant à nouveau Flamebreak dans ses mains. Tu es mon objectif. Si le démon passe à travers eux, je dois te protéger.

— Tu pourrais sauver leurs vies.

Dans une mêlée comme celle qui se développait ? Où le ver fouettait sa tête et sa queue vers les Gardes qui approchaient, en repoussant certains, encaissant quelques coups légers en retour ? Les coups de fouet projetaient encore plus de roches, un chaos désordonné.

— L'équipe de Terrevin sait ce qu'elle fait, dit Ami, espérant que c'était effectivement le cas. Je ne ferais que les gêner.

Les Gardes, du moins, correspondaient aux paroles d'Ami. Selene continuait de crier des ordres, des formations, des frappes, et les Gardes gardaient leur sang-froid, se précipitant quand les ondulations du ver remontaient le long de son corps pour porter des coups plus profonds, des frappes plus dévastatrices. Si un Garde tombait, un autre le tirait en arrière le temps qu'il se remette. Les ailes du démon, elles aussi, semblaient déchiquetées par la chute. Il n'y aurait pas de décollage ici.

Une danse lente, certes, mais inévitable. Flamebreak n'aurait pas besoin-

— Ami, dit Catya. Regarde.

L'Égide avait les yeux tournés vers la Blessure. Ami suivit son regard, vit une chose curieuse encastrée dans la roche juste au-dessus de la lèvre de la Blessure. Une couleur bronze, un or maladif dans la lumière de Sichi, mais solide et mordant dans la roche. De son dos partait une chaîne dorée, qui tombait par-dessus et dans la Blessure.

Tendue.

Plusieurs Gardes blessés gisaient près du dispositif, leur attention concentrée sur la réparation des entailles causées par la frappe initiale du ver. Aucun n'avait les yeux sur le nouveau crochet. Aucun, du moins, jusqu'à ce qu'une main à quatre doigts surgisse par-dessus le bord de la Blessure et se plante sur la terre. La main hypnotisait du regard, ses doigts indistincts derrière ce qui semblait être une flamme bleu-violet, qui ne vacillait pas le moins du monde dans le vent froid du début d'hiver de Noctia.

Des braises indigo jaillirent à l'impact de la main, des étincelles qui ne tombaient pas au sol pour mourir comme elles auraient dû, mais qui dérivaient plutôt dans l'air comme les graines d'une fleur, s'éteignant lentement.

En suivant la main le long de son bras, à nouveau une

flamme bleu-violet semblable à du liquide, le regard d'Ami se porta sur une épaule, puis dans l'obscurité. Du moins, pour un bref instant de plus.

Une seconde main s'éleva, atterrissant à droite de la première. Ami, déjà en train de lever Flamebreak, remarqua que la chaîne du crochet était toujours tendue. Une prise maintenue, un poids toujours soutenu.

Un autre démon étrange et nouveau.

Il mourrait comme tous les autres.

— Les Gardes ! avertit Ami, attirant l'attention des blessés. Derrière, le combat du ver continuait, sans prêter attention au nouvel arrivant. Si vous pouvez manier vos armes, aux armes ! Sinon, partez !

Comme en réponse à son appel, la tête du démon s'éleva au-dessus de la Blessure. Tel une flèche d'obsidienne, le triangle argenté-noir scintillant se détachait au milieu des flammes bleu-violet, d'autant plus que le corps même du démon semblait brûler sa tête encore et encore : des lignes orangées suivaient le chemin du feu, traversant la tête avant de recommencer, se séparant parfois pour des trajets aléatoires.

Tout cela était facile à remarquer, car la tête du démon était de la même taille que le corps d'Ami. Les deux premières mains agrippant encore la terre, à peine plus grandes que celles d'Ami, n'étaient qu'une introduction trompeuse au monstre massif qui suivait. Lorsque la tête du démon apparut entièrement, ces premières épaules laissèrent place à une envergure bien plus large, celle d'une créature gigantesque, au moins trois fois la taille d'Ami.

Une créature à laquelle il ne fallait pas accorder un instant d'avantage.

— À l'attaque ! cria Ami, pointant Flamebreak vers la créature.

Auparavant, Ami aurait remarqué les murmures du skar, aurait été curieuse en préparant la lame. Maintenant, ces légers sons racontaient une histoire différente : Flamebreak avait faim, était ravi, ne voulait rien d'autre que ce qui allait se produire.

Et pourtant, la charge d'Ami faiblit après un pas.

Elle faiblit, car le démon parla.

Ces lignes orangées brûlantes le long de sa tête se rassemblèrent, comme guidées soudainement, en un seul ovale crépitant, et de là, tandis que le démon continuait de s'élever, émergea un discours râpeux et bouillonnant.

Les mots, la cadence, ne ressemblaient à rien de ce qu'Ami avait entendu auparavant. Rien, sauf le même skar qui murmurait dans sa tête à ce moment précis, l'appelant à frapper.

Si Ami hésitait, les Gardes qui avaient repris leurs esprits ébranlés, l'un avec un bras pendant mollement et les deux autres avec des blessures sanglantes à l'estomac et aux jambes, ne le firent pas. Ils se précipitèrent en titubant vers le géant, les deux premiers poussant leurs voulges vers les bras et le dernier, venant de derrière, lançant son arme vers la tête du démon.

Les meilleures armes de Najahn virent leur métal faire piètre figure face à leur cible. Les pointes courbées plongèrent, trouvèrent les mains, devinrent blanches incandescentes et fondirent simplement, le métal en fusion coulant sur la peau du démon sans provoquer le moindre tressaillement. La voulge volant vers la tête frappa le crâne rocheux du monstre, rebondit en flammes et tomba dans les profondeurs de la Blessure.

— Tiens bon, Ami, dit Catya derrière elle.

Exact. Ami prit une lente inspiration. Elle repoussa les paroles du démon tandis que les trois Gardes reculaient, leurs yeux cherchant d'autres armes. D'autres tentatives inutiles.

— Que veux-tu ? demanda Ami au démon, une question qu'elle n'avait jamais posée auparavant dans tous ses combats contre les habitants monstrueux des Ténèbres d'En-Bas.

Le démon répondit, son crépitement vif et claquant. Ami n'y comprenait rien. Les skars, au moins, semblaient donner une émotion avec leurs murmures, une impulsion aidant à la guider vers ce que les pierres voulaient dire. Le démon ne donnait aucun indice de ce genre, bien que son ascension continue ne laissât présager rien de bon.

La chaîne dorée se détendit lorsqu'une nouvelle main apparut, celle-ci deux fois plus grande que la première. La chaleur irradiait du membre géant bleu-violet, déferlant sur Ami en une vague brûlante. Le skar de Flamebreak bondit vers elle, tirant Ami en avant de sa propre volonté. La petite pierre réclamait la destruction du démon, l'exigeait.

Il était temps de donner au skar Foti ce qu'il désirait.

Ami pointa Flamebreak pour une frappe perçante directement vers le cou du démon, une cible grandissante et luisante alors que le monstre continuait son ascension. Alors qu'elle faisait son premier mouvement, le crochet doré se retira, ses dents arrachant la roche. Il s'enfonça dans la Blessure, puis s'éleva à nouveau avec le quatrième bras du démon, sa deuxième main géante tenant l'extrémité de la longue chaîne, révélant que l'arme n'avait pas un mais quatre grands crochets dorés. Le démon fit passer le bras derrière sa tête, tirant les crochets dans les airs.

C'était beau, d'une certaine manière, planant au-dessus de la chose en fusion et brûlante. Une course, sous les étoiles scintillantes, pour voir qui mourrait en premier.

Ami fit une autre grande enjambée, prenant appui sur

sa jambe gauche pour la poussée finale. Son nez capta une odeur, ses cheveux s'enflammant tandis que la chaleur autour d'elle brûlait intensément, aspirant tout l'air sauf la flamme bleu-violet.

Le skar guidait son coup alors même que les yeux d'Ami trouvaient les crochets qui tombaient, tous fonçant vers elle, le démon lançant ce qui devrait être un coup mortel dévastateur.

Un éclair. Une voulge, volant parfaitement au-dessus de l'épaule droite d'Ami. La lance courbe frappa la chaîne claquante, la qualité de Najahn faisant ses preuves ici même si elle avait échoué contre le feu. La voulge s'enfonça profondément dans le grand maillon, brisant sa prise et envoyant les quatre crochets s'écraser inoffensivement loin à la droite d'Ami.

— La voie est libre ! cria Terrevin, sa voix se faufilant entre le rugissement du skar.

Flamebreak s'enfonça, et Ami hurla alors que sa peau goûtait au feu du démon. Par-dessus tout, remplissant son esprit et submergeant sa volonté, dirigeant Ami pour qu'elle pousse toujours plus loin, il y avait le skar.

Et Ami écouta. Car il n'y avait pas d'autre choix.

CHAPITRE 36
LE SAUVETAGE

Les Lira avaient montré à Bliss comment maîtriser les démons, comment se faufiler dans la jungle sans être vue ni entendue, comment dominer la nuit et conquérir le jour. Deshiva et les autres chasseurs lui avaient appris à pister, à vivre de la terre, à se battre avec ce qu'elle pouvait trouver.

Aucun d'eux ne lui avait montré ce que signifiait partir en guerre.

Les Najahn descendaient du sloop en flot continu, prêts dans leurs rangs clairsemés à affronter la résistance hétéroclite des bandits. Bliss, Quik et Torny observaient depuis le sloop, la chef des Najahn leur ayant ordonné de rester là pendant qu'elle nettoyait cette racaille.

Les bandits, quant à eux, sortirent en s'attendant à quelque chose de différent. Leur chef — Bliss en déduisit qu'il s'agissait du chef car non seulement il menait les bandits, mais il avançait aussi avec une démarche pleine d'assurance — descendit sur le sable les bras grands ouverts, sans armes apparentes. Deux bandits le suivaient, chacun portant des coffres usés. Du butin, un pot-de-vin ?

— Elle a dit que les choses changeaient, ajouta Quik lorsque l'offrande devint évidente.

— Pas aussi facile à corrompre que le précédent, dit Torny, se mordillant nerveusement la lèvre inférieure.

« Inquiète ? » signa Bliss à la bandit.

— Ça ne s'annonce pas bien, répondit Torny, puis elle haussa les épaules. Heureusement que je n'ai jamais rencontré ces gens, sinon je m'en soucierais peut-être davantage.

— Ne crois pas qu'elle ne te tiendra pas pour responsable, dit Quik. Une fois que Wax sera de retour parmi nous, tu devras répondre de tes actes tout comme tes amis.

Torny avait généralement une réplique cinglante pour Quik, mais cette fois elle garda le silence, continuant de se mordre la lèvre.

Nerveuse, mais après tout, Torny avait toutes les raisons de l'être. Avoir trouvé un foyer pour le voir maintenant arraché ? Bliss n'était pas sûre de comment elle réagirait à cela, si ce n'est qu'elle ne laisserait pas faire sans se battre.

Ce qui fut, au coup de sifflet de Pavarde, ce en quoi la plage se transforma. Les premiers rangs des Najahn abaissèrent leurs vouges et chargèrent, sans même prendre la peine de faire semblant de négocier. La ligne arrière dégaina des chakrams de leurs épaules et lança les disques tranchants par-dessus leurs alliés, les cercles sifflants entaillant les bandits qui attendaient. Le sable vola tandis que les bottes s'enfonçaient profondément, et les premiers cris commencèrent.

Bliss grimaça, commençant à reculer pour ne sentir que la main de Quik dans son dos. Bliss regarda son frère, vit son visage crispé mais ses yeux sévères, observant.

— C'est important, dit Quik alors que le conflit s'engageait, des carreaux comme des frelons noirs jaillissant des falaises au fond de la plage. Nous avons amené les Najahn ici. Le moins que nous puissions faire est de regarder.

— Ouais, non merci, dit Torny en se détournant. D'ailleurs, je ne vois pas ton frère là-bas. Peut-être qu'il est déjà parti et que tout ce que vous faites, c'est faire tuer des gens pour rien.

Pendant que Quik grognait une réponse stupide, Bliss essaya de confirmer l'affirmation de Torny. La mêlée rendait difficile de distinguer quoi que ce soit, les bandits et les Najahn se mélangeant, les vouges et les épées volant, mais elle ne reconnaissait pas Wax parmi la cohue. Pas de lame bleue de Foti se démarquant du reste.

— Pense ce que tu veux, dit Torny, se dirigeant vers la rampe du sloop. Je n'attends pas de recevoir une lance dans le dos ou une corde autour du cou.

Avant que Quik ne puisse faire plus que jurer, Torny sauta par-dessus le bord du sloop, éclaboussant l'eau et longeant la plage en direction du camp, loin des combats.

« Beau travail », signa Bliss à son frère.

— Tu es trop amicale avec elle.

« Elle m'a sauvé la vie. » Bliss dégaina son bâton, regardant Torny éclabousser le sable, la voleuse presque lumineuse dans le soleil levant. « Et elle a raison. Wax n'est pas là-bas. »

Bliss se dégagea de l'emprise de son frère, se dirigeant vers le même côté du bateau que Torny avait utilisé. Un coup d'œil en bas lui indiqua que la chute n'était pas grande.

— Où vas-tu ? demanda Quik, s'apprêtant à la suivre.

« Chercher notre frère. »

L'eau était sacrément froide, coupant le souffle par sa glacialité, mais le sable s'avéra plus chaud, une couverture granuleuse recouvrant Bliss alors qu'elle courait après

Torny. À sa gauche, les ordres de Pavarde s'élevaient dans l'air, commandant l'avancée des Najahn. Quelques carreaux volaient encore depuis les falaises, mais les bandits semblaient se disperser, courant vers les pentes pour être fauchés par derrière par des lances perçantes ou des chakrams lancés.

Les Najahn, cependant, ne semblaient pas particulièrement pressés, s'occupant de leurs blessés et s'assurant que les victimes ennemies devenaient des cadavres.

Torny, quant à elle, disparut parmi les tentes.

Bliss accéléra le pas, tenant le bâton à deux mains et rappelant à ses pieds comment courir légèrement sur le sable. Ils effleuraient la surface, ne laissant que la plus infime des empreintes. L'estomac plein, bien reposée, Bliss trouva la course facile, une montée d'adrénaline l'accompagnant.

Une chasse. Pour un ami, oui, et son frère, mais une chasse.

Les premières tentes étaient petites, leurs rabats poussiéreux flottant dans la brise matinale montante. À l'intérieur, Bliss vit des sacs de couchage sommaires, des sacoches bourrées pour une fuite rapide. Celles de ceux qui étaient allés à la plage, donc, et qui ne reviendraient pas.

Au-delà, Bliss trouva un terrain plus plat. Des foyers, des râteliers pour armes et outils majoritairement vides. L'odeur du petit-déjeuner flottait encore dans l'air, des poêles en fer sale contenant du poisson carbonisé tandis que des bols en terre cuite retenaient les restes de fruits provenant des arbres et buissons du bord de mer, les rares plantes comestibles de l'île que Bliss avait vues.

— Sœur ! s'éleva une voix inattendue et ravie.

Wax apparut de derrière la plus grande tente à l'arrière du camp, les mains libres et un large sourire aux lèvres.

Bliss le lui rendit, la montée d'adrénaline de la chasse se transformant rapidement en l'euphorie de la victoire. Le voilà, son Renouveau, et en plus en bonne santé. Pas de mauvaises blessures, même fraîchement lavé.

Elle ne lâcha pas son bâton pour donner une étreinte serrée à Wax, mais il souleva Bliss quand même, en riant, jusqu'à ce que le cri d'un autre blessé déchire l'air.

— Nous les avons amenés, signa Bliss alors qu'ils jetaient tous deux un coup d'œil à travers le camp en direction des combats. Les Najahn sont venus te sauver.

— Je prends, soupira Wax, bien que sa grimace indiquât que ses sentiments n'étaient pas exempts de culpabilité. C'est ton navire alors ?

— C'est le mien.

— Alors allons-y.

Bliss, cependant, ne bougea pas après Wax, et son frère se retourna, la question évidente.

— Je dois trouver quelqu'un, signa Bliss.

— Qui ?

La réponse à cette question mourut dans un grognement saccadé et triomphant de l'autre côté de Wax. Surgissant à travers une tente en agitant ses épées, du sang coulant de plusieurs blessures, apparut le chef des bandits. De la terre s'accrochait à sa barbe, à son visage, mais les yeux sauvages de l'homme roulèrent clairement lorsqu'ils trouvèrent Wax.

— Mon ticket de sortie, dit l'homme, des postillons rouges écumants ponctuant ses paroles. Un Renouveau contre ma vie. Un échange équitable, ne dirais-tu pas ?

Wax recula d'un pas, laissant assez d'espace à Bliss pour le contourner, son bâton prêt. Le chef des bandits l'aperçut, la fixa un moment perdu, puis entrechoqua ses courtes lames.

— J'ai cru que tu étais Sledge pendant un instant, ma petite, mais je suppose que Wax ici présent s'est débarrassé d'elle ? demanda le chef des bandits. Tu es revenue vers Eggrad pour te venger ?

— Je ne suis pas..., commença Wax alors qu'Eggrad se lançait en avant.

Bliss fit pivoter son bâton vers la gauche, son extrémité heurtant Wax et le repoussant plus loin. Eggrad semblait se diriger droit vers son frère, mais après son premier pas, le bandit planta son pied droit et dévia brusquement vers Bliss, menant ses deux lames dans une danse bas-haut.

La Lira bloqua le coup haut avec son bâton, reculant tout en pivotant pour esquiver le coup bas. Une sauvegarde temporaire, car Eggrad pressa son attaque, repoussant le bâton sur le côté et menant à nouveau avec sa lame gauche pour un coup d'estoc au ventre. Un coup qui manqua largement sa cible, grâce à une forme hurlante qui déboula du côté mer du camp.

Quik percuta Eggrad par derrière, projetant le bandit dans la poussière. Quik tomba après, se rattrapant avec ses mains et essayant de se relever, mais Eggrad, maudissant sa malchance, lui asséna un coup de pied au visage. Le frère de Bliss s'effondra dans la poussière.

Mais en prenant une voie, Eggrad s'exposait à d'autres, notamment un coup du bâton de Bliss contre son crâne. Le cuir sur sa tête amortit le coup, mais la force plaqua le visage d'Eggrad dans la poussière. Bliss recula son pied droit, envoya le bâton à gauche pour un coup balayant qui aurait dû mettre fin à tout cela.

Le bâton arriva rapidement, mais Eggrad leva son bras droit, plantant l'épée plus vite que quiconque n'aurait dû après un coup à la tête comme celui que Bliss avait porté. La lame servit à bloquer le coup de bâton, faisant vibrer le bois alors même qu'Eggrad se remettait à genoux, puis sur ses pieds.

— Ne le laisse pas récupérer, dit Wax en lançant une poêle en fer.

Le projectile fila, frappa Eggrad à la poitrine, provoquant un trébuchement. Bliss en profita, donnant un coup de bâton vers l'avant. La main gauche d'Eggrad s'abaissa, dévia le coup qui ne frappa que sa cuisse, un coup tout de même assez fort pour plier, peut-être briser l'os.

Eggrad grimaça, cracha une autre malédiction enflammée, mais ne tomba pas.

Quelle endurance cet homme avait. Bliss ramena son bâton, prête à se défendre alors qu'Eggrad avançait à nouveau, mais le chef des bandits s'arrêta, pivota et frappa.

Quik, revenant de derrière, encaissa le coup soudain dans sa poitrine, du côté droit. En un éclair, l'épée entra, ressortit, et le chasseur de Vis s'effondra dans la poussière. Wax cria le nom de son frère.

Bliss profita de l'ouverture.

Allant trop bas cette fois, avec les épées d'Eggrad tourbillonnant en arrière s'attendant à un coup au niveau de la poitrine, Bliss faucha les chevilles du bandit, le renversant à nouveau dans le sable. Cette fois, Bliss fit glisser sa prise alors que le bâton montait, inversant le mouvement et envoyant l'extrémité métallique directement dans la tête d'Eggrad. Le craquement résonna fort, au-dessus de la mêlée qui continuait au nord, et le chef des bandits resta immobile.

— Quik ! cria à nouveau Wax, sprintant devant Bliss vers son frère.

Bliss se déplaça plus lentement, écartant d'un coup de pied les deux épées des mains d'Eggrad avant de rejoindre Wax aux côtés de Quik.

La blessure étendait son empreinte dans le sable, un rouge suintant retardé seulement par les doigts de Quik. Wax avait déjà déchiré sa chemise, remplaçant la main de Quik alors que Bliss arrivait avec le tissu en boule. La coupure, cependant, était profonde, suffisamment dangereuse.

— Les Najahn ont-ils amené un guérisseur, un médecin ? demanda Wax tandis que Bliss cherchait autour d'elle quelque chose qui pourrait servir.

— Je ne sais pas, signa Bliss. Ils ne nous ont pas beaucoup parlé.

— Est-ce grave ? demanda Quik, sa voix déjà si faible, tendue. J'ai senti que c'était profond.

— J'ai vu pire, répliqua Wax, puis il lança un autre appel à l'aide, un appel qui, Bliss le devinait, resterait sans réponse tant que les Najahn auraient leurs propres blessés à gérer. Bliss, il faut qu'on le déplace. Le ramener au bateau.

— Tu prends ses épaules, je prends les pieds. Bliss se leva pendant que Wax se précipitait près de la tête de Quik. Le bâton alla dans sa bandoulière, et Bliss se pencha, saisit les chevilles de son frère.

— Prête ? demanda Wax, la regardant, puis son expression changea, la détermination cédant la place à une confusion horrifiée.

Bliss pivota, laissant retomber les pieds de Quik dans la poussière. Eggrad se relevait derrière elle, ses épées disparues mais un poignard caché dans sa main droite. Il leva l'arme, l'orienta pour frapper, et tressaillit. Une fois, deux fois, avant de s'effondrer au sol.

Derrière lui, l'épée courte d'Eggrad à la main, se tenait Torny. Avant que Bliss ne puisse signer quoi que ce soit, la voleuse jeta la lame de côté et plongea sur le corps d'Eggrad, fouillant ses poches, ses vêtements en lambeaux.

— Que fais-tu ? demanda Wax.

Torny leva les yeux, — Aide-moi, si tu veux que ton frère vive.

Il y avait des moments pour remettre les choses en question, des moments pour étudier les options et choisir la meilleure voie, mais là, en cet instant, Bliss utilisa ce qu'elle entendait, ce qu'elle ressentait, ce qu'elle savait.

Torny ne les avait pas abandonnés, ne l'avait pas abandonnée.

Ensemble, les deux arrachèrent l'armure d'Eggrad, Torny poussant un juron joyeux lorsqu'elle trouva ce qu'elle cherchait, un saphir familier sur une chaîne corrodée.

— Mon skar, dit Wax alors que Torny retirait la pierre d'Eggrad.

À ce geste, alors que le skar perdait son contact avec le chef des bandits, l'homme soupira, une expiration qui le vida.

— Pas étonnant qu'il ne s'arrêtait pas, dit Wax alors que Torny lui lançait le skar. Cette chose, le skar de Vis, il te guérit.

— Je le sais, idiot. Donne-le à ton frère, dit Torny en levant les yeux au ciel, avant de retourner au corps d'Eggrad pour continuer à vider ses poches.

Wax pressa le skar contre la blessure de Quik, tandis que Bliss s'approcha de Torny et lui saisit les mains pour attirer son attention.

— Quoi ? aboya Torny. Ce type est le chef, ce qui signifie qu'il aura les clés des vrais objets de valeur. Je suis sur le point de devenir une fugitive, alors je vais...

Bliss secoua la tête. « Tu vas rester. Avec nous. »

Torny éclata de rire. — Tu n'as pas entendu ton frère ? Il va me faire pendre à la première occasion.

Une fois de plus, Bliss secoua la tête. « Je ne le laisserai pas faire. Jamais. »

Torny commença une nouvelle remarque, mais vit ce que Bliss exprimait sur son visage et dans son étreinte. Elle s'arrêta et hocha lentement la tête.

— Tu le promets ? demanda Torny.

« Sur ma vie. »

— Ça se referme ! cria Wax derrière elles. Le skar fonctionne. Bliss se retourna pour voir Wax s'affaisser dans le sable, un sourire épuisé sur le visage. — Bliss, je ne sais pas comment on va pouvoir faire mieux que ça.

CHAPITRE 37
LA GRANDE FORGE

Les bandits mis en déroute. Le capitaine Najahn balaya le camp, s'emparant de tout ce qui avait de la valeur tandis que Wax et les autres, escortés jusqu'au sloop, ne faisaient guère que se reposer, observer et échanger des histoires. Les Najahn furent minutieux, brûlant les tentes et les matériaux qu'ils ne prenaient pas, laissant le camp en ruines à la fin de l'après-midi.

Parmi les trésors saisis, présentés par le capitaine à Wax comme butin, se trouvaient les gantelets de Quik. Le frère de Wax poursuivait sa convalescence, bien que le skar ne semblât pas capable de restaurer son endurance aussi rapidement : Quik dormait des heures durant, ne se réveillant que pour siroter de l'eau et manger une soupe de poisson claire.

Torny, aux yeux de Wax, semblait prendre la dissolution de sa récente tribu avec philosophie. La bandit mangeait, buvait et plaisantait avec les Vis et les Najahn qui se joignaient à eux, ne disparaissant qu'à la fin de la nuit pour regarder les vestiges du camp se consumer sur le sable.

— Qu'est-ce qui a changé ? demanda Wax à Bliss, tous

deux sur le pont du sloop, emmitouflés dans des vêtements de bandits récupérés qui les protégeaient du froid. Le bateau ne partirait pas avant le matin, une garde Najahn relâchée montant la garde tandis que la plupart se lançaient dans une célébration bruyante avec de la bière et des vins de fruits pillés.

— Avec elle ? demanda Bliss, et Wax acquiesça. Elle n'a pas essayé de me tuer, et c'était sinistre là-bas. On s'est entraidées.

— Et elle est restée même après que vous avez trouvé Quik ?

— Pas qu'il ait aidé, mais Wax, je ne pense pas qu'elle ait un endroit où aller.

— Tu as une idée derrière la tête.

La petite sœur, Bliss avait toujours été une manipulatrice redoutable, capable de convaincre ses frères d'accepter à peu près n'importe quoi, ou de les monter l'un contre l'autre jusqu'à ce qu'elle obtienne ce qu'elle voulait. Wax se sentait déjà prêt à accepter, quoi qu'elle dise.

Bliss était venue à son secours, elle était la première à remonter la plage pour le trouver. Wax lui devait plus ou moins tout ce qu'elle voulait.

— Elle connaît des choses que nous ignorons, commença Bliss. Sur le monde au-delà de Vis. On est perdus, Wax. Admets-le. Notre première île et on a failli mourir de faim, on a failli être tués. Il en reste six, et Torny est débrouillarde.

— Tu veux que je fasse d'elle une Gardienne ?

C'était maintenant au tour de Bliss d'acquiescer, la sincérité brillant dans la lumière des lampes du sloop. Torny restait à la proue du navire, une ombre contre la lueur rose de Sichi.

— Ce n'est pas entièrement ma décision, Bliss, dit Wax.

Mais si elle veut venir avec nous, je ne dirai pas non. Bien que je ne pense pas que Quik appréciera.

— On lui dira que Torny lui a sauvé la vie. Ça aidera. Bliss sourit. Et si ça ne suffit pas, tant pis. Tu es le Renouveau. C'est ta décision.

Que ce soit sa décision ou non, Quik continua à grommeler, toujours hors de portée d'oreille de Torny, au cours des jours qui suivirent. Le sloop les emmena le long de la côte ouest de Foti, le capitaine Najahn promettant une escorte directe jusqu'à la Grande Forge. Ce n'était pas quelque chose toujours offert aux Renouveaux, mais étant donné le stress, et les fournitures que le capitaine pourrait donner à la garnison Najahn là-bas, cela semblait une offre inoffensive.

Une que Wax n'eut aucun problème à accepter.

Ils voyagèrent dans un train de wagons en ferrite à travers l'étendue nord de Foti, une région montagneuse mais plus verdoyante que les Terres Désolées en contrebas. Des cultures et du bétail occupaient les flancs herbeux des collines et les plaines nivelées, avec de grandes grottes béantes creusées ici et là menant à des mines.

La Grande Forge elle-même ne semblait pas très différente de ces usines de minerai au premier coup d'œil, juste un trou plus grand creusé dans une montagne brun argenté accroupie entre d'autres pics plus élevés. À sa base, un camp Najahn en pierre et en bois négociait sa position avec les entreprises de Foti, ces dernières faisant entrer et sortir des chariots chargés de minerais bruts dans la bête chaude et fumante, et en ressortant avec des trésors scintillants.

L'entrée, du moins, rendait un certain crédit au statut de la Grande Forge, avec des bannières Najahn et Foti claquant dans le vent chaud et des statues sculptées bordant le chemin à rampe menant à l'entrée. Torny, se révélant être une guide touristique adepte, bien qu'elle n'ait jamais été à la Grande Forge auparavant, lisait les noms et les exploits de chaque homme et femme martelant qu'ils dépassaient.

La plupart, semblait-il, avaient gagné leur honneur immortel en pionniérant une nouvelle technique de travail du métal. Trois, cependant, avaient des colliers ajoutés à leurs statues grises stoïques : les anciens Égides de Foti, et la plus éloignée de l'entrée de la grotte, leur Égide actuelle.

— Tu penses qu'elle est encore en vie ? demanda Wax alors qu'ils passaient devant la statue de Catya, une figure lisse montrant la femme dans une pose de défi, agrippant le collier à deux mains comme pour dire que tout démon devrait le lui arracher.

— Si elle ne l'était pas, la route serait beaucoup plus dangereuse, répondit Quik, prenant un moment, avec Bliss, pour faire un signe de bénédiction de Vis à la statue. Le Cercle a pris la décision à temps. Nous devrions terminer bien avant qu'elle... tombe.

— *Si* ils l'ont fait à temps, tu veux dire, ajouta Torny. Fassle n'est pas infaillible.

— Le Cercle, ce n'est pas que lui, rétorqua Quik alors qu'ils continuaient à passer devant les statues, se serrant sur le côté droit pour que les chariots puissent passer dans les deux sens. La fin de matinée s'avérait être une période chargée pour la Forge. C'est toutes les îles qui travaillent ensemble.

— C'est Noctia qui fait ce qu'elle veut.

— Ça me convient, dit Wax, mettant fin à la dispute. J'ai de la bonne nourriture, des couvertures chaudes et un agréable voyage autour des îles ? Je prends.

Torny semblait sur le point d'ajouter quelque chose, mais Bliss lui donna un coup de coude dans le côté et la bandit se contenta de lever les yeux au ciel.

Le garde Najahn qui les attendait à l'entrée de la Forge leur fit signe de tourner à droite, sur l'étroit pont, plutôt que de suivre les chariots vers les principales stations de fusion et de martelage.

— Ce que vous cherchez est dans le cœur, dit le garde, le visage et l'armure couverts de poussière noire. Ne restez pas longtemps là-bas.

— Pourquoi ça ? demanda Torny, au grand soupir de Quik. On va tous prendre feu ou quoi ?

Le Najahn esquissa un léger sourire. — La dernière chose dont j'ai besoin aujourd'hui, c'est de racler vos cendres dans un seau.

« Eh bien, c'est de mauvais augure », signa Bliss.

— Après ce qu'on a affronté, dit Wax, ça ne peut pas être pire.

Cette affirmation fut mise à l'épreuve peu après, lorsque le groupe, suivant les indications du Najahn, se retrouva à marcher le long d'un étroit précipice surplombant un lac de lave bouillonnant. Entre les vastes bulles, les éclatements et les sifflements, des bruits de martelage lointains résonnaient partout, créant un étrange contraste entre industrie et furie naturelle.

Wax, quand il n'essuyait pas la sueur de ses yeux, suivait Bliss le long de la corniche. Ils portaient la toile Foti la plus légère qu'ils avaient pu trouver, les chaussures prouvant leur valeur car même un simple contact avec les parois rocheuses noires suffisait à brûler une paume ou un doigt égaré. L'air scintillait, et chaque respiration déclenchait une bataille pour éviter de tousser. Ils eurent tous recours aux signes de Bliss pour économiser leur souffle, une décision qui, au grand plaisir narquois de Quik, excluait Torny d'une grande partie de la conversation.

Non pas qu'ils aient grand-chose à dire en dehors des plaintes sur la chaleur et des avertissements sur les faux pas et les étincelles de lave. Du moins jusqu'à ce qu'ils atteignent le fameux cœur.

Le centre de la Grande Forge s'élargissait à partir du chemin étroit en une large plateforme carrée, apparemment balayée. Sa large base descendait dans le lac de lave, formant un pilier croûteux qui rougeoyait partout où le liquide brûlant l'éclaboussait. De l'autre côté se trouvait une excroissance de pierre, une chose bulbeuse plus grande que le chariot dans lequel le groupe était arrivé, couverte de veines scintillantes d'or, de cuivre, d'argent et d'autres métaux. Ces veines descendaient le long de la forme et s'enfonçaient dans le sol, s'étalant sur toute la plateforme, s'entrecroisant ici et là avant de se terminer aux pieds du groupe.

— Un puzzle, annonça Torny, abandonnant les signes.

Chaque veine avait sa propre extrémité, le filon plongeant dans une rainure peu profonde qui traversait la base de la plateforme. Ces extrémités reposaient dans des cubes découpés, tous flottant dans la lave bouillonnante qui coulait dans cette rainure. Appuyés contre le mur rocheux au bout de leur chemin se trouvaient plusieurs tiges forgées, dont l'utilité était facile à deviner.

— Il faut les pousser, suggéra Wax, crachant de la poussière en parlant.

Bliss n'attendit pas, saisissant la tige la plus proche — son bâton aurait fonctionné, mais comme toutes leurs armes et leur équipement, il avait été laissé derrière — et poussa sur le cube de cuivre. Il disparut sous la lave, qui commença à remonter sa ligne bronzée jusqu'à atteindre la toute première intersection de la veine, avec le filon d'or la coupant. Là, la lave s'arrêta, comme incapable de traverser.

— L'or ensuite, alors, dit Quik, saisissant une tige et poussant la veine.

À nouveau, la lave courut le long de la veine d'or, traversant l'intersection avec le cuivre avant de s'arrêter à... une seconde rencontre avec la veine de cuivre plus loin. Pendant ce temps, le cuivre poussé par Bliss ne bougea pas plus.

— Et maintenant ? demanda Torny. Et s'il vous plaît, si vous savez, faites vite. Il fait sacrément chaud ici.

Cela semblait être le défi. Résoudre le puzzle avant que la chaleur, la poussière, l'intensité pure ne vous fasse bouillir vivant.

— Pour résoudre un puzzle, dit Wax, il faut connaître les règles. Bliss, soulève-le. Voyons s'il se réinitialise.

Bliss souleva sa tige du cube de cuivre, et la pierre flotta librement hors de la lave dans la rainure. La lave qui avait déjà parcouru la veine, cependant, resta immobile, brillant d'un orange vif, chaude et en attente.

— Quik, dit Wax, maintenant à toi.

L'or fit à peu près la même chose lorsque Quik le relâcha, sauf que la lave sécha, refroidissant la veine d'or jusqu'à juste après l'intersection avec le cuivre. Au-delà, entre les deux contacts avec le cuivre, l'or resta recouvert de lave. Là où ce n'était pas le cas, l'or devint noir, recouvert maintenant de roche de lave refroidissant rapidement.

Et le cuivre utilisa son chemin libre, la lave laissée par la poussée de Bliss filant en avant pour couler au-delà de l'intersection avec l'or jusqu'à ce qu'elle soit piégée par une rencontre avec l'argent.

— Je pense qu'on a notre réponse, dit Wax, avec l'accord transpirant des autres.

Comprendre le fonctionnement du puzzle et le résoudre étaient deux choses différentes, mais quatre esprits en train de fondre travaillaient mieux que celui de Wax seul, le groupe se passant les tiges et les idées pour faire avancer la lave le long des veines et de la plateforme. Lorsque chacune atteignait le monticule de pierre au bout, la lave enveloppait sa veine choisie. À la fin du puzzle, donc, des lignes orange brillaient à travers la roche grise, avant de se précipiter dans quelque trou caché à l'intérieur. Avec un craquement et un claquement — Wax entendit les sons clairement alors que lui et les autres traversaient la plateforme, enjambant les lignes de lave séchées mais encore chaudes — le centre du monticule s'éleva. Là, niché sous son capuchon de pierre, reposait un ensemble scintillant de sept skars Foti.

Torny siffla tandis que Wax atteignait le monticule. Sous les skars se trouvait une petite mare de lave, créée par leur résolution du puzzle.

— Vous pensez que je peux le toucher ? demanda Wax au trio.

— Je pense que si tu ne le fais pas, on va tous frire, répondit Torny.

— Pour une fois, je suis d'accord avec la bandit, ajouta Quik.

Par précaution, Wax prit sa main gauche et la posa sur le skar Vis, de nouveau à sa place sur son cou. Les murmures du skar s'intensifièrent, et la chaleur de la Forge sembla moins oppressante, sa respiration devenant plus facile. Une addiction dangereuse, ce skar pouvait l'être.

Mais quand Wax tendit la main pour saisir son deuxième, ses doigts avançant lentement, il trouva la gemme orange juste aussi chaude, et pas plus, que le skar

Vis l'avait été quand il l'avait saisi au sommet du Grand Sana il n'y a pas si longtemps.

Wax sortit le skar, se retourna et le montra au groupe.

« Très impressionnant », signa Bliss. « Maintenant, peut-on sortir d'ici ? »

Pour une fois, personne ne contesta cela.

CHAPITRE 38

PRESSION À LA SURFACE

Le retour à la surface prit plus de temps que la descente. La fatigue, les rations décroissantes et le poids émotionnel pesaient sur Svarde et les autres. Maena ne retrouva pas rapidement son état d'esprit habituel, restant silencieuse la plupart du temps, en proie à un conflit intérieur. Rasslebeck et Pennifer se tenaient compagnie, tandis que Kivi éclairait le chemin et les maintenait sur la bonne voie du retour.

Tout cela laissa Svarde à ses propres pensées, qui se tournèrent vers le démon et ses souvenirs volés. L'homme gémissant et ce que cela signifiait.

Le Gardien avait visité les sept îles, entendu leurs dialectes, bu leurs bières et expérimenté leurs cultures. Aucune ne parlait les langues qu'il avait entendues du démon, une coïncidence que Svarde aurait pu attribuer à une capture ancienne — qui savait depuis combien de temps le démon avait survécu dans les profondeurs — si ce n'était pour l'homme gémissant.

Sans mémoire ni vraiment d'esprit, l'homme gémissant

n'offrait pas beaucoup d'indices, mais dans cette absence, il donnait le plus important : son apparence pâle, sa peau flasque, sa facilité à se faufiler dans les tunnels étroits du souterrain et la faible lumière suggéraient qu'il n'était pas un vagabond chanceux qui avait plongé profondément et s'était fait piéger.

Que des secrets se cachaient dans les Ténèbres du Dessous n'était une surprise pour personne. Que ces secrets puissent inclure un peuple vivant sous la surface ?

Une question pour Noctia, peut-être. Le Cercle et les livres d'histoire.

Quant à sa quête pour tuer le cœur du démon, arrêter la prolifération dans les trous les plus profonds, Svarde sentait le poids de ses haches sur son dos, les ampoules à ses pieds, la sécheresse dans sa gorge qui attendait une eau qui ne viendrait pas.

Le raid n'avait pas suffi. Un petit groupe n'atteindrait pas ce que Svarde voulait. Non, il devrait convaincre les îles. Obtenir, sinon une armée, du moins quelque chose qui s'en rapproche. Une chaîne d'approvisionnement stable, des incursions et des forces prêtes à s'enfoncer plus profondément et à revendiquer le territoire conquis.

Pas une expédition, donc, mais une guerre.

— Qui acceptera de le faire ? demanda Maena alors qu'ils piétinaient dans une caverne humide, les plafonds et les sols irradiant la lueur rougeoyante de Kivi dans un halo orangé. Rana, Kance et Whent ont des armées permanentes, mais ils les ont pour se battre entre eux, pas pour travailler ensemble.

— Comme pour tout, Noctia devra prendre la tête.

Maena rit, un son tranchant, plus amer que jamais depuis l'incident avec le démon. — Voilà une impossibilité.

Tu as dit qu'ils ne nous aideraient même pas pour ça. Maintenant tu veux organiser quelque chose de plus grand ?

— J'utiliserai le masque.

La plaque grise reposait dans sa sacoche, soigneusement nichée entre des bouts de tissu récupérés. Ses traits correspondaient à ceux de l'homme gémissant, et Svarde ne pouvait qu'espérer qu'à l'intérieur attendaient suffisamment de révélations pour pousser Noctia à l'action.

— Tu ne sais même pas s'il fonctionnera sur quelqu'un d'autre, dit Maena, baissant la voix en détournant le regard. Et quiconque le portera mourra s'il fonctionne.

— Noctia a ses prisonniers. Ils en sacrifieront un pour ça.

Maena grimaça. — C'est froid, même pour toi.

— L'ancienne toi n'aurait pas hésité.

Maena renifla. Elle retomba dans le silence alors qu'ils quittaient la caverne, reprenant la longue file indienne tandis que le passage se rétrécissait. Une fois de plus, ils montèrent, encore et encore, captant une brise par moments, une odeur mystérieuse à d'autres.

Était-il devenu froid, insensible dans sa poursuite obsessionnelle ? Amer, avec Catya si loin de toute portée ?

Svarde n'avait-il pas cette excuse ? Tous ceux qui avaient vu leurs rêves autrefois si prometteurs se réduire à des ombres n'avaient-ils pas une raison de condamner leur empathie ?

Plus tard, lors de ce que Rasslebeck déclara être leur dernière pause avant la surface, le groupe grignotant vaillamment des champignons séchés et de la mousse molle, tous amaigris, les estomacs grondant en arrière-plan, Maena dit à Svarde qu'elle retournerait en bas.

— Jusqu'au fond, dit Maena, sortant son sabre pour le

polir, bien que les démons ne les aient pas poursuivis pendant le voyage de retour. J'ai l'impression que je lui dois bien ça.

— À ton autre toi ?

— Elle s'est battue pour moi, même si elle ne savait pas qui j'étais, ce qui lui arriverait quand je reviendrais. Je dois honorer cela.

— Même si je ne parviens pas à convaincre Noctia de me donner mille soldats Najahn ?

— Même si tu n'arrives pas à les convaincre de te donner le petit-déjeuner.

Svarde ricana. — J'y ai goûté. Les meilleurs œufs sont en bas, au bord de l'eau. Plus gras, plus savoureux.

— Alors qu'avons-nous à perdre ?

La réponse vint avec la lumière du jour, le premier après-midi qu'ils voyaient depuis des semaines faisant son entrée gris-doré à la grande sortie de la grotte. La roche cédait la place à la terre, l'air abandonnait son humidité, et pour une fois, Svarde prit une respiration complète sans tousser, sans se demander si quelque créature allait surgir de l'obscurité pour la lui arracher.

Kivi, leur intrépide guide, s'arrêta à la sortie, les yeux saphir du Ferrite se tournant vers Svarde avec un grognement d'avertissement.

— Je suppose qu'on ferait mieux d'être prudents, dit Rasslebeck, comprenant le message de Kivi. Retourner à la surface signifie des problèmes humains.

— Rien de ce qu'un garde de Whent peut faire ne se compare au démon, rétorqua Pennifer. J'aimerais bien les voir essayer de me faire peur maintenant.

— Gardez vos armes rangées malgré tout, avertit Maena. Ce serait vraiment stupide d'être venus jusqu'ici pour finir avec un carreau dans la poitrine. Nous n'avons rien volé, ni blessé personne sur cette île.

Svarde n'était pas sûr d'avoir encore la force de charger, haches à la main, de toute façon. Le manque de nourriture et d'eau avait réduit ses mouvements à une habitude désespérée plutôt qu'à un choix conscient. Si les Whent voulaient se battre, le moins qu'ils puissent faire serait de lui accorder quelques jours de repos et deux ou trois repas corrects d'abord.

— Ouvre la marche, Kivi, dit Svarde, mais la ferrite resta immobile, ses griffes agrippées à l'extrémité de la grotte. Bon, j'y vais alors.

La sagesse de Kivi s'avéra juste : lorsque Svarde s'avança sur le terrain balayé par le vent, l'avant-poste Whent révéla sa nouvelle popularité. Des archers Whent, ces soldats en armure de pierre tenant de lourdes arbalètes, encerclaient les nouveaux arrivants. Entre eux, de plus gros brutes avec leurs gantelets Whent et leurs lourds boucliers se tenaient prêts à avancer.

Au centre, son armure de pierre recouverte d'une couche d'un blanc glacial, se tenait un seigneur de guerre Whent, vêtu d'épaisses fourrures courtes et arborant la barbe à quatre pointes exigée de tout homme Whent ayant un certain pouvoir.

En voyant Svarde, l'homme gronda un seul mot. Les arbalètes, déjà chargées, se dressèrent brusquement. Un tel nombre de carreaux aurait dû déclencher une panique chez Svarde, mais un engourdissement sourd se répandit à la place. Une acceptation fatale.

— Baissez vos armes, annonça Svarde, gardant ses mains bien éloignées des siennes. Nous sommes sacrément fatigués, affamés et à moitié morts. Nous ne voulons aucun mal à vous et votre peuple, et vous pouvez demander à la ville un peu plus loin de confirmer mes paroles.

Derrière Svarde, les trois autres s'attardèrent à l'entrée de la grotte pendant un long moment jusqu'à ce que l'évidente futilité de la retraite les pousse à avancer. Kivi vint aux pieds de Svarde, se laissa tomber à côté de lui, sa langue goûtant l'air et ses yeux à demi fermés.

Aussi fatiguée que n'importe lequel d'entre eux, la ferrite, et tout aussi méritante d'un repos.

— La ville a déjà parlé de votre bravoure, dit le seigneur de guerre Whent, son discours cassant mâchant les mots comme s'il essayait d'attaquer chaque syllabe. Ils vous offrent leurs remerciements, et je vous le rendrai en ne vous abattant pas sur place.

— Je serai assis avant longtemps, répliqua Svarde. Mieux vaut ne pas miser vos gâchettes sur la position d'un homme fatigué.

Le seigneur de guerre hésita, puis rit.

— Tu n'es pas connu pour ton humour, Gardien, dit le seigneur de guerre. Tu en as peut-être trouvé là-bas ?

— Et bien plus encore.

— Alors j'ai hâte de l'entendre de ta bouche, le Seigneur de guerre fit un geste de ses deux bras trapus, et les Whent équipés pour le corps à corps s'approchèrent du groupe. C'est un long chemin jusqu'aux Fosses. Amplement le temps de remplir ton ventre de nourriture et mon esprit d'histoires. Ensuite, bien sûr, nous verrons si tu peux empêcher l'un ou l'autre des tiens d'être éventré.

— Les Fosses ? demanda Pennifer tandis que Maena jurait. Qu'est-ce que c'est ?

Alors que Pennifer posait sa question, Svarde sentit ses mains se diriger vers ses haches. Un effort voué à l'échec, mais après tout, attendre les Fosses ne serait que la même chose. Pourtant, en regardant les visages nerveux et déterminés des gardes Whent qui approchaient, Svarde retint sa main. Il trouva sa voix à la place.

— Les Fosses sont une chance, dit-il. Pour toi, et pour celui qui fera tout ce qu'il faut pour mettre fin à ta vie.

Le Seigneur de guerre Whent, tandis que ses forces arrachaient les armes du dos de Svarde et lui enlevaient sa sacoche, ne le contredit pas.

CHAPITRE 39

UNE NOUVELLE VOUS

Ami se vit elle-même en se réveillant, en deux exemplaires, chacun reflété dans les larges lentilles d'Annalyse. La scientifique se penchait sur Ami, sa respiration légère se mêlant au crépitement des flammes des lanternes, seuls bruits dans le laboratoire silencieux. Ami reconnut immédiatement l'endroit, devenu une sorte de foyer pour elle depuis qu'elle était devenue l'expérience de Gladdring des semaines auparavant. Équipée de tout ce qu'Annalyse demandait, la pièce de la tour défiait la familiarité, à l'exception de ces lampes et des lunettes d'Annalyse.

Des cages bordaient les murs du laboratoire, formant un anneau circulaire menant à une large dalle au centre, sur laquelle Ami supposait être allongée, et l'avoir été, étant donné la raideur de ses muscles. Sa gorge la démangeait, son nez semblait encroûté. Ami essaya de bouger son poignet droit et le trouva attaché.

— Réveillée ? demanda Annalyse en clignant des yeux. Ou est-ce encore un rêve ?

— Un rêve ? demanda Ami d'une voix rauque.

— Elle vit ! s'écria Annalyse en reculant d'un bond de la dalle. Attends, je vais te chercher de l'eau. Tu en auras besoin.

Ami resta allongée là — que pouvait-elle faire d'autre — et explora son propre corps pendant qu'Annalyse s'éloignait en courant. Ses doigts et ses orteils semblaient tous intacts. Bien que des sangles l'empêchaient de s'asseoir, elle sentait du tissu le long de son corps. Pas l'armure lourde qu'elle portait au combat.

Le démon. Ce monstre de flammes bleues. Avait-il brûlé son armure, le métal forgé dans les fournaises les plus chaudes de Foti ?

Pire encore, le démon n'avait pas été qu'une simple bête enflammée. Il avait utilisé un outil, une arme. Quelque chose qu'Ami n'avait jamais vu auparavant. Des griffes, des dents, des os pour frapper, les démons pouvaient avoir tout cela. Les outils, la véritable intelligence étaient réservés aux humains, aux enfants des sept dieux.

Si ce n'était plus vrai, alors...

— Tiens, bois, dit Annalyse en inclinant une tasse vers la bouche d'Ami. Après une gorgée trop petite, Annalyse la retira. Désolée, ça fait quelques jours. Je ne veux pas te submerger. J'ai envoyé les gardes chercher de la nourriture.

— Plusieurs jours ? Que...

— Elle est en sécurité, Ami. Ne t'inquiète pas. Noctia a renforcé les Barrières après le combat. On dirait que tu leur as fourni les preuves dont ils avaient besoin. Annalyse donna une autre gorgée à Ami, hochant la tête en le faisant. C'est toujours le problème avec les politiciens, n'est-ce pas ? Il faut parfois leur mettre une claque pour qu'ils s'en rendent compte.

Tandis qu'Ami savourait l'eau, elle continua son examen mental de son corps. Elle semblait bien entendre, sentir et goûter. Ses yeux voyaient à peu près comme avant. Et pourtant, les choses ne semblaient pas normales.

Une tension la saisit, ainsi qu'un sentiment de ne pas être seule. Un sentiment renforcé par les yeux errants d'Annalyse.

— Est-il mort ?

— Quoi donc ? Annalyse pencha la tête, les engrenages tournant. Oh, tu parles encore du combat ? Le démon ? Terrevin a dit qu'il était retombé dans la Blessure. Personne ne sait, mais il n'est pas revenu. Elle versa encore de l'eau. Heureusement d'ailleurs. Je ne suis pas sûre que quiconque aurait pu faire ce que tu as fait.

Ami toussa.

— Je l'ai poignardé avec une épée.

— Pas n'importe quelle épée ! Tu es trop modeste. Et, franchement, tu pourrais l'être moins. Tu nous représentes maintenant, tu te souviens ? Les skars, Gladdring, notre tour.

— Que veux-tu dire ?

— Je dis que c'est ton épée qui a fait les dégâts. Brise-Flamme, imprégnée d'un skar de Foti, a abattu le monstre. C'est la version que nous devons soutenir.

Ami frissonna. Ou essaya. Les sangles rendaient le mouvement peu satisfaisant.

— Je ne joue pas à la politique.

— Écoute, je n'aime pas ça non plus, mais c'est la danse que nous devons continuer à jouer avec les jouets. Annalyse se mordit la lèvre, ses yeux se tournant vers le ciel un instant avant de hausser les épaules et de les ramener vers ceux d'Ami. D'ailleurs, tu n'as plus le choix maintenant.

Une peur latente monta en flèche. Le cœur d'Ami s'accéléra. La gorge sèche revint. Elle le savait, bien sûr. La chaleur avait été si intense, les brûlures partout.

— Que m'est-il arrivé, Annalyse ?

Pinçant ses lèvres en un sourire triste, mais néanmoins fasciné, Annalyse posa la cruche et tendit la main vers le visage d'Ami, sa joue gauche. Le côté qui avait été le plus proche du démon lors de l'attaque. Ami sentit la pression, mais pas la peau, la texture.

À la place, seul le froid se faisait sentir.

— Tu aurais dû mourir là-bas, dit Annalyse, sa curiosité caractéristique refaisant surface. Tout le monde a dit que tu t'es enflammée comme une bougie fraîche. Le démon est tombé, et Brise-Flamme est tombée avec lui.

— Mon épée a disparu ?

— Eh bien, non. Nous savons où elle est. Au fond de la Blessure.

— Annalyse.

— D'accord, bref. Tu as eu de la chance ! Un Garde était revenu en courant, criant à propos d'une attaque de démon terrible. Gladdring m'a dit de prendre notre équipement et de venir en courant.

Ami ferma les yeux. Essaya de se souvenir. Allongée là, en feu. Rien ne lui revenait.

— Beaucoup trop tard, bien sûr. Gladdring n'a pas eu son spectacle, mais nous t'avons trouvée et, hé, il m'a laissé te sauver la vie.

Ami écoutait, se sentant de plus en plus engourdie tandis qu'Annalyse décrivait comment elle avait retiré un skar de Vis de son propre collier, comment elle l'avait pressé dans les mains d'Ami et ordonné qu'on la ramène à la tour. Comment la pierre salvatrice n'avait pas suffi.

— Les blessures mineures, c'est un miracle. Tu te remets et tu es prête à repartir en quelques heures. Les plus graves, ça prend des jours, et même là, il reste des dommages que les skars ne semblent pas toucher. Annalyse fronça les sourcils. Je ne sais pas si c'est le skar, cependant, ou si c'est que nous ne savons pas comment l'utiliser.

— Qu'as-tu fait, Annalyse ? Dis-le-moi simplement.

— Tu veux passer directement à la fin ?

— S'il te plaît.

Ce n'était pas la réponse qu'Annalyse voulait, mais elle soupira, se gratta le nez, regarda autour d'elle comme si elle espérait que quelqu'un d'autre surgirait de l'éther pour délivrer ce qu'Ami avait déjà décidé être une mauvaise nouvelle.

— Chaque fois que j'essayais d'enlever le skar, tu commençais à mourir, dit Annalyse. Quelque chose de profond en toi a dû être endommagé. Et ton visage... enfin, ce côté-là, était complètement couvert de cicatrices. Alors j'ai trouvé une solution.

— Détache-moi.

— D'accord, mais fais attention. On ne sait pas comment le reste de ton corps va, après tout.

Annalyse défit les sangles une par une, et après chacune d'elles, Ami testa à nouveau ses membres. Elle les trouva réactifs, même impatients de bouger. Il fallut une profonde inspiration et une autre gorgée de la carafe d'Annalyse pour qu'Ami porte ses mains en bonne santé à son visage.

Le côté droit était comme toujours. Un peu sec, peut-être, mais de la peau. Chaude. Saine.

Le gauche ?

— C'est le meilleur que Gladdring ait pu trouver, et je l'ai façonné personnellement, dit Annalyse, bien qu'Ami remarqua qu'elle s'était mise à un mètre de la dalle. Tu ne le remarqueras pas. Pas trop. Annalyse essaya un demi-sourire. Et puis, aucun démon ne pourra y planter ses griffes.

La main d'Ami monta, trouva le travail d'Annalyse. Elle en traça les contours autour de sa joue gauche, jusqu'à son oreille et presque jusqu'à son menton, s'arrêtant au tournant de son cou, au bord de son œil. Froid, lisse, dur.

— Qu'est-ce que c'est ? demanda Ami.

— L'or le plus fin de toutes Les Sept Îles, tonna une nouvelle voix d'en haut. Gladdring, suivi d'un garde portant de la nourriture, descendit l'escalier en colimaçon menant au laboratoire. Ça a coûté une fortune. J'ai sacrifié plus d'un skar pour ta vie.

Annalyse laissa Gladdring prendre sa place, la scientifique se précipitant vers une table latérale couverte de carnets, son crayon de charbon grattant frénétiquement.

— Pourquoi ? demanda Ami.

— Tu es trop précieuse pour mourir, répondit Gladdring. Et maintenant, avec ça incrusté là où tout le monde peut le voir, tu es mon plus grand atout.

Ami trouva l'incrustation, là dans sa joue. La chaleur du skar se blottissait en elle. Les murmures qui passaient à travers, expliquant pourquoi elle ne s'était pas sentie seule dans son propre esprit. Une mélodie différente de celle du skar Foti à Flamebreak, mais néanmoins familière.

— Tu sais vraiment comment faire sentir quelqu'un bien, marmonna Ami en balançant ses jambes sur le côté.

— Bien ou mal, ce qui compte c'est que tu sois en vie. Gladdring se retourna, prit le bol de soupe du garde et le lui tendit. Bois, Gardienne. Il y a du travail à faire, et tu t'es reposée assez longtemps.

Ami fixa la soupe, son estomac prêt à se jeter dessus. Si elle refusait de manger, si elle combattait chaque effort de Gladdring, combien de temps Ami pourrait-elle tenir ?

Pas assez longtemps. Le skar la maintiendrait en vie, même si c'était à peine. Gladdring attendrait. Et Catya, Catya vivait toujours. Le serment d'Ami tenait toujours.

La Gardienne prit la cuillère offerte, la passa dans le bouillon épais et la porta à ses lèvres. Une gorgée et une déglutition, une décision prise.

— Dis-moi, fit Ami, ce que tu as besoin que je fasse.

CHAPITRE 40

LA REINE DU VENT

Wax leva la main sur le quai, laissant un flocon blanc se poser dans sa paume. Une piqûre glacée, aussi délicieuse que l'air vif et pur. Il suffisait de marcher quelques minutes vers le sud pour que ce même air prenne la teinte industrielle de Foti, mêlée de soufre et de chaleur. Laisser tout cela derrière était, en soi, une raison de se réjouir.

Quitter Foti avec deux skars et un Gardien supplémentaire, malgré l'agacement initial de Quik, était incroyable.

— Désolé pour ce que j'ai dit là-bas, Pan, chuchota Wax en regardant vers le nord, par-delà les vagues grises. Au-delà de cet horizon d'ardoise, parsemé de navires entrants et sortants qui défiaient l'arrivée de l'hiver, se trouvait Rana. Je vais essayer de ne pas abandonner si facilement cette fois.

Ses Gardiens, son frère et sa sœur avaient réussi. En se retournant et en regardant le quai, Wax vit Torny et Bliss à mi-chemin, la première aidant Bliss à jouer avec un harpon de pêche de Foti. L'engin, un tube étroit avec une courte lance à l'intérieur et une fine corde à l'arrière, pouvait jaillir et harponner tout ce qui était assez fou pour nager dans ces eaux. Bien différent des cannes et des filets utilisés à Kitaye, et Wax se rendit compte qu'il n'aimait pas beaucoup le lourd métal qui reposait dans ses mains, ni le recul disgracieux après avoir appuyé sur la gâchette. Bliss, cependant, arborait un large sourire sauvage tandis qu'elle visait et envoyait la lance dans les vagues. Torny riait aux éclats.

Au-delà, au bord du quai, Quik parlait avec Pavarde, le capitaine najahn. Le commandant doré était devenu le compagnon de choix de Quik depuis qu'ils avaient quitté le camp des bandits en ruines. D'après ce que son frère disait, les deux parlaient de Vis, de Noctia, de ce qu'il fallait pour être un Najahn.

Quand Wax lui avait demandé pourquoi, Quik avait éludé, disant seulement qu'il y aurait des Najahns partout où ils iraient. Autant apprendre à mieux les comprendre.

Au moins, la blessure de son frère guérissait bien. Chaque soir, Wax lui remettait le skar de Vis et Quik le plaçait près de la plaie, le tenant fermement. Il était presque capable de courir à nouveau, et tout le monde pensait qu'au moment où ils atteindraient l'île aquatique de Rana, ils seraient prêts à sprinter vers le prochain skar.

— Wax, attention, la voix de Torny ramena Wax à la réalité, lui faisant remarquer le navire élancé qui s'approchait rapidement de son quai.

Wax fit un pas en arrière, puis un autre et faillit tomber du bout de la jetée alors que le vaisseau s'écrasait dans l'eau. Les voiles du navire, des diamants taillés sous trop d'angles, éclipsaient le navire en dessous, et elles tournaient presque à l'unisson tandis que la coque bleu argenté glissait dans le port. Le corps du navire passa si près, si près de heurter le quai, mais aucun contact ne se fit entendre jusqu'à ce que le vaisseau s'arrête complètement. Même alors, des sacs de protection jetés par-dessus bord amortissaient le contact.

Un navire de Kance, conçu pour glisser à la surface de l'eau, flotter d'une crête de vague à l'autre. Pas de lignes droites, une coque légère, conçue pour la vitesse plutôt que pour la quantité. Malgré tout, le nord de Foti signifiait un long voyage.

— Il devrait aller à Noctia, pas ici, marmonna Torny alors qu'elle et Bliss venaient se tenir près de Wax, sa sœur enroulant le harpon. À moins qu'il n'y ait quelque chose à Falska qu'ils veulent vraiment. Elle jeta un regard maussade vers la ville portuaire animée. Je ne vois pas ce que ça pourrait être.

"Je peux imaginer", signa Bliss alors que le navire de Kance jetait une échelle par-dessus bord.

Loin d'être une pièce de métal ou de bois sinistre, l'échelle attrapa la légère brise et se posa sur le quai comme si elle avait été déposée par des mains délicates. Pourtant, une fois touchée, les minces marches nacrées semblaient aussi solides que de la pierre.

— Quoi ? Du minerai ? demanda Wax.

Il n'aurait pas dû poser la question. La réponse vint un instant plus tard, lorsqu'un soldat doré fit le premier pas par-dessus bord. Deux fines rapières pendaient à la taille de l'homme filiforme, ainsi qu'une robe fluide bleu et blanche. Il repéra le trio, les jaugea, et descendit l'échelle sans un mot, finissant par se placer entre le groupe et la sortie de Kance.

"Elle", signa Bliss alors que la suivante faisait son apparition.

La femme portait sa splendeur scintillante avec un malaise glacial, comme si elle défiait quiconque de remarquer ses mains crispées, ses yeux fuyants et ses genoux fléchis. Ses pas rapides contrastaient avec son rang évident.

Depuis qu'il y avait eu un Renouveau, Kance avait toujours envoyé l'une de ses deux Reines pour la quête. Wax et le reste de Vis trouvaient cela étrangement fou, mais qui se souciait de ce que faisait une autre île ? Qui s'en souciait, sauf que cette Reine de Kance semblait avoir la vitesse de son côté.

Au milieu de sa propre robe, dont le col était orné de diamants célestes de Kance, leurs saphirs mouchetés d'argent captant la lumière grise du matin et la projetant alentour, la reine de Kance portait un collier najahn très semblable à celui de Wax. Il contenait deux skars, le diamant de Kance et l'émeraude de Vis.

Et la voilà qui accostait à un jour ou deux de la Grande Forge.

— On dirait qu'on ferait mieux de se dépêcher, marmonna Torny.

Wax, cependant, croisa le regard de la reine alors qu'elle descendait l'échelle. Elle repéra facilement son propre collier, et quand elle le fit, son regard se rétrécit en une curiosité pincée. Pas d'hostilité, pas encore.

Une concurrente déjà battue.

— Bien, dit Wax, sa voix s'estompant alors que la reine de Kance, suivie d'un deuxième garde, se tournait et s'éloignait sur le quai. On dirait que c'est vraiment une course maintenant.

"Ça l'a toujours été", répondit Bliss. "Maintenant, on sait juste à quoi on a affaire."

— Tu veux que je sabote leur navire ? demanda Torny, un sourire malicieux suivant sa question.

— On a eu notre dose de violence pour un bon moment, non ? annonça Quik en s'approchant du groupe. Ils déplacent notre bateau vers un autre quai pour faire de la place à celui-ci. Il doit être important. Quik examina le navire de plus près et siffla. Wax, je crois qu'on est prêts à partir. Et toi ?

— Attendre pour quitter cette île maudite ? rit Wax. Pas question. Gardiens, allons trouver des rivières.

LES EAUX du nord recèlent de sombres secrets, que Wax doit découvrir s'il veut se rapprocher de la Blessure et de son trône. Mais avant de pouvoir mettre en œuvre de si hautes ambitions, Wax et ses gardiens doivent trouver un moyen de remonter le fleuve, une tâche rendue plus difficile par des capitaines lâches et des scélérats meurtriers. Des yeux malins et des pieds agiles saisissent une opportunité inattendue de voyager, mais Wax découvre bientôt que le navire choisi pourrait être plus dangereux que les rivières elles-mêmes.

Poursuivez l'aventure de Wax avec *La Colère des Rivières*:

REMERCIEMENTS

On a tendance à croire que l'écriture est un acte solitaire, mais rien n'est plus éloigné de la vérité. Chaque écrivain dépend de ses amis, de sa famille et, bien sûr, des lecteurs pour continuer à tisser ses histoires.

Plus particulièrement, je tiens à remercier ma femme, Nicole, dont l'amour et les encouragements sans fin illuminent chaque journée. Mes frères, Jonathan, Justin et Matthew, ainsi que mes parents, Bob et Mary, qui m'aident à garder le sourire.

Et, bien entendu, tous les lecteurs qui rendent cette vie possible.

Merci.

À PROPOS DE L'AUTEUR

A.R. Knight écrit de la science-fiction et de la fantasy dans le grand froid du Wisconsin. Accompagné de ses deux chats, il aime se plonger dans des aventures qui mettent autant l'accent sur le méchant que sur le héros.

Après avoir obtenu un diplôme en journalisme et parcouru le pays pour installer des logiciels de santé, A.R. Knight a pensé qu'il serait bon de revenir à ce qu'il aimait. Alors maintenant, il a un petit bureau et des matinées précoces pour tisser toutes les histoires qui naissent dans son imagination.

Quand il n'écrit pas, A.R. Knight a tendance à voyager partout où il le peut, que ce soit sur des îles au large de l'Équateur, dans la forêt tropicale, en snowboard dans les Montagnes Rocheuses, ou en dégustant un scotch à Édimbourg. C'est l'avantage de la vie d'écrivain, on peut l'emmener partout.

Pour le contacter ou voir ce qu'il fait, visitez www.blackkeybooks.com

arknight@blackkeybooks.com

Pour Kris